MANESSE BIBLIOTHEK DER WELTLITERATUR

EDITH WHARTON

DAS RIFF

Roman

Aus dem Amerikanischen übersetzt
von Renate Orth-Guttmann

Nachwort
von David Wells

MANESSE VERLAG
ZÜRICH

Titel der amerikanischen Originalausgabe:
«The Reef»
New York 1912

ERSTES BUCH

– 1 –

«Unvermutete Verhinderung. Bitte erst am Dreißigsten kommen Anna.»

Von Charing Cross bis Dover hatte der Zug George Darrow den Text des Telegramms unablässig in die Ohren gehämmert und dabei die banalen Silben mit immer wechselndem ironischem Sinn erfüllt; er hatte sie knattern lassen wie eine Musketensalve, sie ihm kalt und bedachtsam tropfenweise ins Hirn geträufelt, sie wie Würfel in einem Spiel böswilliger Götter gerüttelt, geschüttelt und geworfen; und jetzt, da er am Pier aus dem Abteil stieg und den Blick dem windigen Bahnsteig und der stürmischen See dahinter zuwandte, war es, als stürzten sie sich von den Wellenkämmen her auf ihn, als stächen sie ihm in die Augen, blendeten ihn erneut mit wildem Hohn.

«Unvermutete Verhinderung. Bitte erst am Dreißigsten kommen Anna.»

Im letzten Moment und schon zum zweitenmal hatte sie ihm abgesagt; abgesagt in ihrer gewohnten vernünftig-sanften Art und aus einem ihrer üblichen «guten» Gründe – denn ganz gewiß würde auch dieser sich, genau wie der erste (der Besuch der Witwe eines Onkels aus der Familie ihres Mannes), als ein «guter» Grund erweisen. Doch eben diese Gewißheit nahm ihm alle Zuversicht. Daß sie in diesem Fall so viel Vernunft walten ließ, verlieh der Vorstellung, ihre Begrüßung nach zwölfjähriger Trennung sei eine außergewöhnlich herzliche gewesen, einen Hauch von Ironie.

Sie hatten sich vor etwa drei Monaten in London bei einem Dinner der amerikanischen Botschaft wiedergefunden, und bei seinem Anblick hatte ihr Lächeln gestrahlt wie eine an ihr Witwenkleid geheftete rote Rose. Noch immer meinte er sein überraschtes Herzklopfen zu spüren, als er unter den in der Londoner Gesellschaftssaison stereotyp wiederkehrenden Gesichtern unerwartet ihre Züge entdeckt hatte, das dunkle, mit einem Band gehaltene Haar über ernsten Augen; Augen, in denen er noch die kleinste Linie, den leisesten Schatten wiedererkannt hatte, so wie er nach einem halben Leben die Einzelheiten eines Zimmers wiedererkannt hätte, in dem er als Kind gespielt hatte. Und so, wie sie sich für ihn – schlank, einsam und anders – in der geputzten, schmuckbehangenen Menge abgehoben hatte, so hatte auch er in dem Moment, als ihre Blicke sich trafen, sofort gesehen, daß er in ihren Augen deutlich von den anderen abgesondert war. All das und mehr hatte ihr Lächeln gesagt. Nicht nur «Ich erinnere mich», sondern: «Ich erinnere mich an dasselbe wie du»; fast so, als habe ihr Gedächtnis dem seinen auf die Sprünge geholfen, als habe ihr Blick diesem wiedergewonnenen Augenblick seine Morgenhelle geschenkt. Soviel jedenfalls stand fest: Als die ängstlich besorgte Frau des

Botschafters sie mit dem Ausruf: «Ach, Sie kennen Mrs. Leath? Aber das ist ja vortrefflich, General Farnham hat mich nämlich im Stich gelassen!» zur Prozession in den Speisesaal zusammenführte, hatte Darrow unverkennbar einen leichten Druck des Arms verspürt, der in dem seinen lag, einen Druck, der sanft, aber unverkennbar dem Ausruf: «Ist das nicht ganz erstaunlich? – In London? – In der Saison? – In so einer Menge?» zusätzliches Gewicht verlieh.

Bei den meisten Frauen bedeutete derlei wenig genug; doch es sprach für die Qualitäten von Mrs. Leath, daß bei ihr jede Bewegung, jede Silbe zählte. Schon früher, als aufgewecktes junges Mädchen mit ernsten Augen, hatte sie ihre leichten Striche stets sehr sicher gesetzt. Und bei ihrer neuerlichen Begegnung hatte Darrow sogleich gespürt, wieviel feiner und sicherer ihre Ausdrucksmittel geworden waren.

Der gemeinsam verbrachte Abend hatte diesen Eindruck vollauf bestätigt. Sie hatte ihm, mit einiger Scheu, aber in aller Offenheit, von dem erzählt, was ihr in all den Jahren widerfahren war, da sie sich seltsamerweise nie begegnet waren. Von ihrer Ehe mit Fraser Leath hatte sie erzählt und daß sie seither in Frankreich lebte, wo die jung verwitwete Mutter ihres Mannes in zweiter Ehe den Marquis de Chantelle geheiratet hatte und wo – vor allem als Folge dieser zweiten Verbindung – auch der Sohn seinen ständigen Wohnsitz genommen hatte. Mit liebevollem Eifer hatte sie auch von Effie, ihrer kleinen, jetzt neunjährigen

Tochter, erzählt und mit kaum weniger Wärme von Owen Leath, dem ebenso charmanten wie begabten jungen Stiefsohn, dem nach dem Tod ihres Mannes nun ihre Fürsorge galt…

Erst als ein Dienstmann über Darrows Gepäck stolperte, wurde ihm bewußt, daß er so unbeweglich und störend wie seine Koffer noch immer den Bahnsteig versperrte.

«Zur Fähre, Sir?»

Wollte er zur Fähre? Er wußte es nicht, folgte aber in Ermangelung einer zwingenderen Regung dem Dienstmann zum Gepäckwagen, identifizierte sein Eigentum und machte kehrt, um hinter seinen Koffern her die Gangway hinunterzugehen. Als der heftige Wind ihn anfiel und sich seinen Bemühungen wie eine gläserne Wand entgegenstellte, empfand er das erneut wie einen höhnischen Wink des Schicksals.

«Ekliges Wetter für die Überfahrt, Sir», rief ihm der Dienstmann über die Schulter zu, während sie sich über den schmalen Gang zum Pier hinunterdrängten. Ekliges Wetter, in der Tat; zum Glück aber gab es, wie sich nun herausgestellt hatte, für Darrow nicht den geringsten Grund, den Kanal zu überqueren.

Während er sich im Kielwasser seines Gepäcks weiterkämpfte, gerieten seine Gedanken unversehens wieder auf das alte Gleis. Ein- oder zweimal war er dem Mann, den Anna Summers ihm vorgezogen hatte, über den Weg gelaufen und hatte seit ihrem Wiedersehen eifrig seine Phantasie bemüht, um sich ein Bild von dieser Ehe zu machen. Er sah ihren Mann als ein typisches Exemplar jener Sorte von Amerikanern, bei denen man nie genau weiß, ob sie in Europa leben, um eine Kunst zu betreiben, oder das Betreiben einer Kunst als Vorwand für das Leben in Europa benutzen. Mr. Leath hatte sich der Kunst des Aquarellierens verschrieben, doch betrieb er sie unter der Hand, ja fast im geheimen, mit der Verachtung des Weltmannes für alles ans Professionelle Grenzende, während er sich offen und mit frommem Ernst dem Sammeln emaillierter Schnupftabaksdosen widmete. Er war blond, gut gekleidet und von ansprechendem Äußeren, was er einer aufrechten Gestalt, einer schmalen Nase und einem stets leicht angewiderten Gesichtsausdruck verdankte, den man ihm schlechterdings nicht übelnehmen konnte in einer Welt, in der echte Schnupftabaksdosen täglich schwerer aufzutreiben sind und der Markt von flagranten Fälschungen überschwemmt wird.

Darrow hatte sich oft gefragt, welche Möglichkeiten der Verständigung es wohl zwischen Mr. Leath und seiner Frau gegeben hatte, und folgerte nun, daß es so etwas wie einen Meinungs- oder Gedankenaustausch höchstwahrscheinlich gar nicht gegeben hatte. Nichts von dem, was Mrs. Leath ihm erzählt hatte, deutete darauf hin, daß ihr Mann sich der von ihr getroffenen Wahl nicht als vollauf würdig erwiesen hätte; doch eben diese Zurückhaltung war verräterisch. Sie sprach von ihm so ernsthaft und unpersönlich wie von einer Romanfigur oder einer historischen Gestalt, und was sie sagte, klang nach auswendig Gelerntem, das sich durch ständige Wiederholung ein wenig abgenutzt hat. Diese Erkenntnis bestärkte Darrow beträchtlich in seinem Eindruck, daß die Begegnung mit ihm die dazwischenliegenden Jahre ausgelöscht hatte. Sie, die früher so schwer Faßbare, Unnahbare, war plötzlich mitteilsam und aufgeschlossen, hatte die Türen zu ihrer Vergangenheit geöffnet und es ihm stillschweigend überlassen, daraus seine Schlüsse zu ziehen. Er hatte daraufhin mit dem Gefühl von ihr Abschied genommen, daß er bevorzugt und begünstigt worden war, daß sie ihm einen kostbaren Schatz zur Aufbewahrung anvertraut hatte. Es war ihre Freude über das Wiedersehen, die sie ihm zum Geschenk gemacht hatte, auf daß er damit nach seinem Belieben verfahre, und der Freimut dieser Geste hatte den Wert des Geschenks verdoppelt.

Bei ihrer nächsten Begegnung hatte sich dieser Eindruck weiter verstärkt und vertieft. Wenige Tage später fanden sie sich in der lieblichen Landschaft Südenglands wieder zusammen, in einem alten Landhaus voller Bücher und Bilder. Die große Gesellschaft mit ihrem ziellos-aufgeregten Kommen und Gehen hatte die beiden auf sich selbst zurückgeworfen und ihnen (zumindest in der Phantasie des jungen Mannes) eine tiefer empfundene Gemeinsamkeit geschenkt. Die Tage in jenem Haus waren wie ein musikalisches Vorspiel, in dem die Instrumente mit leisem Hauch die auf sie einstürmenden Klangwogen noch zurückzuhalten suchen.

Mrs. Leath war diesmal nicht weniger entgegenkommend als zuvor, gab ihm aber zu verstehen, daß das, was unweigerlich kommen würde, nicht zu bald kommen dürfe. Nicht daß sie im Hinblick auf den Ausgang irgendwelche Zweifel hegte, vielmehr schien ihr daran zu liegen, keine Phase in diesem allmählichen Wiederaufleben ihrer Vertrautheit zu überspringen.

Darrow seinerseits war es zufrieden, abzuwarten, wenn dies ihr Wunsch war. Er erinnerte sich eines Besuches, den er einmal in Amerika bei ihrer Familie auf dem Land gemacht hatte. Damals war sie ein junges Mädchen gewesen. Ihre Mutter hatte ihn auf der Suche nach der Tochter in den Garten geschickt. Dort war sie nicht, aber dahinter hatte er sie über einen langen schmalen Weg herankommen sehen. Ohne den Schritt zu beschleunigen, hatte sie ihm lächelnd bedeutet, er solle warten; und bezaubert von dem Spiel von Licht und Schatten auf ihrer Gestalt, beglückt von dem Anblick dieser sachten Annäherung, war er fügsam stehengeblieben. So schien sie auch jetzt durch die Jahre auf ihn zuzukommen, umspielt von Licht und Schatten alter Erinnerungen und neuer Hoffnungen, indes sie ihm mit jedem Schritt eine neue Seite ihrer anmutigen Erscheinung bot. Sie zauderte nicht, ließ sich nicht auf Nebenwege locken; er wußte, sie würde geradewegs auf die Stelle zugehen, an der er stand; aber etwas in ihrem Blick sagte «Warte!», und wieder fügte er sich und wartete ab.

Am vierten Tag brachte ein unerwartetes Ereignis seine Berechnungen durcheinander. Die Ankunft ihrer Schwiegermutter rief sie nach London zurück, sie fuhr ab, ohne Darrow jene Gelegenheit zu geben, mit der er fest gerechnet hatte, und er schalt sich einen Stümper und Zauderer. Doch tröstete ihn über seine Enttäuschung die Gewißheit hinweg, daß er sie vor ihrer Abreise nach Frankreich noch sehen würde, und tatsächlich kam es zu einer Begegnung in London. Dort aber hatte sich mit den Begleitumständen auch die Stimmung geändert. Er hätte nicht sagen können, daß sie ihn mied, ja nicht einmal, daß sie sich eine Spur weniger gefreut hätte, ihn zu sehen, doch bedrängten sie familiäre Verpflichtungen, denen sie sich, wie er fand, ein wenig zu bereitwillig beugte.

Die Marquise de Chantelle verbreitete, wie Darrow bald erkannte, den gleichen milden Schrecken wie der verstorbene Mr. Leath; es handelte sich dabei um eine Art penetranter Selbstverleugnung, gegen die niemand aus ihrer Umgebung ankam. Es war vielleicht der Schatten der Präsenz dieser Dame – der selbst dann spürbar blieb, wenn sie selbst einmal durch Abwesenheit glänzte –, der Mrs. Leath bedrückt und schweigsam werden ließ. Überdies machte sie sich Sorgen um ihren Stiefsohn, der kurz nach seinem Studienabschluß in Harvard aus einem stürmischen Liebesverhältnis errettet worden war und schließlich nach einigen Monaten melancholischen Sichtreibenlassens, dem Rat seiner Mutter folgend, ein einjähriges Zusatzstudium in Oxford aufgenommen hatte. Ein- oder zweimal besuchte Mrs. Leath ihn dort, an den übrigen Tagen forderte die Familie ihr Recht; es galt, wie sie sich ausdrückte, nach «Garderoben und Gouvernanten» für die kleine Tochter Ausschau zu halten, die in Frankreich geblieben war. Die restliche Zeit wurde ausgefüllt durch lange Einkaufsexpeditionen mit der Schwiegermutter. Gelang es ihr doch einmal, sich freizumachen, konnte Darrow immerhin konstatieren, daß er sich ihrer in der Obhut seiner Zuneigung, deren Stunde noch nicht gekommen war, sicher sein durfte. Und am letzten Abend hatten sie im Theater, zwischen der alles dominierenden Marquise und dem nichtsahnenden Owen, ein fast entscheidendes Gespräch geführt.

Jetzt hörte Darrow im Brausen des Windes immer wieder das höhnische Echo ihrer Nachricht: «Unvermutete Verhinderung.» Er wußte wohl, daß sich in einem Leben, wie Mrs. Leath es führte, einem Leben, das gleichzeitig so geordnet und so anfällig für Störungen war, jede noch so kleine Komplikation zu einer «Verhinderung» auswachsen konnte; doch selbst wenn er (so unvoreingenommen, wie es ihm sein derzeitiger Gemütszustand erlaubte) die Tatsache in Rechnung stellte, daß sie, da ihre Mutter ständig und ihr Stiefsohn zeitweilig mit ihr unter einem Dach lebten, hundert kleine Rücksichten zu nehmen genötigt war, mit der die Freizügigkeit der Witwenschaft gewöhnlich nicht belastet ist – selbst dann kam er nicht umhin zu überlegen, daß gerade die sich unter diesen Umständen zwangsläufig herausbildende Wendigkeit ihr aus diesen Zwängen hätte heraushelfen können. Nein, ihr «Grund» konnte in diesem Fall nichts anderes als ein Vorwand sein; es sei denn, er neigte der wenig schmeichelhaften Alternative zu, daß jeder Grund ihr gut genug war, um ihn hintanzusetzen! Wenn ihre freundliche Aufnahme das bedeutet hatte, was er glaubte, war es kaum vorstellbar, daß sie sich zum zweitenmal innerhalb weniger Wochen eine Durchkreuzung ihrer Pläne widerspruchslos gefallen lassen würde, zumal dies angesichts seiner dienstlichen Verpflichtungen womöglich bedeutete, daß er sie monatelang nicht würde sehen können.

«Bitte nicht vor dem Dreißigsten kommen.» Nicht vor dem Dreißigsten – und heute war der Fünfzehnte! Sie ging mit diesen vierzehn Tagen so großzügig um, als sei er ein ungebundener Müßiggänger und nicht ein vielbeschäftigter junger Diplomat, der, um ihrem Ruf zu folgen, mühsam eine Schneise durch einen wahren Dschungel von Terminen hatte schlagen müssen. «Bitte nicht vor dem Dreißigsten kommen.» Das war alles. Nicht die Spur einer Entschuldigung, kein Hauch von Bedauern, nicht einmal das beiläufige «Brief folgt», das derlei Schicksalsschläge sonst abzumildern pflegt. Sie konnte ihn nicht gebrauchen und hatte den schnellsten Weg gewählt, ihm das mitzuteilen. Selbst in der ersten Enttäuschung fand er es typisch für sie, daß sie die Terminverschiebung nicht mit einer Notlüge verbrämt hatte. Winkelzüge waren ihrem Wesen fremd. «Hätte ich ihr einen Heiratsantrag gemacht, hätte sie ihre Ablehnung genauso formuliert», dachte er. «Wie gut, daß ich es nicht getan habe.»

Diese Überlegungen, die ihn von London her auf Schritt und Tritt begleitet hatten, erreichten ein Höchstmaß an Ironie, als er in das Gedränge auf dem Pier geriet. Es stimmte ihn nicht gerade freundlicher, daß er, hätte Mrs. Leath ein wenig mehr Voraussicht walten lassen, vor dem lodernden Kamin eines Klubs in London hätte sitzen können, während dieser stürmische Maitag sich seinem unwirtlichen Ende zuneigte, statt sich fröstelnd von einer nassen menschlichen Herde auf dem Pier herumstoßen zu lassen. Selbst wenn er ihr den herkömmlichen Wankelmut ihres Geschlechts zugute hielt, hätte sie ihn von ihrem Sinneswandel zumindest durch ein direkt an seine Wohnung adressiertes Telegramm in Kenntnis setzen können. Doch obwohl bereits etliche Briefe zwischen ihnen hin- und hergegangen waren, hatte sie es offenbar unterlassen, sich seine Adresse zu notieren, und ein atemloser Emissär der Botschaft hatte ihm ihre Depesche durchs Abteilfenster geworfen, als der Zug bereits angerollt war.

Jawohl, er hatte ihr Gelegenheit genug gegeben, in Erfahrung zu bringen, wo er wohnte; und auf diesen eher geringfügigen Beweis ihrer Gleichgültigkeit konzentrierten sich, während er sich durch die Menge kämpfte, der Groll, den er ihr gegenüber empfand, und sein Ärger über sich selbst. Auf halber Höhe des Piers verstärkte ein Stoß, den ihm jemand mit einem Regenschirm versetzte, noch seine Verbitterung, indem er ihn gewahr werden ließ, daß es angefangen hatte zu regnen. Mit einem Schlag war der schmale Sims zu einem Schlachtfeld stoßender, schräggestellter, Schläge parierender Kuppeln geworden. Mit einsetzendem Regen war der Wind noch stärker geworden, und die diesem Zweifrontenangriff ausgesetzten bedauernswerten Kreaturen rächten sich für das, was sie den Elementen nicht heimzahlen konnten, an ihrem Nebenmann.

Darrow, der dank seiner robusten Lebenslust auch auf Reisen gewöhnlich gut zurechtkam und verknäulte Menschenmassen klaglos hinnahm, empfand diese mannigfaltigen Berührungen heute als eine schwer zu definierende Belästigung. Es war, als hätten all diese Menschen um ihn herum ihn und seine Notlage durchschaut; als wollten sie ihm durch ihre Püffe und Stöße zu verstehen geben, was für ein unmaßgebliches Geschöpf er geworden war. «Sie kann dich nicht gebrauchen, nicht gebrauchen, nicht gebrauchen», schienen ihre Schirme und Ellbogen zu sagen. Als das Telegramm durchs Abteilfenster gesegelt war, hatte er sich unvorsichtigerweise geschworen: «Umkehr kommt nicht in Frage!» – ganz so, als wollte er der Absenderin das boshafte Vergnügen nicht gönnen, ihn statt der Reise nach Paris den Rückzug antreten zu sehen. Jetzt begriff er, wie absurd dieser Schwur gewesen war, und dankte seinen Sternen, daß er nicht genötigt war, sich ohne Zweck und Ziel in die tobende See jenseits der Hafenmauern zu wagen.

Diese Überlegung veranlaßte ihn, sich nach seinem Dienstmann umzusehen; doch durch die Massen triefender Schirme hindurch konnte er ihm kein Zeichen geben, und als er begriff, daß er den Mann aus den Augen verloren hatte, kämpfte er sich wieder auf den Bahnsteig zurück. Dort angekommen, traf ein herabsausender Schirm sein Schlüsselbein; gleich darauf wurde derselbe Schirm vom Wind zur Seite gedrückt, schlug um und erhob sich wie ein Papierdrachen an einer hilflosen weiblichen Hand hoch in die Lüfte.

Darrow fing das flüchtende Regendach ein, klappte es mit einiger Mühe zu und betrachtete das Gesicht, das der Schirm freigegeben hatte.

«Moment», sagte er, «hier können Sie nicht bleiben.»

Er hatte noch nicht ausgesprochen, als ein jäher Ansturm der Menge die Besitzerin des Regenschirms fast umwarf. Darrow streckte die Arme aus, um sie zu stützen. «Ach!» stieß sie hervor, sobald sie wieder fest auf den Füßen stand. «Der Schirm ist hin!»

Die ihm zugewandten frischen, von peitschendem Regen geröteten Züge weckten in ihm eine Erinnerung. Ihm war, als habe er sie vor langer Zeit in einer wenig ansprechenden Umgebung schon einmal gesehen, aber dies war nicht der Augenblick, solchen Erinnerungen nachzuspüren, zumal so ein Gesicht wohl auf derlei Nachhilfe nicht angewiesen war.

Seine Besitzerin hatte Tasche und Bündel fallen lassen und umklammerte krampfhaft den lädierten Parapluie. «Ich hab' ihn erst gestern gekauft», klagte sie, «und jetzt ist er nicht mehr zu gebrauchen.»

Darrow lächelte über die Heftigkeit ihres Jammers. Es war eine Genugtuung für den Moralisten, daß nicht nur echte Katastrophen wie die seine, sondern auch geringfügigste Kümmernisse die menschliche Natur zutiefst zu erschüttern vermögen.

«Nehmen Sie meinen!» rief er ihr durch den tobenden Sturm hindurch zu.

Dieses Angebot veranlaßte die junge Dame, ihn genauer in Augenschein zu nehmen. «Nein, so was! Mr. Darrow!» rief sie in beglücktem Wiedererkennen. «Vielen Dank auch. Kommen Sie, wir passen zusammen darunter!»

Demnach kannte sie ihn, und er kannte sie; aber wie und wo waren sie sich begegnet? Die Lösung dieser Frage mußte zunächst verschoben werden. Er zog sie in einen einigermaßen geschützten Winkel und bat sie zu warten, bis er seinen Dienstmann gefunden hatte.

Als er ein paar Minuten später mit seinem glücklich wieder aufgetauchten Gepäck und der Nachricht zurückkam, daß die Fähre erst bei der nächsten Flut auslaufen würde, ließ sie keinerlei Betroffenheit erkennen.

«In zwei Stunden also? Was für ein Glück, dann kann ich nach meinem Koffer suchen.»

Normalerweise hätte Darrow wenig Neigung verspürt, sich in das Abenteuer eines jungen Frauenzimmers verwickeln zu lassen, dem ein Koffer abhanden gekommen war, im Augenblick aber war er froh um jeden Vorwand, sich betätigen zu können. Selbst wenn er sich entschloß, den nächsten Zug von Dover zurück nach London zu nehmen, galt es, bis dahin noch eine lange Stunde hinzubringen, und das Naheliegendste war, in dieser Zeit der Schönen in Nöten beizuspringen, die unter seinem Schirm stand.

«Sie haben einen Koffer verloren? Wenn Sie erlauben, werde ich mich mal danach umsehen.»

Es freute ihn, daß sie dem nicht das herkömmliche «Aber das kann ich doch nicht verlangen...» entgegensetzte. Statt dessen verbesserte sie lachend: «Nicht *einen,* sondern *meinen* Koffer. Ich habe nur den einen.» Und dann fügte sie sachlich hinzu: «Aber zunächst sollten Sie sehen, daß Sie Ihr Gepäck auf die Fähre bekommen.»

Als wollte er sich über seine Pläne klarwerden, indem er darüber sprach, gab er zurück: «Ich weiß noch gar nicht genau, ob ich die Überfahrt machen soll.»

«Nein?»

«Oder vielmehr... vielleicht mit dem nächsten Boot.» Wieder war er innerlich hin- und hergerissen. «Wahrscheinlich muß ich zurück nach London. Ich... ich warte auf... einen Brief. (Jetzt wird sie denken, ich bin ein flüchtiger Schuldner!) Aber um Ihren Koffer zu suchen, bleibt noch reichlich Zeit.»

Er griff sich die Bündel seiner zierlichen Begleiterin und bot ihr den Arm, damit sie mehr Schutz unter dem Schirm fand; und während sie sich eingehakt zum Bahnsteig zurückkämpften, gegeneinandergeworfen und auseinandergezerrt wie Marionetten an den Drähten des Windes, überlegte er wieder, wo er sie wohl schon mal gesehen hatte. Er hatte sie sofort als Landsmännin erkannt; die kleine Nase, der klare Teint, die in Ansätzen vorhandene Feinheit der Züge – wie bei einem Bild in leicht verwaschenen Wasserfarben – bestätigten, was bereits die hohe, wohllautende Stimme und die schnellen, rastlosen Handbewegungen verraten hatten. Sie war Amerikanerin, doch war der dieser Nation eigenen lockeren Nonchalance ein Schuß guter Umfangsformen beigegeben; seine Begleiterin war das gelungene Mischprodukt einer wissensdurstigen und anpassungsfähigen Rasse. Doch verhalfen ihm all diese Überlegungen nicht zu ihrem Namen, denn solche Exemplare strömten ständig durch die Londoner Botschaft; der Amerikaner mit seinen typischen Ecken und Kanten war mittlerweile bei weitem nicht mehr so häufig wie sein flexibler Artgenosse.

Rätselhafter aber als die Tatsache, daß er sie nicht zu identifizieren vermochte, war das nachhaltige Gefühl, daß mit ihrer Person etwas Ungemütliches, ja Abstoßendes verbunden war. Ein so erfreulicher Anblick wie dieses Gesicht, das ihn aus dem Rahmen von nassem braunem Haar und nasser brauner Boa anstrahlte, hätte eigentlich nur gleicherweise erfreuliche Assoziationen wecken dürfen; aber jeder Versuch, ihr Bild in eine Vergangenheit einzufügen, endete in Erinnerungen an Langeweile und vages Unbehagen...

«Erinnern Sie sich nicht an mich? Bei Mrs. Murrett...»

Sie saßen sich in dem wenig belebten Café gegenüber, in das er sie nach längerer vergeblicher Koffersuche auf eine Tasse Tee eingeladen hatte, als sie ihm unvermutet diese Frage über den Tisch zuwarf.

In dem muffigen Refugium hatte sie den triefenden Hut abgesetzt, ihn zum Trocknen ans Kamingitter gehängt und sich auf Zehenspitzen vor den runden, von einem Adler gekrönten Spiegel über dem Kaminsims mit den Vasen voll getrockneter Immortellen gestellt und war sich ordnend mit den Fingern durchs Haar gefahren. Die Bewegung hatte Darrows betäubte Empfindungen ebenso belebt wie das flackernde Feuer seinen Kreislauf, und nachdem sie auf seine Frage: «Haben Sie auch nasse Füße?» nach einem unbekümmerten Blick auf einen dick besohlten Schuh munter erwidert hatte: «Nein, zum Glück habe ich meine neuen Stiefel an», überlegte er, wieviel erquicklicher zwischenmenschliche Beziehungen doch sein könnten, wenn sie immer so unbelastet von Formalitäten wären.

Mit dem Ablegen ihrer Kopfbedeckung hatte seine Begleiterin ihm nicht nur zu dieser Erkenntnis verholfen, sondern ihm auch zum erstenmal einen ausgiebigen Blick auf ihr Gesicht gewährt; der Eindruck war so günstig, daß er den Namen, den sie eben genannt hatte, mit fast unverhältnismäßig großer Bestürzung vernahm.

«Bei Mrs. Murrett? Dort also...»

Natürlich erinnerte er sich jetzt. Erinnerte sich ihrer als einer der schattenhaften Gestalten im Hintergrund jenes abscheulichen Hauses in Chelsea, als eines der stummen Anhängsel der kreischenden, klettenhaften Mrs. Murrett, in deren Fänge er bei seiner ungestümen Jagd auf Lady Ulrica Crispin geraten war. Wie fad schmecken doch vergangene Torheiten, und wie schwer wird man sie los.

«Ich bin auf der Treppe an Ihnen vorbeigekommen», half sie seinem Gedächtnis nach.

Ja, sie hatte sich an ihm vorbeigeschoben, jetzt fiel es ihm wieder ein, als er auf der Suche nach Lady Ulrica die Treppe hoch in den Salon gestürmt war. Verstohlen musterte er sie mit einem längeren Blick. Wie hatte er in dem Mob bei der Murrett so ein Gesicht übersehen können? Die flüchtigen Fältchen, die aller möglichen zärtlichen Krümmungen und Verkürzungen fähig schienen, hatten die kapriziöse Anmut, die man mit einem schönen Jungmädchenkopf aus italienischen Komödien verbindet. Das Haar stand über der Stirn in einer knabenhaften Elfentolle hoch und war braun wie die Augen mit den schwarzen Einsprengseln und der kleine Leberfleck auf einer Wange, zwischen dem Ohr, hinter das von Rechts wegen eine Rose gehörte, und dem Kinn, das auf einer Halskrause hätte ruhen müssen. Wenn sie lächelte, hob sich ihr linker Mundwinkel ein wenig höher als der rechte. Es war ein Lächeln, das in den Augen begann und in zwei hellen Linien zu den Lippen hinunterlief. Und an all dem war er vorbeigelaufen, nur um Lady Ulrica Crispins habhaft zu werden!

«Aber natürlich erinnern Sie sich nicht an mich», sagte sie gerade. «Mein Name ist Viner. Sophy Viner.»

Und ob er sich an sie erinnerte! Davon war er in diesem Moment ehrlich überzeugt. «Sie sind Mrs. Murretts Nichte», stellte er fest.

Sie schüttelte den Kopf. «Nicht einmal das. Nur ihre Vorleserin.»

«Ihre Vorleserin? Wollen Sie behaupten, daß sie sich für Bücher interessiert?»

Miss Viner amüsierte sich über sein Erstaunen. «Du lieber Himmel, nein! Aber ich habe Notizzettel geschrieben und das Besucherbuch in Ordnung gehalten und bin mit den Hunden spazierengegangen und habe lästige Besucher für sie abgefertigt.»

Darrow stöhnte. «Das muß recht schlimm gewesen sein.»

«Ja, aber nicht so schlimm, als wenn ich ihre Nichte gewesen wäre.»

«Das will ich gern glauben. Es freut mich zu hören, daß Sie mir all das in der Vergangenheitsform erzählen.»

Bei dieser Anspielung ließ sie ein wenig den Kopf hängen. Dann hob sie trotzig das Kinn. «Ja. Sie und ich, wir sind fertig miteinander. Wir haben uns gerade getrennt. Unter Tränen, aber nicht wortlos.»

«Gerade getrennt? Wollen Sie damit sagen, daß Sie die ganze Zeit dort waren?»

«Seit Ihren Besuchen bei Lady Ulrica? Haben Sie den Eindruck, daß die schon so lange zurückliegen?»

Der unerwartete und nicht gerade geschmackvolle Hieb dämpfte sein Vergnügen an ihrem Geplauder. Mittlerweile hatte er viel Gefallen an ihr gefunden und fühlte sich unter ihrem freimütig bewundernden Blick wieder als der ansehnliche junge Mann, der er nun einmal war, samt allen damit verbundenen Privilegien, und nicht als der gesichtslose Haderlump, zu dem ihn das Geschiebe und Gestoße auf dem Pier vorübergehend gemacht hatte. Gerade jetzt war ihm die Erkenntnis, daß Natürlichkeit und guter Geschmack nicht immer eine Einheit bilden, recht unwillkommen.

Sie hatte offenbar seine Gedanken erraten. «Es paßt Ihnen wohl nicht, daß ich gesagt habe, Sie seien wegen Lady Ulrica gekommen?» fragte sie und beugte sich vor, um sich eine zweite Tasse Tee einzuschenken.

Zumindest war sie schlagfertig, das gefiel ihm. «Immer noch besser», sagte er lachend, «als wenn Sie denken, ich sei wegen Mrs. Murrett gekommen.»

«Daß jemand wegen Mrs. Murrett kam, haben wir uns nie eingebildet. Sie waren alle auf was anderes aus: auf die Musik, auf das Essen – wenn gerade eine gute Köchin im Haus war –, auf die anderen Gäste; meist auf *einen* Gast.»

«Verstehe.»

Sie war amüsant, und das war ihm in seiner derzeitigen Verfassung wichtiger als ihr Geschmack. Und es war eine erstaunliche Entdeckung, daß die verschwommene Stofftapete hinter Mrs. Murrett die ganze Zeit lebendig und voller Augen gewesen war. Jetzt, da eines dieser Augenpaare ihn anblickte, wurde er sich einer eigenartigen Umkehr der Perspektive bewußt.

«Wer ist ‹wir›? Ein Schwarm von Zeugen?»

«Wir waren recht zahlreich.» Sie lächelte. «Lassen Sie mich überlegen, wer war zu Ihrer Zeit da? Mrs. Bolt – und Mademoiselle – und Professor Didymus und die polnische Gräfin. Erinnern Sie sich nicht an die polnische Gräfin? Sie sagte die Zukunft voraus, aus einer Kristallkugel, und begleitete auf dem Klavier, und Mrs. Murrett hat sie vor die Tür gesetzt, weil Mrs. Didymus ihr vorgeworfen hat, sie hätte den Professor hypnotisiert. Aber nein, das wissen Sie natürlich nicht mehr. Für Sie waren wir unsichtbar; wir aber konnten sehen. Und wir haben uns alle unsere Gedanken über Sie gemacht...»

Wieder spürte Darrow, daß er errötete. «Über mich?»

«Ja. Ob *Sie* es waren oder ob es von ihr ausging, daß...»

Er zuckte zusammen, verbarg aber sein Mißfallen. Die Zeit verging recht angenehm über ihrem Gerede.

«Und darf man fragen, zu welchem Schluß Sie gekommen sind?»

«Mrs. Bolt und Mademoiselle und die Gräfin

dachten natürlich, es ginge von *ihr* aus; aber Professor Didymus und Jimmy Brance... besonders Jimmy...»

«Einen Moment bitte. Wer um Himmels willen ist Jimmy Brance?»

«Also wenn Sie sich nicht an Jimmy Brance erinnern», sagte sie sehr erstaunt, «muß es Sie wirklich schlimm erwischt haben. Da hatte er also doch wohl recht.» Sie sah ihn belustigt an. «Aber wie *konnten* Sie? Sie war doch falsch von Kopf bis Fuß.»

«Falsch...?» Trotz des zeitlichen Abstandes, trotz seiner Übersättigung regte sich männlicher Besitzerinstinkt und wies den Vorwurf zurück.

Miss Viner fing seinen Blick auf und lachte. «Natürlich nur äußerlich. Sie ist oft zu mir aufs Zimmer gekommen, nach dem Tennisspielen oder um sich frisch zu machen, wenn es abends noch woandershin ging, und ich sage Ihnen, da ist sie dann auseinandergefallen wie ein Puzzlespiel. Zu Jimmy habe ich immer gesagt – nur um ihn zu ärgern: ‹Ich wette, es ist nichts dran, sie würde es ja nie wagen, sich aus...›» Sie brach das Wort in zwei Teile, und eine rasche Röte verwandelte ihr Gesicht in eine Rose mit flachen Blütenblättern, die zur Mitte hin einen dunkleren Ton annahmen.

Ein jäher Ansturm von Erinnerungen rettete Darrow aus dieser verfänglichen Situation, und er überließ sich einer Heiterkeit, in die sie unbefangen mit einstimmte. «Natürlich», brachte sie unter Gelächter heraus, «habe ich das nur gesagt, um Jimmy zu foppen...»

Ihre Belustigung weckte vagen Unmut in ihm. «Ach, ihr seid doch alle gleich», entfuhr es ihm in einem unbegreiflichen Anflug von Enttäuschung.

Sie hakte sofort nach; so leicht entging ihr nichts. «Sagen Sie das, weil Sie denken, daß ich gehässig und neidisch bin? Ja, ich *war* neidisch auf Lady Ulrica... Nicht Ihretwegen oder wegen Jimmy Brance! Nein, sie hatte einfach all das, was ich mir so sehnlich wünsche: schöne Kleider, Spaß, Autos, Bewunderung, Segeljachten und Paris – Paris allein wäre schon genug... Und glauben Sie denn wirklich, man kann so etwas tagtäglich sehen, ohne sich zu fragen, warum manchen Frauen, die scheinbar kein größeres Anrecht auf diese Dinge haben, das alles in den Schoß fällt, während andere Einladungen zum Dinner schreiben und die Bücher in Ordnung halten und Besucherlisten kopieren und Golfsocken zu Ende stricken und farbig passende Bänder zusammensuchen und dafür sorgen, daß die Hunde ihren Schwefel bekommen? Schließlich schaut man ja auch in den Spiegel!»

Die letzten Worte waren wie ein Fanfarenstoß, der sie kleinlicher Eitelkeit weit entrückte; doch der Sinn des Satzes verlor sich für ihn in der Überraschung, die ihr Gesicht ihm bot. Unter den rasch dahinziehenden Wolken der Erregung glich es nicht mehr einem flachen Blütenkelch, sondern einem dunkel glänzenden Spiegel, der erstaunliche Gefühlstiefen zurückzuwerfen vermochte. Das Mädchen hatte etwas Besonderes, das erkannte er jetzt, und sie schien diese Erkenntnis in seinem Blick zu lesen.

«Das ist die Art von Ausbildung, die ich bei Mrs. Murrett genossen habe; eine andere hatte ich nicht», sagte sie achselzuckend.

«Grundgütiger! Waren Sie so lange dort?»

«Fünf Jahre. Ich habe länger durchgehalten als all die anderen.» Sie sagte es mit Nachdruck, als sei es etwas, auf das man stolz sein konnte.

«Gottlob haben Sie das alles ja nun hinter sich gelassen.»

Wieder ging ein kaum merklicher Schatten über ihr Gesicht. «O ja. Und zwar sehr schnell.»

«Und darf ich fragen, was Sie jetzt vorhaben?»

Sie sah einen Augenblick mit gesenkten Lidern nachdenklich vor sich hin, um dann mit einem Anflug von Arroganz zu verkünden: «Ich gehe nach Paris, um mich für die Bühne ausbilden zu lassen.»

«Für die Bühne?» Darrow sah sie bestürzt an. Seine wirren, widersprüchlichen Eindrücke erschienen ihm plötzlich in einem ganz neuen Licht, und um sein Erstaunen zu verbergen, setzte er beiläufig hinzu: «Dann kommen Sie also doch nach Paris!»

«Schwerlich in das Paris von Lady Ulrica. Rosen wird mir niemand auf den Weg streuen.»

«Da mögen Sie recht haben.» Echtes Mitgefühl veranlaßte ihn zu seiner nächsten Frage. «Haben Sie... irgendwelche Beziehungen, auf die Sie zählen können?»

Sie lachte ein wenig schnippisch. «Ich habe immer nur auf mich selbst zählen können.»

Er schenkte sich die naheliegende Antwort. «Aber wissen Sie auch, wieviel Konkurrenz in diesem Beruf herrscht? Es klingt abgedroschen, ich weiß, aber...»

«Das ist mir durchaus klar. Aber so wie bisher konnte es nicht weitergehen.»

«Natürlich nicht. Aber hätten Sie denn nicht, wenn Sie, wie Sie sich ausdrücken, länger durchgehalten haben als all die anderen, wenigstens noch so lange bleiben können, bis Sie eine Stellung in Aussicht hatten?»

Sie schwieg einen Augenblick. Dann richtete sie den Blick müde auf das regennasse Fenster. «Müssen wir nicht aufbrechen?» fragte sie mit gespieltem Gleichmut, der einer Lady Ulrica würdig gewesen wäre.

Darrow, der von ihrem Stimmungsumschwung überrascht war, die Abfuhr aber als Ausdruck einer ratlos-zerquälten Gemütsverfassung hinnahm, erhob sich und griff nach der Jacke, die Miss Viner zum Trocknen über die Stuhllehne gehängt hatte. Als er sie ihr hinhielt, sah sie rasch zu ihm hoch.

«Gut, ich will ehrlich sein», platzte sie heraus. «Wir haben uns zerstritten, und ich bin gestern ohne Abendessen fort. Und ohne mein Gehalt.»

«Ah so!» seufzte er und sah nur zu klar all die schmutzig-dunklen Gefahren für Miss Viner vor sich, die dieser Bruch mit Mrs. Murrett nach sich ziehen konnte.

«Und ohne Zeugnis», fügte sie hinzu, während sie mit den Armen in die Jacke fuhr. «Und offenbar auch ohne Koffer. Aber sagten Sie nicht, wir hätten vor der Abfahrt noch Zeit, auf dem Bahnhof vorbeizuschauen?»

Sie hatten noch Zeit, auf dem Bahnhof vorbeizuschauen, doch das Resultat war wiederum enttäuschend, denn in dem Riesenhaufen von Gepäck, den der gerade eingefahrene Londoner Expreß ausgespien hatte, war ihr Koffer nicht aufzufinden. Miss Viner war darüber zwar einen Augenblick bekümmert, dann aber befand sie entschlossen, daß sie nun ihre Reise eben ohne Koffer würde fortsetzen müssen, und diese Entscheidung bestärkte Darrow in seinem schon halb und halb gefaßten Vorsatz, nicht nach London, sondern ebenfalls nach Paris zu fahren.

Miss Viner war die Aussicht auf seine Gesellschaft sichtlich angenehm, und sein Angebot, wegen des vermißten Koffers noch ein Telegramm nach Charing Cross zu schicken, wurde dankbar angenommen. Er hieß sie in der Droschke warten, während er zum Telegraphenbüro eilte. Dort brachte er die Anfrage auf den Weg und wandte sich schon zum Gehen, als ihm noch etwas einfiel. Er depeschierte seinem Diener nach London: «Falls Briefe mit französischen Marken eingehen bitte unverzüglich an Hotel Terminus Gare du Nord Paris weiterleiten.»

Dann ging er zurück zu Miss Viner, und sie fuhren durch den strömenden Regen zum Pier.

– III –

Der Zug hatte noch kaum Calais verlassen, als ihr Kopf in die Ecke zurücksank, und gleich darauf war sie auch schon eingeschlafen. Darrow, der ihr gegenüber in dem Abteil saß, aus dem er alle anderen Reisenden erfolgreich hatte verscheuchen lassen, betrachtete sie gedankenvoll. Noch nie hatte er ein Gesicht gesehen, das sich so rasch zu ändern vermochte. Eben noch war es von heiterer Beweglichkeit gewesen wie ein Margeritenfeld im Sommerwind. Jetzt, unter dem bleichen, schwankenden Licht der Deckenlampe, trug es den unbarmherzigen Stempel der Erfahrung wie etwas Weiches, das zu seiner letzten Form erstarrt ist, ehe die Rundungen sich endgültig haben festigen können, und er sah bewegt, daß die Sorgen sich schon verstohlen an sie heranmachten, wenn sie schlief.

Dank dem, was sie ihm in der knarrenden, schwankenden Kabine und im Erfrischungsraum von Calais erzählt hatte – er ließ es sich nicht nehmen, ihr das Abendessen zu bieten, das ihr bei Mrs. Murrett entgangen war –, sah er sie nun schärfer und klarer. Seit ihrem Eintritt in das New Yorker Pensionat, in das nach dem Tod der Eltern ein gehetzter Vormund die Waise eilends gesteckt hatte, war sie allein in einer gleichgültig-betriebsamen Welt. Die Geschichte ihrer Jugend ließ sich in der Feststellung zusammenfassen, daß alle zu geschäftig gewesen waren, um sich ihrer anzunehmen. Der Vormund, ein kleiner Angestellter in einer großen Bank, war ganz vom «Büro», seine Frau von ihrer Gesundheit und ihrer Religion in Anspruch genommen, und Sophys ältere Schwester Laura – verheiratet, unverheiratet, wieder verheiratet und dabei beharrlich an einem vagen «künstlerischen» Ideal festhaltend, das der Vormund und seine Frau mit scheelem Blick betrachteten – hatte deren Mißbilligung als Vorwand benutzt, sich nicht weiter um die arme Sophy zu kümmern, in deren Augen die Schwester (vielleicht eben deshalb) die Inkarnation vager romantischer Möglichkeiten geblieben war.

Nach einiger Zeit war durch einen plötzlichen Schlagfluß des Vormunds in seinen persönlichen Verhältnissen eine große Konfusion eingetreten, und nach seinem weithin betrauerten Ableben stellte sich heraus, daß das Erbe seines Mündels nicht zu retten war. Niemand bedauerte das aufrichtiger als seine Witwe, die darin nur einen Beweis mehr dafür sah, daß das Leben ihres Gatten den zahllosen ihm aufgebürdeten Verpflichtungen zum Opfer gefallen war, und die es – wären da nicht die Gebote ihrer Religion gewesen – kaum über sich gebracht hätte, dem jungen Mädchen zu verzeihen, daß es indirekt sein Hinscheiden beschleunigt hatte. Sophy nahm diese Einstellung nicht übel. Sie betrauerte den Tod ihres Vormundes viel mehr als den Verlust ihres unbedeutenden Vermögens. Letzteres hatte im Grunde nur dazu gedient, sie in Knechtschaft zu halten, und sie nahm sein Verschwinden zum Anlaß, sich sogleich in das weite, funkelnde Meer des Lebens zu stürzen, das ihre Gefängnisinsel umspülte. Sie war zunächst – dank der Intervention der Dame, welche die Oberaufsicht über ihre Ausbildung gehabt hatte – in einem Unterrichtszimmer der Fifth Avenue gelandet, wo sie etliche Monate als Puffer zwischen drei tyrannischen Kleinkindern und ihrer aus Kinderschwestern und Lehrerinnen bestehenden Leibwache fungierte. Die allzu beflissenen Liebenswürdigkeiten des Kammerdieners veranlaßten sie, diesem behüteten Ort schnellstens den Rücken zu kehren, und zwar gegen den ausdrücklichen Rat ihrer pädagogischen Beraterinnen, die ihr zu verstehen gaben, sie für ihren Teil hätten mit Vornehmheit und Selbstvertrauen auch noch die unbeherrschtesten Leidenschaften im Zaum halten können. Da sich diese Sicht der Dinge mit den Erfahrungen der Witwe des Vormunds deckte und besagten Damen Lauras Lebensweg als beklagenswerter Präzedenzfall vor Augen stand, fühlten sie sich nicht verpflichtet, sich noch weiter für Sophy zu verwenden, so daß sie selbst sehen mußte, wie sie zurechtkam.

Eine Schulkameradin, die in den Rocky Mountains zu Hause war, hatte Sophy angeboten, sie und ihre Eltern auf einer Europareise zu begleiten und mit ihr «herumzufahren», während die alten Herrschaften in der Obhut des Reisemarschalls in einem Modebad ihre Leiden pflegten. Darrow folgerte, daß das «Herumfahren» mit Mamie Hoke durchaus abwechslungsreich und unterhaltsam gewesen war, doch diese verhältnismäßig glanzvolle

Phase in Sophys Leben fand ziemlich unvermittelt ein Ende, als sich Mamie Hoke rücksichtsloserweise von einem «Matinee-Idol», einem Mann, der ihr von New York aus nachgereist war, entführen ließ und die Eltern überstürzt zurückkehrten, um in Verhandlungen über den Rückerwerb ihres Kindes einzutreten.

Zu diesem Zeitpunkt war Miss Viner – nach einer Zwischenstation bei mitfühlenden, aber mittellosen amerikanischen Freunden in Paris – dann in die trüben Strudel von Mrs. Murretts Leben geraten. Die mittellosen Landsleute hatten Mrs. Murrett für sie ausfindig gemacht, und vor allem auch mit Rücksicht auf jene (weil sie, lieb und vertrauensselig, wie sie waren, die Ärmsten, überhaupt nicht ahnten, was sie ihr damit zumuteten) hatte Sophy Viner in dem abscheulichen Haus in Chelsea so lange durchgehalten. Die Farlows waren, wie sie erläuternd anfügte, die besten Freunde, die sie je besessen hatte (und die einzigen, die sich Laura gegenüber, die sie einmal gesehen hatten und sehr bewunderten, «anständig» verhalten hatten); doch noch nach zwanzig Jahren Paris waren sie die unverbesserlichsten, naivsten Unschuldsengel und fest davon überzeugt, daß Mrs. Murrett eine Frau von beachtlichen Geistesgaben und das Haus in Chelsea «der letzte *salon* seiner Art» war... Darrow wisse schon, wie sie es meine. Und Sophy hatte es nicht über sich gebracht, ihnen diese Illusion zu rauben, denn das hätte bedeutet, daß sie ihnen wieder hätte zur Last fallen müssen; zudem fand sie es nach ihren vorangegangenen Erfahrungen unbedingt wichtig, für sich den Nachweis einer gewissen Beständigkeit zu erbringen. Überdies, setzte sie mit einem kurzen Auflachen hinzu, habe sich in all den Jahren keine andere Chance ergeben.

Sie hatte diese Skizze ihres bisherigen Lebens mit leichten, raschen Strichen hingeworfen und in resigniertem Ton, erstaunlicherweise aber ohne jede Bitterkeit vorgetragen. Darrow begriff, daß sie die Menschen nach ihrem größeren oder geringeren Maß an «Glück» im Leben einstufte, der nicht näher bezeichneten Macht aber, die ihre Gaben so ungleich verteilte, nicht zu grollen schien. Man erwischte einen Zipfel vom Glück, oder man erwischte ihn nicht, und in letzterem Fall hieß es eben zunächst nur zusehen und kleine Freuden nach Kräften auskosten, die ständige «Schau» bei Mrs. Murrett etwa und Klatsch und Tratsch über Lady Ulrica und andere Gestalten aus Prominentenkreisen. Und natürlich konnte schon bei der nächsten Drehung des Kaleidoskops ein wenig bunter Glanz in den Alltag fallen.

Diese sorglos-heitere Lebensauffassung war nicht ohne Reiz für einen traditionelleren Ansichten verhafteten jungen Mann. George Darrow hatte schon recht vielfältige Erfahrungen mit dem weiblichen Geschlecht gemacht, doch hatte er es dabei fast nur mit Frauen zu tun gehabt, die entweder «Ladies» oder «keine Ladies» waren. Beiden Gruppen dankbar für ihre Verdienste um das komplexe Wesen Mann und in der Annahme, daß sie dazu bestimmt, wenn nicht dazu geschaffen waren, sich um seine Bedürfnisse zu kümmern, hatte er sie gedanklich instinktiv stets getrennt gehalten und jene Zwischenschicht gemieden, die versuchte, die Lebensauffassung der einen mit derjenigen der anderen zu vereinbaren. «Bohemiens» waren für ihn ein im Vergleich mit den anderen beiden Gruppen gleichsam minderwertiger Klüngel. Er schätzte vor allem Menschen, die es in ihrem eigenen Bereich soweit wie möglich gebracht hatten, und war deshalb sehr damit einverstanden, wenn seine «Ladies» und ihre Konkurrentinnen sich unbefangen als das präsentierten, was sie nun einmal waren. Gewiß, auch er – die Sache mit Lady Ulrica erinnerte ihn nachdrücklich daran – hatte seine Erfahrungen mit einem dritten Typus gemacht; nach diesem Erlebnis aber erfüllten ihn Frauen, die sich im Schutz der Privilegien einer Gesellschaftsschicht den Gewohnheiten einer anderen hingaben, mit Widerwillen und Verachtung.

Über junge Mädchen hatte er sich seit seiner frühen Liebe zu dem einen, das später Mrs. Leath geworden war, nie viel Gedanken gemacht. Jene Episode schien ihm im Rückblick nicht mehr mit der Wirklichkeit zu tun zu haben als eine bläßliche Skizze mit der verwirrend reichen Fülle einer Sommerlandschaft. Die heftigen Aufwallungen und versunkenen Träumereien seines jungen Herzens konnte er heute ebensowenig nachvollziehen wie Annas unbegreifliche Augenblicke der Hingabe und des Zauderns. Ihr Verlust hatte ihn seinerzeit tief getroffen, und die jugendliche Leidenschaft hatte sich in wilder Auflehnung gegen die Schranken des Schicksals geworfen, doch die erste Welle stärkeren Gefühls hatte alles bis auf die Konturen ihres gemeinsamen Erlebens ausgelöscht, und die Erinnerung an Anna Summers hatte das Bild des jungen Mädchens geheiligt, ihre gesellschaftliche Stellung dagegen uninteressant werden lassen.

Allerdings gehörten solche Verallgemeinerungen zu einer früheren Phase seines Daseins. Je mehr er vom Leben sah, desto unberechenbarer erschien es ihm; und er hatte gelernt, Eindrücke in sich aufzunehmen, ohne sie wie in seiner Jugend mit anderen verknüpfen zu wollen. Es war das junge Mädchen ihm gegenüber, das die schlummernde Gewohnheit, Vergleiche anzustellen, wieder geweckt hatte. Sie unterschied sich von den Töchtern aus reichem Hause durch die von ihr selbst zugegebene (und von dem theoretischen Sachverstand der Erstgenannten grundlegend verschiedene) Vertrautheit mit dem wirklichen Leben; dennoch schien es Darrow, daß ihre Lebenserfahrung sie frei, aber nicht hart, und selbstsicher, aber nicht anmaßend gemacht hatte.

Die zügige Einfahrt nach Amiens und die zuckend über die Abteilfenster hinstreifenden Lichter der Bahnsteigbeleuchtung weckten Miss Viner, und ohne ihre Stellung zu verändern, schlug sie die Augen auf und sah Darrow an. Der Blick verriet weder Überraschung noch Verwirrung. Wenn sie vielleicht auch noch nicht wußte, wo sie war, so hatte sie doch sogleich begriffen, daß sie bei ihm war, was ihr offenbar genügte. Sie wandte nicht einmal den Kopf, um hinauszusehen, sondern ließ den Blick mit einem unbestimmten Lächeln um die schlaftrunken weichen Lippen, das ihr Gesicht von innen zu erhellen schien, auf ihm ruhen.

Rufe und die hastenden Schritte der Reisenden drangen durch das verwirrend von allen Seiten einfallende Licht zu ihnen herein. Ein Kopf tauchte vor dem Fenster auf, und Darrow beeilte sich, ihre Zweisamkeit zu verteidigen; doch der Eindringling war nur ein Zugbegleiter, der seinen Kontrollgang machte. Er ging weiter; Bahnhofslichter und Bahnhofslärm blieben zurück und verloren sich in einem größeren Kreis diffusen Lichts und dem hohlen Hallen, mit dem der Zug sich zurechtrüttelte und in die Dunkelheit hinausrollte.

Miss Viners Kopf sank wieder auf das Polster, so daß sich eine dunkle Haarsträhne über die Stirn nach oben schob. Durch das Schaukeln des Zuges löste sich eine Locke über ihrem Ohr, die sie mit einer knabenhaften Bewegung zurückwarf, während ihr Blick noch immer auf ihrem Begleiter ruhte.

«Sind Sie auch nicht zu müde?»

Sie schüttelte lächelnd den Kopf.

«Wir kommen noch vor Mitternacht an, der Zug ist fast pünktlich.» Er überprüfte diese Feststellung, indem er seine Taschenuhr zog und an die Lampe hielt.

Sie nickte traumverloren. «Es spielt keine Rolle. Ich habe Mrs. Farlow telegraphiert, daß sie mich auf keinen Fall abholen sollen, aber sie wird der

Concierge Bescheid gesagt haben, daß sie mich erwarten.»

«Darf ich Sie hinbringen?»

Sie nickte, und dann fielen ihr wieder die Augen zu. Darrow empfand es als sehr angenehm, daß sie keinen Versuch machte, ein Gespräch anzufangen oder zu verhehlen, wie schläfrig sie war. Er beobachtete sie, bis die oberen und unteren Wimpern sich trafen und beider Schatten auf ihrer Wange lag; dann stand er auf und zog den Vorhang vor die Lampe, so daß das Coupé in bläuliches Zwielicht getaucht war.

Während er sich wieder auf seinen Sitz fallen ließ, überlegte er, wie anders Anna Summers – oder auch Anna Leath – sich verhalten hätte. Sie hätte nicht allzuviel gesagt, hätte sich weder Nervosität noch Befangenheit anmerken lassen; doch diese Anpassungsfähigkeit, diese den Umständen angemessene Haltung wäre nicht Natur, sondern «Takt» gewesen. Schlaf hätte sie in dieser eigenartigen Situation unmöglich finden können, und hätte die Müdigkeit sie kurz übermannt, wäre sie gleich darauf wieder hochgeschreckt, hätte sich gefragt, wo sie sich befand, wie sie dorthin gekommen und ob ihre Frisur in Ordnung war; und nur Haarnadeln und ein Spiegel hätten es vermocht, ihr Gleichgewicht wiederherzustellen.

Wenn man diese Überlegung weiterführte, mußte man sich fragen, ob die Erziehung, die behütete Mädchen genossen, sie nicht ein für allemal aller Voraussetzungen für den weiteren Kontakt mit dem wirklichen Leben beraubte. Wie weit hatte sich Mrs. Leath durch Ehe und Mutterschaft und vierzehn Jahre diesem Leben angenähert? War nicht all ihr Zaudern und Taktieren die Folge jenes abstumpfenden Verfahrens zur Herausbildung einer «Lady»? Die von ihm bewunderte Frische war wie das unnatürliche Weiß von Blumen, die man im Dunkeln treibt.

Wenn er an die wenigen mit ihr verbrachten Tage zurückdachte, erkannte er auf ihrer Seite eben jene Unentschlossenheit, eben jene Vorbehalte, die schon die frühere Vertrautheit hatte abkühlen lassen. Wieder hatten sie ihre Stunde gehabt und ungenützt verstreichen lassen. Wie in ihrer Jugend versprach ihr Blick etwas, was ihre Lippen nicht zu halten wagten. Noch immer hatte sie Angst vor dem Leben, vor seiner Skrupellosigkeit, seinen Gefahren, seinem Geheimnis. Noch immer war sie das gehätschelte kleine Mädchen, das man nicht im Dunkeln allein lassen kann. Seine Erinnerung trug ihn zurück zu der Geschichte ihrer Jugend, und längst vergessene Details erschienen vor seinem geistigen Auge. Wie schwach und matt die Bilder waren! Die beiden jungen Menschen, die er dort sah, kamen ihm vor wie die geisterhaften Liebenden auf der griechischen Urne, die sich in alle Ewigkeit verfolgen, ohne sich je umfangen zu können. Bis heute wußte er nicht recht, was sie eigentlich getrennt hatte; der Bruch hatte sich so zufällig vollzogen wie das Auseinanderflattern zweier dahinschwebender Samenhülsen im sanften Sommerwind.

Gerade das Flüchtige, Unbestimmte der Erinnerung machte sie besonders bewegend. Er empfand den mystischen Schmerz eines Vaters um ein Kind, das gerade noch geatmet hat und jetzt tot ist. Warum war es so gekommen, wenn sich bei einer geringfügigen Verschiebung des Schwergewichts womöglich alles ganz anders gefügt hätte? Wäre sie sein geworden, hätte er ihr Blut in Wallung, hätte Glanz in ihre Augen gebracht; an seiner Seite wäre sie eine richtige Frau geworden. Schmerzlich war er sich der Vergeudung bewußt, die die bitterste Frucht der Erfahrung ist. Eine Liebe wie die seine hätte ihr vielleicht die göttliche Gabe der Selbsterneuerung geschenkt; jetzt war sie dazu verurteilt, bis in ihr Alter die gleichen Bewegungen zu vollführen und endlos immer wieder gehörte Worte zu wiederholen, wobei sie vielleicht nicht einmal ahnte, daß direkt vor ihrem durch Fensterglas und Vorhänge abgeschotteten Bewußtsein das Leben vorbeizog, eine schwarze, lichterfunkelnde Unendlichkeit, der nächtlichen Landschaft vor den Fenstern dieses Zuges gleich.

Die Lokomotive verlangsamte die Fahrt, als sich ein schlafender Bahnhof näherte. Im Licht der Bahnsteiglampen sah Darrow zu seiner Begleiterin hinüber. Ihr Kopf hatte sich zu einer Schulter hin gesenkt, und ihre Lippen standen gerade so weit offen, daß der Schatten der Oberlippe die Unterlippe dunkler wirken ließ. Durch die Zugbewegungen hatte sich die Strähne über ihrem Ohr erneut gelöst. Sie wippte auf ihrer Wange, so wie ein flatternder brauner Flügel über Blumen hinwippt, und Darrow verspürte den fast unwiderstehlichen Drang, sich vorzubeugen und sie ihr wieder hinters Ohr zu streichen.

– IV –

Als ihre Motordroschke vom Gare du Nord kommend auf den in innerstädtischem Lichterglanz erstrahlenden Boulevard eingebogen war, hatte Darrow sich vorgebeugt und auf einen beleuchteten Eingang gedeutet.

«Sehen Sie dort…»

Über der Tür prangte in einem flammenden Bogen der Name einer großen Schauspielerin, deren letzter Auftritt in einem ungewöhnlich originellen Stück von den Pariser Zeitungen, die Darrow ihnen in Calais ins Abteil gebracht hatte, in langen Artikeln abgehandelt wurde.

«Da müssen Sie hin, ehe Sie vierundzwanzig Stunden älter sind!»

Die junge Frau folgte gespannt seiner Handbewegung. Sie war jetzt hellwach und sehr lebendig, es war, als sei ihr das berauschende Rumoren der Straßen mit ihren langen sprühenden Lichterketten ins Blut gegangen wie Wein.

«Cerdine? Dort also tritt sie auf?» Sie steckte den Kopf aus dem Fenster und sah zurück, um in rascher Fahrt noch einen Blick auf die geheiligte Schwelle zu erhaschen. Dann ließ sie sich mit einem zufriedenen Seufzer zurücksinken.

«Es ist beglückend, nur zu *wissen,* daß sie da ist. Ich habe sie nämlich noch nie gesehen. Als ich mit Mamie Hoke hier war, sind wir immer nur in Varietétheater gegangen, weil sie kein Französisch verstand; und später, als ich bei den Farlows wohnte, war ich völlig blank, Theaterbesuche konnte ich mir nicht leisten, und ihnen ging es genauso. Wir kamen nur hin, weil Bekannte uns eingeladen hatten – einmal in eine von einer Rumänin verfaßte Tragödie und dann noch in ‹L'Ami Fritz› im ‹Théâtre-Français›.»

Darrow lachte. «Dann soll es Ihnen aber diesmal besser ergehen. ‹Le Vertige› ist ein sehr ordentliches Stück, und was Cerdine daraus macht, ist wirklich erstaunlich. Sie müssen es sich morgen abend mit mir ansehen – und Ihre Freunde auch. Vorausgesetzt, daß noch Karten zu haben sind.»

Das Licht einer Straßenlampe streifte über ihr strahlendes Gesicht. «Sie wollen uns wirklich einladen? Wie aufregend, daß ja eigentlich schon morgen ist!»

Es war überaus erfreulich, so viel Freude schenken zu können. Darrow war nicht reich, aber in den Zustand von Menschen, die seinen Geschmack, seine Empfindungen teilten und für die ein Theaterbesuch unerschwinglicher Luxus war, konnte er sich nur mit Mühe hineinversetzen. Die Antwort von Mrs. Leath auf die Frage, ob sie jenes französische Stück gesehen habe, ging ihm durch den Kopf. «Nein, ich hatte es natürlich vor, aber Paris ist einfach zu überwältigend. Und dann hatte ich auch die Cerdine ein bißchen satt. Ständig schleppt einen jemand zu ihren Vorstellungen.»

Das war in den Kreisen, in denen er verkehrte, die übliche Reaktion auf solche Gelegenheiten. Es gab zu viele, sie wurden lästig, man mußte sich seiner Haut wehren! Er erinnerte sich sogar, daß er damals überlegt hatte, ob einem wirklich fein gebildeten Geschmack das Außergewöhnliche jemals durch Gewöhnung gleichgültig werden kann; ob die Sehnsucht nach dem Schönen so rasch abstumpft, daß sie sich nur durch Entzug am Leben halten läßt. Hier bot sich eine hübsche Gelegenheit zu einem kleinen Experiment; fast wünschte er, lange genug in Paris bleiben zu können, um Miss Viners Aufnahmefähigkeit voll auszuloten.

Sie war noch immer bei seiner Zusage. «Das ist wirklich sehr großzügig von Ihnen. Meinen Sie, daß Sie noch Karten bekommen werden?» Und dann, nach einer von Dankbarkeit übervollen Pause: «Vielleicht halten Sie mich jetzt für abscheulich, aber... es ist womöglich meine einzige Chance; wenn Sie nicht für uns alle Karten bekommen, würden... würden Sie vielleicht auch nur mich mitnehmen? Vielleicht haben die Farlows das Stück inzwischen gesehen.»

Natürlich fand er sie nicht abscheulich, sondern nur noch liebenswerter in der ungekünstelten Art, mit der sie die unverhohlene Begehrlichkeit ihrer ausgehungerten Jugend so freimütig zu erkennen gab. «Sie kommen schon irgendwie hin», versprach er vergnügt, und beglückt seufzend lehnte sie sich zurück, während die Droschke jetzt über die trüb beleuchteten Straßen des anderen Seineufers rollte, wo die Farlows wohnten...

Diese kleine Szene kam ihm am nächsten Morgen wieder in den Sinn, als er sein Hotelfenster öffnete und den frühmorgendlichen Lärm der Gare du Nord vernahm.

Auch sie war hier, im Nebenzimmer. Das war beim Erwachen sein erster bewußter Gedanke gewesen, unmittelbar gefolgt von Erleichterung über die ihm durch diese unerwartete Wendung auferlegte Pflicht. Sich gleich morgens zu Taten aufgerufen zu sehen und damit notgedrungen die fruchtlose Beschäftigung mit seinem eigenen Kummer hintanzustellen – das allein wäre Grund zur Dankbarkeit gewesen. Ganz unabhängig davon aber reizte es ihn, das kleine Abenteuer, in das er da unversehens geraten war, nun auch bis zum Schluß durchzustehen.

Als er mit seiner Reisegefährtin am vergangenen Abend bei den Farlows in der Rue de la Chaise vor der Tür gestanden hatte, stellte sich nach wiederholtem Hämmern und Klopfen heraus, daß die Farlows nicht da waren. Sie hatten in der vorigen Woche nicht nur ihre Wohnung, sondern Paris verlassen; und der Bruch mit Mrs. Murrett war so plötzlich gekommen, daß Miss Viners Brief und ihr Telegramm sie wohl noch nicht eingeholt hatten. Beides ruhte vermutlich noch in einem Fach der Pförtnerloge; doch als sie deren mürrischen Hüter aus seinem Bau gelockt hatten, weigerte sich der hartnäckig, die Richtigkeit dieser Vermutung durch Miss Viner überprüfen zu lassen, und auch Darrows Handgeld entlockte ihm lediglich die Bemerkung, die Amerikaner seien nach Joigny gezogen.

Ihnen um diese Zeit dorthin nachzujagen war schlechterdings unmöglich, und die durch diese neue Hürde zwar leicht beunruhigte, aber keineswegs aus der Fassung gebrachte Miss Viner hatte ohne weiteres Darrows Vorschlag zugestimmt, ihm für den Rest der Nacht in das Hotel zu folgen, zu dem er bereits sein Gepäck hatte bringen lassen.

Die Rückfahrt durch die dunkle Stille vor Morgengrauen, aus der die nächtliche Lichterfülle des Boulevards geschwunden war gleich der trügerischen Beleuchtung im Schloß eines Zauberers, hatte ihr beeindruckbares Gemüt so beschäftigt, daß sie auf die eigene mißliche Lage offenbar weiter keinen Gedanken verschwendete. Darrow merkte, daß sie nicht so sehr die geheimnisvolle Schönheit dieses Schauspiels berührte als das menschlich Bedeutsame daran, die ihm innewohnende Ahnung von Gefühl und Abenteuer. Als sie an den Kolonnaden des «Français» vorbeifuhren, das in seiner verblassenden Beleuchtung fern und tempelgleich wirkte, spürte er, wie sie seinen Arm umklammerte, vernahm ihr leidenschaftlich hervorgestoßenes: «Dort gibt es Sachen, die ich schrecklich gern sehen würde!», und bis zu ihrem Hotel hörte sie nicht auf, ihn zielstrebig und mit unverhohlener Detailversessenheit nach dem Pariser Theaterleben zu befragen. Dabei wurde ihm wieder bewußt, daß Miss Viners ungekünstelte Art ihrer Zweisamkeit alles Beklemmende nahm, so daß ein ganz unbefangen kameradschaftliches Miteinander daraus wurde. Es war eine Situation, zu der einem vorausblickend leicht das Adjektiv «peinlich» hätte einfallen können; doch erwies sich nun, daß sie in derlei Kategorien ebensowenig einzuordnen war wie ein Spaziergang mit einer Dryade bei Sonnenaufgang durch einen taubeglänzten Wald; und Darrow überlegte, daß es die Welt nicht nötig gehabt hätte, den Takt zu erfinden, wenn sie sich nicht zuvor die Erfindung gesellschaftlicher Komplikationen hätte einfallen lassen.

Als er Miss Viner eine gute Nacht wünschte, waren sie so verblieben, daß er am nächsten Morgen eine passende Zugverbindung nach Joigny heraussuchen und sie sicher zum Bahnhof geleiten würde; doch während er frühstückte und auf den Fahrplan wartete, dachte er an ihren Jubelruf, als er ihr eine Vorstellung mit der Cerdine in Aussicht gestellt hatte. Da diese im höchsten Maße unzuverlässige und unberechenbare Künstlerin in der nächsten Woche eine Reise nach Südamerika antreten würde, wäre es in der Tat ein Jammer gewesen, sich die vielleicht letzte Gelegenheit entgehen zu lassen, sie in ihrer berühmtesten Rolle zu sehen; und Darrow beschloß, nachdem er sich angekleidet und die entsprechenden Auszüge aus dem Fahrplan gemacht hatte, mit dem Ergebnis dieser Überlegungen bei seiner Nachbarin anzuklopfen.

Die Tür öffnete sich sofort, und als sie herauskam, sah sie aus wie einem prickelnden Tauchbad entstiegen, das ihren kraftlos herunterhängenden Ranken neue Spannkraft verliehen und glänzend frisches Laub hervorgebracht hatte.

«Nun, wie finden Sie mich?» rief sie, legte eine Hand an die Taille und drehte sich um die eigene

Achse, als gelte es, ein Wunderwerk Pariser Modeschaffens vorzuführen.

«Es sieht so aus, als sei der lang ersehnte Koffer gekommen – und das Warten scheint sich gelohnt zu haben.»

«Dann gefällt Ihnen mein Kleid?»

«Ich finde es bezaubernd. Neue Kleider finde ich immer bezaubernd. Oder wollen Sie etwa behaupten, es sei nicht neu?»

Sie lachte triumphierend.

«Nein, nein, nein! Mein Koffer ist nicht gekommen, und mein Kleid ist derselbe alte Fetzen wie gestern, aber ich habe noch nie erlebt, daß der Trick nicht gewirkt hätte. Sehen Sie», erläuterte Miss Viner, als er große Augen machte, «ich hatte doch immer nur langweiliges, abgelegtes Zeug zum Anziehen, und wenn alle anderen so neu und elegant herausgeputzt waren, machte mich das oft schrecklich unglücklich. Und als Mrs. Murrett mich dann eines Tages unvermutet nach unten beorderte, weil ihr jemand fürs Dinner fehlte, kam mir plötzlich die Idee, mich um die eigene Achse zu drehen und die Gäste zu fragen: ‹Nun, wie finden Sie mich?› Und was soll ich Ihnen sagen: Sie haben sich alle täuschen lassen, einschließlich Mrs. Murrett, die mein armes gewendetes und gefärbtes Fähnchen nicht erkannte und mir hinterher vorhielt, es gehöre sich nicht, sich so anzuziehen, daß die Leute meinen, sie müßten mich kennen. Und seither frage ich regelmäßig, wenn ich mal besonders nett aussehen möchte, wie die Leute mein Kleid finden, und sie gehen mir immer, aber auch wirklich immer auf den Leim.»

Sie hatte ihre Erklärung mit so anschaulichen Gesten illustriert, daß Darrow sogleich seinen Vorteil nutzte.

«Ein weiterer Beweis für Ihr Talent. Sie müssen unbedingt die Cerdine sehen!» erklärte er, und weil sie, dergestalt an die veränderten Umstände erinnert, ein langes Gesicht machte, beeilte er sich, seinen Plan zu erläutern.

Dabei merkte er zu seiner großen Freude, daß es keine Mühe kostete, ihr etwas auseinanderzusetzen. Sie würde seinen Vorschlag annehmen oder auch nicht, würde aber keine Zeit mit Protesten und Einwendungen oder sinnlosen Opfern an die Götzen der Konformität vertun. Die Überzeugung, das bei ihr mit ziemlicher Sicherheit voraussagen zu können, vermittelte ihm das Gefühl, mit ihr doch schon recht vertraut zu sein, so daß er es sich erlauben konnte, von einer übereilten Verfolgung ihrer Freunde abzuraten.

Es wäre gewiß töricht – und darin pflichtete sie ihm nachdrücklich bei –, so liebenswerten unpraktischen Unschuldsengeln wie den Farlows nachzureisen, solange nicht feststand, ob sie sich tatsächlich in Joigny etabliert hatten – und zwar so weit etabliert, daß sie Miss Viner Quartier bieten konnten. Sie bestätigte seine Vermutung, daß sie vermutlich umgezogen waren, um sich «einzuschränken», und möglicherweise in sehr beengten Verhältnissen wohnten, so daß es ihnen schwerfallen würde, sie aufzunehmen; und gab ihm auch darin recht, daß es deshalb unfair wäre, sich ihnen unangemeldet aufzudrängen. Um klarer zu sehen, fuhr er fort, sei es wohl am einfachsten, noch einmal in die Rue de la Chaise zu fahren, wo der zu dieser Tageszeit möglicherweise gesprächigere Concierge vielleicht weitere Einzelheiten preisgeben würde. Dann könnten sie ihren nächsten Schritt planen.

Punkt für Punkt stimmte sie diesem Vorschlag zu; angesichts dieser unerklärten Flucht könne sie sich gut vorstellen, daß sich die Farlows in einer Situation befänden, in der man sie nicht unvermutet überfallen dürfe. Die Sorge um die Freunde hatte offenbar jeden Gedanken an ihre eigene Person verdrängt, und dieser kleine Hinweis auf ihren Charakter freute Darrow über die Maßen. Ja, es wäre gut, meinte sie, sich sogleich zur Rue de la Chaise zu begeben, aber seinem Vorschlag, sie hinzufahren, begegnete sie mit dem Einwand, es sei schade darum, sich Paris nicht zu erlaufen; also machten sie sich zu Fuß durch das fröhliche Getümmel der Stadt auf den Weg.

Der Spaziergang war lang genug, um ihm in vielerlei Hinsicht mehr Aufschluß über Miss Viner zu geben. Das Gewitter der vergangenen Nacht hatte die Luft gereinigt, und Paris glänzte in morgendlicher Schönheit unter einem Himmel aus breiten, nassen Tuschestrichen in Weiß und Blau; doch wieder stellte Darrow fest, daß ihre visuelle Wahrnehmungsfähigkeit weit weniger ausgeprägt war als ihr Gefühl für das, was die guten Farlows – die er fast schon zu kennen meinte – wohl «die menschlichen Belange» genannt hätten.

Für Formen und Farben, für Anregungen, die die Phantasie beflügelten, schien sie wenig empfänglich, und das Bild, das sich ihr bot – und das in seiner dramatischen Gesamtheit ihren Begleiter immer wieder so tief berührte –, zerfiel unter ihrem Blick in tausend kleine Einzelansichten: die Waren in den Schaufenstern, die verschiedenen Charaktere und Berufe, die sich von den Gesichtern der Passanten ablesen ließen, die Straßenschilder, die Namen der Hotels, an denen sie vorbeikamen, das Kunterbunt der Blumenstände, die Benennung von Kirchen und öffentlichen Gebäuden, auf die ihr Blick fiel. Was sie aber, wie er vermutete, besonders genoß, war die Freiheit, nach Herzenslust reden zu können, während sich ihre Füße im Takt zu dem machtvollen Brausen der großen Stadt bewegten. Ihr Entzücken über die frische Luft, die Ungebundenheit und das funkelnde Morgenlicht ließ ihn schlagartig die Beengtheit ihres früheren Lebens erkennen; auch ließ es ihn keineswegs gleichgültig, daß seine Anwesenheit offenbar in nicht geringem Maße zu ihrem Wohlbefinden beitrug. Er ahnte, wie wertvoll er allein schon als veständnisvoller Zuhörer für sie war. Miss Viner hatte sich danach verzehrt, mit einem Menschen sprechen zu können, einem Menschen, vor dem sie ihre armen kleinen weggesteckten Gefühle ausbreiten und lüften konnte. Der Sturzbach vertraulicher Mitteilungen verriet jahrelange Unterdrückung; von ehrlichem Mitleid erfüllt, hatte Darrow nur den einen Wunsch, die wenigen zur Verfügung stehenden Stunden für sie randvoll zu füllen.

Sie verstand sich auf rasche, treffsichere Skizzen, und als er wissen wollte, wie es ihr in dem Interregnum zwischen der Ära Hoke und der Ära Murrett bei den Farlows ergangen war, ließ sie vor ihm mit großer Anschaulichkeit das Bild einer recht merkwürdigen kleinen Nische Pariser Lebens erstehen. Da waren zunächst die Farlows selbst – er Maler, sie Journalistin – in all ihrer redlichen Schlichtheit: ein älteres Ehepaar aus Neuengland, das, beseelt von der unbestimmten Sehnsucht, sich von beengenden Fesseln zu befreien, in Paris so lebte wie in einer Vorstadt in Massachusetts und sich unverdrossen über die «edleren Seiten» des gallischen Wesens verbreitete. Ebenso anschaulich schilderte Miss Viner die Mitglieder jenes Kreises, dem Mrs. Farlow die «Einblicke in französische Lebensart» verdankte, eine Reihe von Artikeln, die – mit ihrem Namen gezeichnet – in einer führenden Zeitschrift Neuenglands erschienen: jene Rumänin, die ihnen die Eintrittskarten für die von ihr verfaßte Tragödie geschenkt hatte; einen älteren französischen Gentleman, der kraft seines einwöchigen Aufenthalts in Folkestone englische Prosa für die Provinzpresse übersetzte; eine Dame aus Wichita, Kansas, die für freie Liebe und die Abschaffung des Korsetts eintrat; eine Pfarrerswitwe aus Torquay, die einen «Führer für englische Damen durch Kunstgalerien im Ausland» geschrieben hatte; und den russischen Bildhauer, der sich von Nüssen ernährte und «mit großer Wahrscheinlichkeit» Anarchist war.

Dieser harte Kern, ergänzt durch einen äußeren Ring amerikanischer Studenten der Musik, der Architektur und anderer Disziplinen, lieferte Mrs. Farlows wendiger Phantasie den Stoff für «Skizzen aus dem Hochschulleben», einen «Salon im Faubourg St-Germain», eine Gruppe Pariser «Intellektueller» oder einen «Querschnitt durch Montmartre»; leider aber erwies sich auch ihre unbestreitbare Fähigkeit, mit diesem Material die unterschiedlichsten literarischen Effekte zu erzielen, nicht als ausreichend, um die «Einblicke» zu einer ständigen Einrichtung werden zu lassen, und es gab Tage, an denen sich – da der Absatz von Mr. Farlows Landschaftsbildern ähnlich stockend verlief – das wackere Paar zu einem Abstecher aufs Land genötigt sah (der sich später dann noch als «Blick auf Leben und Treiben in einem Château» verwerten ließ).

Nach fünf Jahren in Mrs. Murretts Welt waren Sophy die Farlows womöglich noch mehr ans Herz gewachsen, allerdings machte sie sich kaum noch Hoffnungen, die beiden könnten etwas für sie tun; und sie verhehlte Darrow auch nicht, daß ihre Bühnenpläne denkbar unbestimmt waren. Sie stützten sich vor allem auf das zweifelhafte Wohlwollen einer bejahrten *comédienne,* mit der Mrs. Farlow eine (ausgiebig in «Sterne des französischen Rampenlichts» sowie «Hinter den Kulissen des ‹Français›» ausgewalzte) lockere Bekanntschaft verband und die sich einmal durchaus beifällig Miss Viners Rezitation der *Nuit de Mai* angehört hatte.

«Was man natürlich nicht überbewerten darf», unterbrach sich Miss Viner und bewies damit einmal mehr gesunden Menschenverstand. «Außerdem glaube ich kaum, daß irgend jemand noch auf eine so vorsintflutliche Person hören würde, selbst wenn sie ehrlich der Überzeugung wäre, ich hätte Talent. Aber sie könnte mich vielleicht mit Leuten zusammenbringen oder mir zumindest den einen oder anderen Tip geben. Wenn ich genug Geld hätte, um Unterricht zu nehmen, würde ich geradewegs zu einigen der Großen in der Branche gehen und mit ihnen arbeiten. Und da setze ich meine Hoffnungen nun doch wieder auf die Farlows. Vielleicht können sie mir eine Stellung bei einer amerikanischen Familie in Paris verschaffen, die eine Begleiterin sucht wie die Hokes und die mir Zeit genug für meine Ausbildung ließe.»

In der Rue de la Chaise erfuhren sie wenig mehr als die genaue Adresse der Farlows und daß diese ihre Wohnung vor ihrem Wegzug untervermietet hatten. Darrow schlug Miss Viner vor, über die Quais zu schlendern, sich ein kleines Restaurant mit Blick auf die Seine zu suchen und dort bei der *plat du jour* das weitere Vorgehen zu beraten. Nach dem langen Weg waren ihre Wangen gerötet, was auf gesunden Appetit schließen ließ, und sie hatte offenbar nichts dagegen, sich in Darrows Gesellschaft zu stärken. Sie gingen wieder zum Fluß hinunter und weiter in Richtung Notre-Dame. Hin und wieder gab es einen Aufenthalt, wenn Darrow dem unwiderstehlichen Drang nachgab, bei den Bücherständen zu verweilen oder die ständig wechselnde Schönheit ihrer Umgebung zu bewundern. Zwei Jahre lang hatte sich sein Blick mit der atmosphärischen Wirkung Londons begnügen müssen, dieser geheimnisvollen Verschmelzung aus dunkel aufgetürmter Stadtlandschaft und tiefhängendem, asphaltfarbenem Himmel; und jetzt schien es ihm, als hätte die Transparenz der französischen Luft, welche die grünen Gärten und silbrigen Steine so klar und so sanft und harmonisch zugleich hervortreten ließ, etwas wie bewußtes Eigenleben. Jede architektonische Linie, jeder Brückenbogen, der kraftvoll zwischen ihnen dahinströmende Fluß selbst trug zu dieser Wirkung bei und sprach dabei so manche gefühlvolle Erinnerung an, so daß es Darrow bei einem Gang durch die Straßen von Paris immer war, als würde vor ihm eine unendlich große Tapisserie entrollt, der zahllose verborgene Düfte entstiegen.

Es war ein Beweis für die Fülle und Vielfalt dieses Schauspiels, daß es ohne Mißverhältnis auch für einen ganz anderen Zweck zu gebrauchen war, nämlich zu Miss Viners Unterhaltung. Als bloße Kulisse für ihr persönliches Abenteuer erwies es sich als ebenso geeignet wie als Auslöser erhabener Gefühle. Die Stadt war für Sophy Viner, wie ihm erneut bewußt wurde, als sie an ihrem Tisch vor einem tiefgezogenen Fenster mit Blick auf die Seine saßen, «Paris» kraft all seiner unterhaltsamen Details, seiner mannigfaltigen phantasievollen Annehmlichkeiten. Wo sonst fand man beispielsweise jene bezaubernden Hors-d'œuvre-Schälchen, die symmetrisch angeordneten Anchovis und Radieschen, die zarten goldenen Buttermuscheln oder die Walderdbeeren und die braunen Krüge mit Sahne, die ihrem Mahl erst den letzten rustikalkultivierten Schliff gaben? Ob ihm noch nicht aufgefallen sei, fragte sie, daß sich der Nationalcharakter stets in der Küche manifestiere und das Essen Frankreichs eben deshalb so amüsant und geistreich sei, weil seine Menschen es waren? Und daß in Privathäusern, ja daß überall die Gerichte immer der Konversation ähnelten – die gleichen banalen Dinge in den Mund genommen wurden, die auch wieder herauskamen? Er solle sich doch einmal vorstellen, was es gäbe, wenn eine Fee ihren Zauberstab schwenkte und die Gespräche bei einem Londoner Dinner unversehens in Hammelkeulen und Puddings verwandelte! Sie nahm es für ein gutes Zeichen, wenn jemand gern Irish Stew aß, denn das bewies, daß der- oder diejenige Freude an Veränderungen und Überraschungen hatte und das Leben so akzeptierte, wie es kam. Und eine so köstliche Pariser Variante besagten Gerichtes wie das ihnen soeben servierte *navarin* war wie ein Gespräch in seiner schönsten Form – ein Gespräch, bei dem man nie im voraus wußte, welche Richtung es nehmen würde.

Während Darrow beobachtete, wie sie ihre unschuldige Eskapade genoß, fragte er sich, ob diese sprühende Lebendigkeit ein Hinweis auf den ihr bestimmten Beruf war. Manche Leute hätten bei einer jungen Frau wie Sophy Viner sofort eine schauspielerische Begabung entdeckt. Er aber wußte aus Erfahrung, daß die göttliche Flamme in denen, die sie besitzen, rasch herunterbrennt, wenn der schöpferische Augenblick vorbei ist. Die ein, zwei wirklich begabten Schauspielerinnen, die er kannte, hatte er im Gespräch als geistig träge oder aber auf primitive Art fidel empfunden. Es war wohl so, daß der schöpferische Prozeß den Menschen – sofern er kein Genie war – so weitgehend beanspruchte, daß für eine ausgeprägte eigene Persönlichkeit nicht mehr viel übrigblieb. Und der jungen Frau vor ihm mit ihrem wandelbaren Gesicht und ihrer geschmeidigen Phantasie schien ein tätiges Wirken im Leben selbst und nicht in einer seiner Nachahmungen bestimmt.

Kaffee und Likör standen schon auf dem Tisch, als ihre Gedanken sich unvermittelt wieder den Farlows zuwandten. Sie sprang mit einer ihrer stürmischen Bewegungen auf und verkündete, sie müsse sogleich telegraphieren. Darrow ließ Schreibmaterial kommen, und neben ihr wurde Platz für das verkrustete Tintenfaß und das verfleckte Löschpapier geschaffen, doch allein der Anblick dieser ramponierten Utensilien schien Miss Viners Geist zu lähmen. Mit angestrengt gefurchter Stirn, das Ende des Federhalters an die Lippen gelegt, beugte sie sich über das Telegrammformular und sah schließlich Darrow bekümmert an.

«Ich weiß einfach nicht, wie ich es ausdrücken soll.»

«Was denn? Daß Sie noch hierbleiben, um die Cerdine zu sehen?»

«Werde ich das wirklich?» Jähe Freude flammte über ihr Gesicht.

Darrow sah auf die Uhr. «Eine Antwort auf Ihr Telegramm dürfte kaum so rechtzeitig eintreffen, daß Sie noch heute nachmittag nach Joigny fahren könnten, selbst wenn Ihre Freunde bereit wären, Sie aufzunehmen.»

Sie überlegte einen Augenblick und tippte sich mit dem Federhalter an die Lippen. «Aber ich muß ihnen wenigstens sagen, daß ich hier bin. Ich muß möglichst bald wissen, ob sie mich aufnehmen können.» Mutlos legte sie den Federhalter aus der Hand. «Telegramme habe ich noch nie abfassen können», seufzte sie.

«Versuchen Sie es mit einem Brief. Schreiben Sie Ihren Freunden, daß Sie morgen kommen.»

Dieser Vorschlag erleichterte sie sichtlich, und energisch tauchte sie jetzt die Feder ins Tintenfaß, nur um nach einem weiteren unsicheren Gekritzel erneut innezuhalten.

«Ach, es ist schon ein Jammer! Ich weiß nicht, was ich schreiben soll. Auf keinen Fall möchte ich, daß sie erfahren, wie schrecklich es bei Mrs. Murrett war.»

Darrow schenkte sich eine Antwort. Schließlich war das nicht seine Sache. Er zündete sich eine Zigarre an, lehnte sich zurück und sah sich genüßlich an ihr satt. Beim Kampf um die richtigen Worte war ihr Hut nach hinten geglitten, und dabei hatte sich wieder jene widerspenstige Haarsträhne gelöst, die zu berühren ihn in der Nacht so gelockt hatte. Nachdem er sie eine Weile nachdenklich angesehen hatte, stand er auf und ging zum Fenster.

Hinter sich hörte er die Feder kratzen.

«Ich möchte nicht, daß sie sich meinetwegen beunruhigen. Sorgen haben sie gewiß selber genug.» Die stockenden Federstriche waren schon wieder verstummt. «Wenn ich mich nur nicht so dumm beim Briefeschreiben anstellen würde! Alle Worte bekommen es mit der Angst zu tun und machen sich davon, wenn ich sie einfangen will.»

Er wandte sich lächelnd zu ihr um, während sie sich mit ihrer Aufgabe plagte wie ein Schulmädchen mit einem Aufsatz. Die geröteten Wangen, die gekrauste Stirn zeigten unmißverständlich, daß die Mühsal echt und nicht etwa eine unschuldige List war, mit der sie ihn für sich einnehmen wollte. Sie war wirklich nicht in der Lage, ihre Gedanken schriftlich zu formulieren, und dieses Unvermögen schien typisch für ihren beweglichen, beeindruckbaren Geist und das unablässige Auf und Ab ihrer Empfindungen. Er dachte an die Briefe von Anna Leath – oder vielmehr an die wenigen Schreiben, die er vor Jahren von einem Mädchen bekommen hatte, das damals Anna Summers hieß. Er sah die schlanken, festen Auf- und Abstriche vor sich, erinnerte sich der klaren Struktur der Sätze – und dann brachte eine plötzliche Gedankenverbindung die Überlegung, daß ihn eben jetzt womöglich ein solches Schriftstück im Hotel erwartete.

Was, wenn es wirklich so wäre und ihr Brief eine vollständige Erklärung ihres Telegramms lieferte? Als Folge des Umschwungs der Gefühle, die diese Überlegung mit sich brachte, betrachtete er die junge Frau vor sich nun fast ein wenig unmutig. Er fand sie jetzt geradezu beschränkt und fragte sich, weshalb um alles in der Welt er einen halben Tag auf sie gewendet hatte, während die ganze Zeit vielleicht Mrs. Leaths Brief auf seinem Tisch lag. In diesem Moment hätte er seine Begleiterin am liebsten auf der Stelle verlassen; aber er hatte sie nun einmal am Hals und mußte die Folgen tragen.

Sie schien seinen Stimmungswechsel zu spüren, denn sie sprang auf und knüllte den Briefbogen zusammen.

«Ich bin zu dumm! Aber ich will Sie nicht länger aufhalten, ich gehe zurück ins Hotel und schreibe dort.»

Sie war rot geworden, und als ihre Blicke sich trafen, bemerkte er in dem ihren leise Befangenheit. Konnte es sein, daß es seine Nähe war, die sie verwirrte? Bei diesem Gedanken verwandelte sich sein gegen Sophy gerichteter vager Unmut in einen handfesten Zorn, der seiner eigenen Person galt. Daß er blindlings in dieses Abenteuer hineingestolpert war, ließ sich im Grunde durch nichts entschuldigen. Warum hatte er sie nicht mit dem Abendzug nach Joigny expediert, statt sie mit Cerdine zu ködern, damit sie bei ihm blieb? In Paris wimmelte es von Leuten, die er kannte, und bei dem Gedanken, Freunde von Mrs. Leath könnten ihn im Theater erspähen und ihr berichten, daß er dort mit einer verdächtig gut aussehenden Begleiterin gesehen worden war, machte ihn noch verdrießlicher. Es war eine ausgesprochen unerfreuliche Vorstellung; die Frau, die er anbetete, sollte nicht denken, daß er sie auch nur einen Augenblick vergessen konnte. Inzwischen war er fest davon überzeugt, daß ein Brief von ihr auf ihn wartete, ja er ging sogar so weit, sich vorzustellen, sein Inhalt könne die telegraphisch übermittelte Weisung der Absenderin null und nichtig machen und ihn unverzüglich zu sich rufen…

– V –

An der Pförtnerloge machte ein *«pas de lettres»* diese Hoffnungen nachhaltig zunichte.

Mrs. Leath hatte nicht geschrieben, hatte sich nicht die Mühe gemacht, ihrem Telegramm eine Erklärung folgen zu lassen. Die Demütigung durchfuhr Darrow wie ein Stich, und er wandte sich ab. Ihr karges Schweigen wirkte wie Hohn auf seine üppig wuchernden Hoffnungen und Ängste. Er hatte dem Portier seine Frage nach der Rückkehr vom Lunch schon einmal gestellt, doch jetzt, am späten Nachmittag, war die Antwort nicht anders ausgefallen. Inzwischen war die zweite Post eingetroffen und hatte nichts für ihn gebracht.

Ein Blick auf die Uhr sagte ihm, daß ihm nur noch wenig Zeit zum Umziehen blieb, bis er Miss Viner zum Abendessen ausführen wollte. Doch auf dem Weg zum Aufzug kam ihm ein neuer Gedanke. Er eilte zurück in die Hotelhalle und gab noch ein Telegramm an seinen Diener auf: «Haben Sie heute einen Brief mit französischer Marke weitergeschickt? Erbitte Telegrammantwort Terminus.»

Wenn er aus dem Theater zurückkam, mußte zumindest darauf eine Antwort eingetroffen sein, und dann stand ein für allemal fest, ob Mrs. Leath ihm zu schreiben gedachte oder nicht. Er ging rasch auf sein Zimmer. Beim Umziehen war ihm nun ein wenig leichter ums Herz.

Miss Viners vagabundierender Koffer war glücklich wieder mit seiner Besitzerin vereint, und angetan mit dem bescheidenen Staat, den sie daraus zutage gefördert hatte, strahlte sie Darrow über den Tisch des Restaurants hinweg an. In seiner gekränkten Eitelkeit fand er sie hübscher und reizvoller denn je. Das ausgeschnittene Kleid betonte die anmutige Haltung des Kopfes auf dem schlanken Hals, die breite Hutkrempe wölbte sich über ihrem Haar wie ein dunkler Heiligenschein. Freude tanzte in ihren Augen und auf ihren Lippen, und als ihm durch den Schatten, den die Kerzen warfen, ihr Gesicht entgegenleuchtete, dachte Darrow bei sich, daß er nichts dagegen hätte, in der Öffentlichkeit mit ihr gesehen zu werden. Er blickte sich sogar wie beiläufig um in der Hoffnung, Bekannte zu entdecken.

Im Theater wich ihre Munterkeit atemlosem Schweigen. Angespannt saß sie in ihrer Ecke des *baignoire* gleich einer Neophytin, die darauf wartet, in die geheiligten Mysterien eingeführt zu werden. Darrow setzte sich hinter sie, um ihr Profil im Blick zu haben. Der jugendliche Ernst ihres Gesichts rührte ihn. Obgleich sie gewiß einiges an Erfahrungen hinter sich hatte und immerhin schon vierundzwanzig Jahre zählte, wirkte sie auf ihn bemerkenswert jung, und er überlegte, wie sie sich in der dürren Luft des Murrettschen Hauswesens eine so vergängliche Eigenschaft hatte bewahren können. Während die Handlung fortschritt, sah er sie immer wieder in Gefühlsausbrüchen aus ihrer Unbeweglichkeit hochfahren. Sie ließ sich nichts entgehen, und sobald die Cerdine auftrat, war ihre Konzentration so intensiv, daß sich eine angestrengte Falte zwischen ihre Brauen grub.

Nach dem ersten Akt verharrte sie einige Minuten in glückseliger Reglosigkeit. Dann überschüttete sie ihren Begleiter mit einer Fülle von Fragen, denen zu entnehmen war, daß ihr Interesse weniger der Handlung als Einzelheiten der Darstellung galt. Jede Geste, jede Schwingung in der Stimme der großen Schauspielerin war zur Kenntnis genommen und analysiert worden, und Darrow fühlte sich insgeheim geschmeichelt, von Miss Viner als Experte auf dem Gebiet der Schauspielkunst angesprochen zu werden. Sein Interesse war bisher lediglich das eines gebildeten jungen Mannes gewesen, der allen künstlerischen Ausdrucksformen gegenüber aufgeschlossen ist. Doch in seinen Antworten auf ihre Fragen gelangen ihm Formulierungen, die seine Zuhörerin offenbar originell und beeindruckend fand und mit denen er alles in allem auch nicht unzufrieden war. Miss Viner war es viel wichtiger, seine Meinung zu hören, als die ihre zum Ausdruck zu bringen, und die Ehrerbietung, mit der sie seine Bemerkungen entgegennahm, regte ihn dazu an, sich gedankenreicher über Theaterbelange zu äußern, als er sich das je zugetraut hätte.

Im zweiten Akt achtete sie auch mehr auf die Entwicklung der Handlung, obschon sie sich dabei stärker für die «Geschichte» interessierte, wie sie es nannte, als für die daraus resultierenden Konflikte der handelnden Personen. Ihr waches Verständnis für alles, was mit dem Theater zusammenhing, ihr Wissen um technische Tricks und Theaterklatsch und ihre sachkundigen Auslassungen über Rollen und Vorhänge entsprachen im Grunde nicht ihrer Einstellung zu der Handlung, die sie schlicht und primitiv als etwas betrachtete, was wirklich passiert war und was man miterlebte wie einen Unfall auf der Straße oder einen Streit im Nebenzimmer. Ob Darrow meinte, das Liebespaar würde «wirklich» in die sich anbahnende Katastrophe verstrickt werden, wollte sie wissen, und als er darauf hinwies, da er das Stück schon gesehen hatte, werde der Wert seiner Aussage doch erheblich gemindert, sagte sie lebhaft: «Ach bitte, dann verraten Sie mir nicht, wie's ausgeht» und erbat im nächsten Atemzug ausführliche Auskunft über die Stellung der Cerdine in der Theaterwelt und über ihre Lebensgeschichte. Manche Fragen zu dem zweiten Punkt waren von einer Art, wie junge Mädchen sie normalerweise nicht zu stellen pflegen, ja gar nicht zu formulieren verstehen; doch daß Sophy Viner sich dieser Tatsache offenbar gar nicht bewußt war, sprach mehr gegen ihre frühere Umgebung als gegen sie.

Nach dem zweiten Akt begaben sie sich auf Darrows Vorschlag ins Foyer. Sie saßen auf einem der schmalen roten Samtsofas und betrachteten die Menge, die in dem goldfunkelnd gleißenden Licht hin und her wogte. Da sie über die Hitze klagte, führte er sie durch die Menge zu dem überfüllten *café* am Fuße der Treppe, wo man ihnen zwischen den Schultern gedrängter *consommateurs* hindurch zwei Orangeaden reichte, und Darrow empfand, während er sich eine Zigarette anzündete und sie an ihrem Strohhalm sog, die primitive Genugtuung eines Mannes, dessen Begleiterin die Blicke anderer Männer auf sich zieht.

Auf dem Tisch lag eine abgegriffene Theaterzeitschrift, in die sich Sophy begierig vertiefte. Dann hob sie begeistert den Kopf: «Morgen nachmittag geben sie im ‹Français› den ‹Oedipe›! Den haben Sie bestimmt schon viele Male gesehen.»

Er lächelte. «Sie sollen ihn auch sehen. Wir gehen morgen hin.»

Sie seufzte, ohne seinen Vorschlag von vornherein abzulehnen. «Wie könnte ich! Der Zug nach Joigny fährt um vier.»

«Aber Sie wissen noch nicht, ob Ihre Freunde Sie überhaupt gebrauchen können.»

«Bis morgen weiß ich es. Ich habe Mrs. Farlow gebeten, mir gleich zu telegraphieren.»

Darrow durchzuckte ein flüchtiges Gefühl des

Bedauerns. Bei ihren Worten war ihm wieder eingefallen, daß sie ihm mittags nach der Rückkehr ins Hotel ihren Brief anvertraut hatte, den er darauf prompt zu expedieren vergaß. Sicher steckte er noch in der Tasche des Rocks, den er abgelegt hatte, um sich zum Abendessen umzuziehen. Verlegen rückte er an seinem Stuhl, und sie sah ihn an.

«Was ist?»

«Nichts. Nur... ich glaube nicht, daß der Brief die Nachmittagspost noch erreicht hat.»

«Ach... Und warum nicht?»

«Ich fürchte, es war schon zu spät.» Er senkte den Kopf und zündete sich die nächste Zigarette an.

Sie schlug die Hände zusammen, und er konstatierte einigermaßen belustigt, daß sie die Bewegung Cerdine abgesehen hatte.

«Ach je, das hatte ich nicht bedacht. Aber morgen früh werden sie ihn doch sicher bekommen?»

«Irgendwann im Laufe des Vormittags gewiß. Die Post in der französischen Provinz ist nicht die schnellste. Ich glaube, Ihr Brief wäre heute abend ohnehin nicht mehr ausgeliefert worden.» Bei diesem Gedanken fühlte er sich schon fast absolviert.

«Dann hätte ich vielleicht doch telegraphieren sollen?»

«Wenn Sie möchten, schicke ich morgen früh das Telegramm für Sie ab.»

Eine Glocke schrillte im Foyer zum Zeichen, daß der Entreakt zu Ende war, und sie sprang auf.

«Kommen Sie schnell! Wir dürfen nichts verpassen.»

Die Farlows waren vergessen; sie nahm seinen Arm und begann, sich in den Zuschauerraum zurückzukämpfen.

Sobald der Vorhang sich hob, nahm sie keine Notiz mehr von ihrem Begleiter. Darrow beobachtete in seiner Ecke, wie die Gefühle in köstlich erregenden Wellen auf sie einstürmten. Es war, als kämen all ihre Sinne der steigenden Flut bereitwillig entgegen, als beeilte sich alles, was sie hier sah, hörte, sich vergegenwärtigte, das Vakuum dessen auszufüllen, was ihr bisher versagt geblieben war.

Wieder hatte er seine distanzierte Freude an ihrem Glück. Es war ganz erstaunlich, wie gut sie Empfindungen weiterzuleiten verstand, er spürte sie geradezu körperlich, in Wellen, die sein Blut in Wallung brachten. Er hatte nicht oft Gelegenheit, die Wirkung eines ganz frischen Eindrucks auf ein so begeisterungsfähiges Gemüt zu beobachten, und spürte flüchtig den Wunsch, die Saiten zu seinem eigenen Vergnügen zum Schwingen zu bringen.

Nach diesem Akt stellte sie mit großer Bestürzung fest, daß sie auf dem Weg zum *café* das reich bebilderte Programm verloren hatte, das er ihr gekauft hatte. Sie wollte es suchen gehen, aber Darrow versicherte, es mache ihm keine Mühe, ihr ein neues zu beschaffen. Als er sich erhob, um sein Versprechen einzulösen, folgte sie ihm protestierend bis zur Logentür, und er begriff, daß der Gedanke, er müsse noch einen Franc für sie ausgeben, sie belastete. Diese Sparsamkeit, die so gar nicht zu ihrer angeborenen Weitherzigkeit passen wollte, berührte Darrow sehr, und wieder drängte es ihn, eine so eklatante Ungerechtigkeit des Lebens ein wenig auszugleichen.

Als er in die Loge zurückkehrte, stand sie noch immer unter der Tür, und er sah, daß nicht nur sein Blick auf ihr ruhte. Doch dann wurde seine Aufmerksamkeit jäh abgelenkt. Unter den verbrauchten Gesichtern der Pariser Menge hatte er die frischen Züge von Owen Leath entdeckt, der ihm freudig zu verstehen gab, daß er ihn erkannt habe.

Der schlanke, aufgeweckte junge Mann hatte sich von zwei ihm vom Typ her ganz ähnlichen Gefährten getrennt und versuchte, sich zu dem Freund seiner Stiefmutter durchzudrängen. Darrow kam diese Begegnung höchst ungelegen; sie konfrontierte ihn mit einem ganzen Bündel von Befürchtungen, die nur zum kleinsten Teil dadurch ausgeräumt wurden, daß sich Sophy Viner, als habe ein dunkles Gefühl sie gewarnt, in den Schatten ihrer Loge zurückgezogen hatte.

Eine Minute später war Owen Leath bei ihm. «Ich habe mich also nicht getäuscht! Wie schön, daß wir uns über den Weg laufen. Hätten Sie nicht Lust, hinterher mit zum Essen zu kommen? Nach Montmartre oder wohin Sie wollen. Die beiden da drüben sind Freunde von mir aus der Ecole des Beaux Arts, nette Burschen, und wir würden uns sehr freuen...»

Eine halbe Sekunde las Darrow in dem gastfreundlichen Blick die Worte «...wenn Sie die Dame mitbringen würden», die dann in ein «Wir würden uns alle sehr freuen, wenn Sie kämen» umgemünzt wurden.

Darrow lehnte dankend ab und mußte noch einige Minuten leeren Geplauders über sich ergehen lassen, wobei er jedes Wort, jeden Ton seines Gegenübers wie ein grelles Licht empfand, das in schmerzende Augen fällt. Er atmete auf, als ein Klingelzeichen die Zuschauer auf ihre Plätze zurückrief und der junge Leath sich mit der freundschaftlichen Frage verabschiedete: «Man sieht sich dann wohl in Givré?»

Als Darrow zu Miss Viner zurückkehrte, war seine erste Tat, durch einen raschen Blick in die Runde festzustellen, ob Owen Leath Sicht auf ihre Loge hatte. Doch der junge Mann war von ihren Plätzen aus nicht zu sehen, woraus Darrow den Schluß zog, daß Leath ihn auf dem Gang und nicht an Sophy Viners Seite erspäht hatte. Weshalb es ihm so wichtig war, diesen Punkt zu klären, hätte er selbst nicht recht sagen können; er war um diese Feststellung weniger wegen Miss Viner bemüht als in Gedanken an ein gekränkt blickendes ernstes Augenpaar.

Auch auf der Rückfahrt ins Hotel verließ ihn dieses Bild nicht, denn womöglich hatte ja die Abendpost einen Brief von Mrs. Leath gebracht oder aber sein Diener hatte ihr Schreiben zumindest telegrafisch angekündigt, und bei diesem Gedanken wurde das Gefühl für das Mädchen an seiner Seite wieder brüderlich, fast väterlich distanziert. Was war sie für ihn schließlich mehr als eine sympathische junge Person, der er – gewiß auch ein wenig zu seinem eigenen Vergnügen – einen schönen Abend bereitet hatte? Und als sie in den beleuchteten Hof des Hotels einfuhren und sie sich ihm mit einer raschen Bewegung zuwandte, so daß ihr strahlendes Gesicht dem seinen ganz nah war, wich er zurück und machte sich am Schlag der Droschke zu schaffen.

Der Nachtportier meinte nach vergeblicher Durchsicht der Fächer, es sei möglich, daß ein Brief oder ein Telegramm für den Herrn heraufgeschickt worden war, und Darrow konnte es kaum mehr erwarten, auf sein Zimmer zu kommen. Oben war er mit seiner Begleiterin allein auf dem langen, trüb beleuchteten Korridor, und vor ihrer Tür blieb Sophy stehen, raffte mit einer Hand die blaß schimmernden Falten ihres Capes und streckte die andere Darrow hin.

«Wenn das Telegramm frühzeitig kommt, fahre ich mit dem ersten Zug. Jetzt heißt es also Abschied nehmen», sagte sie mit einem leicht bedauernden Blick.

Wieder dachte Darrow zerknirscht an ihren Brief, den er abermals vergessen hatte, und als sich ihre Hände berührten, schwor er sich, unverzüglich nach unten zu gehen und ihn aufzugeben, wenn sie in ihrem Zimmer verschwunden war.

«Nein, nein, wir sehen uns morgen früh noch», sagte er.

In ihrem Gesicht zuckte es freudig, während er etwas unsicher lächelnd vor ihr stehenblieb.

«Auf jeden Fall möchte ich Ihnen jetzt schon für diesen schönen Tag danken.»

Er spürte in ihrer Hand das gleiche Zucken, das über ihr Gesicht gegangen war. «Im Gegenteil, ich habe Ihnen zu danken...» Er hob ihre Hand an die Lippen.

Als er sie losließ und ihre Blicke sich trafen, regte sich in ihren Augen etwas wie ein Licht, das rasch hinter einem mit Gardinen verhängten Fenster vorbeigetragen wird.

«Gute Nacht. Sie müssen schrecklich müde sein», sagte er ein wenig abrupt, aber durchaus freundschaftlich und drehte sich um, ohne zu warten, bis sie in ihrem Zimmer verschwunden war. Er schloß seine Tür auf, stolperte über die Schwelle und tastete in der Dunkelheit nach dem Knopf für das elektrische Licht. Als es hell geworden war, sah er ein Telegramm auf dem Tisch liegen, und über diesem Anblick vergaß er alles andere.

«Kein Brief aus Frankreich», lautete der Text.

Die Nachricht fiel Darrow aus der Hand, er ließ sich auf einen Stuhl fallen und starrte auf das schmuddelige hellbraun-olivfarbene Muster des Teppichs. Sie hatte also nicht geschrieben, und damit stand fest, daß sie auch nicht mehr schreiben würde. Hätte sie ihr Telegramm näher erläutern wollen, hätte sie ihm gewiß innerhalb von vierundzwanzig Stunden einen Brief folgen lassen. Aber das lag offenbar nicht in ihrer Absicht, und ihr Schweigen konnte nur bedeuten, daß sie keine Erklärung abzugeben hatte oder aber ihr Interesse so gering war, daß sie eine Erklärung für unnötig hielt.

Angesichts dieser Alternativen brach in Darrow erneut knabenhafter Kummer auf. Es war nun nicht mehr gekränkte Eitelkeit, die ihn quälte. Er sagte sich, daß er diesen Schmerz durchaus hätte ertragen können, wäre dabei das Bild von Mrs. Leath unangetastet geblieben; doch sie für oberflächlich oder unaufrichtig halten zu müssen war ihm unerträglich. So unerträglich, daß er den blinden Drang empfand, irgend jemanden für den Schmerz büßen zu lassen, den dieser Gedanke ihm verursachte.

Während er grübelnd auf den Teppich starrte, verschwammen dessen alberne Verschlingungen zu einem unscharfen Fleck, aus dem ihn abermals die Augen von Mrs. Leath anblickten. Er sah den schönen Schwung ihrer Brauen, sah ihren innigen Blick, als sie sich nach ihrem letzten Londoner Abend von ihm getrennt hatte. «Jetzt heißt es also Abschied nehmen», hatte sie gesagt, genau wie Sophy Viner heute abend.

Bei diesem Gedanken sprang er auf und nahm den Rock vom Haken, in dem Miss Viners Brief steckte. Es war eine Dreiviertelstunde nach Mitternacht, demnach war es gleichgültig, ob er jetzt damit zum Briefkasten ging oder am nächsten Morgen. Aber es war ihm wichtig, sein Gewissen zu erleichtern. Er holte den Brief heraus und ging zur Tür.

Ein Geräusch im Nebenzimmer ließ ihn innehalten. Erst jetzt wurde ihm bewußt, daß wenige Meter entfernt und nur durch eine dünne Wand von ihm getrennt eine temperamentvolle kleine

Lebensflamme flackerte und die Luft bewegte. Mit einem Schlag stand ihm wieder Sophys Gesicht vor Augen – so deutlich wie eben noch das von Mrs. Leath. Er lächelte ein wenig, als er sich daran erinnerte, wie sehr die junge Frau diesen Abend genossen, wie sie die neuen Eindrücke mit allen Sinnen in sich aufgenommen hatte.

Sie war ihm seltsam nah, als er daran dachte, daß sie in diesem Augenblick diese glückseligen Stunden noch einmal durchlebte, ebenso intensiv wie er seinen Kummer. Sein Fall war hoffnungslos, aber ihr noch ein wenig Freude zu schenken wäre ihm ein leichtes. Und erwartete sie das nicht vielleicht insgeheim von ihm? Hätte sie es wirklich so eilig gehabt, zu ihren Freunden zu kommen, hätte sie ihnen nach ihrer Ankunft in Paris keinen Brief geschrieben, sondern gleich ein Telegramm geschickt. Warum hatte er diesen harmlosen kleinen Trick, ein wenig mehr Zeit zu gewinnen, nicht schon eher durchschaut? Er dachte deshalb nicht schlechter von ihr; die Erkenntnis verstärkte nur seinen spontanen Wunsch, seine Chance zu nutzen. Sie hungerte nach ein wenig Freude, das arme Kind, ein bißchen Eigenleben. Warum sollte er ihr nicht die Gelegenheit verschaffen, noch einen Tag in Paris zu verbringen? War es nicht das, worauf sie insgeheim hoffte?

Mit diesen Überlegungen lebte seine Zuneigung zu ihr wieder auf. Sie wurde wichtig für ihn als eine Möglichkeit der Flucht vor sich selbst, als ein Ziel, auf das er seine gehemmte Tatkraft richten konnte. Er fühlte sich nicht mehr so trostlos einsam, da er sie im Nebenzimmer wußte, und weil er ihr dafür dankbar war, begann er müßig und mit einiger Belustigung zu überlegen, wie es sich wohl anstellen ließe, sie noch in Paris zurückzuhalten. Er setzte sich wieder, brannte eine Zigarre an und lächelte ein wenig, als er an ihr lächelndes Gesicht dachte. Er versuchte sich vorzustellen, an welchen Vorfall dieses Tages sie in diesem Moment dachte und welche Rolle er wohl darin spielte. Gewiß keine kleine Rolle, soviel stand fest, und das war unleugbar ein erfreulicher Gedanke.

Die hin und wieder aus dem Nebenzimmer zu ihm dringenden Geräusche machten ihm die Realität der Situation bewußt, und er überlegte, wie seltsam es doch sei, daß er und sie vorübergehend in dieser weiten, wirren Einsamkeit isoliert waren, inmitten so vieler Zimmer, von denen jedes sein eigenes Geheimnis barg. Die Nähe all dieser anderen Geheimnisse, die das ihre umschlossen, ließ Darrow Sophy Viners Anwesenheit noch deutlicher empfinden, und durch den Rauch seiner Zigarre hindurch folgte er ihr in seiner Phantasie auf dem Weg durchs Zimmer, sein Blick zog die Rundung der schlanken jungen Arme nach, die sich hoben, um das Haar zu lösen, folgten dem Kleid, das erst auf die Taille, dann bis zu den Knien heruntерglitt, den weißen Füßen, die zum Bett trippelten...

Er stand auf, schüttelte sich, gähnte und warf den Zigarrenstummel weg. Dabei bemerkte er das Telegramm, das zu Boden gefallen war. Die

Geräusche im Nebenzimmer waren verstummt, und er war wieder traurig und allein.

Er öffnete das Fenster, legte die verschränkten Arme aufs Fensterbrett und sah auf die große, lichterfunkelnde Stadt hinaus und dann zum dunklen Himmel hoch, an dem der Morgenstern stand.

– VI –

Am Nachmittag des nächsten Tages rutschte Darrow gähnend auf seinem Sitz im Théâtre-Français herum.

Es war ein warmer Tag, der Zuschauerraum überfüllt und stickig, die Vorstellung nach seinem Dafürhalten unmöglich. Er sah verstohlen zu seiner Begleiterin hinüber und überlegte, ob sie seine Meinung teilte. Ihr versunkener Blick verriet keine Unrast, aber es war ja denkbar, daß sie aus Höflichkeit eine Anteilnahme heuchelte, die sie nicht empfand. Ungeduldig, ein neuerliches Gähnen unterdrückend, lehnte er sich zurück und versuchte, sich auf die Bühne zu konzentrieren. Dort gingen große Dinge vor, und die strenge Schönheit des antiken Dramas ließ ihn nicht unberührt. Doch die Interpretation des Stückes schien ihm so muffig und abgestanden wie die Luft im Zuschauerraum. Eben diesen Schauspielern hatte er in eben diesen Rollen oft genug Beifall gezollt, und vielleicht verstärkte gerade diese Tatsache den Eindruck schaler Konventionalität. Die moribunde Kunst hatte eine Blutauffrischung bitter nötig. Ihm schien es, als bestritten hier die Geister von Schauspielern eine gespenstische Aufführung an den Ufern des Styx.

Sollte ein junger Mann mit einer hübschen Begleiterin die goldenen Stunden eines Frühlingsnachmittags nicht besser nutzen können? Das frische Gesicht an seiner Seite, das zu der Frische dieser Jahreszeit paßte, ließ ihn an Sonnenflecken denken, die golden durch junges Laub fielen, an das Plätschern eines Baches im Gras, wogenden Baumschatten über windbewegten Wiesen...

Als endlich die einzige Pause des Stückes dem schicksalsschweren Schritt der Kothurne Einhalt gebot und er Miss Viner auf den Balkon geführt hatte, der auf den Platz vor dem Theater hinausging, wandte er sich um, weil er feststellen wollte, ob sie seine Gefühle teilte. Aber ihr verzückter Blick ließ den spöttischen Kommentar auf seinen Lippen ersterben.

«Ach, warum haben Sie mich hierhinaus gebracht? Von Rechts wegen müßte man sich in eine dunkle Ecke zurückziehen, bis es wieder anfängt.»

«*So* also haben Sie es empfunden?»

«Sie nicht? Als hätten direkt hinter ihnen die Götter gestanden und an den Fäden gezogen...» Sie hatte die Hände ums Geländer gekrampft, und auf ihrem Gesicht jagten sich Licht und Schatten im Flügelschlag widerstreitender Empfindungen.

Darrow lächelte, weil er sich an ihrer Begeisterung freute. Früher einmal hatte auch er so empfunden; vielleicht war es seine Schuld und nicht die der Schauspieler, daß die Poesie des Stückes sich so gründlich verflüchtigt hatte... Aber nein, er hatte die Aufführung mit Recht als schal und öde abgeurteilt. Daß seine Begleiterin sie für meisterhaft hielt, lag an ihrer Unerfahrenheit, an mangelnden Vergleichs- und Zuordnungsmöglichkeiten.

«Ich fürchtete schon, Sie könnten sich langweilen und vorzeitig gehen wollen.»

«Langweilen?» wiederholte sie ein wenig gekränkt. «Mit anderen Worten, Sie dachten, ich bin zu dumm und unwissend, um das Stück zu würdigen.»

«Aber nein.» Ihre Hand lag noch auf dem Balkongeländer. Er legte kurz die seine darüber und sah die Röte züngelnd in ihren Wangen hochsteigen.

«Sagen Sie mir einfach, was Sie denken», bat er, ohne recht zu wissen, was er sagte, und senkte ein wenig den Kopf.

Sie versuchte eifrig und ohne ihn dabei anzusehen, ihm etwas von dem zu vermitteln, was sie dachte. Doch war sie in der Analyse ihrer Empfindungen offenkundig ungeübt und hatte sich dem turbulenten Verlauf des Dramas so atemlos staunend ausgeliefert, wie man ein Gewitter oder eine andere Naturkatastrophe über sich ergehen läßt. Über literarische oder historische Bezüge, mit denen sie ihre Eindrücke hätte verknüpfen können, verfügte sie nicht; in griechischer Literatur hatte man sie wohl während ihrer Schuljahre nicht unterwiesen. Dafür hatte sie ein Gefühl für das, was so manche junge Dame mit besten Noten in

Griechisch und Latein vermutlich unbeachtet gelassen hätte: für das unentrinnbare Verhängnis der auf der Bühne erzählten Geschichte, die verheerende Wucht jener geheimnisvollen Macht, die auch die Fäden unseres eigenen kleinen Schicksals in der Hand hält. Was Sophy Viner auf der Bühne sah, war für sie keine Literatur; sie sah Fakten – so wirklich, so hautnah wie das, was ihr in diesem Moment widerfuhr und was die nächste Stunde bringen mochte. Aus dieser Sicht gewann auch für Darrow das Drama seine überragende und ergreifende Realität zurück. Durch die höchst überflüssigen Hüllen seiner Kunsttheorien und der Bühnenkonvention hindurch drang er zu des Stückes eigentlicher Bedeutung vor und sah es so, wie er es nie zuvor gesehen hatte: als Leben.

Danach war an ein Entkommen natürlich nicht mehr zu denken. Er führte sie in den Zuschauerraum zurück und war es zufrieden, sich seine Empfindungen durch die ihren vermitteln zu lassen. Doch während das Stück seinen Lauf nahm und die Luft immer drückender wurde, schweiften seine Gedanken wieder ab, und er ließ die Ereignisse des Vormittags noch einmal Revue passieren.

Er staunte, wie schnell ihm der Tag vergangen war, den er von Anfang an mit Sophy Viner verbracht hatte. Sie hatte kein Hehl daraus gemacht, daß es ihr nicht unlieb gewesen war, kein Telegramm von den Farlows vorzufinden. «Sie werden einen Brief geschickt haben», sagte sie nur und war in Gedanken gleich wieder bei der beglückenden Aussicht auf einen Nachmittag im Theater. Bis dahin schlenderten sie durch die belebten Straßen und speisten in Muße unter den Kastanienzweigen eines Restaurants auf den Champs-Elysées. Sie fand alles unterhaltsam und interessant, und Darrow konstatierte ebenso amüsiert wie innerlich unbeteiligt, daß sie sich der Wirkung ihrer Reize durchaus bewußt war. Doch hatte das Wissen um ihr gutes Aussehen keinen unangenehmen Beigeschmack von Eitelkeit. Für sie war es offenbar nichts anderes als ein Ton im Zusammenklang aller Dinge, den sie gern erklingen ließ, so wie eine Sängerin sich an ihrem Gesang erfreut.

Beim Kaffee nach dem Essen hatte sie ihm wieder zahllose Fragen gestellt und selbst ihre Ansichten zu den unterschiedlichsten Themen zum besten gegeben. Ihre Fragen verrieten eine gesunde und umfassende Wißbegier, und ihre Bemerkungen – wie auch ihr Gesicht und ihr ganzes Verhalten – ließen eine seltsame Mischung aus Altklugheit und entwaffnender Ignoranz erkennen. Wenn sie mit ihm über das «Leben» sprach – ein von ihr gern und oft verwendetes Wort –, kam sie ihm vor wie ein Kind, das mit einem Tigerjungen spielt, und er sagte sich, daß eines Tages das Kind erwachsen sein würde – und der Tiger ebenfalls. Derzeit aber ließ sich bei dieser mit so viel Naivität gepaarten Beschlagenheit weder das Ausmaß ihrer Erfahrungen noch deren Einfluß auf ihren Charakter abschätzen. Sie konnte einem von zwölf verschiedenen, genau definierbaren Menschentypen angehören oder – was für ihren Begleiter verwirrender und für sie gefährlicher war – eine fluktuierende, in keine feste Form gegossene Mischung aus dem ganzen Dutzend sein.

In der Unterhaltung hatte sie wie immer die Sprache gleich wieder aufs Theater gebracht. Sie brannte darauf, möglichst alles über jede nur denkbare dramatische Erscheinungsform zu erfahren, die diese Metropole der Bühnenkunst zu bieten hatte, und ihr Wissensdurst erstreckte sich dabei nicht nur auf die anerkannten Tempel dieser Kunst, sondern auch auf ihre weniger erhabenen Stätten. Miss Viners eindringliche Fragen nach einem Stück, dessen Inszenierung an einer der letztgenannten Bühnen zu einem erheblichen Skandal geführt hatte, veranlaßte Darrow dazu, lachend zu bemerken: «Wenn Sie *das* sehen wollen, werden Sie warten müssen, bis Sie verheiratet sind!» Ihre Antwort brachte einen unvermittelten Themenwechsel.

«Ich habe nicht vor zu heiraten», hatte sie im Ton jugendlicher Unbedingtheit erwidert.

«Ja, ja, das hört man häufig...»

«Gewiß. Von jungen Frauen, die es sich aussuchen können.» Von einer Minute auf die andere hatte sie fast alte Augen bekommen. «Sie sollten die beiden Männer sehen, die mich bisher haben heiraten wollen. Der eine war Schiffsarzt auf dem Dampfer, mit dem ich mit den Hokes nach Europa gekommen bin; er war wegen Trunksucht aus der Marine entlassen worden. Der andere war ein schwerhöriger Witwer mit drei erwachsenen Töchtern, der ein Uhrengeschäft in Bayswater hatte. Außerdem», plauderte sie weiter, «glaube ich im Grunde nicht an die Ehe. Ich trete nämlich für eine selbständige Entwicklung ein und dafür, daß jeder Mensch die Chance bekommt, so zu leben, wie er es für richtig hält. Ich bin nämlich kolossal modern...»

Immer dann, wenn sie sich als kolossal modern bezeichnete, kam sie ihm besonders rührend-rückständig vor; doch gleich darauf brachte sie dann ohne Effekthascherei oder den Wunsch, sich großzutun, irgendeinen sozialen Grundsatz vor, den nur die bittere Erfahrung sie hatte lehren können.

All das ging ihm durch den Kopf, als er neben ihr im Theater saß und sie in ihrer naiven Versunkenheit beobachtete. Es war «die Geschichte», die ihre Vorstellungskraft ansprach, und auch im Leben, so vermutete er, würden es immer «die Geschichten» sein, die sie fesselten, und nicht die ihr eher fern liegenden gedanklichen Probleme. An Echos in ihrer Seele glaubte er nicht...

Zweifellos aber war sie sehr intensiver Gefühle fähig; das Gegenwärtige, Unmittelbare brachte alle Saiten in ihr zum Schwingen. Als das Stück zu Ende war und sie wieder ins Sonnenlicht hinaustraten, sah Darrow lächelnd auf sie herunter.

«Nun?» fragte er.

Sie gab keine Antwort. Ihr dunkler Blick ruhte auf ihm, ohne ihn wahrzunehmen. Ihre Wangen und Lippen waren blaß, das lose Haar unter der Hutkrempe klebte in feuchten Locken an ihrer Stirn. Sie sah aus wie eine noch von den Dämpfen in der Höhle benommene junge Priesterin.

«Sie armes Kind! Es war wohl fast zu viel für Sie.»

Miss Viner schüttelte unbestimmt lächelnd den Kopf.

Er legte ihr eine Hand auf den Arm. «Kommen Sie, wir setzen uns in ein Taxi, damit wir ein bißchen an die frische Luft und die Sonne kommen. Es ist noch ein paar Stunden hell – und schauen Sie nur, was für ein Abend uns erwartet.»

Er deutete nach oben, wo über den Dächern der Rue de Rivoli ein weißer Mond im dunstigen Blau hing.

Sie erwiderte nichts, und er winkte eine Motordroschke heran. «Zum Bois de Boulogne», wies er den Fahrer an.

Als der Wagen sich in Richtung Tuilerien in Bewegung setzte, fuhr sie wie erwachend hoch. «Zuerst muß ich ins Hotel. Vielleicht ist eine Nachricht gekommen. In jedem Fall muß ich eine Entscheidung treffen.»

Die Wirklichkeit hatte sie unversehens eingeholt. «Ich *muß* eine Entscheidung treffen», wiederholte sie.

Gern hätte er die Rückkehr noch hinausgeschoben und sie überredet, gleich zum Abendessen in den Bois zu fahren. Er hätte ihr ohne weiteres klarmachen können, daß die Fahrt nach Joigny heute abend nicht mehr möglich und es deshalb nicht von Belang war, ob sie die Antwort der Farlows jetzt oder ein paar Stunden später bekam; aber aus irgendeinem Grund zögerte er, dieses Argument vorzubringen, das ihm am Vortag so leicht über die Lippen gegangen war. Schließlich wußte er ja genau, daß sie im Hotel nichts vorfinden würde. Warum sollten sie also nicht hinfahren?

Der Portier wurde befragt, er war aber nicht sicher. Er selbst hatte nichts für die Dame entgegengenommen, aber es war denkbar, daß ihr in seiner Abwesenheit sein Gehilfe einen Brief aufs Zimmer geschickt hatte.

Darrow und Sophy fuhren zusammen im Aufzug hoch, und während sie auf ihr Zimmer ging, schloß er seine Tür auf und warf einen Blick auf den leeren Tisch. Zumindest für ihn war keine Nachricht gekommen, und gleich darauf empfing sie ihn unter ihrer Tür erwartungsgemäß mit einem «Nein, nichts...»

Er heuchelte nichtssagende Überraschung. «Um so besser. Wollen wir jetzt ausfahren? Oder wie wäre es mit einer Bootspartie zum Bellevue? Haben Sie schon einmal bei Mondlicht dort auf der Terrasse diniert? Nicht zu verachten... Es hat doch keinen Sinn, hier herumzusitzen und zu warten.»

Ratlos stand sie vor ihm.

«Aber ich habe sie in meinem gestrigen Brief gebeten zu telegraphieren! Wahrscheinlich sind sie schrecklich knapp bei Kasse, die Ärmsten, und meinten, ein Brief täte es auch.» Sie errötete. «Ich habe es ja genauso gemacht. Habe geschrieben, statt ein Telegramm zu schicken. Ich muß auch jeden Penny umdrehen.»

Nichts hätte in Darrow tiefere Zerknirschung

hervorrufen können. Er spürte, wie ihm die Röte ins Gesicht stieg, als er daran dachte, welchen Grund er ihr bei seinen mitternächtlichen Grübeleien unterstellt hatte. Dabei hatte er sich diesen Grund einfach aus den Fingern gesogen, um seine Nachlässigkeit zu rechtfertigen, ehrlich geglaubt hatte er nie daran. Der Gedanke vertiefte seine Befangenheit, und am liebsten hätte er ihre Hand genommen und ihr das Unrecht gestanden, das er ihr angetan hatte.

Daß er die Farbe gewechselt hatte, deutete sie möglicherweise als einen unbewußten Widerstand, sich in so schäbige Einzelheiten einweihen zu lassen, denn sie lachte kurz auf und fuhr dann fort: «Sie können sich wahrscheinlich gar nicht recht vorstellen, was es bedeutet, wenn man überlegen muß, ob man sich ein Telegramm leisten kann. Aber ich habe derlei Dinge immer bedenken müssen. Und hier kann ich nicht mehr bleiben, ich muß versuchen, einen Nachtzug nach Joigny zu bekommen. Wenn die Farlows mich nicht aufnehmen können, gehe ich dort ins Hotel, das ist immer noch weniger kostspielig als dieses Zimmer.» Sie schwieg einen Augenblick, dann sagte sie lebhaft: «Daran hätte ich schon früher denken, ich hätte gestern telegraphieren sollen. Aber ich war so sicher, daß ich heute von ihnen hören würde, und ich... ich wollte so schrecklich gern bleiben.» Sie sah Darrow besorgt an. «Wissen Sie zufällig», fragte sie, «um welche Zeit Sie meinen Brief zur Post gegeben haben?»

– VII –

Darrow, der vor ihrem Zimmer stehengeblieben war, trat bei dieser Frage ein und schloß die Tür hinter sich.

Sein Herz schlug ein wenig schneller. Er hatte keine genaue Vorstellung von dem, was er jetzt tun oder sagen würde, er wußte nur eins: Ungeachtet seiner flüchtigen Anwandlung von Bußfertigkeit würde er nicht so dumm sein, ihr zu sagen, daß er ihren Brief nicht abgeschickt hatte. Er wußte, daß eine Sünde gewöhnlich weniger Unheil anrichtet als ihre sinnlose Beichte, und hier handelte es sich zweifellos um einen jener Fälle, in denen sich eine läßliche Torheit durch ein Geständnis zu einem ernstzunehmenden Vergehen auswachsen kann.

«Es tut mir wirklich sehr leid. Aber Sie müssen erlauben, daß ich Ihnen helfe. Das darf ich doch?»

Er nahm ihre Hände, weil er hoffte, eine freundschaftliche Berührung würde das sagen, was er mit Worten nicht ausdrücken konnte. Einen Augenblick überließ sie sich seinem Händedruck, und er sprach rasch weiter, ohne ihr Zeit zu einer Antwort zu lassen.

«Ist es nicht jammerschade, uns nachträglich die schönen gemeinsamen Stunden zu verleiden? Hätten Sie von vornherein das getan, was Sie jetzt bedauern unterlassen zu haben, hätten wir sie nie gehabt.»

Sie trat zurück und entzog ihm ihre Hände. Der

Ausdruck liebenswerten Vertrauens wich jähem Argwohn.

«Sie haben doch nicht etwa vergessen, meinen Brief zur Post zu geben?»

Beklommen und beschämt stand Darrow vor ihr, mehr denn je davon überzeugt, daß es sie mehr kränken mußte, wenn er sich zu seinem Dilemma bekannte, als wenn er es ihr verschwieg.

«Was für eine Unterstellung!» Lachend streckte er die Hände aus.

Gleich strahlte sie wieder. «Gut, dann will ich mich nicht länger mit dem Wenn und Aber aufhalten, sondern nur noch bedauern, daß unsere schöne Zeit vorbei ist.»

Diese Worte kamen so unerwartet, daß sie all seine Vorsätze zunichte machten. Hätte sie an ihrer Skepsis festgehalten, hätte er sie wohl weiter hintergehen können; aber daß sie seine Zusicherung anstandslos akzeptierte, machte ihm seine Rolle verächtlich. Gleichzeitig regte sich die Schlange des Zweifels in seiner Brust. War nicht vielmehr *er* es, der eine geradezu kindliche Vertrauensseligkeit an den Tag legte? War sie nicht fast zu rasch bereit gewesen, ihm aufs Wort zu glauben und die lästige Frage des Briefes ein für allemal abzutun? Angesichts ihrer bisherigen Erfahrungen schien soviel Vertrauen verdächtig. Doch sobald er sie wieder ansah, schämte er sich dieser Überlegung und erkannte sie als das, was sie war: als einen weiteren Versuch, seine Pflichtvergessenheit zu bemänteln.

«Warum soll unsere schöne Zeit vorbei sein?»

fragte er. «Warum sollte sie nicht noch ein Weilchen andauern?»

Sie sah auf und öffnete überrascht die Lippen, aber ehe sie etwas sagen konnte, fuhr er fort: «Ich möchte, daß Sie bei mir bleiben. Ich möchte, daß Sie sich ein paar Tage an all dem freuen, was Sie nie hatten. Es ist nicht immer Mai, und wir sind nicht immer in Paris. Warum sollten wir das nicht ausnutzen? Sie kennen mich, wir sind uns nicht fremd. Sehen Sie einfach einen Freund in mir.»

Bei diesen Worten war sie ein wenig zurückgewichen, aber ihre Hand lag noch in der seinen. Sie war blaß, doch in ihrem Blick stand kein Argwohn, kein Groll, sondern nur ein naives Staunen, das ihn überraschend tief berührte.

«Bitte tun Sie es! Hören Sie, ich will Ihnen beweisen, daß ich es ehrlich meine, und will Ihnen etwas gestehen... Ich muß Ihnen gestehen, daß ich Ihren Brief nicht abgeschickt habe... Und ich habe ihn nicht abgeschickt, weil ich Ihnen so gern ein paar schöne Stunden bereiten wollte... und weil ich es nicht ertragen konnte, Sie gehen zu lassen.»

Ihm war, als sei es ein böswilliger Zeuge dieser Szene, der diese Worte gegen seinen Willen aussprach, dem er aber deswegen nicht gram sein konnte.

Sophy Viner hatte ihn schweigend angehört. Als er schwieg, blieb sie noch einen Augenblick regungslos stehen, dann zog sie mit einer jähen Bewegung ihre Hand weg.

«Sie haben meinen Brief nicht abgeschickt? Sie

haben ihn absichtlich zurückgehalten? Und das sagen Sie mir *jetzt,* um mir zu beweisen, daß ich gut daran täte, mich unter Ihren Schutz zu begeben?» In ihrem schneidenden Lachen hörte er einen Widerhall aus ihrer Murrettschen Vergangenheit, und gleichzeitig vollzog sich dieser Wandel auch in ihrem Gesicht, das unversehens zu einem feindseligen weißen Frätzchen mit schwarzglühenden Augen geworden war. «Danke sehr, danke bestens für diese Mitteilung! Und für Ihre sonstigen Absichten. Der Plan ist entzückend, wirklich ganz entzückend, und schmeichelt mir ungemein. Ich bin Ihnen wirklich sehr verbunden.»

Sie ließ sich auf einen Hocker vor dem Ankleidetisch fallen, stützte das Kinn auf die erhobenen Hände und lachte ihn unter der Elfenlocke an, die ihr über die Augen gefallen war.

Der Ausbruch kränkte Darrow nicht, sondern wirkte zunächst sogar dämpfend auf seine Erregung. Angesichts ihres theatralischen Gehabes sah er sein Vergehen plötzlich in milderem Licht.

Er zog sich einen Stuhl heran und setzte sich neben sie. «Ich hätte Ihnen nicht zu erzählen brauchen, daß ich Ihren Brief zurückgehalten habe», sagte er in gutmütig überredendem Ton. «Daß ich es tat, scheint mir ein recht schlüssiger Beweis dafür, daß ich nicht allzu Böses im Schilde führte.»

Sie zuckte die Achseln, aber er ließ ihr keine Zeit zu einer Antwort. «Ich führte, wie gesagt, nichts Böses im Schilde», fuhr er lächelnd fort. «Mir war bewußt, daß es Ihnen bei Mrs. Murrett schlimm ergangen ist und daß Sie es auch in Zukunft nicht leicht haben werden. Und es war – und ist – nicht einzusehen, warum ich Ihnen in der Zeit zwischen einer bedrückenden Vergangenheit und einer nicht besonders vergnüglichen Zukunft nicht ein paar schöne Stunden bereiten sollte.» Er hielt einen Augenblick inne, dann fuhr er in demselben freundschaftlich-vernünftigen Ton fort: «Mein Fehler war, Ihnen das nicht gleich zu sagen, Sie nicht offen zu bitten, mir ein, zwei Tage zu schenken, in denen ich versuchen kann, Sie all das vergessen zu machen, was Sie bedrückt. Es war töricht von mir, nicht zu erkennen, daß Sie, hätte ich es Ihnen so vorgetragen, meinen Vorschlag ganz nach Wunsch hätten annehmen oder ablehnen können, zumindest aber meine Absichten nicht mißdeutet hätten. Absichten...» Er stand auf, ging einmal durchs Zimmer und kehrte dorthin zurück, wo sie noch immer regungslos saß, die Ellbogen auf den Ankleidetisch gestützt, das Kinn in den Händen. «Was für ein Unsinn, von Absichten zu reden! Ich hatte keine. Ich war nur gern mit Ihnen zusammen. Vielleicht wissen Sie gar nicht, wie schön es ist, mit Ihnen zusammenzusein... Ich war selbst bedrückt und voller Zweifel, Sie ließen mich meine Sorgen vergessen; und als feststand, daß Sie fortgehen würden – zurück in die Düsternis wie ich auch –, dachte ich mir, wie hübsch es wäre, wenn wir vorher miteinander noch ein paar schöne Stunden verleben könnten. Und deshalb ließ ich Ihren Brief in meiner Tasche stekken.»

Während er sprach, war ihr Gesicht weicher geworden, und plötzlich löste sie ihre Hände und wandte sich ihm zu.

«Dann sind Sie auch unglücklich? Das wußte ich nicht, das hätte ich mir nie träumen lassen. Ich dachte, Sie hätten immer alles gehabt, was Sie sich wünschten.»

Über diese naive Sicht seines Zustandes mußte Darrow lachen. Es war ihm peinlich, durch einen Appell an ihr Mitleid seine Lage zu verbessern, und es ärgerte ihn, daß er auf ein Thema angespielt hatte, an das er lieber gar nicht mehr gedacht hätte. Aber ihr mitfühlender Blick hatte ihn entwaffnet; sein Herz war voller Bitternis und Verzweiflung; sie war ihm ganz nah, ihre Augen glänzten teilnahmsvoll – er beugte sich über sie und küßte ihre Hand.

«Verzeihen Sie mir», sagte er. «Bitte verzeihen Sie mir.»

Sie stand auf und schüttelte lächelnd den Kopf. «Es kommt nicht oft vor, daß jemand versucht, mir eine Freude zu machen – und schon gar nicht zwei ganze Tage lang! Ich werde Ihre Güte nie vergessen. Später habe ich ja Zeit genug, mich ihrer zu erinnern. Aber jetzt heißt es Abschied nehmen. Ich muß sofort telegraphieren und meine Ankunft melden.»

«Ihre Ankunft? Dann haben Sie mir also nicht verziehen?»

«Doch, gewiß, wenn Ihnen das ein Trost ist.»

«Das ist es keinesfalls, wenn Sie Ihre Verzeihung dadurch beweisen, daß Sie fortgehen.»

Nachdenklich senkte sie den Kopf. «Aber ich

kann nicht bleiben. Wie könnte ich?» brach es aus ihr heraus wie im Streitgespräch mit einem unsichtbaren Mahner.

«Warum nicht? Niemand weiß, daß Sie hier sind... Niemand braucht es je zu erfahren.»

Sie sah auf, und eine kurze Minute lang verständigten sie sich stumm. Sophy Viners Augen waren so klar wie die eines Kindes. «Darum geht es nicht», sagte sie fast ungehalten. «Ich habe keine Angst vor den Leuten, von denen hilft mir ja doch keiner. Sollen sie reden, was sie wollen...»

Ihre direkte Art gefiel ihm so gut wie nie zuvor. «Worum geht es dann? Doch hoffentlich nicht um mich?»

«Nein, nein. Ich mag Sie. Es geht um das Geld. Das ist bei mir immer die Wurzel allen Übels. Ich habe mir noch nie im Leben etwas Schönes leisten können.»

«Ist das alles?» fragte er lachend und sehr erleichtert über ihre Unbefangenheit. «Wenn wir schon so offen miteinander reden – wollen Sie nicht auch das getrost in meine Hände legen?»

«Wie soll ich das verstehen?» Sie lachte kurz auf. «Daß Sie mir Kredit einräumen? Das würde ich Ihnen nicht raten. Sie sähen am Ende Ihr Geld nie wieder.»

Mit einer Handbewegung wischte er den Einwand weg. «Geld mag die Wurzel allen Übels sein, aber unter Freunden ist Geld nicht alles. Meinen Sie nicht, daß ein Freund vom anderen eine kleine Gefälligkeit annehmen kann, ohne allzu weit vorauszusehen oder zu genau abzuwägen? Es geht jetzt nur darum, welche Meinung Sie von mir haben. Wenn Sie mich so sympathisch finden, daß Sie bereit wären, ein paar Ferientage mit mir zu verbringen, einfach aus Spaß an der Sache und weil Sie mir damit eine Freude machen, geben Sie mir Ihre Hand darauf. Wenn Sie mich nicht gern genug haben, können wir uns auch die Hand geben, doch es würde mir leid tun.»

«Aber mir ja auch!» Das Gesicht, das sie ihm entgegenhob, wirkte so klein und jung, daß Darrow eine flüchtige Anwandlung von Reue verspürte, die sogleich im Jagdfieber unterging.

«Ja dann...» Er sah auf sie herunter, und sein Blick redete ihr zu. Er spürte sehr deutlich, daß die Wirkung seiner körperlichen Nähe ihm mehr und mehr eine sorgfältige Wortwahl ersparte, und als er weitersprach, achtete er mehr auf den Tonfall als auf den Inhalt seiner Sätze. «Weshalb um Himmels willen sollten wir Abschied nehmen, wenn es uns beiden leid tut? Warum sprechen Sie nicht aus, was Sie fühlen? So kenne ich Sie gar nicht... Sie dürfen keine Angst haben, mich zu kränken.»

Sie war wie ein Blatt zwischen zwei gegenläufigen Strömungen, das die nächste Welle mitnehmen oder wieder stromaufwärts wirbeln kann. Dann warf sie mit jener seltsam knabenhaften Bewegung, die sie in Augenblicken der Erregung an sich hatte, den Kopf zurück. «Was ich fühle? Wollen Sie wirklich wissen, was ich fühle? Daß Sie mir die einzige Chance bieten, die ich je gehabt habe.»

Sie drehte sich auf dem Absatz herum, ließ sich

auf den nächstbesten Stuhl fallen und verbarg ihr Gesicht auf dem Ankleidetisch.

Unter dem Stoff ihres dünnen Sommerkleides erkannte er die Linie ihres Rückens und der erhobenen Arme und die kleine Senke zwischen den Schulterblättern und mußte dabei an die nur angedeuteten Rundungen einer Terrakotta-Statuette denken, eine skizzenhaft in Lehm ausgeführte anmutige jugendliche Gestalt. Darrow überlegte, daß ihr scheinbar so festgefügter, mit den scharfen Kanten einer «Überzeugung» ausgestatteter Charakter wahrscheinlich nicht weniger ungeformt war. Er hatte nicht damit gerechnet, daß sie so unvermittelt nachgeben, ihr Nachgeben so unverhüllt zeigen würde. Zunächst brachte ihn das ein wenig aus der Fassung. Dann begriff er, daß sie es ihm dadurch noch leichter machte. Ihr Verhalten verriet die Unentschlossenheit und Befangenheit eines unerfahrenen jungen Menschen, es bewies, daß sie eigentlich noch ein Kind war, und im Grunde konnte er nicht mehr tun – und hatte es auch nie im Sinn gehabt –, als ihr zur bleibenden Erinnerung ein paar kindlich-fröhliche Ferientage zu schenken.

Einen Augenblick glaubte er, daß sie weinte, doch da war sie schon aufgesprungen und hatte sich rasch zu ihm umgedreht, und er sah, daß sie sich nur abgewandt hatte, um den ersten jähen Ansturm des Glücks zu verbergen.

Eine Weile strahlten sie sich wortlos an, dann ging sie rasch auf ihn zu und streckte ihm beide Hände hin.

«Ist das wahr? Wirklich und wahrhaftig wahr? Und das soll tatsächlich mir passieren?»

«Wem sonst, wenn nicht Ihnen?» hätte er am liebsten geantwortet, aber gerade noch rechtzeitig wurde ihm die Doppeldeutigkeit der Worte bewußt, und er griff statt dessen mit gestreckten Armen nach den ihm dargebotenen Händen und sah Sophy Viner an, ohne sie näher zu sich heranzuziehen. Er hätte ihr gern gesagt, wie sehr ihre Worte ihn berührt hatten, aber die gleiche Bewegung, die sie beherrschte, brachte auch ihn um jeden klaren Gedanken, und das Sprechen machte ihm Mühe.

Dann aber lachte er ebenso unbefangen wie sie und sagte, indem er ihre Hände freigab: «All das und mehr. Warten Sie's nur ab!»

– VIII –

Den ganzen Tag, schon seit dem zögernd einsetzenden Morgengrauen, regnete es in Strömen. Der Regen schlug an Darrows hochgelegene Fenster, reduzierte den weiten Blick über Dächer und Schornsteine auf schwarzes, öliges verschachteltes Gewirr und tauchte das Zimmer in das trübe Zwielicht eines unterirdischen Aquariums.

Der Regen war typisch für den dritten Tag, an dem das Wetter sich nach einigem Schwanken und Lavieren meist entschließt, seine schlechteste Seite hervorzukehren. Es gab keine Variationen im Rhythmus, kein poetisches Auf und Ab, der graue Streifen vor dem Fenster war so dicht und ermüdend wie die von keinem Absatz unterbrochene Seite eines Romans.

George Darrow hatte seinen Sessel ans Feuer gerückt. Der Fahrplan, den er studiert hatte, lag auf dem Fußboden, und er starrte mit stumpfer Resignation in die grenzenlosen grauen Regenschwaden hinaus, die ihm seinen Gemütszustand vortrefflich widerzuspiegeln schienen. Dann ließ er seinen Blick langsam durchs Zimmer gehen.

Vor exakt zehn Tagen hatte er hier beim eiligen Auspacken den Inhalt seines Handkoffers verteilt. Haarbürsten und Rasierzeug lagen auf der fleckigen Marmorplatte der Kommode. Auf dem Mitteltisch unter dem elektrischen Kronleuchter hatte sich ein Stoß Zeitungen angesammelt, auf dem Kaminsims lagen fünf, sechs broschierte Romane zwischen Zigarrenetuis und Toilettenflaschen; doch diese Spuren hatten das gesichtslos dumpfe Zimmer, das wie eine provisorische Kulisse für zahllose vergängliche Arrangements wirkte, nicht zu prägen vermocht. Er empfand es als boshaft, als fast unheimlich, daß es den Eindruck vermittelte, man habe es für seine anonyme Rolle eigens zurechtgemacht – in nichtssagenden Beige- und Brauntönen, mit Teppich und Tapete, die niemandem im Gedächtnis bleiben würden, Tischen und Stühlen, die so unpersönlich waren wie die Gepäckträger am Bahnhof.

Darrow nahm den Fahrplan vom Fußboden auf und warf ihn auf den Tisch. Dann erhob er sich, zündete sich eine Zigarre an und trat ans Fenster. Durch den Regen konnte er an einem hohen

Gebäude jenseits der Bahnhofsdächer gerade noch das Zifferblatt einer Uhr ausmachen. Er zog seine Taschenuhr heraus, verglich die beiden Zeitmesser und drehte die Zeiger seiner Uhr so hastig, daß sie an der vollen Stunde vorbeiflogen und er die Drehung noch einmal ruhiger wiederholen mußte. Das kleine Mißgeschick versetzte ihn in unverhältnismäßig schlechte Laune. Als er den Fehler berichtigt hatte, ließ er sich wieder in seinen Sessel fallen und verschränkte die Hände hinter dem Kopf. Gleich darauf ging seine Zigarre aus, er stand erneut auf, fahndete nach den Streichhölzern, zündete sie wieder an und kehrte an seinen Platz zurück.

Das Zimmer ging ihm mehr und mehr auf die Nerven. In den ersten Tagen und bei blauem Himmel hatte er es kaum oder nur mit der verächtlichen Gleichgültigkeit eines Reisenden seiner provisorischen Bleibe gegenüber zur Kenntnis genommen. Jetzt aber, da er im Begriff stand, es zu verlassen, da er es zum letztenmal betrachtete, schien es ihm, als habe es ganz von seiner Seele Besitz ergriffen, als sei es dabei, sich in ihm auszubreiten wie ein häßlicher, untilgbarer Fleck. Alle Details drängten sich ihm mit der plumpen Vertraulichkeit eines zufälligen Mitwissers auf; wie er sich auch drehte und wendete, spürte er den sanften Rippenstoß einer unwillkommenen Intimität…

Der einzige Fixpunkt in seiner unmittelbaren Zukunft war die Tatsache, daß sein Urlaub vorbei war und er am nächsten Morgen seinen Dienst in London wieder antreten mußte. Innerhalb von vierundzwanzig Stunden würde er sich wieder in der nüchternen Welt anerkannter Aktivitäten bewegen und ein geschäftiges, verantwortliches, durchaus notwendiges Teilchen in der großen, surrenden gesellschaftlichen und dienstlichen Maschinerie sein. Bei dem Gedanken an diese feststehende Verpflichtung empfand er noch vergleichsweise wenig Unbehagen, aus unerfindlichen Gründen aber hatte er die größte Mühe, sich darauf zu konzentrieren. Sobald er es versuchte, zerrte ihn sein Zimmer in den Kreislauf seiner beharrlichen Assoziationen zurück. Es war erstaunlich, mit welch peinlich akkuratem Abscheu er all das betrachtete, was er da vor sich sah: den schmuddeligen Teppich und die Tapete, den Kaminsims aus schwarzem Marmor, die Uhr mit einer vergoldeten allegorischen Figur unter einem verstaubten Glassturz, das hochgepolsterte Bett mit der braunen Tagesdecke, die gerahmte Karte mit gedruckten Vorschriften unter dem elektrischen Lichtschalter und die Verbindungstür zum Nebenzimmer. Mehr als alles andere verabscheute er diese Tür...

Zunächst war er sich keiner besonderen Verantwortung bewußt gewesen. Er war sich sicher, den rechten Ton getroffen zu haben und ihn auch durchhalten zu können. Ihm war, als spiele sich die ganze Episode ungeachtet des gewöhnlichen Handlungsraums und der unvermeidlich prosaischen Nähe in einer unerforschten Region außerhalb der Grenzen des Üblichen ab. Sie war anders als alles, was er je erlebt hatte oder sich für seine Person je hätte vorstellen können, doch zunächst schien das nicht gegen sein Vermögen zu sprechen, die Lage zu meistern.

Ohne den Dreitageregen wäre ihm möglicherweise nie ein Zweifel an seiner Zulänglichkeit gekommen. Der Regen hatte der Sache ein anderes Gesicht gegeben. Er hatte gründlichst die Perspektiven verschoben, hatte das Geheimnisvolle der fernen Ebenen und den Reiz des Mittelgrundes ausgelöscht und das Alltägliche des Vordergrundes scharf hervortreten lassen. Es war eine Situation, die nicht besser wird, wenn man darüber nachdenkt, paradoxerweise aber und durchaus gegen seinen Willen war er genötigt gewesen, sich in diesem Zusammenhang sehr eingehende Gedanken zu machen...

Seine Zigarre war erneut ausgegangen. Er warf sie ins Feuer und überlegte müßig, ob er sich eine neue holen sollte. Doch schon das Aufstehen erforderte eine Willenskraft, zu der er sich derzeit nicht aufraffen konnte, und er lehnte mit geschlossenen Augen den Kopf zurück und horchte dem Rauschen des Regens nach.

Ein anderes Geräusch weckte ihn aus seiner Betäubung. Es war das Öffnen und Schließen der Tür, die vom Gang ins Nebenzimmer führte. Er blieb sitzen, ohne die Augen aufzuschlagen; jetzt aber drängte sich ein neues Bild unter seine geschlossenen Lider. Es war die photographisch genaue Wiedergabe des Nebenzimmers, das ihm mit der gleichen Schärfe vor Augen stand wie die

Gegenstände, die ihn umgaben. Schritte hallten auf dem Fußboden, und er wußte, in welche Richtung sie gelenkt wurden, welche Möbelstücke sie umgehen mußten, wo und weshalb sie vermutlich innehalten würden. Wieder ein Geräusch: Ein nasser Schirm wurde an die schwarze Marmoreinfassung des Kamins gestellt. Ein Scharnier knarrte; es gehörte, wie er sofort erkannte, zu einem Kleiderschrank, der an der gegenüberliegenden Wand stand. Dann hörte er ein mäusegleiches Quieksen; das war eine widerspenstige Schublade, die oberste in der Kommode beim Bett; das Klappern, das ihm folgte, rührte von dem Spiegel auf dem Ankleidetisch her, dessen Mahagonirahmen in zu lockeren Zapfen saß.

Die Schritte gingen erneut quer durchs Zimmer. Erstaunlich, wieviel besser er sie kannte als die Person, zu der sie gehörten! Jetzt näherten sie sich der Verbindungstür. Darrow schlug die Augen auf und sah hin. Der Schritt verhielt, und einen Augenblick blieb es ganz still. Dann klopfte es leise. Er reagierte nicht, und wenig später sah er, daß der Türknauf behutsam gedreht wurde. Wieder schloß er die Augen…

Die Tür ging auf, die Schritte waren im Zimmer und kamen vorsichtig auf ihn zu. Er hielt die Augen geschlossen, entspannte sich und gab vor zu schlafen. Wieder eine Pause, dann eine leise, zögernde Annäherung, das Rascheln eines Kleides hinter seinem Sessel, die Wärme zweier Hände, die sich kurz über seine Lider legten. An den Handflächen hafteten Reste von irgendeinem

Duftwasser, das er auf dem Boulevard gekauft hatte... Er sah auf; ein Brief glitt über seine Schulter auf seinen Schoß...

«Störe ich? Es tut mir leid. Als ich eben kam, hat man mir das hier mitgegeben.»

Der Brief war, ehe er ihn erhaschen konnte, zwischen seinen Knien zu Boden gefallen. Da lag er nun zu seinen Füßen, mit der Adresse nach oben, und während er mit großen Augen die schlanken, festen Federstriche auf dem blaugrauen Umschlag betrachtete, streckte sich hinter ihm ein Arm aus, um ihn aufzuheben.

«Bitte nein... nicht...», entfuhr es ihm. Er beugte sich vor und griff nach dem Arm. Das Gesicht darüber war ihm sehr nah.

«Nicht? Warum?»

«Bitte bemüh dich nicht...», stotterte er.

Er ließ den Arm los, bückte sich, griff nach dem Brief, ertastete Umfang und Gewicht und versuchte die Zahl der darin enthaltenen Seiten abzuschätzen.

Plötzlich spürte er den Druck einer Hand auf seiner Schulter; er begriff, daß das Gesicht sich noch immer über ihn beugte und daß er gleich würde aufblicken müssen, um es zu küssen...

Zuerst aber beugte er sich vor und warf den ungeöffneten Brief in die Flammen.

ZWEITES BUCH

– IX –

Das Licht des Oktobernachmittags fiel auf ein altes Haus mit steilem Dach, das mit seiner langen Front aus Ziegeln und gelblichem Stein einen von wispernden Lindenschatten erfüllten grasbewachsenen Hof umschloß.

Von den mit Wappen geschmückten Torpfosten am Eingang des Hofes führte eine ebenfalls von Linden beschattete ebene Auffahrt zu einem weißen Gatter, hinter dem sich eine gleichermaßen ebene Allee durch den Wald zog und sich vor einem mit stillen weißen Wolkenbergen bedeckten Himmel in blaugrünem Dunst verlor.

Auf halbem Wege zwischen Haus und Auffahrt stand eine Frau. Sie hielt schützend einen Sonnenschirm über den Kopf und sah abwechselnd auf die Fassade mit der geschwungenen Freitreppe, die von zwei Seiten zu einer verglasten Tür unter steingemeißelten Wappen führte, und die Auffahrt hinunter zu der grasbewachsenen Schneise. Ihre Haltung war weniger erwartungsvoll als nachdenklich; sie schien nicht so sehr nach jemandem Ausschau zu halten oder auf irgendein näher kommendes Geräusch zu horchen als bemüht, den Gesamteindruck in sich aufzunehmen und auf sich wirken zu lassen. Ebenso deutlich aber merkte man auch, daß ihr das, was sie vor sich sah, nicht neu war. In ihrem Blick lag nichts von forschendem Eifer, vielmehr betrachtete sie ihre Umgebung so wie jemand, der aus irgendeinem heimlichen Grund längst vertraute Einzelheiten unerwartet als neu und ungewohnt empfindet.

Eben dieses Gefühl bewegte Mrs. Leath, als sie sich weiter vom Haus entfernte und den sonnigen Hof betrat. Sie wollte ihrem Stiefsohn entgegengehen, den sie um diese Zeit von einem nachmittäglichen Jagdausflug in einer der entfernteren Schonungen zurückerwartete; in der Hand hielt sie den Brief, der sie zu diesem Gang veranlaßt hatte, doch mit dem ersten Schritt aus dem Haus hatte eine Folge ganz anders gearteter Eindrücke jeden Gedanken an ihn verdrängt.

Das Bild, das sie vor sich sah, war ihr zur Genüge bekannt. Seit dem fernen Tag ihrer Eheschließung – seit jenem Tag, als sie in einer Wolke regenbogenfarbiger Wunschbilder an der Seite ihres Mannes durch das Tor gerollt war – hatte sie Gelegenheit gehabt, Givré zu jeder Jahreszeit und den größeren Teil eines jeden Jahres zu sehen.

Sie wußte noch ganz genau, welche Hoffnungen sie damals mit diesem Ort verbunden hatte. Allein die Wendung «ein französisches Château» hatte in ihrer jugendlichen Phantasie eine Fülle romantischer Assoziationen geweckt – poetische, bildliche und emotionale; und das abgeklärte Gesicht des alten Hauses, umschlossen von seinem Park inmitten der pappelbestandenen Wiesen im Herzen Frankreichs, schien ihr auf den ersten

Blick eine noble und würdige Zukunft zu verheißen, die diesem Ort angemessen war.

Diese Phase war zwar in ihrer Erinnerung noch lebendig, aber auf immer dahin, und danach war das Haus für sie zu einem Symbol von Enge und Eintönigkeit geworden. Doch die Jahre vergingen, und allmählich empfand sie es als immer weniger feindselig. Es war zwar nicht wieder zum Traumschloß geworden, dessen Anblick schöne Bilder und romantische Geschichten heraufbeschwor, wohl aber zur schützenden Hülle für ein Leben, das sich allmählich seiner Behausung anpaßte: Dies war der Ort, an den man immer wieder zurückkehrte, der Ort, an dem man seine Pflichten, seine Gewohnheiten und seine Bücher hatte, der Ort, an dem man wie selbstverständlich bis zu seinem Tode leben würde: Ein langweiliges Haus, ein unbequemes Haus, dessen Abgewohntheit, dessen Mängel und Unbequemlichkeiten man nur zu gut kannte, an das man sich aber mittlerweile so gewöhnt hatte, daß man sich nach dieser langen Zeit kaum von dort wegdenken konnte, ohne einen gewissen Identitätsverlust zu erleiden.

Als sie das Haus jetzt im milden Herbstlicht vor sich liegen sah, staunte sie selbst über ihre Fühllosigkeit. Gerade eben hatte sie versucht, es durch die Augen eines alten Bekannten zu betrachten, der es am nächsten Morgen zum erstenmal sehen würde, und dabei war es ihr, als sehe sie es selber nach langem endlich wieder.

Der Hof war sehr still und doch voll von verborgenem Leben. Man hörte das Flattern und Kreisen von Tauben in den beschnittenen Eiben und über dem besonnten Kies; den Flügelschlag der Raben über dem grau und purpurn schimmernden Schieferdach; das Rauschen der Wipfel im Hauch des Windes, der sich jeden Tag pünktlich um diese Zeit vom Fluß erhob.

Ähnlich verborgen glühte das Leben auch in Anna Leath. In jedem Nerv, in allen Adern spürte sie jene Harmonie des Glücks, die das furchtsame Menschenherz sich selten einzugestehen wagt. Sie war starke, rückhaltlose Gefühle nicht gewohnt, hatte aber schon immer gewußt, daß sie keine Angst vor ihnen haben durfte. Auch jetzt hatte sie keine Angst; aber in ihr war eine tiefe, beglückende Stille.

Und eben deshalb hatte sie sich auf die Suche nach ihrem Stiefsohn gemacht. Sie wollte mit ihm zum Haus zurückschlendern und ein ruhiges Gespräch mit ihm führen. Es fiel ihr leicht, mit ihm zu reden, und in diesem Augenblick war er der einzige, mit dem sie sprechen konnte, ohne um ihre innere Stille fürchten zu müssen. Aus mancherlei Gründen war sie froh, daß Madame de Chantelle und Effie mit der Gouvernante noch in Ouchy waren und sie und Owen das Haus für sich haben würden. Und auch darüber, daß er noch nicht vor der Tür stand. Sie wollte noch ein Weilchen allein sein; nicht um nachzudenken, sondern um die Freude auszukosten, die in langen, ruhevollen Wellen über sie hinging.

Sie verließ den Hof und setzte sich auf eine der

Bänke, die die Auffahrt säumten. Von dort aus sah sie schräg vor sich die lange Fassade und die von einer Kuppel gekrönte Kapelle, die den Abschluß des einen Gebäudeflügels bildete. Hinter einem Tor in der Hofmauer lagen die dunkelgrünen Rechtecke des Blumengartens, dessen Steinfiguren sich vor dem mählich gelb werdenden Hintergrund des Parks abzeichneten. In den Rabatten leuchtete es nur noch vereinzelt rosa und scharlachfarben, aber ein Pfau, der sich in der Sonne spreizte, schien in seinem ausgebreiteten Fächer die ganze Sommerherrlichkeit dieses Ortes bewahrt zu haben.

In der Hand hielt Mrs. Leath jenen Brief, der ihr die Augen für all diese Dinge geöffnet hatte, und allein das Gefühl des Papiers zwischen ihren Fingern genügte, um sie zum Lächeln zu bringen. Das Beben, das dabei ihren Körper durchlief, schärfte all ihre Sinne. Sie fühlte, sah, atmete die strahlende Welt, als habe man vor ihren Augen unvermittelt einen dünnen, undurchdringlichen Schleier weggezogen.

So ein Schleier – das begriff sie in diesem Moment – hatte sie seit jeher vom Leben getrennt. Er war wie der Gazevorhang, der auf der Bühne der gemalten Kulisse einen trügerischen Anstrich von Realität verleiht, gleichzeitig aber den Beweis dafür erbringt, daß es sich um eine gemalte Kulisse handelt und nicht mehr.

Als junges Mädchen war sie sich der Tatsache, daß sie in dieser Hinsicht anders als andere war, kaum bewußt geworden. In der satten, ordentlichen Welt der Summers galt das Ungewöhnliche als entweder unmoralisch oder unerzogen, und bei Leuten, die zu Gefühlsaufwallungen neigten, wurden keine Besuche gemacht. Manchmal hatte Anna sich – nahezu orientierungslos in einer für sie verkehrten Welt – ratlos gefragt, warum ihre Umgebung jene Leidenschaften und Gefühle, die so große Dichtungen hervorgebracht und zu denkwürdigen Taten geführt hatten, so völlig zu ignorieren schien. In einer gänzlich aus Menschen wie ihren Eltern und deren Freunden und Bekannten bestehenden Gemeinschaft hielt es schwer, daran zu glauben, daß diese großartigen Dinge, von denen man immer las, je hatten passieren können. Hätte etwas Derartiges sich in ihrer unmittelbaren Umgebung zugetragen, hätte ihre Mutter gewiß den Seelsorger der Familie konsultiert und ihr Vater womöglich sogar die Polizei verständigt; und ihr Sinn für Humor nötigte sie zu dem Eingeständnis, daß unter den gegebenen Umständen diese Maßnahmen vielleicht nicht einmal ganz ungerechtfertigt gewesen wären.

Zug um Zug beugte sie sich den Umständen und lernte es, den eigentlichen Seinsgrund des Lebens nur als Kanevas für die Tapisserien von Dichtern und Malern anzusehen und dessen säuberlich gefegte, eingezäunte und gepflegte Oberfläche als das Leben selbst. Ihre erfülltesten Stunden verbrachte sie in einer geträumten Welt der Taten und Gefühle. Daß diese sich womöglich in Erfahrungen verwandeln oder irgendwie zu Dingen in Bezug setzen ließen, die einer in der West Fifty-fifth Street residierenden jungen Dame widerfahren konnten, kam ihr nicht in den Sinn.

Immerhin fiel ihr auf, daß andere Mädchen, die nach außen hin das gleiche Leben führten wie sie und anscheinend nichts von ihrer Welt verborgener Schönheit wußten, im Besitz eines bedeutsamen Geheimnisses waren, das ihr verschlossen blieb. Unter ihnen herrschte eine Art Freimaurergeist; sie waren wacher, munterer und ihrer Bedürfnisse – wenn schon nicht ihrer Ansichten – sicherer als sie. «Sie sind eben gescheiter», sagte sie sich und nahm ihre eigene Unterlegenheit gutmütig hin, wobei sie dunkel ungenutzte Kraftreserven in sich spürte, die sie bei den anderen nicht zu entdecken vermochte.

Das tröstete sie ein wenig darüber hinweg, daß ihr so viel von dem entging, was die anderen als «Spaß haben» bezeichneten. Doch das Gefühl des Ausgeschlossenseins, die Erfahrung, daß es ihr lachend, aber nachdrücklich verwehrt wurde, an den Vorrechten ihrer Altersgenossinnen teilzuhaben, warf sie auf sich selbst zurück und verstärkte ihre Zurückhaltung, was neidische Mütter veranlaßte, sie als Muster damenhafter Contenance hinzustellen.

Die Liebe, so sagte sie sich, würde sie eines Tages aus dieser Phase der Unwirklichkeit erlösen. Für sie stand fest, daß diese erhabene Leidenschaft der Schlüssel zu dem Rätsel war; aber es hielt schwer, ihre Auffassung mit jenen Erscheinungsformen der Liebe in Einklang zu bringen, die sie in ihren Kreisen beobachten konnte. Zwei oder drei junge Damen, die sie immer beneidet hatte, weil sie die Kunst zu leben so viel vollendeter beherrschten als sie, waren eine als «romantisch» oder auch als «töricht» bezeichnete Ehe eingegangen; eins der Mädchen war mit ihrem künftigen Ehemann sogar durchgebrannt und schmachtete eine Weile unter einer Wolke gesellschaftlicher Mißbilligung. Das also war gelebte Leidenschaft, in Realität umgemünzte Romantik. Die Heldinnen dieser Abenteuer aber kehrten unverändert zurück, und ihre Ehemänner erwiesen sich als bemerkenswert langweilige Tischnachbarn.

Ihr selbst würde es natürlich anders ergehen. Eines Tages würde sie die magische Brücke zwischen der West Fifty-fifth Street und dem Leben finden; ein- oder zweimal hatte sie sogar schon geglaubt, den Schlüssel in der Hand zu halten. Das erste Mal geschah dies, als sie den jungen Darrow kennenlernte. Noch immer spürte sie die Erregung dieses Zusammentreffens. Aber seine Leidenschaft fuhr über sie hin wie ein Wind, der die Wipfel der Bäume im Wald schüttelt, ohne bis in seine stillen Lichtungen vorzudringen oder seine verborgenen Weiher zu bewegen. Er war ein außergewöhnlich intelligenter und angenehmer Mensch, und ihr Herz schlug schneller, wenn sie zusammen waren. Er war groß, blond und unbeschwert; wohltuende Ironie spielte durch alle Schattierungen seiner Gefühle. Sie hatte fast ebensoviel Freude an seiner Stimme wie an dem, was er zu sagen hatte, und sich anzuhören, was er zu sagen hatte, war ihr fast ebensolieb, wie seinen

Blick auf sich zu spüren; aber er wollte sie küssen, und sie wollte mit ihm über Bücher und Bilder sprechen und wünschte, daß er bei jedem Gegenstand, den sie erörterten, das ewige Thema ihrer Liebe anklingen ließ.

Wenn sie sich dann getrennt hatten, setzte die Reaktion ein. Sie fragte sich, wie sie nur so kalt hatte sein können, schalt sich unverständig und prüde, überlegte, wie sich je ein Mann für sie würde interessieren können, und stand mitten in der Nacht auf, um neue Frisuren auszuprobieren. Sobald er aber wieder auftauchte, hob sie den Kopf auf dem schlanken Hals, schoß ihre kleinen ironischen Pfeile ab oder ließ ihre kleinen gelahrten Versuchsballons steigen, während es sie heiß und kalt überlief und die Dinge, die sie eigentlich sagen wollte, sie in der Kehle würgten und ihre Handflächen zum Glühen brachten.

Oft sagte sie sich, daß jedes beliebige dumme junge Ding nach einer durchtanzten Saison es geschickter anstellen würde als sie, einen Mann für sich zu gewinnen und zu halten; aber wenn sie von «einem Mann» sprach, meinte sie im Grunde nicht George Darrow.

Dann sah sie ihn eines Tages beim Dinner neben einem jener dummen jungen Dinger sitzen; es war die Heldin jener Entführung, die die West Fifty-fifth Street bis in ihre Grundfesten erschüttert hatte. Die junge Dame war nach ihrem Abenteuer nicht weniger dumm als vorher, und ihr gegenüber saß der Partner ihrer Flucht, ein korpulenter junger Mann mit Brille, der stur seine

Schildkrötensuppe aß und sich über Polo und Investitionen verbreitete.

Jawohl, die junge Frau war so dumm wie zuvor, doch schien sie Miss Summers, die sie einige Minuten aufmerksam beobachtet hatte, jetzt irgendwie schillernd und bedrohlich, eine unbestimmte Gefahr für nette junge Mädchen und die jungen Männer, denen sie früher oder später ihr Jawort zu geben gedachten. Plötzlich wurden in ihr ungestüme Besitzeransprüche wach. Sie mußte Darrow retten, mußte um jeden Preis ihr Recht an ihm geltend machen. Stolz und Zurückhaltung sanken in einem Sturm der Eifersucht dahin. Sie hörte ihn lachen, und in diesem Lachen lag ein neuer Ton... Sie sah ihn reden, reden... Er hatte sich ein wenig zur Seite gewandt, ein leises Lächeln unter den halb gesenkten Lidern, er dämpfte die Stimme, so wie er sie dämpfte, wenn er mit ihr sprach. Die Stimme war so wie sonst, aber der Blick war anders. Früher wäre sie gekränkt gewesen, wenn er sie so angesehen hätte. Jetzt konnte sie nur daran denken, daß allein sie das Recht hatte, so angesehen zu werden. Und ausgerechnet dieses Mädchen! Konnte man sich denn über eine junge Dame, die sich vor knapp einem Jahr wegen jenes korpulenten jungen Mannes lächerlich gemacht hatte, der ihr gegenüber stur seine Schildkrötensuppe aß, noch Illusionen machen? Wenn das die Endstation für Romantik und Leidenschaft war, tat man wohl besser daran, sich auf gute Werke oder Algebra zu verlegen!

Die ganze Nacht lag sie wach und überlegte:

«Was hat sie wohl zu ihm gesagt? Wie kann ich es lernen, solche Dinge zu sagen?» Sie tröstete sich damit, daß ihr Herz sie leiten, daß ihr beim nächsten Zusammensein das bezwingende Wort von selbst auf die Lippen kommen würde. Am Tag darauf erschien er, sie waren allein, und sie brachte nur heraus: «Ich wußte nicht, daß ihr so gute Freunde seid, Kitty Mayne und du.»

Er habe es auch nicht gewußt, gab er gleichmütig zurück, und in ihrer Erleichterung entfuhr es ihr: «Sie ist entschieden hübscher als früher...»

«Sie ist recht amüsant», räumte er ein, als habe er von ihren übrigen Vorzügen nichts bemerkt; und plötzlich sah Anna in seinen Augen den Ausdruck vom vergangenen Abend.

Sie hatte das Gefühl, als sei er durch viele Meilen von ihr getrennt. Ihre Hoffnungen sanken in sich zusammen. Bolzengerade, mit hocherhobenem Kopf und schmalen Lippen, saß sie da, und das bezwingende Wort entfloh mit einem letzten Flügelschlag in den goldenen Nebel ihrer Illusionen...

Schmerz und Verwirrung dieses Abenteuers klangen noch in ihr nach, als Fraser Leath auf der Bildfläche erschien. Sie war auf einer Italienreise mit ihm bekannt geworden, die sie mit ihren Eltern unternommen hatte, und im darauffolgenden Winter kam er nach New York. In Italien hatte sie ihn recht interessant gefunden, in New York fand sie ihn außergewöhnlich. Von seinem Leben in Europa sprach er selten, von den Freunden,

Neigungen, Liebhabereien, mit denen er sich seine kosmopolitischen Tage vertrieb, nur in beiläufigen Nebensätzen; aber in der Atmosphäre der West Fifty-fifth Street erschien er als die Verkörperung einer sagenumwobenen Vergangenheit. Er machte Miss Summers eine hübsch gebundene Anthologie altfranzösischer Dichter zum Geschenk, und als sie ihre Freude darüber mit einer sachkundigen Bemerkung zum Ausdruck brachte, sagte er mit seinem ernsthaften Lächeln: «Ich hätte mir nicht träumen lassen, daß ich hier einen Menschen finden würde, der zu diesen Dingen dieselbe Einstellung hat wie ich.» Ein andermal bat er sie, eine verblaßte Pastellzeichnung aus dem 18. Jahrhundert anzunehmen, die er überraschend auf einer New Yorker Auktion hatte erstehen können. «Ich kenne außer Ihnen niemanden, der sie wirklich zu würdigen wüßte», erklärte er.

Weiter zu gehen erlaubte er sich nicht, aber schon das zeigte hinreichend, daß er sie eines anderen Rahmens für wert hielt. Daß ein Mann, der für Kunst und Schönheit lebte und beides brauchte wie die Luft zum Atmen, sie in diesem Licht sah, gab ihr zum erstenmal im Leben das Gefühl, verstanden zu werden. Hier war ein Mensch mit ihren Wertbegriffen, ein Mensch, dem etwas an ihrer Meinung zu Themen lag, die ihnen beiden von höchster Wichtigkeit waren. Die Erkenntnis richtete ihr Selbstbewußtsein wieder auf, und sie offenbarte sich Mr. Leath, wie sie sich Darrow nie hatte offenbaren können.

Als sie im Lauf seiner Werbung vertrauter miteinander geworden waren, überraschte und entzückte ihr Freier sie durch kleine revolutionäre Anwandlungen. Er sagte: «Nimm es mir bitte nicht übel, aber ich finde, daß du in einer kolossal konventionellen Umgebung lebst.» Und als er merkte, daß sie es ihm offenkundig nicht übelnahm: «Natürlich werde ich hin und wieder Dinge sagen, die deinen lieben, hochgeschätzten Eltern einen gehörigen Schrecken einjagen werden. Laß dich warnen: Ich werde sie ganz fürchterlich schockieren.»

Wie zur Bestätigung erlaubte er es sich hin und wieder, den regelmäßigen Kirchgang von Mr. und Mrs. Summers, die harmlosen Bücher in ihrer Bibliothek und ihre naive Kunstauffassung mit gutmütigem Spott zu bedenken. Er wagte es sogar, Mrs. Summers wegen ihrer Weigerung aufzuziehen, die unbezähmbare Kitty Mayne zu empfangen, die nach einer kurzen Tändelei mit George Darrow in ein neues, skandalöseres Abenteuer verwickelt war.

«In Europa gilt allein der Ehemann als Richter in derlei Angelegenheiten. Wenn er die Situation akzeptiert...», erklärte Mr. Leath, und Anna schloß sich seiner Meinung um so nachdrücklicher an, als sie sich nur zu gern einredete, daß sie persönlich der Dame gegenüber nur die tolerantesten Gefühle hegte.

Das Umstürzlerische von Mr. Leaths Ansichten wurde durch die Distinktion seiner Erscheinung und sein zurückhaltendes Wesen noch unterstrichen. Er glich dem Anarchisten mit der Gardenie im Knopfloch, der in jedem besseren Melodrama auftritt. Jedes Wort, jede Anspielung, jede Note seiner angenehm modulierten Stimme führten Anna eine zugleich freiere und feinere Gesellschaft vor Augen, die sich von den überkommenen Formen noch nicht getrennt, die ihnen anhaftenden Vorurteile jedoch abgelegt hatte, während man in ihren Kreisen zahlreiche Formen verworfen und fast alle Vorurteile beibehalten hatte.

In einer solchen Umgebung mußte eine aufgeweckte junge Frau, die das lebhafteste Interesse für alle Lebensäußerungen hatte, sich dabei aber instinktiv wünschte, sie möchten in Schönheit und edle Gefühle gekleidet daherkommen, gewiß den ausgedehntesten Spielraum für die eigene Selbstverwirklichung finden. Studien, Reisen, Kontakte zur Welt, kameradschaftliche Verbundenheit mit einem gebildeten, aufgeklärten Geist – all das würde ihre Tage bereichern und ihren Charakter bilden; und nur in den seltenen Momenten, da das maskenhaft ebenmäßige Gesicht des blonden Mr. Leath sich über das ihre beugte und sein Kuß sie traf wie ein kalter glatter Kiesel, kamen ihr Zweifel an der Vollkommenheit der Freuden, die er zu bieten hatte.

Es hatte eine Zeit gegeben, da die Mauern, auf denen ihr Blick jetzt ruhte, ein ironisches Schlaglicht auf jene frühen Träume geworfen hatten. In den ersten Jahren ihrer Ehe hatte die sachliche Symmetrie von Givré sie an das so säuberlich ausgewogene Gemüt ihres Gatten erinnert. Das Gemüt eines Mannes, wie sie bald genug erfahren sollte, der nichts lieber tat, als die Konventionen des Unkonventionellen zu artikulieren. Givré befaßte sich nicht weniger gewissenhaft als die West Fifty-fifth Street mit der hochwichtigen Frage, was «sich gehört»; der Unterschied lag lediglich darin, daß sie sich für unterschiedliche Aspekte interessierten. Mr. Leath sammelte seine gesellschaftlichen Fallbeispiele mit der gleichen Ernsthaftigkeit und Geduld wie seine Schnupftabaksdosen. Er verlangte strikte Konformität mit seinen Regeln der Nichtkonformität, und seine Skepsis hatte die rücksichtslose Stringenz eines Dogmas. Gewisse Abweichungen von seinen Regeln aber schätzte er genauso hoch wie der Bibliophile eine fehlerhafte Erstausgabe. Die protestantische Kirchgängerei von Anna Summers hatte er mit mildem Spott bedacht, auf die Frömmigkeit seiner Mutter dagegen war er stolz, weil Madame de Chantelle mit dem Übertritt zum Glauben ihres zweiten Mannes Teil einer Gesellschaft geworden war, die sich nach wie vor an die äußerlichen Riten des Frommseins hielt.

In ihrer liebenswürdigen eleganten Schwiegermutter hatte Anna unvermutet eine Verkörperung der Ideale der West Fifty-fifth Street entdeckt. Mrs. Summers und Madame de Chantelle wären sich, so heftig sie sich auch im Hinblick auf die beglaubigten Quellen christlicher Lehre befehdet hätten, im Hinblick auf die so hochwichtigen Details gesellschaftlichen Verhaltens völlig einig gewesen; Mr. Leath aber behandelte die Schwächen seiner Mutter mit einer Ehrerbietung, die Anna nach den eigenen Erfahrungen mit ihrem

Mann nicht allein der Sohnesliebe zuschreiben konnte.

Anfangs, als sie der Sphinx noch Fragen gestellt hatte, statt sich um Antworten zu bemühen, hatte sie es gewagt, ihrem Mann seine Inkonsequenz vorzuhalten.

«Du sagst, daß es deiner Mutter nicht recht wäre, wenn ich der amüsanten kleinen Frau, die neulich herkam und aus Versehen vorgelassen wurde, einen Besuch abstatten würde; aber ich weiß von Madame de Chantelle, daß sie mit ihrem Mann zusammenlebt; und als Mutter es ablehnte, einen Besuch bei Kitty Mayne zu machen, hast du gesagt...»

Mr. Leaths Lächeln ließ sie verstummen. «Mein liebes Kind, es würde mir nie in den Sinn kommen, die Vorurteile meiner armen Mutter nach den Regeln der Logik beurteilen zu wollen.»

«Aber wenn du zugibst, daß es Vorurteile sind?»

«Es gibt Vorurteile und Vorurteile. Meine Mutter hat die ihren natürlich von Monsieur de Chantelle übernommen, und sie scheinen zu diesem Haus zu gehören wie das Potpourri zu deinem Krug aus chinesischem Porzellan. Sie sind die Bewahrer einer gesellschaftlichen Tradition, von der auch nur einen Hauch zu verlieren ich sehr bedauern würde. Natürlich erwarte ich von dir vorerst noch nicht, daß du den Unterschied spürst, die *nuance* erkennst. Nehmen wir den Fall der kleinen Madame de Vireville; du sagst, sie lebe noch unter dem Dach ihres Gatten. Sehr wahr; und wäre sie nur eine Pariser Bekanntschaft – insbesondere, wenn du sie in der richtigen *Gesellschaft* kennengelernt hättest, was heute immer noch möglich ist –, wäre ich der letzte, der gegen deinen Besuch bei ihr etwas einzuwenden hätte. Aber auf dem Land sieht man das ein wenig anders. Selbst die beste Gesellschaft in der Provinz ist – sagen wir – engstirnig. Ich streite es nicht ab, und würden unsere Bekannten mit Madame de Vireville in Givré zusammentreffen, würde das – nun, sagen wir, keinen guten Eindruck erwecken. Du machst dich gern lustig über solche Erwägungen, aber im Lauf der Zeit wirst du erkennen, wie wichtig sie sind. Inzwischen tust du gut daran, dich von meiner Mutter leiten zu lassen. Wer einer alten Gesellschaft bisher eher fernstand, ist gut beraten, sich zunächst strikt an dem zu orientieren, was du als ihre Vorurteile bezeichnest, was ich aber vorziehe, ihre Traditionen zu nennen.»

Danach hatte sie keinen Versuch mehr gemacht, ihren Mann durch eine lachende Bemerkung oder durch Argumente von seinen Überzeugungen abzubringen. Eben *weil* es sich um Überzeugungen handelte, waren sie unanfechtbar. Auch war es keine Unaufrichtigkeit, wenn sie hin und wieder mit den ihren übereinstimmten. Manchmal sah er die Dinge tatsächlich so wie sie, allerdings aus so unterschiedlichen Gründen, daß dies die Kluft zwischen ihnen noch vertiefte. Für Mr. Leath war das Leben wie der Gang durch ein penibel geordnetes Museum, wo man in Zweifelsfällen nur auf die Nummer zu sehen und sie im Katalog nachzuschlagen braucht; für seine Frau war es wie ein zielloses Herumtasten in einer riesengroßen dunklen Rumpelkammer, wo der forschende Lichtstrahl der Neugier bald auf eine Gestalt von lebendigem Liebreiz, dann wieder auf das Grinsen einer Mumie fällt.

In der ersten Verwirrung, den ihr neuer Stand mit sich brachte, hatten diese Erkenntnisse dazu geführt, daß sich eine weitere Gazeschicht zwischen ihr und der Wirklichkeit herabsenkte. Ihr schien, als sei sie weiter denn je von jenen intensiven Wonnen und Qualen entfernt, für die sie sich geschaffen glaubte. Ohne die Ansichten ihres Mannes zu übernehmen, begann sie unmerklich, sich seiner Lebensführung anzupassen.

Zum Ausgleich betrieb sie die heimlichen Ausflüge in das Reich ihrer Phantasie mit verstärktem Eifer, wodurch sich die alte schädliche Unterscheidung zwischen Romantik und Realität wieder einstellte und sie ihre frühere Überzeugung bestätigt fand, das «wirkliche Leben» sei weder wirklich noch lebendig.

Die Geburt der kleinen Tochter befreite sie von diesem Irrglauben. Jetzt endlich hatte sie engste Berührung mit dem, was das eigentliche Leben ausmachte, doch selbst dieser Eindruck hielt nicht an. Mit Ausnahme des nicht wegzuleugnenden kruden Faktums der Schwangerschaft haftete im Hause Leath allem der gleiche gespenstische Hauch des Unwirklichen an. Ihr Mann verkörperte damals in höchstem Maße das, was er selbst als den idealen Ehemann bezeichnete. Er war aufmerksam und sogar in angemessener Weise gerührt; doch als er sich an ihr Bett setzte und ihr beflissen die Liste der Besucher überreichte, die vorgesprochen hatten, um sich nach ihrem Befinden zu erkundigen, sah sie erst ihn an und dann das Kind zwischen ihnen und verwunderte sich sehr über die Irrwege in der Alchemie der Natur.

Bis auf die kleine Tochter war inzwischen alles, was mit dieser Zeit zusammenhing, seltsam fern und unwichtig geworden. Es schien ihr jetzt, als hätten die Tage, die ihr damals so langsam vergangen waren, einen steilen Zeitensturz getan, und während sie, Darrows Brief in der Hand, in der Herbstsonne saß, kam die Geschichte der Anna Leath ihrer Heldin vor wie eine Sage aus grauer Vorzeit, die sie eines Abends vor dem Einschlafen in einem alten Buch gelesen haben mochte…

– X –

Zwei am hintersten Ende der Schneise auftauchende verschwommene braune Punkte erwiesen sich im Näherkommen als ihr Stiefsohn in Begleitung eines Wildhüters. Ganz allmählich, immer wieder innehaltend und verschwindend, wuchsen sie aus dem bläulichen Hintergrund auf, und Mrs. Leath blieb still sitzen und wartete, bis sie das Tor am Ende der Auffahrt erreicht hatten, wo der Wildhüter zu seinem Haus abschwenken und Owen seinen Weg zum Schloß fortsetzen würde.

Lächelnd sah sie ihm entgegen. Vom ersten Tag ihrer Ehe an war sie ihm gut gewesen, aber erst mit Effies Geburt hatte sie ihn richtig kennengelernt. Die intensive Beobachtung ihres eigenen Kindes hatte ihr gezeigt, wieviel es noch über den schlanken hellhaarigen Jungen zu erfahren gab, den die Schulferien in regelmäßigen Abständen nach Givré zurückbrachten. Schon damals hatte ihr Owen – physisch wie moralisch – eine erstaunliche Fußnote zu Verhalten und Denkweise ihres Mannes geliefert. Er würde nie, wie die Familie seufzend bemerkte, ein so gutaussehender Mann werden, wie Mr. Leath es war. Doch das reizvoll unregelmäßige Gesicht mit der grüblerischen Stirn und dem schmollenden Knabenlächeln ließ Anna erahnen, wie die ebenmäßigen Züge ihres Mannes hätten aussehen können, nachdem ein frischer Wind sie durcheinandergewirbelt hatte. Doch sie führte die Analogie noch weiter. Manchmal kam es ihr vor, als blicke ihr, wenn der Stiefsohn vor ihr stand, das Bild ihres Mannes wie aus einem Zerrspiegel entgegen. Mit seinen Anwandlungen türenschlagender Aktivität, seinen Anflügen gelehrtenhafter Indolenz, seiner naiv umstürzlerischen Schulmeisterei und seinem altklugen Sarkasmus war der Junge wie eine außer Rand und Band geratene Verkörperung der väterlichen Theorien. Es war, als hätten sich die üblicherweise wie Marionetten brav an ihren Pflöcken hängenden Ideen des Fraser Leath plötzlich selbständig gemacht, um in der Gegend herumzulaufen. Es gab Momente, in denen angesichts von Owens Humor sein Erzeuger an die Streiche eines kindlichen Frankensteins denken mochte; für Anna aber waren sie die Stimme ihrer heimlichen Auflehnung, und die zärtliche Zuneigung zu dem Stiefsohn erwuchs unter anderem aus ihrer Strenge sich selbst gegenüber. Weil er den Mut besaß, der ihr fehlte, wollte sie, daß er die Chance bekam, die ihr entgangen war, und alles, was sie für ihn tat, trug dazu bei, ihre eigene Hoffnung am Leben zu erhalten.

Ihr Interesse an Owen führte dazu, daß sie sich in Gedanken auch häufiger mit seiner Mutter beschäftigte, und manchmal schlich sie sich fort, um allein das Bild ihrer Vorgängerin zu betrachten. Seit sie nach Givré gekommen war, hatte man dieses lebensgroße Gemälde eines einstigen Modemalers immer weiter entfernt – wie einen exilierten Kronprätendenten vom Thron –, und Anna war auch nicht entgangen, daß dieses Abrücken in dem Maße drastischer wurde, je tiefer der Stern des Malers sank. Hätte er sich eines wachsenden Ansehens erfreut, dachte sie sich manchmal, thronte wohl die erste Mrs. Leath nach wie vor über dem Kamin im Salon und hätte vielleicht sogar das Bildnis ihrer Nachfolgerin von dort fernhalten können. Statt dessen war sie im Lauf ihrer Wanderschaft inzwischen in der düsteren Einsamkeit des Billardzimmers angekommen, in das sich niemand je verirrte, wo aber, wie es hieß, «das Licht günstiger» war oder zumindest günstiger hätte sein können, wenn man dort nicht ständig geschlossene Fensterläden gehabt hätte.

Hier, so schien es Anna, wartete die Ärmste, elegant gekleidet, allein in der Mitte einer riesigen Leinwand sitzend und mit leerem Blick eine vergoldete Konsole betrachtend, auf Besucher, die nie kamen.

«Natürlich sind sie nicht gekommen, du armes Ding! Wie lange hast du wohl gebraucht, um das zu begreifen?» hatte Anna sie mehr als einmal gefragt, wobei sich der Spott mehr auf ihre eigene Person als auf die Tote richtete; doch erst nach Effies Geburt kam es ihr in den Sinn, das gemalte Gesicht genauer zu betrachten und zu überlegen, welcher Art die Besucher wohl gewesen sein mochten, auf die Owens Mutter gehofft hatte.

«Sie sieht mich an, als hätten wir in diesem Punkt den gleichen Geschmack; aber genau weiß man das natürlich nicht bei einem Bild, das so offenkundig gemalt wurde, um der Familie zu gefallen, und das Owen so ganz außer Betracht läßt. Fest steht nur, daß sie nie gekommen sind, ihre Besucher; und daran ist sie gestorben. Und zwar schon lange, ehe man sie ins Grab gelegt hat, dessen bin ich ganz sicher. Es sind tote Augen, die einen aus dem Bild ansehen... Die Einsamkeit muß schrecklich gewesen sein, wenn nicht einmal Owen sie davor hatte bewahren können, daran zu sterben. Und um das so zu empfinden, muß sie wirkliche Gefühle gehabt haben, lebendige Gefühle, die zerren und zucken. Und ihr ganzes Leben lang hatte sie nur eine vergoldete Konsole zum Anschauen. Ja, eben: eine an die Wand geschraubte vergoldete Konsole... das trifft ihn haargenau.»

Wenn irgend möglich, sollten Effie und Owen diese Einsamkeit nie kennenlernen, wollte sie selbst nie mehr darunter leiden. Sie waren nun zu dritt und konnten sich aneinander wärmen, und sie umfing beide Kinder mit der gleichen leidenschaftlichen Mutterliebe, als sei eines als Schutz vor dem Schicksal ihrer Vorgängerin nicht genug.

Manchmal hatte sie den Eindruck, daß Owen warmherziger reagierte als ihr leibliches Kind; aber schließlich war Effie immer noch fast ein Baby, und Owen war beinah von Anfang an «alt und verständig genug» gewesen; bestimmt verstand er sie jetzt – stillschweigend, aber unmißverständlich. Dieses Verständnis war das Kernstück ihrer Beziehung. Es gab so viele Dinge zwischen ihnen, die nie in Worte gefaßt, nicht einmal angedeutet wurden, die aber bei gelegentlichen Debatten und Meinungsverschiedenheiten als unausgesprochene Argumente immer wieder zu einer Einigung führten...

All das ging ihr durch den Kopf, als sie ihm jetzt entgegensah, und ihr Herz schlug ein wenig schneller, wenn sie an das dachte, was sie ihm zu sagen hatte. Doch am Tor sah sie ihn innehalten, und gleich darauf wandte er sich ab, als wollte er den Querweg durch den Park einschlagen.

Sie sprang auf und schwenkte ihren Sonnenschirm, aber er bemerkte sie nicht. Er wollte wohl noch ein Stück Weges mit dem Wildhüter gehen, vielleicht bis zum Zwinger, um nach einem Apportierhund zu sehen, der sich am Bein verletzt hatte. Plötzlich packte sie die Lust, ihm nachzulaufen. Sie ließ den Parasol fallen, schob den Brief in den Ausschnitt, raffte ihre Röcke und rannte los.

Sie war schlank und zierlich und von Natur aus flink und geschmeidig, aber sie konnte sich nicht erinnern, auch nur einen Meter im Laufschritt zurückgelegt zu haben, seit sie in Owens Schulzeit mit ihm herumgetollt war, und sie hätte nicht sagen können, was sie jetzt dazu bewegte. Sie wußte nur, daß sie laufen mußte, daß keine andere Fortbewegungsart – vom Fliegen abgesehen – ihrer Stimmung angemessen gewesen wäre. Es war, als gehorche sie einem inneren Rhythmus, als müßte sie dem Ansturm der sie bewegenden Gefühle auch körperlich Ausdruck verleihen. Auch sonst spürte sie den Erdboden unter sich federn und hatte ihre Freude daran; noch nie aber war er ihr so weich, so elastisch vorgekommen. Ihr schien, als käme er auf sie zu, als schwebte sie – wie manchmal in ihren Träumen – auf wunderbare Weise über kurzen, funkelnden Wellen. Auch die Luft schien in Wellen auf sie zu treffen und brachte das schräge Licht und die feuchten, scharfen Düfte des schwindenden Tages mit. «Was für ein Unsinn!» stieß sie hervor. «Wie himmlisch!» erwiderte summend ihr Blut, und sie lief weiter, bis sie merkte, daß Owen sie gesehen hatte und auf sie zukam. Da blieb sie stehen, erhitzt und lachend, die Hände vor dem Brief an ihrer Brust verschränkt.

«Nein, ich bin nicht toll», rief sie ihm zu, «aber heute liegt irgend etwas in der Luft... spürst du es nicht? Und ich möchte ein wenig mit dir plaudern», fügte sie hinzu, als er herangekommen war, und hakte sich lächelnd bei ihm ein.

Auch er lächelte, aber über dem Lächeln sah sie die leise Besorgnis, die sich in den letzten zwei Monaten als Furche zwischen seinen schönen Augen eingenistet hatte.

«Schau nicht so, Owen», sagte sie gebieterisch. «Ich will das nicht.»

Er lachte. «Du redest wie deine Tochter. Was verlangst du von mir? Daß ich mit dir um die Wette laufe wie mit Effie? Da hätte ich keine Chance.» Noch immer stand die kleine Falte zwischen seinen Augen.

«Wo willst du hin?» fragte sie.

«Eigentlich wollte ich zum Zwinger, aber es muß nicht sein. Der Tierarzt hat nach Garry gesehen, es geht ihm gut. Wenn du mir etwas erzählen wolltest...»

«Habe ich davon auch nur ein Wort gesagt? Ich wollte dir entgegengehen und fragen, ob dir das Jagdglück günstig war.»

Sein Gesicht verdüsterte sich wieder. «Nein, aber ich war auch gar nicht darauf aus. Wir haben uns nur ein bißchen im Wald herumgetrieben, Jean und ich. Mir stand der Sinn nicht nach Blutvergießen.»

Sie hatten den gleichen leichten Gang und fast die gleiche Größe, so daß ihnen das Schritthalten so selbstverständlich war wie das Atemholen. Anna warf einen verstohlenen Blick auf das junge Gesicht an ihrer Seite.

«Doch, du hast gesagt, daß du mir etwas erzählen wolltest», fing ihr Stiefsohn nach einer Pause wieder an.

«Also gut.» Unwillkürlich verlangsamte sie den Schritt, und dann standen sie unter den Linden und sahen sich an.

«Kommt Darrow?» fragte er.

Sie errötete selten, aber bei der Frage stieg jähe Glut in ihr auf. Sie hielt den Kopf hoch erhoben. «Ja, er kommt. Ich habe es eben erfahren. Morgen trifft er ein. Aber das ist nicht...» Sie begriff, daß sie einen Fehler gemacht hatte, und versuchte, ihn zu berichtigen. «Oder doch, in gewisser Weise möchte ich deshalb mit dir sprechen...»

«Weil er kommt?»

«Weil er noch nicht da ist.»

«Es geht also um ihn?» Er sah sie freundlich und ein bißchen belustigt an, sein Lächeln war fast brüderlich verständnisvoll.

«Um ihn? Nein, ich meinte damit, daß ich heute mit dir sprechen wollte, weil es der letzte Tag ist, den wir für uns haben.»

«Ach so.» Er hatte die Hände in die Taschen seiner Tweedjacke gesteckt und schlenderte, den Blick auf die feuchten Spurrillen der Auffahrt gerichtet, neben ihr her, als sei das Thema für ihn gänzlich uninteressant geworden.

«Owen...»

Wieder blieb er stehen und sah sie an. «Hör zu, meine Liebe, es hat wirklich keinen Zweck.»

«Was hat keinen Zweck?»

«Ihr könnt sagen, was ihr wollt, alle, die ihr da seid...»

«Alle, die ihr da seid... Rechnest du mich auch dazu?» fragte sie herausfordernd.

Er lenkte nicht ein. «Gut, also dann: Sogar du kannst sagen, was du willst...»

«Du weißt überhaupt nicht, was ich sagen kann – oder sagen will.»

«Gewöhnlich weiß ich das sehr genau...»

Der Punkt ging klar an ihn, aber sie kam gleich mit einem neuen Argument. «Ja, aber das ist ein Sonderfall. Was ich dir sagen wollte... Owen, du hast dich großartig benommen.»

Er lachte, und das klang wieder ganz nach großem Bruder. «Großartig», wiederholte sie. «Und *sie* auch.»

«Aber du ihr gegenüber ebenfalls.» Seine Stimme klang jetzt sehr jungenhaft. «Glaub nicht, daß ich das auch nur einen Moment vergessen hätte. Allerdings war es für sie auch leichter», fügte er nach einer kleinen Pause hinzu.

«Mag sein.» Sie lachte ein wenig. «Um so mehr kannst du dich doch freuen, wenn man dir sagt, daß du dich genausogut benommen hast wie sie?»

«Ich habe es schließlich nicht für dich getan», konterte er, aber ohne jede Feindseligkeit.

«Auch nicht ein bißchen? Da du ja wußtest, daß ich dich verstehe?»

«Du warst zumindest so lieb, Verständnis vorzutäuschen.»

Sie lachte wieder. «Glaubst du mir nicht? Bedenke bitte, daß ich Rücksicht auf deine Großmutter nehmen mußte.»

«Ja, und auf meinen Vater – und wohl auch auf Effie – und die entrüsteten Geister von Givré.» Er machte eine kleine Pause, als wollte er damit seinem jungenhaften Sarkasmus noch mehr Gewicht verleihen. «Und auf den dahingeschiedenen Monsieur de Chantelle vielleicht auch…?»

Seine Stiefmutter nahm den Hieb offenbar nicht übel. Im gleichen Ton liebevoller Überredung fuhr sie fort: «Aus deiner Sicht sah es wohl aus, als machte ich mich allzu abhängig von Givré, und vielleicht stimmte das ja auch. Aber das war nicht der eigentliche Grund für meine Bitte, du solltest dich bis zur Rückkehr deiner Großmutter gedulden.»

Er überlegte. «Der eigentliche Grund war natürlich, daß du Zeit gewinnen wolltest.»

«Ja – aber für wen? Warum nicht für *dich?*»

«Für mich?» Er wurde rot. «Soll das heißen…?»

Sie legte ihm eine Hand auf den Arm und sah ihm ernst in die schönen Augen.

«Das soll heißen, daß ich mit deiner Großmutter reden werde, wenn sie aus Ouchy zurückkommt…»

«Du wirst mit ihr reden?»

«Ja. Wenn du versprichst, mir Zeit zu lassen.»

«So viel Zeit, daß sie nach Adelaide Painter schicken kann?»

«Nach Adelaide Painter wird sie ohnehin schicken!»

Die Anspielung gab beiden Anlaß zur Heiterkeit; sie wechselten einen lachenden Blick.

«Du mußt mir nur versprechen, nichts zu überstürzen. Du mußt mir Zeit geben, auch Adelaide vorzubereiten», fuhr Mrs. Leath fort.

«Sie auch?» Er trat ein wenig zurück, um sie besser ansehen zu können. «Worauf?»

«Darauf, deine Großmutter vorzubereiten. Auf deine Heirat. Ich werde dir durchhelfen…»

Die gespielte Gleichgültigkeit war dahin, und er griff nach ihrer Hand. «Du gütigstes, du himmlisches Wesen! Ich hätte mir ja nie träumen lassen…»

«Ja, ich weiß.» Sie senkte den Blick und ging langsam weiter. «Ich bin nach wie vor nicht überzeugt davon, daß du eine kluge Entscheidung getroffen hast. Aber für mich ist inzwischen anderes wichtiger geworden, und am wichtigsten finde ich es, sich das Glück nicht durch die Finger schlüpfen zu lassen. Vielleicht habe ich mich geändert, oder vielleicht hat es mich überzeugt, daß du dich geändert hast. Ich weiß jetzt, daß du nicht aufgeben wirst. Und im Grunde war es immer nur das, worauf es mir ankam.»

«Aber das habe ich dir schon vor Monaten gesagt, du hättest dich darauf verlassen können. Wie kannst du deiner Sache heute sicherer sein als gestern?»

«Das weiß ich nicht. Man lernt wohl jeden Tag noch etwas dazu…»

«Nicht in Givré», lachte er und warf ihr einen leicht ironischen Blick zu. «Dabei warst du seit Monaten nicht mehr *wirklich* hier. Glaube nur nicht, das hätte ich nicht bemerkt…»

Sie stimmte in sein Lachen ein und ließ einen Seufzer folgen, der nichts abstritt. «Armes Givré…»

«Armes leeres Givré! Mit so vielen vollgestellten Räumen, in denen keine Seele sich aufhält – bis auf meine Großmutter natürlich, die seine Seele ist.»

Sie standen jetzt am Eingang zum Hof und betrachteten in stummer Übereinstimmung die langgezogene Fassade, auf der das sinkende Herbstlicht lag. «Dabei sieht es aus, als sei es dazu da, daß Menschen darin glücklich sind», sagte sie halblaut.

«Ja – heute, heute!» Er drückte leicht ihren Arm. «Du Liebste, Beste! Daß du mir geschenkt hast, es so zu sehen...» Er hielt inne und fuhr leiser fort. «Meinst du nicht auch, wir schulden es dem armen alten Gemäuer, alles zu tun, damit es immer so aussieht? Du auch, meine ich? Komm, wir wollen dafür sorgen, daß es von einem Flügel zum anderen lacht. Ich habe die größte Lust, ihm unerhörte Dinge zu sagen. Geht es dir nicht auch so? Schließlich müssen hier früher einmal lebendige Menschen gewohnt haben!»

Sie entzog ihm ihren Arm und sah an der Fassade hoch.

In dem melancholischen Dämmerlicht schien es ihr, als empfinge sie von dort den stummen Hilferuf einer verlorenen Seele.

«Aber es ist doch schön», sagte sie.

«Eine schöne Erinnerung, die wir gern hervorholen und betrachten werden, ich während meines Jurastudiums in New York, und du...» Er unterbrach sich und lächelte fragend. «Komm schon, heraus damit! Wir brauchen keine Worte, um uns zu verständigen. Wenn du plötzlich abwesend und geheimnisvoll wirst, würde ich immer am liebsten sagen: ‹Kehre zurück! Alles entdeckt!›»

Sie gab sein Lächeln zurück. «Ich weiß nicht mehr als du, falls dich das beruhigt.»

Er zögerte, als sei er sich zum erstenmal nicht sicher, wie weit er gehen konnte. «So gut kenne ich ja Darrow noch nicht», wagte er sich tastend vor.

Sie runzelte leicht die Stirn. «Eben hast du noch gesagt, wir brauchten keine Worte...»

«*Ich* habe nichts gesagt. Aber deine Augen...» Er packte sie an den Ellbogen und machte mit ihr eine halbe Drehung, so daß die sinkende Sonne einen verräterischen Strahl auf ihr Gesicht warf. «Es sind ungeheuer gesprächige Augen. Weißt du nicht, daß sie mir längst verraten haben, warum du ausgerechnet heute zu der Überzeugung gelangt bist, daß jeder Mensch das Recht auf sein eigenes Leben hat – sogar in Givré?»

– XI –

«Das ist die Südterrasse», sagte Anna. «Wollen wir zum Fluß hinuntergehen?»

Ihr schien, als spräche sie wie von weit her aus luftiger Höhe und sei gleichzeitig fest in den Bewußtseinskreis eingebunden, der sie und Darrow mit einem Strahlenkranz umschloß. Der Zuhörerin dort oben kamen die Worte flach und farblos vor, aber der Frau in dem Strahlenkranz war es, als hätte jedes ein eigenes schlagendes Herz.

Es war der Tag nach Darrows Ankunft, und er war, verlockt von dem weichen Licht auf den Rasenflächen und Blumenbeeten unter seinem Fenster, schon frühzeitig nach unten gekommen. Anna hatte gehört, wie er die Treppe herunterkam, hatte ihn in der Halle innehalten und einen Bediensteten nach ihr fragen hören. Sie war am Ende des Hauses in dem braungetäfelten Salon, in dem sie sich zu dieser Jahreszeit gern aufhielt, weil die Sonne dorthin zuerst kam und am längsten blieb. Sie stand in dem blassen Streifen Helligkeit am Fenster und ordnete lachsfarbene Geranien in einer flachen Porzellanschale. Sie fühlte und sah mit dreifacher Schärfe. Die graugrün pelzigen Geranienblätter liebkosten ihre Finger, und im flirrenden Sonnenlicht wirkte der unebene alte Parkettboden wie ein bewegtes braunes Flußbett.

Darrow stand im Rahmen der hintersten Tür, eine hellgraue Gestalt vor den schwarzweißen Steinplatten der Halle; dann kam er, nacheinander die langen Spiegelungen kreuzend, die ein Schrank oder ein Wandschirm auf die glänzenden Böden warf, durch die hell getäfelte leere Schneise der Zimmerfluchten auf sie zu.

Im Näherkommen erblickte sie an seiner Stelle plötzlich ihren Mann, den sie von eben dieser Stelle aus so oft aus derselben Perspektive hatte näher kommen sehen. Kerzengerade, schlank, aufrecht, mit schnellen, präzisen Drehungen nach rechts und links schauend und hin und wieder innehaltend, um einen Stuhl geradezurücken oder die Stellung einer Vase zu korrigieren, marschierte

Fraser Leath an den in Reih und Glied angetretenen Möbelstücken vorbei wie ein General, der die Parade abnimmt. An einer bestimmten Stelle, auf halber Höhe des zweiten Raumes, blieb er vor dem Kaminsims aus rosagelbem Marmor stehen und besah sich in dem darüber angebrachten hohen, verschnörkelten Spiegel. Sie konnte sich nicht erinnern, daß er an seiner ausgesuchten Garderobe jemals etwas geradezurücken oder zu verändern gehabt hätte, aber auf den Blick in diesen Spiegel hatte er nie verzichtet.

Danach beschleunigte er den Schritt, und die Zufriedenheit mit dem Ergebnis dieser Musterung war ihm noch immer anzusehen, wenn er das Zimmer mit der Eichentäfelung betrat, um seine Frau zu begrüßen...

Einen Moment nur stand Anna diese kleine tägliche Szene gespensterhaft vor Augen, aber dieser Moment genügte, um sie mit einiger Verwunderung die Distanz zwischen ihrer Vergangenheit und ihrer Gegenwart ermessen zu lassen. Dann kamen die Schritte der Gegenwart auf sie zu, und sie mußte die Geranien aus der Hand legen, um Darrow zu begrüßen...

«Ja, gehen wir zum Fluß.»

Sie hatten noch kein längeres Gespräch miteinander geführt. Darrow war am späten Nachmittag des Vortages angekommen, und am Abend hatten Owen Leath und die eigenen Gedanken sie hinreichend beschäftigt. Jetzt waren sie zum erstenmal miteinander allein, und das sprach für sich. Doch Anna spürte, daß sie sich, sobald sie auf persönlichere Dinge kamen, wieder fremder werden würden.

Sie traten auf die Terrasse hinaus und stiegen die Stufen zu dem gekiesten Weg hinunter. Das leicht betaute Gras schimmerte bläulich, und das auf die smaragdgrünen Bahnen zwischen den Baumstämmen fallende Sonnenlicht sammelte sich in großen leuchtenden Flecken am Ende der Waldwege und stand in wäßriger Pracht über den Feldern wie der Hof um einen Herbstmond.

«Ich bin froh, hier zu sein», sagte Darrow.

Sie bogen nach links ab und blieben einen Augenblick stehen, um auf die lange rosafarbene Fassade zurückzublicken, die schlichter, freundlicher, weniger aufwendig war als die auf der Hofseite. So lange und dabei so behutsam hatte die Zeit ihre Steine bearbeitet, daß sie an manchen Stellen den Flaum und die Struktur von altem rotem Samt hatten und die goldfarbenen Flechten dazwischen sich ausnahmen wie die letzten Spuren einer verblaßten Stickerei. Über dem einen Flügel erhob sich die Kuppel der Kapelle mit ihrem vergoldeten Kreuz, den Abschluß des anderen bildete ein konisches Taubenhaus, über dem die Vögel schieferfarben leuchtend dahinflogen. Das Blau ihrer Brüste verschmolz mit dem des Daches, wenn sie sich darauf niederließen.

«Hier also bist du all die Jahre gewesen.»

Sie betraten einen langen Tunnel aus Bäumen, deren Laub sich schon färbte. Bänke mit bemoosten Füßen standen an den moosbewachsenen Rändern des Weges, der in ein Rondell mit einem steingefaßten Becken mündete. Die mit Blättern bedeckte dunkle Wasserfläche sah aus wie eine Platte aus goldgeädertem Achat. Danach wurde der Weg schmaler und schlängelte sich zwischen dicht an dicht stehenden schlanken, efeubewachsenen Stämmen durch den Wald. Das nicht mehr so dichte Laub gab hier und da den Blick auf den blauen Himmel frei, und schließlich blieben die Bäume zurück, und vor ihnen lagen die offenen Felder am Fluß.

Sie gingen über die Felder zum Treidelpfad. In einer Mauerbiegung führten ein paar Stufen zu einem verfallenen Pavillon mit efeuüberwachsenen Tür- und Fensteröffnungen. Anna und Darrow setzten sich auf die Bank, die an der Innenwand des Pavillons angebracht war, und sahen über den Fluß auf die in grüne und bräunliche Felder unterteilten Hänge und auf das weiße Dorf, dessen graue Dächer und gedrungener Kirchturm sich vor den präzise gezeichneten Umrissen der Landschaft erhoben. Anna schwieg und spürte Darrows Nähe so intensiv, daß es sie nicht überraschte, als er ihre Hand berührte. Sie sahen sich an, er lächelte und sagte: «Jetzt darf es keine Verhinderungen mehr geben.»

«Verhinderungen?» wiederholte sie verschreckt. «Was für Verhinderungen?»

«Weißt du nicht mehr, wie das Telegramm lautete, mit dem du mich im Mai abgewiesen hast? Unvermutete Verhinderung... Worum ging es überhaupt bei dieser welterschütternden Schwierigkeit? Um eine Gouvernante für Effie, nicht?»

«Aber ich habe dir doch erklärt, warum es eine Verhinderung war, ich habe es dir ausführlich geschrieben.»

«Ja, ich weiß.» Er hob ihre Hand und küßte sie. «Wie fern das alles liegt, wie unwichtig das heute ist.»

Sie warf ihm einen raschen Blick zu. «Findest du? Ich bin da wohl anders. Ich möchte all jene vergeudeten Monate zusammenfassen und sie zu einem Teil unseres Heute werden lassen.»

«Für mich sind sie das schon. Alle. Von unserem ersten Tag an...»

Sie runzelte ein wenig die Stirn und schien um Worte zu ringen. «Wie seltsam, daß sich auch damals etwas zwischen uns schob, was ich nicht verstand.»

«Damals haben wir es wohl beide nicht verstanden. Es gehört vermutlich zu dem, was man die glückselige Ahnungslosigkeit der Jugend nennt.»

«Das dachte ich auch. Im Rückblick, meine ich. Aber schon damals traf es wohl nicht so sehr auf dich wie auf mich zu. Und jetzt...»

«Jetzt», sagte er, «ist das einzig Wichtige, daß wir hier beieinander sitzen.»

Er tat alles andere so leichten Herzens ab, daß sie darin einen schlüssigen Beweis für ihre Macht über ihn hätte sehen können. Aber auf derlei Triumphe war sie nicht stolz. Sie wünschte sich seine Ergebenheit, seine innige Zuneigung nicht so sehr für sich als für ihre gemeinsame Liebe, und ihr schien, als nähme er ihrer Beziehung, wenn er irgendeine ihrer früheren Phasen abschätzig behandelte, etwas von dem, was sie so schön und beglückend machte. Ihr Gesicht rötete sich leicht.

«Zwischen dir und mir ist alles wichtig.»

«Natürlich.» Sie spürte die Verständnislosigkeit in seinem lieben Lächeln. «Deshalb», fuhr er fort, «ist ‹alles› für mich das Hier und Jetzt: auf dieser Bank, zwischen dir und mir.»

Sie nahm seine Worte auf. «Das meinte ich ja: das Hier und Jetzt. Wir können ihm nicht entkommen.»

«Entkommen… Möchtest du das denn? *Schon wieder?*»

Ihr Herz schlug holpernd. Etwas in ihr wollte heraus, zögerlich und unzusammenhängend, aber seine wärmende Nähe durchdrang all ihre Sinne, so wie die Sonne die Landschaft durchdrang. Plötzlich hatte sie das Gefühl, daß sie sich mit nichts weniger als dem vollkommenen Glück zufriedengeben konnte.

«Schon wieder? Aber beim letztenmal warst du es doch…»

Sie hielt inne und zitterte ein wenig – wie Psyche, als sie die Lampe hob. Doch der Mann neben ihr zuckte nicht mit der Wimper. «Beim letztenmal? Im Frühjahr, meinst du. Aber im Frühjahr hast du mir doch – gewiß aus den triftigsten Gründen – nachdrücklich die Tür gewiesen.»

Sie merkte, daß er in seiner Gutherzigkeit bereit war, einer sentimentalen Anwandlung zuliebe eine Frage, die sich aus seiner Sicht durch die Zeit so endgültig erledigt hatte, noch einmal «durchzukauen», und das machte ihr Mut. «Ich habe geschrieben, sobald ich konnte», erwiderte sie. «Ich habe die Verzögerung erklärt und dich gebeten zu kommen. Und du hast meinen Brief nie beantwortet.»

«Zu diesem Zeitpunkt konnte ich nicht kommen, ich mußte wieder auf meinen Posten.»

«Und das konntest du mir nicht schreiben?»

«Ich habe lange auf deinen Brief gewartet. Eine Woche, zehn Tage. Das war doch wohl Grund genug zu der Annahme, daß du mit deiner Antwort keine allzu große Eile hattest.»

«Das dachtest du wirklich, nachdem du ihn gelesen hattest?»

«Ja, das dachte ich.»

Das Herz schlug ihr bis zum Hals. «Warum bist du dann heute hier?»

Er sah sie verwundert an. «Wenn du mich das fragen kannst – ich weiß es auch nicht!»

«Ich hatte also recht damit, daß ich es nicht verstand.»

Er erhob sich unvermittelt und stand vor ihr, den Blick auf den Fluß und das Schachbrettmuster der Hänge verstellend. «Vielleicht könnte auch ich das sagen...»

«Nein, nein, es darf für uns beide keinen Grund mehr geben, das je wieder zu sagen.» Sie sah ihn ernst an. «Wir haben es doch nicht nötig, uns voreinander im günstigsten Licht zu präsentieren. Ich möchte, daß du mich so siehst, wie ich bin, mit all meinen irrationalen Zweifeln und Ängsten. Den alten – und den neuen.»

Er setzte sich wieder neben sie. «Laß einmal die

alten beiseite. Sie waren gerechtfertigt, das gebe ich zu. Wenn die Gouvernante plötzlich weggeschickt werden mußte, du dich um Effie zu kümmern hattest und deine Schwiegermutter krank war, sehe ich ein, daß du mich nicht gebrauchen konntest. Ich sehe sogar ein, daß du in dieser Situation nicht so ohne weiteres zum Schreiben gekommen bist. Aber was spielt das alles jetzt noch für eine Rolle? Mir geht es um die neuen Ängste.»

Wieder erbebte ihr Herz. Das Glück war ihr so nah, so sicher, daß sie es zu erdrücken fürchtete wie ein Kind seinen zahmen Vogel nach einer allzu stürmischen Liebkosung. Die Sicherheit aber, die sie in ihrem Herzen spürte, schenkte ihr Zuversicht. Lange hatten ihre Zweifel messerscharfe Kanten gehabt, jetzt waren sie zu harmlos bunten Spielbällen geworden, die sie hochwerfen und gefahrlos wieder auffangen konnte.

«Du bist nicht gekommen, und du hast meinen Brief nicht beantwortet. Ich habe monatelang gewartet und dann einen zweiten geschrieben.»

«Den ich beantwortet habe. Und jetzt bin ich da.»

«Ja.» Sie ließ seinen Blick nicht los. «Aber in meinem letzten Brief habe ich das wiederholt, was ich in dem ersten, dem vom Juni, schrieb: Ich sei bereit, dir eine Antwort auf die Frage zu geben, die du mir in London stelltest. Dem konntest du schon entnehmen, wie die Antwort ausfallen würde.»

«Mein Liebling», sagte Darrow halblaut. «Mein Liebling...»

«Du hast diesen Brief ignoriert. Den ganzen Sommer über hast du nichts von dir hören lassen. Und jetzt verlange ich von dir nur, daß du mir ganz offen sagst, warum du dich so verhalten hast.»

«Ich kann nur wiederholen, was ich eben schon gesagt habe. Ich war gekränkt und unglücklich und zweifelte an dir. Hätte mir weniger an dir gelegen, wäre ich wohl selbstsicherer gewesen. Mir lag so viel an dir, daß ich einen weiteren Fehlschlag nicht riskieren mochte. So schloß ich denn die Augen und biß die Zähne zusammen und wandte mich ab. Das ist die ganze kleinmütige Wahrheit.»

«Ja, wenn das die *ganze* Wahrheit ist!» Sie ließ es zu, daß er sie in die Arme nahm. «Eben das ist mein Dilemma. Auch ich sah darin den Grund für dein Schweigen – ehe ich dich zwang, es zu brechen. Jetzt will ich sichergehen, daß ich recht hatte.»

«Was kann ich sagen, um dich zu überzeugen?»

«Zunächst kannst du mich anhören.» Sie rückte ein wenig von ihm ab, ohne ihn loszulassen. «Owen hat dich in Paris gesehen», begann sie.

Er sah sie freimütig an. Das Licht fiel auf sein reizvoll gebräuntes Gesicht, die grauen Augen, die helle offene Stirn. Zum erstenmal bemerkte sie den in verschlungenes Silber gefaßten Siegelring an der Hand, die auf der ihren lag.

«In Paris? Ja richtig...»

«Als er zurückkam, erzählte er mir davon. Ihr habt wohl kurz im Theater miteinander gesprochen. Ich fragte, ob du erwähnt hättest, daß ich dich vertröstet hätte – oder ob du ihm etwas für mich aufgetragen hättest. Er konnte sich nicht erinnern.»

«Ich bitte dich, mein Liebling! In diesem Gedränge... in einem Pariser Theaterfoyer...»

«Es war dumm von mir, ich weiß. Aber wir stehen uns erstaunlich nah, Owen und ich, ein wenig wie Bruder und Schwester. Ich denke, er hatte erraten, wie es zwischen uns stand, als er uns in London zusammen sah. Er zog mich ein bißchen auf und versuchte, meine Neugier zu wecken. Und als er merkte, daß ihm das gelungen war, sagte er, daß er nicht lange mit dir hat sprechen können, weil du es eilig hattest, zu der Dame zurückzukehren, mit der du im Theater warst.»

Er hielt noch immer ihre Hände, aber fühlte in seinem Griff kein Zittern; die gebräunten Wangen röteten sich nicht. Er kramte offenbar wirklich in seinen Erinnerungen.

«Ja. Und was hat er dir noch erzählt?»

«Nicht viel. Nur, daß sie sehr, sehr hübsch war. Als ich ihn bat, sie zu beschreiben, sagte er, du hättest sie in einem *baignoire* versteckt, aber er hat sie gar nicht richtig wahrgenommen, nur die Schleppe von ihrem Abendcape, und wußte daher, daß sie hübsch war. Das weiß man nämlich... Ich meine, er hätte gesagt, das Cape sei rosa gewesen.»

Darrow fing an zu lachen. «Ja, natürlich, das sind sie alle. Und das also war der wahre Grund für deine Zweifel?»

«Zuerst nicht, da habe ich nur gelacht. Aber

hinterher, als ich an dich geschrieben hatte und keine Antwort bekam... Du verstehst doch?» fragte sie bittend.

Er sah sie liebevoll an. «Ja, ich verstehe.»

«Das zwischen uns ist ja keine Läpperei. Ich möchte, daß du mich so kennenlernst, wie ich wirklich bin. Wenn ich denken müßte, daß du in diesem Moment... wo du fast schon auf dem Weg hierher warst...»

Er ließ ihre Hand los und stand auf. «Ja, ja... ich verstehe.»

«Wirklich?» Ihr Blick folgte ihm. «Ich bin kein junges Gänschen mehr. Ich weiß... natürlich *weiß* ich... aber es gibt Dinge, die eine Frau spürt... bei denen *Wissen* ihr nicht weiterhilft. Ich erwarte gar keine Erklärung... im Hinblick auf jenen Abend, meine ich. Ich möchte nur, daß du weißt, wie ich empfinde. Vor unserem Wiedersehen wußte ich es selbst nicht. Ich hätte mir nie träumen lassen, daß ich einmal solche Dinge zu dir sagen würde.»

«Und ich hätte mir nie träumen lassen, daß ich einmal hier stehen und sie mir anhören würde.» Er griff nach einem herabhängenden Ende ihres Schals und hob es an die Lippen. «Aber jetzt, da ich sie gehört habe... weiß ich es.» Er sah lächelnd auf sie hinunter.

«Du weißt...»

«Daß dies zwischen uns keine Läpperei ist. Jetzt darfst du mich alles fragen, was du willst. Ich bitte dich sogar darum.»

Einen langen Augenblick sahen sie einander wortlos an. Seine eben noch so ausgelassen funkelnden Augen verdunkelten sich in leidenschaftlichem Ernst. Er beugte sich vor und küßte sie, und sie fühlte sich wie in schützenden Schwingen geborgen.

– XII –

Es lag in der Natur der Dinge, daß sich das Gespräch auf dem Rückweg zum Haus der Zukunft zuwandte.

Anna hatte es nicht eilig, sie genauer zu umreißen. Sie wußte um die Unwägbarkeit des Glücks, und während sie neben Darrow herging, flog ihre Phantasie hin und her und spann leuchtende Fäden zwischen ihr und dem, was sie umgab. Je stärker ihre Empfindungen sie bewegten, desto strahlender trat für sie die Schönheit der sichtbaren Dinge hervor und desto stärker wurde ihr Bedürfnis, diese Momente auszukosten und in sich aufzunehmen wie ein unwiederholbares Wunder. Sie hatte Verständnis für Darrow, der darauf drängte, konkrete Pläne zu machen. Das mußte sein, sie wußte es und hätte es auch nicht anders haben wollen; aber wenn sie versuchte, auf ihn einzugehen und sich auf Daten und Entscheidungen zu konzentrieren, war ihr, als kämpfe sie sich durch das silbrige Gezweig eines Frühlingswaldes.

Darrow wollte seine diplomatischen Möglichkeiten nutzen, um gewisse wirtschaftliche und soziale Probleme zu studieren, über die er in Kürze etwas zu schreiben hoffte, und hatte sich deshalb um einen Posten in Südamerika bemüht, der ihm auch zugesagt worden war. Anna war bereit, ihm überallhin zu folgen, und nicht abgeneigt, durch neue Eindrücke und Gedanken Abstand von der Vergangenheit zu gewinnen. Unmittelbar hatte sie nur auf Effie und deren Ausbildung Rücksicht zu nehmen, und nach sorgfältiger Prüfung stellte sich heraus, daß sich dies durchaus mit den Anforderungen von Darrows Beruf vereinbaren ließ. Effie konnte getrost Madame de Chantelles Obhut überlassen werden, bis das Paar sein künftiges Leben geregelt hatte; es war sogar vorstellbar, daß sie, solange der Dienst ihren künftigen Stiefvater in fernen Ländern festhielt, einen Teil des Jahres weiterhin in Givré und den anderen bei den Antipoden verbrachte.

Owen war vor zwei Jahren volljährig geworden und stand kurz davor, sein väterliches Erbe anzutreten, so daß sich die Verantwortung seiner Stiefmutter zu freundschaftlicher Sorge um sein Wohlergehen reduzieren würde. Das ermöglichte eine rasche Erfüllung von Darrows Wünschen, und es war nicht unbillig, an eine Trauung noch innerhalb seiner restlichen sechs Urlaubswochen zu denken.

Der Waldweg entließ sie in die offene Helligkeit des Gartens. Die Mittagssonne vergoldete die bronzefarbenen Flächen der beschnittenen Eiben. Rostrot, safran- und orangefarben leuchtende Chrysanthemen erstrahlten wie Blüten eines Zauberwaldes, breite Bänder purpur- bis weinroter Begonien zogen sich wie glimmende Glut durch die Rabatten, und über dieser farbenprächtigen

Tapisserie erhob sich die lange, harmonische Fassade des Hauses, deren strenge Linien das dunstige Licht anmutig milderte.

Darrow blieb stehen, und Anna merkte, wie er sich umsah und dann den Blick wieder auf ihr ruhen ließ.

«Und du bist wirklich bereit, Givré aufzugeben? Ihr seid wie füreinander geschaffen...»

«Ach, Givré...» Sie verstummte unvermittelt, als habe sie mit diesen fast wegwerfenden Worten ihre ganze Vergangenheit in seine Hände gegeben; und wieder einmal instinktiv auf Distanz gehend, fügte sie hinzu: «Wenn Owen heiratet, muß ich es ohnehin aufgeben.»

«Wenn Owen heiratet? Das hat noch gute Weile. Ich möchte von dir hören, daß du einstweilen nichts bereuen wirst.»

Sie zögerte. Warum drängte er sie, ihm ihre arme verkümmerte Vergangenheit zu enthüllen? Ein unbestimmtes Loyalitätsgefühl, der Wunsch, das zu verschonen, was ihr jetzt kein Leid mehr zufügen konnte, veranlaßte sie zu einer ausweichenden Antwort. «Von einem ‹Einstweilen› kann keine Rede sein. Unter Umständen wird Owen sehr bald heiraten.»

Sie hatte das Thema eigentlich nicht anschneiden wollen, denn ihr Stiefsohn hatte sie zunächst zur Geheimhaltung verpflichtet, aber da im Hinblick auf Darrows kurzen Urlaub ihre Angelegenheiten rasch geregelt werden mußten, mußte sie ihm zumindest andeuten, wie es um Owens Sache stand.

«Owen und heiraten? Mir kommt er immer vor wie ein junger Faun. Ich kann ihm nur wünschen, daß er eine Dryade gefunden hat, denn so etwas, denke ich, könnte es in diesen blaugoldenen Wäldern durchaus noch geben.»

«Wo er seine Dryade gefunden hat, darf ich dir noch nicht verraten, aber ich glaube, sie *ist* wirklich eine. Zumindest paßt sie besser in die Wälder von Givré als ich. Aber es könnte Schwierigkeiten geben...»

«Nun ja, in diesem Alter bleiben die nicht immer aus...»

Anne zögerte. «Zumindest ist Owen fest entschlossen, sie zu überwinden, und ich habe versprochen, ihm durchzuhelfen.»

Sie überlegte einen Augenblick, dann erläuterte sie, daß die Wahl ihres Stiefsohnes seiner Großmutter aus mancherlei Gründen nicht paßte. «Sie muß vorbereitet werden, und ich habe mich dazu bereit erklärt. Ich habe ihm immer durchgeholfen, und jetzt zählt er auf mich.»

Sie meinte, aus Darrows nächsten Worten eine leichte Gereiztheit herauszuhören, und überlegte, ob er sie wieder im Verdacht hatte, nach einem Vorwand für einen Aufschub zu suchen.

«Aber wenn Owens Zukunft geregelt ist, wirst du doch nicht, nur um ihm ‹durchzuhelfen›, wie du sagst, von mir verlangen, daß ich ohne dich reise?» Im Gehen zog er sie enger an sich. «Owen wird dafür Verständnis haben, auch wenn du es nicht hast, und da er sich in der gleichen Lage befindet wie ich, werde ich an seine Großherzigkeit appellieren. Er wird einsehen, daß ich das erste Recht auf dich habe.»

«Um Owens Einsicht ist mir nicht bange. Aber seine Zukunft ist eben noch nicht geregelt. Er ist sehr jung für eine Ehe – zu jung, würde seine Großmutter sagen –, und die Verbindung, die er eingehen will, ist nicht dazu angetan, sie von dieser Meinung abzubringen.»

«Sie ist doch nicht etwa von der gleichen Art wie seine erste?»

«Nein, nein, aber sie ist, um mit Madame de Chantelle zu sprechen, keine gute Partie und in meinen Augen auch keine kluge Wahl.»

«Und trotzdem willst du ihm helfen?»

«Ja, ich will ihm helfen.» Sie hielt einen Augenblick inne. «Ich weiß nicht, ob du das verstehst: Was ich mir für ihn und auch für Effie am meisten wünsche, ist die Freiheit, ihre eigenen Fehler zu machen und sich, wenn möglich, niemals überreden zu lassen, die anderer Leute zu begehen. Selbst wenn Owens Ehe ein Fehler ist und er dafür bezahlen muß, denke ich, daß er daraus etwas lernt. Madame de Chantelle kann ich das natürlich nicht begreiflich machen. Aber ich kann ihr zumindest vor Augen führen, daß sie ihn – so, wie er nun einmal beschaffen ist mit seinen spontanen Ausbrüchen und eigenartigen Anwandlungen von Tatenlosigkeit, von Apathie – zu einem ärgeren Mißgriff treibt, wenn sie ihm jetzt Steine in den Weg legt.»

«Und du willst es ihr beibringen, sobald sie aus Ouchy zurückkommt?»

«Sobald ich eine Möglichkeit sehe. Sie kennt die junge Frau und hat sie gern, und darauf setzen wir unsere Hoffnung. Auf der anderen Seite ist gerade das auch bedenklich; es könnte für uns letztlich schwieriger werden, wenn sie die Wahrheit erfährt, als wenn Owen eine Unbekannte gewählt hätte. Mehr kann ich dir nicht sagen, ehe ich mit ihr gesprochen habe. Owen hatte ich eigentlich versprochen, ganz darüber zu schweigen. Ich bitte dich nur, mir zumindest ein paar Tage Zeit zu geben. Sie hat sich, was dich und die Tatsache betrifft, daß ich Givré bald werde verlassen müssen, erstaunlich ‹anständig› benommen, wie sie es ausdrücken würde, aber auch das könnte Owens Lage erschweren. Du begreifst doch, daß es mich gerade deshalb drängt, ihm beizustehen, nicht wahr? Der Gedanke, ich hätte auch nur das kleinste Fetzchen meines Glücks von ihm gestohlen wie ein Stück Zeug, das man braucht, um ein Loch zu flicken, wäre mir unerträglich.» Sie legte ihre Hände um Darrows Arm «Ich wünsche mir unser Leben wie ein Haus mit erleuchteten Fenstern, ja ich möchte am liebsten Laternen noch an die Dächer und Schornsteine hängen.»

Innerlich zitterte sie jetzt ein wenig. Während sie diesen Appell an Darrow richtete, hatte sie sich immer wieder gesagt, daß der Moment kaum ungünstiger gewählt sein konnte. Sie an seiner Stelle hätte vermutet – was er zweifellos auch tat –, daß sich hinter ihrer sorgfältig formulierten Darstellung nur die übliche Unentschlossenheit verbarg. Gerade in dieser Stunde hätte sie sich so gern behauptet, indem sie alles, was sich seinen Wünschen in den Weg stellte, beiseite schaffte, aber die Charakterstärke, die sie ihm beweisen wollte, konnte sie nur dadurch zeigen, daß sie sich gegen diese Wünsche sperrte.

Doch noch während sie sprach, hatte sie gemerkt, daß Darrows Gesicht bei ihren Worten keine Wirkung zeigte, sondern den abwesenden Ausdruck eines Mannes trug, der gar nicht zuhört. Daß seine Gedanken in so einem Augenblick abschweifen konnten, traf sie ein wenig, doch dann begriff sie mit einem freudigen Ruck den Grund dafür.

Sie spürte, ohne den Kopf zu wenden und ohne es genauer erklären zu können, daß ihre Nähe ihn ganz erfüllte, daß er völlig in die Betrachtung aller Einzelheiten ihres Gesichts, ihrer Kleidung versunken war, und nach dieser Entdeckung sprudelten die Worte nur so aus ihr heraus. Sie merkte, daß sie sich gewandt, glaubwürdig, überzeugend ausdrückte. «Es ist ihm gleich, was ich sage», dachte sie, «es genügt, daß ich es sage, und auch wenn es etwas Dummes ist – er wird mich dafür um so lieber haben.» Sie wußte, daß jede Schwingung ihrer Stimme, jede Geste, jeder Zug an ihr, ja auch ihre Mängel, die Tatsache, daß ihre Stirn zu hoch, ihre Augen nicht groß genug, ihre Hände zwar schlank, aber nicht klein waren und die Finger zu den Spitzen hin nicht schmal zuliefen – daß all diese Unzulänglichkeiten Bahnen waren, die ihren Einfluß transportierten; daß sie ihm trotzdem oder vielleicht sogar gerade deshalb gefiel;

daß er sie so haben wollte, wie sie war, und nicht so, wie sie gern gewesen wäre; und zum erstenmal spürte sie in ihrem Blut die Sicherheit und Beschwingtheit glücklicher Liebe.

Sie waren auf dem Hof angekommen und näherten sich im Schatten der Linden dem Haus. Die Tür zur Halle stand weit offen, und durch die Fenster, die zur Terrasse hinausgingen, fiel die Sonne in schrägen Bahnen auf den schwarzweißen Fußboden, die verschossenen Polsterstühle und Darrows Reisemantel und -kappe, die zwischen Capes und Decken auf einer Bank an der Wand lagen.

Der Anblick dieser Kleidungsstücke zwischen den ihren sprach von freundlicher Vertrautheit. Es war, als sei ihr Glück vom Himmel herabgestiegen und in ein schlichtes Alltagskleid geschlüpft. Endlich hatte sie das Gefühl, es in der Hand zu halten.

Als sie die Halle betraten, fiel ihr Blick auf einen unfrankierten Briefumschlag, der gut sichtbar auf dem Tisch deponiert worden war.

«Von Owen! Er ist wohl schnell mit dem Automobil weggefahren.»

Insgeheim regte sich leise Freude in ihr bei dem Gedanken, daß sie und Darrow nun bei Tisch wahrscheinlich allein sein würden. Dann öffnete sie den Brief und machte große Augen.

«Meine Liebe», schrieb Owen, «nach dem, was Du gestern gesagt hast, hält es mich keine Stunde mehr hier. Ich fahre nach Francheuil, von dort mit dem Expreßzug nach Dijon und komme mit ihnen zurück. Hab keine Angst, ich werde nur sprechen, wenn keine Gefahr besteht, darauf kannst Du Dich verlassen. Aber ich mußte einfach losfahren.»

Langsam sah sie auf.

«Er ist nach Dijon gegangen, um seine Großmutter nach Hause zu begleiten. Hoffentlich habe ich keinen Fehler gemacht.»

«Du? Was hast du mit seiner Reise nach Dijon zu tun?»

Sie zögerte. «Vorgestern habe ich ihm zum erstenmal gesagt, daß ich ihm helfen werde, komme, was da wolle. Jetzt hat er den Kopf verloren, und ich fürchte, er wird unvorsichtig sein und alles verderben. Eigentlich hatte ich ihm vor meinem Gespräch mit Madame de Chantelle gar nichts sagen wollen...»

Sie spürte, daß Darrow sie ansah und ihre Gedanken las, und errötete. «Ja, ich habe es ihm gesagt, als ich von deinem Kommen erfuhr. Ich wollte, daß ihm so zumute sei wie mir... Es schien mir zu grausam, ihn warten zu lassen.»

Ihre Hand lag in der seinen, und sein Arm lag einen Augenblick auf ihrer Schulter.

«Es wäre in der Tat zu grausam gewesen, ihn warten zu lassen.»

Nebeneinander gingen sie zur Treppe. Sie fühlte sich von ihrem Glück eingehüllt wie von einem Dunstschleier, so daß ihr Owens Angelegenheiten seltsam fern und unwichtig vorkamen. Nichts war wirklich wichtig außer diesem reißenden Strom des Lichts in ihrem Blut. Sie setzte den Fuß auf die unterste Stufe. «Es ist gleich Zeit zum Mittagessen», sagte sie. «Ich muß meinen Hut abnehmen...» Als sie dann langsam die Treppe hochstieg, blieb Darrow in der Halle stehen und sah ihr nach. Doch trotz der wachsenden Entfernung schien er ihr so nah wie zuvor; es war, als gingen seine Gedanken mit ihr und berührten sie gleich zärtlichen Händen.

In ihrem Schlafzimmer schloß sie die Tür und sah sich wie träumend um. Ihre Gefühle waren anders als alles, was sie bisher empfunden hatte, waren reicher, tiefer, vollständiger. Es war, als bringe sich zum erstenmal alles in ihr, von Kopf bis Fuß, in den mächtigen Strom ihrer Empfindungen ein.

Sie nahm den Hut ab und ging zum Ankleidetisch, um ihr Haar zu richten. Der Hut hatte die dunklen Strähnen auf der Stirn flachgedrückt, ihr Gesicht war blasser als gewöhnlich, unter den Augen lagen Schatten. Mit Bedauern dachte sie an all die vergeudeten Jahre. «Wenn ich heute so aussehe», sagte sie sich, «was wird er dann von mir denken, wenn ich krank bin oder Sorgen habe?» Sie begann, sich mit den Fingern durchs Haar zu fahren, und freute sich an seiner dichten Fülle, dann hielt sie inne und blieb, das Kinn auf die Hände gestützt, still sitzen.

«Ich will, daß er mich so sieht, wie ich bin», dachte sie.

Tiefer als die tiefste Schicht ihrer Eitelkeit reichte das triumphierende Gefühl, daß sie für ihn so, wie sie war, mit flachgedrücktem Haar, mit blassem, müdem Gesicht, den durch die Jacke zerknitterten dünnen Blusenärmeln, liebens- und begehrenswerter war als in ihrem schönsten Putz. Im Lichte dieser Erkenntnis musterte sie ihr Gesicht so aufmerksam, als sähe sie es zum erstenmal, und erkannte seine Mängel klarer als je zuvor, aber in einem gleichsam verklärenden Glanz, als sei die Liebe ein leuchtender Stoff, in den sie ganz eingetaucht war.

Sie war jetzt froh, daß sie ihm ihre Zweifel und ihre Eifersucht gestanden hatte. Sie ahnte, daß einem liebenden Mann solche unfreiwilligen Geständnisse sogar schmeicheln können, daß es Momente gibt, da ihm die Rücksichtnahme auf seine Freiheit weniger willkommen ist als das Unvermögen, ihm diese Freiheit zu gönnen, günstige Momente, in denen einer Frau gerade Fehler und Indiskretionen helfen, ihre Herrschaft aufzurichten. Das Gefühl der Macht, das sie bei ihrem Gespräch mit Darrow überkommen hatte, kehrte verzehnfacht zurück. Sie hätte ihn am liebsten mit den phantastischsten Forderungen auf die Probe gestellt, zugleich aber verlangte es sie danach, sich vor ihm zu demütigen, sich zum Schatten und Echo seiner Launen zu machen. Sie wünschte sich, mit ihm in einer Welt der Phantasie zu verweilen und dabei doch an seiner Seite in der Welt der Realitäten zu wandeln. Sie wollte, daß er ihre Macht fühlte und sie gleichzeitig um ihrer Unwissenheit und ihrer Demut willen liebte. Sie kam sich vor wie Sklavin, Göttin und blutjunges Mädchen zugleich...

– XIII –

Spät an diesem Abend ließ sich Darrow in einen Lehnstuhl vor dem Kamin fallen und sann vor sich hin. Der Raum eignete sich gut für diese Betätigung. Die Lampe mit dem roten Schirm, die Ecken, in denen Schatten nisteten, die Spiegelung des Kaminfeuers auf den Rundungen der schweren Kleiderschränke und Vitrinen schuf eine intime Stimmung, die durch die verblaßten Vorhänge und die leicht ausgefransten und abgetretenen Läufer noch verstärkt wurde. Alles wirkte auf eine harmonische, subtil gesuchte Weise schäbig, ein Effekt, bei dem, wie Darrow vermutete, Fraser Leath seine Hand im Spiel gehabt hatte. Doch Fraser Leath war in Darrows Weltenordnung zu einem so unbedeutenden Faktor geworden, daß diese Spuren seiner Anwesenheit in ihm außer leiser rückblickender Belustigung keinerlei Gemütsbewegung auslöste.

Der Nachmittag und Abend waren schlechthin vollkommen gewesen.

Nach kurzer Besorgnis über die Abreise ihres Stiefsohnes hatte sich Anna ihrem Glück mit einem Ungestüm hingegeben, das Darrow bei ihr nie vermutet hätte. Am frühen Nachmittag waren sie mit dem Automobil durch eine Landschaft gedeckter Töne gefahren, in der hier und da ein scharlachroter Weinberg flammte, waren über die Straßen steinerner Dörfchen geholpert und durch das blasse Gold schmaler Waldwege gerollt, an deren Ende das Blau scharf umrissener Berge stand. Über allem lag mattes Sonnenlicht, das sich in der windstillen Luft aufzulösen schien, und in den Geruch nach nassen Wurzeln und moderndem Laub mischte sich der würzige Duft von brennendem Unterholz. An der Biegung einer Mauer hielten sie vor einer verfallenen Toreinfahrt und stolperten über einen mit tiefen Spurrinnen durchzogenen Weg zu einem verlassenen alten Häuschen mit wunderlichen Schornsteinen und Schnitzereien, das in einer Senke im Schatten uralter Bäume stand. Sie schlenderten über die Pfade, die sich zwischen den Bäumen hinzogen, und entdeckten einen morschen Liebestempel zwischen Schilf und Wegerich, dann setzten sie sich auf eine Bank im Wirtschaftshof und sahen den Tauben zu, die vor dem Abendrot über ihrem Schlag aus gemusterten Ziegeln kreisten. Und weiter rollte das Automobil in die Dämmerung hinein...

Später saßen sie vor dem Feuer in dem eichengetäfelten Salon. Darrow sah auf Annas zarten, feinen Kopf, der sich vor der dunklen Täfelung abhob, und dachte daran, wieviel Freude er allein schon daran haben würde, ihre Hände zu betrachten, die mit dem Teegeschirr hantierten...

Sie aßen spät zu Abend, und als er ihr im sanften Kerzenlicht an der blumengeschmückten Tafel gegenübersaß, beglückte es ihn, sie wieder im Abendkleid zu sehen, seinen Blick auf dem stolz und schüchtern zugleich erhobenen, von dunklem Haar umrahmten Kopf und auf dem mädchenhaft schlanken Hals über der sanft gerundeten Brust ruhen zu lassen. Das Zurückhaltende dieser Schönheit sprach seine Phantasie an. Sie ließ ihn an ein fein ausgeführtes Porträt denken, das sich auf einige wenige Farben beschränkt, oder an eine griechische Vase, deren einziges Muster das darauf spielende Licht ist.

Nach dem Abendessen traten sie auf die Terrasse hinaus, um den in dunstiges Mondlicht getauchten Park zu betrachten. Im weißen Zwielicht hingen die Bäume wie schwere dunkle Schatten. Unterhalb der Terrasse zeichnete das Gras seine dunklen Diagramme zwischen Skulpturen, die vermummten Verschwörern gleich am Rande der Dunkelheit standen. Ein Stück weiter entrollte die Wiese ein mit Silber durchschossenes Gewebe, das bis zu dem nebelverhüllten Fluß reichte, und am Himmel flimmerten die herbstlichen Sterne wie ihre eigenen Spiegelbilder in einem trüben Gewässer.

Er zündete seine Zigarre an, und sie schritten in der lauen Luft langsam auf den Steinplatten auf und ab, bis er den Arm um sie legte und sagte: «Du darfst nicht warten, bis dir kalt geworden ist.» Dann gingen sie zurück ins Zimmer und rückten ihre Sessel ans Feuer.

Es schien kaum Zeit vergangen, als sie sagte: «Es muß schon nach elf sein» und sich erhob. Leise lächelnd sah sie auf ihn herab. Er blieb still sitzen, nahm ihren Blick in sich auf und dachte: «Es wird noch viele solche Abende geben», bis sie näher trat, sich vorbeugte und ihm eine Hand auf die Schulter legte. «Gute Nacht», sagte sie.

Er stand auf und nahm sie in die Arme.

«Gute Nacht», sagte auch er und hielt sie ganz fest, und sie tauschten einen langen Kuß voller Verheißung und tiefer Verbundenheit.

Die Erinnerung glühte noch in ihm nach, als er vor dem langsam in sich zusammensinkenden Feuer saß, doch bei aller Sinnenlust war ihm auch fast feierlich zumute. Sein Glück war gewissermaßen der Sammelpunkt für viele bisher verstreute Vorhaben. Er faßte das ein wenig unbestimmt in der Formulierung zusammen, es sei eben «ganz etwas anderes», von so einer Frau geliebt zu werden. Darrow war das Herumexperimentieren im Leben allmählich leid; er wollte «energisch vorgehen», «tatkräftig seine Ziele verfolgen», wollte zentralisieren und konzentrieren und zu Ergebnissen kommen. Noch zwei, drei Jahre im diplomatischen Dienst – mit ihr an seiner Seite –, dann würde ihr wahres Leben beginnen: Studien, Reisen, Schreiben für ihn, und für sie – nun ja, zumindest die Genugtuung, einer Atmosphäre der Nippes und der Visitenkarten hinterlassenden Besucher entkommen zu sein und den frischen Wind konkurrierender Aktivitäten zu spüren.

Schon seit geraumer Zeit regte sich in ihm dunkel der Wunsch nach Veränderung, und nach der Begegnung mit Mrs. Leath im Frühjahr hatten diese Überlegungen nun ein konkretes Ziel gefunden. Mit so einer Gefährtin, die seine Kräfte konzentrieren und stimulieren würde, konnte er, davon war er ohne Unbescheidenheit, aber aufs angenehmste überzeugt, «etwas erreichen». Doch spürte er unbestimmt, daß er diese Chance auch verdient hatte. Sein Leben war alles in allem durchaus respektabel verlaufen. Aus bescheidenen Ansätzen und bei durchschnittlicher Begabung hatte er es zu einer recht ausgeprägten Persönlichkeit gebracht, hatte etliche bemerkenswerte Menschen kennengelernt, einige interessante und ein paar ziemlich schwierige Aufgaben bewältigt und besaß mit seinen siebenunddreißig Jahren einen intelligenten Ehrgeiz, der ihn über die volle Distanz bis zu einem rüstigen und tatkräftigen Alter bringen würde. Was das Private und Persönliche betraf, so entsprach es den landläufigen Vorstellungen, und wenn sein Verhalten hier und da zu wünschen übrigließ, so war er doch immer nur kurz und eher beiläufig vom Wege abgewichen. In den anerkannt wichtigen Dingen des Lebens hatte er sich stets strikt innerhalb der Grenzen seiner Skrupel bewegt.

Von diesem erfreulichen Rundblick auf sein bisheriges Leben kehrte er zurück zu dem, was er als dessen glückliche Krönung betrachtete. Mit verzeihlichem Stolz verweilte er bei der Tatsache, daß das Schicksal ihm schon so früh die große Vergünstigung gewährt hatte, sie zu besitzen; demnach schien es, als seien sie im wahrsten Sinne des oft mißbrauchten Wortes füreinander bestimmt gewesen.

Tiefer als all diese erfreulichen Tatsachen berührte ihn das rein gefühlsmäßige Wohlbefinden, das ihn überkam, wenn er mit ihr zusammen war.

Das war letztlich der Beweis dafür, daß sie die richtige Frau für ihn war: die Freude, die er an ihrer Kopfhaltung hatte, an der Art, wie ihr Haar an der Stirn und im Nacken wuchs, ihrem aufmerksamen Blick, wenn er sprach, dem Ernsthaft-Ungezwungenen ihres Ganges und ihrer Gesten. Alle Einzelheiten ihres Gesichts standen ihm deutlich vor Augen, das feine Adergeflecht an den Schläfen, die bläulichbraunen Schatten auf den Lidern und die zwei gespiegelten Sterne, die sich in ihren Augen zeigten und zerbarsten, wenn er sie an sich zog.

Hätte er noch Zweifel gehegt, welcher Art ihr Gefühl für ihn war – diese verschwimmenden Sterne hätten sie beseitigt. Sie war zurückhaltend, ja schüchtern, war das, was die Oberflächlichen und Überschwenglichen «kalt» nennen. Sie war wie ein Bild, das so aufgehängt ist, daß man es nur aus einem bestimmten Blickwinkel betrachten kann, einem Blickwinkel, den nur der kennt, dem es gehört. Der Gedanke schmeichelte seinem Besitzerstolz... Ein zufälliger Beobachter hätte sein Lächeln in diesem Moment womöglich einfältig genannt. Er dachte an ihren Gesichtsausdruck – nicht so sehr an ihre Worte als an ihren Ausdruck –, als sie ihn nach seiner Begegnung mit Owen im Theater befragt hatte, und daran, wie schwer ihr die Frage gefallen war. Er sah ihre geröteten Wangen, die angestrengte kleine Falte zwischen den Brauen, die sich in jenem Augenblick vertieft hatte, ihren Blick, der nach einer Zuflucht suchte und dann kehrtmachte und sich entschlossen auf ihn richtete. Stolz und Leidenschaft lagen in diesem Ringen beschlossen – vortreffliche Eigenschaften für eine Ehefrau. Der Anblick entschädigte ihn fast dafür, daß sie ihn mit dem Heraufbeschwören einer Erinnerung, für die in seiner derzeitigen Vorstellung von sich selbst kein Platz war, vorübergehend in Verlegenheit gebracht hatte. Ja, man konnte manches in Kauf nehmen, um diesen Kampf zwischen ihrem Instinkt und ihrer Intelligenz zu verfolgen, wenn man wußte, daß man selbst derjenige war, um den es in diesem Kampf ging...

In diese Überlegungen mischte sich noch etwas anderes. Er sagte sich voller Genugtuung, daß sie zu den Frauen gehörte, mit denen ein Mann sich gern in der Öffentlichkeit sehen läßt. Es würde ausgesprochen erfreulich sein, ihr in einen Salon zu folgen, hinter ihr durch den Mittelgang eines Theaters zu schreiten, mit ihr einen Zug zu besteigen oder einen Zug zu verlassen, allen möglichen Leuten gegenüber von ihr als «meiner Frau» zu sprechen. All diese Einzelheiten faßte er in den hübschen Satz zusammen: «Sie ist eine Frau, auf die man stolz sein kann» und fand, daß diese Tatsache seine instinktive jungenhafte Genugtuung darüber, daß sie ihn liebte, zusätzlich rechtfertigte, ja adelte.

Er stand auf, schlenderte zum Fenster und lehnte sich eine Weile in die sternenklare Nacht hinaus. Dann ließ er sich mit einem tiefen, zufriedenen Seufzer wieder in seinen Lehnstuhl fallen.

«Ach, zum Henker», stieß er plötzlich hervor, «es ist jedenfalls das Beste, was mir je passiert ist.»

Der nächste Tag war womöglich noch erfreulicher. Er spürte – und wußte, ihr ging es genauso –, daß sie nun ein höheres Maß von Verständnis füreinander gefunden hatten. Es war, als hätten sie, nachdem sie sich schwimmend, geblendet von der Sonne, durch starke, funkelnde Wellen gekämpft hatten, eine von Klippen beschattete Bucht erreicht, wo sie sich auf der stillen Wasserfläche treiben lassen und weit in die Tiefe blicken konnten.

Hin und wieder überlief es ihn, wenn sie nebeneinander hergingen, wenn sie miteinander redeten, wie ein Schauer knabenhaften Staunens über diesen Zusammenklang ihrer Ansichten und Erfahrungen, über die Art, wie ihre Gedanken im gleichen Augenblick den gleichen Punkt erfaßten.

«Der alte Wahn», sagte er sich lächelnd. «Daß die Natur doch dieses Tricks nie müde wird...»

Doch er wußte, daß es mehr war als das. Hin und wieder spürte er bei ihren Gesprächen unverkennbar den festen Boden der Freundschaft unter dem tollen Tanz seiner Gefühle. «Wie sehr würde ich sie mögen, wenn ich sie nicht liebte!» faßte er dieses Gefühl zusammen und staunte über das Wundersame einer solchen Verbindung.

Vormittags hatte Owen Leath telegraphiert, daß er, seine Großmutter und Effie nachmittags um vier aus Dijon eintreffen würden. Der Bahnhof der Hauptlinie war acht bis zehn Meilen von Givré entfernt, und kurz nach drei machte Anna sich mit dem Automobil auf den Weg, um die Reisenden abzuholen.

Als sie fort war, ging Darrow spazieren. Er

wollte nicht zu früh zurückkommen, damit die Familie den Nachmittag über unter sich war. Bis lange nach Einbruch der Dunkelheit streifte er über Land, und die Stallglocke von Givré schlug sieben, als er von der Allee her den Hof betrat.

In der Halle traf er Anna, die gerade die Treppe heruntergekommen war. Ihr Gesicht war heiter, und er erkannte sogleich, daß Owen Wort gehalten hatte. Ihre Befürchtungen hatten sich nicht bewahrheitet.

Sie kam aus dem Unterrichtszimmer, wo Effie und die Gouvernante ihr Abendessen einnahmen. Der kleinen Tochter war offenbar der Aufenthalt in der Schweiz sehr gut bekommen, doch nach der Reise war sie schlafbedürftig und zu ermüdet, sich wie sonst vor dem Zubettgehen noch im Salon zu zeigen. Madame de Chantelle ruhte, wollte aber zum Abendessen herunterkommen, und Owen, sagte Anna, sei wohl irgendwo im Park unterwegs, er schwärme dafür, nachts dort herumzustreifen...

Darrow folgte ihr in den braunen Salon, in dem man das Teegeschirr für ihn hatte stehenlassen. Er lehnte die angebotene Tasse Tee dankend ab, aber sie blieb noch einen Augenblick und erzählte, Owen habe tatsächlich sein Versprechen gehalten und Madame de Chantelle sei bester Laune und ahne nichts von dem Schicksalsschlag, der sie in Kürze treffen würde.

«Sie hat den Monat in Ouchy sehr genossen und hat viel zu erzählen: von ihren Krankheiten, den rivalisierenden Ärzten, den Hotelgästen. Sie hat dort deine Botschafterin und Lady Wantley und noch andere Londoner Bekannte von dir getroffen und ‹Entzückendes› über dich gehört, wie sie sagt, das soll ich dir ausdrücklich ausrichten. Die Tatsache, daß deine Großmutter eine Everard aus Albany war, hat viel Gewicht. Sie ist bereit, dich mit offenen Armen aufzunehmen. Möglicherweise hat es Owen dadurch noch schwerer... wegen des Kontrasts, meine ich... *Seine* Wahl ist nicht von Botschafterinnen oder Everards abgesegnet. Aber du hilfst mir, nicht wahr? Du hilfst mir, ihm zu helfen... Morgen erzähle ich dir alles andere. Jetzt muß ich nach oben und Effie zu Bett bringen...»

«Wir werden es schon für ihn richten», sagte er ermutigend. «Zusammen schaffen wir es bestimmt.»

Er sah ihr lächelnd nach, während sie durch die dämmerigen Zimmerfluchten in die Halle eilte.

– XIV –

Wenn Darrow, als er vor dem Abendessen den Salon betrat, die Person, die sich dort neu eingefunden hatte, mit besonderem Interesse betrachtete, dann eher um Owens als um seiner selbst willen.

Annas Andeutungen hatten sein Interesse an der Liebesgeschichte des jungen Mannes geweckt, und er überlegte, wie wohl die Heldin dieses Konflikts beschaffen sein mochte. Er hatte schon vermutet, daß Owens Stiefmutter in dessen Auflehnung ein Symbol für ihren eigenen langen Kampf gegen die Leath-Konventionen sah, und begriff, daß Annas leidenschaftliches Eintreten für den jungen Mann sich zum Teil daraus erklärte, daß sie – wie sie auch selbst zugab – den Wunsch hatte, seine Befreiung möge mit der ihren zusammenfallen.

Die Dame, die in dem bevorstehenden Kampf die Kräfte der Ordnung und der Tradition vertreten sollte, saß am Kamin, als Darrow eintrat. Zwischen den Blumen und Möbeln des großen, hell getäfelten Zimmers hatte sie die unbeseelte Eleganz einer menschlichen Figur, die man einem Stilleben beigibt, um den Maßstab zu bezeichnen. Und Darrow vermutete, daß sie eben dies als ihre vornehmste Pflicht betrachtete: Gewiß hielt sie sehr viel von Maß und Ziel und vergab ihre Billigung stets nur mit Vorbehalt.

Sie war um die Sechzig und wirkte jung und unmodern zugleich. Mit den hellen, verwaschenen Farben, der eigenartig geschnürten Figur, den *passamenteries* des taillierten Kleides, dem Samtband an dem abgemagerten Arm sah sie aus wie eine Photographie auf einer *«Carte de visite»* aus der Mitte der sechziger Jahre. Man sah sie förmlich, jünger, aber nicht weniger unerschütterlich damenhaft, auf einem Polsterstuhl mit gefranster Lehne sitzen, eine Locke im Nacken, ein Medaillon auf dem Busentuch, ziemlich am Ende eines Albums aus geprägtem Leder, das mit den «Schönen des Zweiten Kaiserreiches» begann.

Sie empfing den Freier ihrer Schwiegertochter mit einer Liebenswürdigkeit, die ihr Wissen um seine Werbung und deren Billigung verriet. Darrow hatte schon vermutet, daß sie zu den Frauen gehörte, die sich instinktiv gegen Änderungsvorschläge jeder Art sträuben, sich dann, wenn die wichtigsten Argumente erschöpfend abgehandelt sind, unerwartet einer kleinen, nebensächlichen Begründung beugen und in der Folge diese neue Position hartnäckig verteidigen. Sie brüstete sich mit ihren altmodischen Vorurteilen, machte viel Wesens von ihrer Stellung als Großmutter und tat, als müsse sie sich auf die Zehenspitzen stellen, um Owen auf die Schulter zu klopfen, obwohl er nur wenig größer war als sie.

Sie besaß einen schier unerschöpflichen Vorrat an nichtssagenden Geschichten über Leute, die sie in Ouchy getroffen hatte und über die sie – ohne Ansehen der Person – statistische Angaben zu machen vermochte, die einem Lexikographen Ehre gemacht hätten. «Wie ich höre, hat sich in Amerika sehr viel verändert», sagte sie zu Darrow. «In meiner Jugend gab es selbstverständlich noch das, was man eine Gesellschaft nannte...» Nichts zog sie in dieses Land zurück, das Niveau war dort gewiß ganz anders geworden. «Es gibt überall reizende Leute... man muß stets versuchen, alles von der besten Seite zu sehen... aber wenn man im Schoße der Tradition gelebt hat, fällt es schwer, sich mit den neuen Ideen anzufreunden... Diese gräßlichen Ansichten über die Ehe... ich kann sie meinen französischen Verwandten nur schwer begreiflich machen. Zum Glück begreife ich sie selber nicht. Aber *Sie* sind ein Everard, das sieht man, wie ich schon im Frühjahr zu Anna sagte, auf den ersten Blick.»

Und dann schwenkte sie auf ein anderes Thema um – die Küche und Bedienung des Hotels in Ouchy. Gastronomische Details und die Umgangsformen des Hotelpersonals waren ihr sehr wichtig. Auch dort sei ein Niedergang zu beobachten, stellte sie fest. «Ich weiß natürlich nicht, ob es stimmt, aber manche Leute sagen, es liege an den Amerikanern. Aber mein Ober hatte eine Art, die Schüsseln auf den Tisch zu schmettern… es heißt, viele von ihnen sind Anarchisten… gehören einer Gewerkschaft an und so weiter.» Darrow sei ja, wie sie gehört habe, ein Fachmann für Wirtschaftsfragen und würde dieses ominöse Gerücht gewiß bestätigen können.

Nach dem Abendessen ging Owen Leath ins Nebenzimmer, wo der Flügel stand, und begann im Halbdunkel zu spielen. Seine Stiefmutter trat zu ihm, und Darrow blieb allein mit Madame de Chantelle.

Sie nahm den Faden ihres harmlosen Geplauders wieder auf, das im gleichen Tempo dahinplätscherte, in dem sie ihr Strickzeug bewegte. Ihre Konversation ähnelte dem großen, locker gestrickten Wirkwerk zwischen ihren Fingern. Hin und wieder ließ sie eine Masche fallen, machte aber weiter, ohne sich durch die Lücke im Muster stören zu lassen.

Wohlig entspannt saß Darrow da und hörte zu. In dieser Stunde nach dem Essen, die den Denkvorgang einlullte und in der er beglückenden Erinnerungen nachhängen konnte, indes die sanften Farben und verschatteten Winkel des schönen alten Raums seinen müßigen Blick erfreuten, empfand er Madame de Chantelles Causerien als durchaus nicht störend. Er konnte verstehen, daß einem die Atmosphäre von Givré auf die Dauer die Luft zum Atmen nehmen konnte, aber in seiner derzeitigen Stimmung empfand er gerade ihre Beschränktheit als besonders reizvoll.

Alsbald fand er eine Gelegenheit, etwas in seinem eigenen Interesse vorzubringen, und wußte dabei den ihm bisher nie sehr wichtigen Vorteil zu schätzen, mit den Everards aus Albany verwandt zu sein. Madame de Chantelles Vorstellung von ihrem Heimatland, das sie seit ihrem zwanzigsten Lebensjahr nicht mehr gesehen hatte, kam ihm vor wie die von einem antiken Geographen gezeichnete Karte vom Hyperboreerlande. Über allem lag dichter Nebel, aus dem sich nur ein, zwei feste Konturen heraushoben. Zu diesen Fixpunkten gehörten die Everards aus Albany.

Daß sie so sicheren Halt boten, gewissermaßen neutraler Boden waren, auf dem sich die gegnerischen Kräfte zu Verhandlungen treffen konnten, half ihm bei der Bewältigung der Aufgabe, sich als Nachfolger von Fraser Leath darzustellen und zu rechtfertigen. Derart unstrittigen Ansprüchen konnte Madame de Chantelle sich nicht verschließen. Ihm schien, als spüre sie den kritischen Geist ihres Sohnes im Raum, und Darrow hatte das Gefühl, als neueste Erwerbung der Leath-Sammlung geprüft und für gut befunden zu werden.

Madame de Chantelle machte ihm auch den großen Vorzug seiner Zugehörigkeit zum diplomatischen Dienst bewußt. Sie bezeichnete dieses fade Geschäft als «Laufbahn» und gab Darrow zu verstehen, daß sie ihn im Verdacht hatte, Herzoginnen zu verführen, wenn er nicht gerade mit dem Aushandeln von Verträgen beschäftigt war. Nach langer Zeit hörte er wieder jene drolligen Ausdrücke, die alte Damen in seiner Jugend zu verwenden pflegten: «Brillante diplomatische Gesellschaft... gesellschaftliche Vorteile... überall ein *entrée*... es gibt nichts, was einen jungen Mann in gleicher Weise bildet...», und seufzend fügte sie hinzu, sie wünschte nur, ihr Enkel hätte den gleichen Weg zum Ruhm gewählt.

Mit seiner eigenen Meinung über diesen Beruf hielt Darrow wohlweislich hinter dem Berg und verschwieg auch, daß er ihn nur vorübergehend und weniger aus gesellschaftlichen als aus handfest-praktischen Gründen ausübte; danach wandte sich das Gespräch seinen Zukunftsplänen zu.

In ihrer Ehrfurcht vor der «Laufbahn» räumte Madame de Chantelle ein, daß Anna wohl oder übel in eine baldige Eheschließung einwilligen müsse. Daß Darrow nach Südamerika «beordert» worden war, ließ ihn offenbar in dem romantischen Licht eines jungen Kriegers erscheinen, den man auf eine hoffnungslose Mission geschickt hat. Seufzend bemerkte sie: «In solchen Stunden ist der Platz der Frau an der Seite ihres Mannes.»

Die Frage von Effies Zukunft, fügte sie hinzu, hätte ihr unter Umständen Sorge bereiten können.

Da aber Anna zunächst bereit war, die Kleine in ihrer Obhut zu lassen, war das Problem zur Zeit nicht akut. Sie sprach in klagendem Ton von der Verantwortung, sich um ihre Enkelin kümmern zu müssen, aber Darrow vermutete, daß es ihr mehr um den besonderen Beigeschmack des Wortes zu tun war als um dessen tatsächliche Bedeutung.

«Effie ist ein vollkommenes Kind. In gewisser Weise ist sie mehr mein Sohn als der liebe Owen. Absichtlich würde sie mir nie auch nur den mindesten Kummer bereiten. Und doch, die Verantwortung ist groß... Ich würde es möglicherweise nicht wagen, sie mir aufzubürden, wenn sie nicht so einen Schatz von Erzieherin hätte. Hat Anna Ihnen von unserer kleinen Gouvernante erzählt? Nach all den Sorgen, die wir letztes Jahr hatten, als eine unmögliche Person die andere ablöste, ist es eine wahre Fügung, daß wir sie gerade jetzt gefunden haben. Zunächst fürchteten wir, sie sei zu jung, aber jetzt vertrauen wir ihr völlig. So gescheit und amüsant – und ganz Dame! Ich behaupte nicht, daß ihre Ausbildung in allen Stücken zufriedenstellend ist... kein Zeichen- und kein Gesangsunterricht... aber alles kann der Mensch nicht haben. Und sie spricht Italienisch...»

Madame de Chantelles liebevolles Beharren auf der Ähnlichkeit zwischen Effie Leath und ihrem Vater war Darrow zwar nicht angenehm, machte ihn aber noch neugieriger auf die Kleine. Der Gedanke, sie könne Wesenszüge des verstorbenen Fraser Leath besitzen, war ihm ein wenig unbehaglich. Er hatte sich irgendwie in die bizarre Vorstellung verstiegen, sie sei ein mystischer Sproß der frühen zärtlichen Verbindung zwischen ihm und Anna Summers.

Seine Begegnung mit Effie fand am nächsten Morgen auf dem Rasen unterhalb der Terrasse statt, wo sie in der Morgensonne mit ihrem Bruder Golfbälle schlug. Fast auf den ersten Blick und sehr erleichtert erkannte er, daß die von Madame de Chantelle so herausgestrichene Ähnlichkeit vor allem äußerlich war. Selbst diese Erkenntnis war nicht erbaulich, auch wenn Darrow zugeben mußte, daß Fraser Leaths heller Typ und seine ebenmäßigen Züge dazu beigetragen hatten, ein erstaunlich vollkommenes Bild kindlicher Reinheit zu schaffen. Doch ließ sich nicht übersehen, daß auch andere Einflüsse auf Effies Entstehung eingewirkt hatten und daß sich in ihren Augen ein anderer Geist verriet. Ihr ernsthafter Händedruck, die wohlerzogene Begrüßung waren ganz der Leath-Tradition verhaftet, und er vermutete, daß sie gefügiger als Owen und den Einflüssen von Givré eher zugänglich war, in dem Ausruf aber, mit dem sie zu ihrem Spiel zurückkehrte, schwang etwas von der Emanzipation ihrer Mutter.

Er hatte sich ein wenig Freizeit für Effie ausgebeten, und als Mrs. Leath erschien, machte er mit ihr und der Tochter einen kleinen Rundgang. Anna wollte ihrem Töchterchen Gelegenheit geben, sich mit Darrow anzufreunden, ehe es erfuhr, in welcher Beziehung er bald zu ihr stehen würde, und zu dritt streiften sie durch Wälder und Felder, bis der ferne Schlag der Stallglocke sie zum Mittagessen zurückrief.

Effie, die von einem zottigen Terrier begleitet wurde, hatte sich noch zwei, drei geringere Köter aus dem Stall geholt, und als sie mit ihrer kläffenden Eskorte vorauslief, verhielt Anna den Schritt und sah Darrow an.

«Ja, sie ist bezaubernd», sagte er. «Ich weiß sehr wohl, was ich von dir verlange. Aber sie wird hier doch glücklich sein, nicht wahr? Und du mußt immer daran denken, daß es ja nicht für lange ist...»

Anna nickte, aber sie seufzte dabei. «O ja, sie wird hier glücklich sein. Das Glücklichsein liegt in ihrer Natur. Sie wird sich dieser Aufgabe so gewissenhaft widmen wie ihren Lektionen und dem ‹Bravsein›, wie sie es nennt... In gewisser Weise ist es gerade das, was mir Kummer macht. Unter ‹Bravsein› versteht sie, dem Menschen zu gefallen, mit dem sie gerade zusammen ist, darauf wirft sie sich mit aller Kraft, das gute Kind. Sollte sie aber einmal mit dem falschen Menschen zusammensein...»

«Da besteht aber doch zur Zeit wohl kaum Gefahr. Wie mir Madame de Chantelle sagt, habt ihr endlich eine ideale Gouvernante gefunden.»

Anna sah zu ihrer Tochter hin und gab keine Antwort.

«Zumindest trifft es sich gut», fuhr Darrow fort, «daß Madame de Chantelle dieser Meinung ist.»

«Ich halte auch große Stücke auf sie.»

«Genug, um Effie guten Gewissens hier mit ihr allein zu lassen?»

«Ja. Sie ist genau die Richtige für Effie. Aber man kann natürlich nie wissen… Sie ist jung, und wenn es ihr in den Sinn kommt, uns zu verlassen…» Nach einer kleinen Pause fügte sie hinzu: «Natürlich liegt mir sehr viel an deiner Meinung über sie.»

Als sie das Haus betraten, zeigte die Uhr in der Halle wenige Minuten vor der Mittagsstunde an. Anna nahm Effie mit, um ihr Haar zu kämmen, und Darrow schlenderte in den eichengetäfelten Salon, in dem er niemanden vorfand. Freundlich beschien die Sonne die braunen Wände, die hier und da herumliegenden Bücher und die Blumen in alten Porzellanvasen. Er hatte noch das Bild der dunkelhaarigen Mutter vor sich, die mit der blonden kleinen Tochter die Treppe hochstieg. Ihm schien, daß gerade dieser Kontrast einer komplexen Harmonie den letzten notwendigen Hauch von Anmut beigab. Er stand am Fenster, sah in den Park hinaus und sann seinem Glück nach.

Effies Stimme und ihre raschen Schritte in den langen Gängen rüttelten ihn auf.

«Hier ist er! Hier ist er!» rief sie und stürmte über die Schwelle.

Er wandte sich um und beugte sich lächelnd zu ihr herab, und als sie seine Hand nahm, merkte er, daß sie versuchte, ihn zu einer Person hinzuziehen, die unter der Tür stehengeblieben war und in der er ihre Mutter vermutete.

«Hier ist er!» wiederholte Effie mit sanfter Ungeduld.

Die Person, die unter der Tür gestanden hatte,

kam jetzt näher, und als Darrow aufblickte, sah er sich Sophy Viner gegenüber. Ein, zwei Meter voneinander entfernt blieben sie stehen und sahen sich wortlos an.

In diesem Moment fiel ein Schatten über eine der Terrassentüren, und Owen Leath betrat pfeifend das Zimmer. In seiner lässigen Jagdkleidung, die helle Haut von der Bewegung gerötet, war er ein Bild sorglosen Glücks, was Darrow mit einem raschen Seitenblick konstatierte. Zugleich sah er, daß die Röte in Owens Wangen sich jäh vertieft hatte. Auch er war unvermittelt stehengeblieben, und alle drei verharrten einen kaum wahrnehmbaren Augenblick lang regungslos. Indes war Darrows Blick von Owens Gesicht zu dem der jungen Frau zurückgekehrt, die zwischen ihnen stand. Er hatte das Gefühl, daß es an ihm war, unverzüglich das zu tun, was in so einer Situation getan werden mußte. Er trat vor und streckte die Hand aus.

«Guten Tag, Miss Viner!»

«Guten Tag», erwiderte sie mit heller, ungezwungener Stimme. Gleich darauf hörte er einen Schritt hinter sich, und Mrs. Leath stand im Zimmer.

Seinen angespannten Sinnen schien es, als gäbe es erneut eine kaum meßbare Pause, ehe Anna sagte, wobei sie heiter von einem zum anderen sah: «Hat Owen euch bekannt gemacht? Das ist Effies Freundin, Miss Viner.»

Effie, die noch immer am Arm ihrer Gouvernante hing, schmiegte sich mit einer besitzergreifenden Bewegung an sie, und Miss Viner legte ihrer Schülerin eine Hand aufs Haar.

Darrow spürte, daß Annas Blick auf ihm ruhte.

«Wenn ich mich recht erinnere, haben Miss Viner und ich uns bereits kennengelernt. Vor einigen Jahren in London.»

«Ja, ich erinnere mich», sagte Miss Viner mit unverändert klarer Stimme.

«Wie hübsch! Dann sind wir ja alle alte Bekannte. Aber das Essen wartet...»

Sie wandte sich zur Tür, und die kleine Prozession, von Effie tänzelnd angeführt, zog durch die beiden langen Salons davon.

– XV –

Madame de Chantelle und Anna hatten für den Nachmittag den Besuch bei Bekannten vorgesehen, die in einiger Entfernung wohnten, durch die Einführung des Automobils aber zu Nachbarn geworden waren. Effie sollte als Ausgleich für den freien Vormittag ein, zwei Stunden im Unterrichtsraum verbringen, und Owen schlug Darrow eine Fahrt zu einem entfernten Waldstück vor, in dem er den einen oder anderen Fasan zu finden hoffte.

Darrow war kein begeisterter Jäger, aber in diesem Moment war ihm jeder Vorwand zu körperlicher Betätigung recht, und er war froh, aus dem Haus zu kommen und nicht allein bleiben zu müssen.

Als er nach unten kam, war der Wagen vor der

Tür. Anna stand vor dem Dielenspiegel und wand Schleier um ihren Hut. Sie wandte sich um, als sie seinen Schritt hörte, und schenkte ihm ein langes, liebevolles Lächeln.

«Ich wußte gar nicht, daß du Miss Viner kennst», sagte sie, als er ihr in den langen Mantel half.

«Zum Glück fiel mir wieder ein, daß ich sie vor ein paar Jahren zwei- oder dreimal in London gesehen hatte. Sie war eine Art Sekretärin irgendwo im Hintergrund eines Hauses, in dem ich hin und wieder zum Essen war.»

Die kränkende Gleichgültigkeit seiner Worte war ihm zuwider, aber er hatte sie mit Bedacht gewählt und während der endlosen Stunde am Mittagstisch unablässig geübt. Jetzt ließ sein eigener herablassender Ton ihn frösteln. In solchen Fällen läuft man Gefahr zu übertreiben... Doch Anna war offenbar nichts aufgefallen.

«Ach ja? Das mußt du mir erzählen. Auch, welchen Eindruck sie auf dich machte. Was für ein glücklicher Zufall, daß du sie kennst.»

«‹Kennst› ist übertrieben. Wir trafen uns auf der Treppe.»

In diesem Moment kamen Madame de Chantelle und Owen auf sie zu. Anna griff nach ihren Decken und sagte: «Gut, dann erzählst du mir eben davon. Versuch, dich an alles zu erinnern, was du weißt.»

Solange er an der Seite seines jungen Gastgebers durch den Wald streifte, war Darrow durch Bewegung und Gespräch teilweise der Notwendigkeit des Nachdenkens enthoben. Er konnte sich gut konzentrieren, und deshalb war es ihm, auch wenn er sich wenig aus der Jagd machte, ganz selbstverständlich, sich voll dem gerade anliegenden Geschäft zu widmen, und es gab im Lauf des Nachmittags Momente, da ein plötzliches Schwirren im Unterholz, ein bunter Glanz vor den unscharfen Blau- und Grautönen des Waldes genügte, um vordergründig seine Aufmerksamkeit zu fesseln. Sein Unterbewußtsein aber war wie auf ein Rad geflochten, das sich geräuschvoll drehte. Ihm war, als schleudere es ihn durch tiefe schwarze Schluchten, seine Empfindungen wechselten so rasch, daß es ihm nicht gelang, sie zu entwirren. Er hatte fast körperlich das Gefühl, nach Luft schnappen, gegen Hindernisse ankämpfen zu müssen, als sei das bunt belaubte Waldstück, durch das er stapfte, das Herz eines bedrohlichen Dschungels...

In abgerissenen Fetzen drangen hin und wieder die Worte seines Begleiters in die Wirrnis seiner Gedanken. Er vernahm bekenntnishaft-eifrige Sätze, begriff, daß Owen von sich sprach und vielleicht indirekt jene Hoffnung andeutete, auf die Annas vertrauliche Mitteilung Darrow vorbereitet hatte. Er spürte, daß der Junge ihn mochte, und hatte sich vorgenommen, ihm bei der ersten sich bietenden Gelegenheit zu zeigen, daß dieses Gefühl auf Gegenseitigkeit beruhte. Doch es kostete ihn so viel Mühe, sich auf Owens Worte zu konzentrieren, daß er nur ganz kurze, nichtssagende Antworten zustande brachte.

Der junge Leath hatte offenbar das Gefühl, an einem Wendepunkt seiner Lebensbahn angelangt zu sein, von dem aus er deren bisherigen Verlauf und seine weiteren Ziele unvoreingenommen beurteilen konnte. Früher hatte es ihn zur Musik, zur Literatur gezogen, hatte er lockende Bilder künstlerisch-leichtfertiger Freizügigkeit vor sich gesehen, inzwischen aber war er entschlossen, sich ins praktische Leben zu stürzen.

«Auf gar keinen Fall», verkündete er, «will ich das werden, was meine arme gute Großmama aus mir zu machen versucht: ein Anhängsel von Givré. Zum Henker, ich will nicht soweit kommen, daß ich nur Eindrücke sammle wie mein Vater Schnupftabaksdosen. Givré soll einmal Effie haben; es gehört nämlich meiner Großmutter, sie kann damit machen, was sie will; gehörte es mir, das habe ich inzwischen begriffen, würde es mich verschlingen. Ich will heraus aus dem allem und hinein in ein Leben, das groß ist und häßlich und voller Kampf. Wenn ich dem dann noch Schönheit abringen kann – um so besser! Es wäre ein Beweis für meine Berufung. Aber ich will Schönheit *schaffen,* will nicht in Gebrauchsfertigem ertrinken wie eine Biene im Honigtopf.»

Darrow begriff, daß das eine Bitte um Bestätigung dieser Meinung und um Ermutigung für das weitere Vorgehen war. In seinen eigenen Ohren klangen seine Antworten bald kurz angebunden, bald irrelevant; eben noch war er verletzend teilnahmslos, dann wieder erging er sich in nebulöser Geschwätzigkeit. Er wagte nicht, sich nach Owen umzuschauen, weil er fürchtete, ihm die Überraschung über diesen krausen Kurs anzusehen. Und durch die Wirrsal seines inneren Kampfes und seiner äußerlichen Redseligkeit hämmerte unablässig die Frage: «Was um Gottes willen soll ich machen?»

Zunächst schien es ihm am wichtigsten, vor Annas Rückkehr wieder im Haus zu sein. Warum das so war, hätte er nicht einleuchtend erklären können, er hatte einfach das Gefühl, er müßte dort sein. Einmal durchfuhr ihn der Gedanke, daß Miss Viner ihn womöglich unter vier Augen würde sprechen wollen, gleich darauf überlegte er, daß sie gerade das wahrscheinlich am allerwenigsten wünschen würde... Unter allen Umständen aber, fand er, müsse *er* den Versuch machen, mit ihr zu sprechen oder sich zumindest für den Fall einer entsprechenden Gelegenheit bereit halten.

Gegen vier sagte er zu seinem Begleiter, er müsse noch einige Briefe schreiben, die er gern vor der Rückkehr der Damen expedieren wolle. Er ließ Owen mit dem Treiber allein und ging bis zum Rand des Waldstücks. Am Parktor folgte er einer grasbewachsenen Schneise, die schräg durch den Wald führte und an deren Ende er das Kuppeldach der Kapelle ausgemacht hatte. Grauer Dunst hatte sich vor die Sonne geschoben, die unbewegte Luft war lau. Endlich tauchte die langgezogene Front aus feucht-silbrigem Backstein vor ihm auf, und wieder war er tief berührt von der Würde ihrer schlichten Linienführung, der nüchtern aneinandergefügten Flächen. Gefangen in dem trüben Wirbel seiner Ängste und Leidenschaften, kam er sich vor wie ein schmutziger Vagabund, der sich mit Gewalt Zugang zu einem einsam gelegenen reinen Schrein verschafft.

Zu gegebener Zeit würde er dieses vielschichtige Schrecknis durchdenken müssen, langsam, systematisch, Schritt für Schritt; im Augenblick aber wirbelte die grauenvolle Maschinerie so rasch um ihn herum, daß er immer nur kurz ihre scharfen Eisenspitzen zu fassen bekam, ehe er wieder abgeschüttelt wurde. Nur einen einzigen konkreten Gedanken hatten seine zitternden Finger fassen können: Er mußte Sophy Viner alle Chancen geben, mußte selbst passiv bleiben, bis die junge Frau sie hatte nutzen können...

Im Hof traf er Effie; der Terrier sprang in großen Sätzen vor ihr her.

«Ich wollte Ihnen und Owen entgegengehen. Eigentlich sollte Miss Viner mitkommen, aber sie kann nicht, weil sie solche Kopfschmerzen hat. Ich fürchte, das ist meine Schuld, weil ich mich bei der Bruchrechnung recht dumm angestellt habe. Ist das nicht schlimm? Kommen Sie doch noch einmal mit! Nurse hat bestimmt nichts dagegen, sie will viel lieber zum Tee ins Haus.»

Darrow entschuldigte sich lachend, er müsse noch Briefe schreiben und das sei viel schlimmer als Kopfweh und bringe einem häufig welches ein.

«Dann setzen Sie sich doch in Owens Arbeitszimmer, da gehen die Herren immer zum Briefeschreiben hin.»

Sie stob mit dem Hund davon, und Darrow

setzte seinen Weg zum Haus fort. Effies Vorschlag kam ihm entgegen. Er glaubte, daß er ziellos durch die Salons würde streifen müssen, wobei es für Miss Viner nicht so einfach sein würde, ihn anzusprechen; doch das Arbeitszimmer, ein kleiner Raum, der rechts von der Halle abging, war von der Treppe her gut einzusehen und so gelegen, daß niemand etwas dabei finden konnte, wenn man sie dort mit ihm im Gespräch sah.

Er trat ein, ließ die Tür offen und setzte sich an den Schreibtisch. Hier herrschte ein anheimelndes Durcheinander. In dem ordentlichen und reichlich mit Dienstboten gesegneten Haus war dies der einzige Sammelplatz für anders nicht einzuordnenden Krimskrams: Effies Crocket-Kiste und ihre Angelruten, Owens Flinten, seine Golf- und Tennisschläger, die Blumenkörbe und Gartengeräte ihrer Mutter, ja sogar Madame de Chantelles Stickrahmen und alte Nummern des «Catholic Weekly». Es dämmerte schon, und nach kurzer Zeit kündigte eine schräg über den Schreibtisch fallende Lichtbahn die Ankunft eines Dieners mit einer Lampe an. Darrow holte einen Bogen Papier heraus und begann aufs Geratewohl zu schreiben, während der Mann eintrat, die Lampe neben ihm abstellte und sich unbestimmt «ordnend» an den achtlos auf dem Diwan aufgetürmten Zeitungsbergen zu schaffen machte. Dann verhallte sein Schritt, und Darrow saß da und stützte den Kopf auf die verschränkten Hände.

Gleich darauf waren auf der Treppe wieder Schritte zu hören. Sie zauderten einen Augenblick und gingen dann an der Schwelle des Arbeitszimmers vorbei. Darrow stand auf und betrat die noch unbeleuchtete Halle. In der Dämmerung sah er Sophy Viner in Hut und Jacke an der Haustür stehen. Sie hatte schon die Hand auf den Schließhaken gelegt. Als sie ihn sah, hielt sie inne. Einen Augenblick standen sie da und schwiegen sich an.

«Haben Sie Effie gesehen?» fragte sie unvermittelt. «Sie wollte Ihnen entgegengehen.»

«Ja, wir haben uns soeben auf dem Hof getroffen. Sie wollte zu ihrem Bruder.»

Darrow bemühte sich um Ungezwungenheit, aber in seinen eigenen Ohren kam ihm seine Stimme vor wie die eines Laienschauspielers in einer «leichten» Rolle.

Miss Viner zog den Riegel zurück, ohne zu antworten. Er sah schweigend zu, wie sie die Tür öffnete, dann sagte er: «Die Kinderfrau ist bei ihr, sie wird nicht lange ausbleiben.»

Während Miss Viner unentschlossen stehenblieb, fuhr er fort: «Ich habe hier gesessen und geschrieben. Wollen Sie nicht auf eine Unterhaltung hereinkommen? Sie sind alle ausgegangen.»

Die letzten Worte waren, wie er fand, nicht gut gewählt, aber in diesem Moment konnte er es sich nicht leisten, wählerisch zu ein. Sie zögerte einen Augenblick, dann trat sie über die Schwelle. Beim Mittagessen hatte sie mit dem Rücken zum Fenster gesessen, und abgesehen davon, daß sie schmaler geworden war und nicht mehr so frisch und lebhaft aussah, war ihm keine Veränderung an ihr aufgefallen; als aber jetzt das Lampenlicht auf ihr Gesicht fiel, erschrak er über ihre Blässe.

«Armes Ding... armes Ding... Was um Himmels willen mag wohl in ihr vorgehen?» überlegte er.

«Bitte nehmen Sie doch Platz, ich möchte mit Ihnen sprechen.» Er rückte ihr einen Stuhl zurecht.

Vielleicht hatte sie ihn nicht bemerkt, vielleicht wählte sie aber auch absichtlich eine andere Sitzgelegenheit. Darrow setzte sich wieder und stützte die Ellbogen auf die Schreibunterlage. Sie sah ihn von der anderen Tischseite her an.

«Sie hatten mir versprochen, daß Sie sich hin und wieder melden würden», begann er befangen und dieser Befangenheit bitter bewußt.

Ein mattes Lächeln machte ihr Gesicht noch elegischer. «Ach ja? Es gab nichts zu berichten. Wie heißt doch das Sprichwort? ‹Glücklich das Land, das keine Geschichte hat›...»

Er wartete einen Augenblick, dann fragte er: «Sie sind doch glücklich hier?»

«Ich war es», erwiderte sie mit leichter Betonung.

«Warum sagen Sie ‹war›? Sie haben doch hoffentlich nicht vor, diese Stellung aufzugeben? Gütigere Menschen finden Sie nirgendwo.» Darrow wußte kaum, was er sagte, aber ihre Antwort kam mit äußerster Entschiedenheit.

«Es dürfte von Ihnen abhängen, ob ich gehe oder bleibe.»

«Von mir?» Über Owens verstreute Papiere

hinweg sah er sie mit großen Augen an. «Um Himmels willen, was müssen Sie von mir denken, um so etwas sagen zu können?»

Er sah in ihr unglückliches Gesicht und begriff, daß die Frage ihr wie Hohn klingen mußte. Sie erhob sich, tat ein paar Schritte und lehnte einen Augenblick am Fenster, vor dem jetzt die Dunkelheit stand. Von dort aus schleuderte sie ihm entgegen: «Glauben Sie ja nicht, daß ich irgend etwas bereue!»

Er brachte seine Ellbogen auf der Schreibtischplatte zur Ruhe und verbarg das Gesicht in den Händen. So schwer, so höllisch schwer hatte er es sich nicht vorgestellt. Argumente, Berechnungen, Beschönigungen, Ausflüchte – alles entglitt ihm. Was blieb, war das beschämende Faktum seiner Unzulänglichkeit. Er hob den Kopf und fragte aufs Geratewohl: «Sie waren also die ganze Zeit hier, seit...»

«Seit Juni, ja. Wie sich herausstellte, hatten mich die Farlows schon überall gesucht. Dieser Stellung wegen...»

Sie stand ihm gegenüber, mit dem Rücken zum Fenster, und wäre offenbar nur zu gern gegangen, hatte aber wohl noch etwas zu sagen oder erwartete ein Wort von ihm. Diese Erwartung lähmte ihn. Was um alles in der Welt konnte er sagen, was ihr nicht wie Kränkung oder Hohn geklungen hätte?

«Ihre Theaterambitionen haben Sie also aufgegeben?»

«Ach, das Theater...» Sie lachte auf. «Darauf

konnte ich nicht warten. Jemand wie ich muß zugreifen, wenn sich etwas bietet. Und das, was sich bot, war dies.»

Stockend tastete er sich weiter vor. «Es freut mich... freut mich sehr... daß Sie hier glücklich sind... Ich hatte darauf vertraut, daß Sie mir mitteilen würden, ob ich etwas für Sie tun kann... Nun, das Theater... Wenn Sie es noch bedauern, daß... Falls das hier Sie nicht befriedigt... Ich kenne Leute aus der Branche in London... Wenn ich zurückkomme, könnte ich sicher arrangieren, daß Sie...»

Sie trat an den Schreibtisch heran, beugte sich vor und fragte fast im Flüsterton: «Dann wollen Sie also wirklich, daß ich gehe?»

Er ließ stöhnend die Arme sinken. «Um Himmels willen, wie können Sie so etwas denken? Damals habe ich Sie angefleht, mir zu sagen, was ich für Sie tun könnte, aber Sie wollten nichts davon hören... ich wollte Ihnen so gern einen Dienst erweisen... hätte alles getan, um Ihnen zu helfen...»

Sie wartete regungslos, bis er ausgeredet hatte, die gefalteten Hände lagen auf der Tischkante, ohne zu zittern.

«Wenn Sie mir wirklich helfen wollen, können Sie mir helfen hierzubleiben», sagte sie leise und eindringlich.

In die Pause, die diesen Worten folgte, gellte von der Auffahrt her der Ton einer Autohupe. Sie drehte sich auf der Stelle um und floh nach einem letzten bleichen Blick aus dem Zimmer und die Treppe hinauf. Wie erstarrt, betäubt von ihren letzten Worten blieb er stehen. Sie hatte also Angst... Angst vor ihm... eine Angst, die sie schier umbrachte. Die Erkenntnis drückte ihn womöglich noch tiefer zu Boden.

Die Hupe erklang jetzt näher am Haus. Er wandte sich um und ging auf sein Zimmer. Die Briefe, die er hatte schreiben wollen, waren ein hinreichender Vorwand, sich nicht gleich zu den anderen an den Teetisch zu setzen. Er wollte allein sein, um ein wenig Ordnung in seine konfusen Gedanken zu bringen.

Sein Zimmer empfing ihn mit dem beschaulichen Licht von Lampe und Kaminfeuer. Alles darin vermittelte noch dasselbe Gefühl von Friede und Beständigkeit, das ihn vor zwei Tagen zu selbstgefälligen Betrachtungen verleitet hatte. Wieder lud ihn sein Lehnsessel am Kamin ein, aber er war zu erregt, um still sitzen zu bleiben, und begann mit gesenktem Kopf und auf dem Rücken verschränkten Händen hin und her zu gehen.

Die fünf Minuten mit Sophy Viner hatten ihm überraschende Einblicke in die düsteren Winkel seines Innenlebens verschafft. Ihr bedingungsloser Freimut, die rücksichtslose Ehrlichkeit waren das, was ihn im Augenblick am lebhaftesten beschäftigten. Wie schon bei früherer Gelegenheit fand er es erstaunlich, daß ihr die harte Schule des Lebens zwar alle falsche Sentimentalität, nicht aber ihren Stolz hatte nehmen können. Bei ihrer Trennung vor fünf Monaten hatte sie sein Anerbieten, ihr zu helfen, ruhig, aber entschieden zurückgewiesen und auch den Vorschlag abgelehnt, ihr den Weg auf die Bühne zu ebnen; es war ihr eindeutiger Wunsch gewesen, daß die kurze Beziehung keine Spuren in ihrer beider Leben hinterlassen sollte – oder zumindest nur die einer lächelnden Erinnerung. Jetzt aber, da sie sich unerwartet in einer Situation gegenüberstanden, in der sie ihm, wie ihre verängstigte Phantasie ihr weismachte, auf Gnade oder Ungnade ausgeliefert war, hatte sie nichts Eiligeres zu tun gehabt, als ihr Recht auf den von ihr eroberten Platz zu verteidigen und schnellstens in Erfahrung zu bringen, ob er beabsichtigte, ihr diesen Platz streitig zu machen. Während er sich gedacht hatte, sie würde sich in zitternder Scheu vor ihm zurückziehen, hatte sie ihn aufmerksam im Auge behalten und entschlossen die erste Gelegenheit beim Schopf gepackt, sich mit ihm auszusprechen. Dieses offene, energische Vorgehen machte ihm so großen Eindruck, daß er darüber zunächst ganz vergaß, welche Sicht seines eigenen Charakters darin zum Ausdruck kam.

«Armes Ding... armes Ding!» konnte er nur immer wieder sagen, und mit der Wiederholung dieser Worte stand ihm das Bild, das sie von ihm haben mußte, erneut aufs kläglichste vor Augen.

Erst jetzt begriff er, wie unscharf er – anders als Miss Viner – die Rolle gesehen hatte, die er in der kurzen Episode ihrer Beziehung gespielt hatte. Geblieben war ihm von der Begebenheit nur Erbitterung und Selbstverachtung, hauptsächlich aber wohl insoweit, als das für ihn maßgebliche Ideal seiner Haltung Frauen gegenüber davon berührt wurde. Er war auf einem Gebiet, das man Anstand der Gefühle nennen konnte, unter sein Niveau abgesunken, und wenn er überhaupt einen Gedanken an Sophy Viner verschwendete, dann vor allem deshalb, weil sie es war, die unfreiwillig diese Entgleisung bewirkt hatte. Diese Überlegungen waren nicht angenehm für seinen Stolz, wurden ihm aber durch das Beispiel ihres tapferen Wirklichkeitssinns aufgezwungen. Wenn er in dieser Angelegenheit eine traurige Figur gemacht hatte, war er es ihr schuldig, davor nicht länger die Augen zu verschließen.

Was aber sah er, wenn er sie öffnete? Die ohnehin höchst unerfreuliche Situation wäre noch relativ unkompliziert gewesen, wenn es nur darum gegangen wäre, Sophy Viner zu schützen. Daß dies seine vornehmste Pflicht war, befreite ihn nicht von anderen Verpflichtungen. In schwierigen Momenten tauchte Darrow meist instinktiv mit einem Satz zum Grund des Problems hinab, aber er hatte noch nie einen Sprung so sehr ins Unbekannte tun müssen, und einen Augenblick blieb er fröstelnd am Ufer stehen... Gut also, er war an erster Stelle Miss Viner verpflichtet; er mußte ihr deutlich machen, daß er seine Schuldigkeit bis zum letzten Jota zu tun gedachte, und dann versuchen, diese Verpflichtung mit den anderen Problemen in Einklang zu bringen, die ihn bedrängten...

– XVI –

Im Eichenpaneelzimmer fand er Mrs. Leath, ihre Schwiegermutter und Effie vor. Durch die langen Zimmerfluchten gesehen, boten sie, wie sie da am Teetisch saßen, ein bezauberndes Bild. Die Lichtbahnen von Lampe und Kaminfeuer kreuzten sich auf Silber und Porzellan, auf Effies hellem Haargespinst und der weißen Stirn von Anna, die zurückgelehnt hinter der Teemaschine saß.

Sie regte sich nicht, als Darrow näher kam, sondern schenkte ihm nur einen innigen, vertrauensvollen Blick, der ihn mit dem Zauber einer himmlischen Geborgenheit umfaßte. Er kam sich vor wie ein Rekonvaleszent, der beim Erwachen beglückt die Sonne auf seinem Gesicht spürt.

Madame de Chantelle erzählte beim Stricken von dem nachmittäglichen Ausflug, wobei hin und wieder eine Pause eintrat, die wohl der schlafbefördernden Wirkung der frischen Luft zuzuschreiben war; und Effie, die auf der Kaminbank kniete, versuchte sanft, aber beharrlich, dem Terrier den Kausalzusammenhang zwischen Männchenmachen und einem Stück Zucker begreiflich zu machen.

Darrow setzte sich hinter die Kleine, um ihre Mutter anschauen zu können. Ihm war es in diesem Moment ein Bedürfnis, Annas Gesicht vor sich zu sehen und hin und wieder der stolzen Schüchternheit ihres Blicks zu begegnen.

Madame de Chantelle fragte nach Owen, und gleich darauf öffnete sich die Terrassentür hinter ihr, und ihr Enkel kam, die Flinte in der Hand, ins Zimmer. Wie er da im Lampenlicht stand, welke Blätter und Dornenranken an seinem schlammbespritzten Zeug, um sich den Duft der Nacht und auf seinem blassen, hellen Gesicht ihre Kühle, sah er in der Tat aus wie ein junger Faun, der sich aus den Wäldern ins Haus verirrt hatte.

Effie ließ von ihrem Terrier ab und stürzte auf ihn zu. «Wo warst du nur, Owen? Ich bin meilenweit mit Nurse gelaufen und habe dich nicht gefunden, und dann haben wir Jean getroffen, und der hat gesagt, daß er nicht weiß, wo du hingegangen bist.»

«Niemand weiß, wo ich hingehe oder was ich dort sehe, das ist ja das Schöne», erwiderte er lachend. «Aber wenn du brav bist, erzähl' ich dir's gelegentlich.»

«Nein, jetzt, Owen, jetzt! Ich kann mir nicht vorstellen, daß ich noch viel bräver werden kann, als ich bin.»

«Laß Owen erst seinen Tee trinken», schlug die Mutter vor; Owen aber stellte, nachdem er dieses Angebot dankend abgelehnt hatte, seine Flinte an die Wand, zündete sich eine Zigarette an und begann auf eine Art herumzugehen, die Darrow an seine eigene beengte Wanderung vorhin auf seinem Zimmer erinnerte. Effie lief schmeichelnd hinter dem Bruder her, und eine Weile schwatzte er ihr mit gedämpfter Stimme lauter Unfug vor; dann setzte er sich neben seine Stiefmutter und beugte sich vor, um sich Tee einzuschenken.

«Wo ist Miss Viner?» fragte er, als Effie auf seinen Schoß kletterte. «Warum ist sie nicht hier, um dieses ungebärdige Kind in Ketten zu legen?»

«Die arme Miss Viner hat Kopfschmerzen. Effie sagt, sie sei gleich nach dem Unterricht auf ihr Zimmer gegangen und habe ausrichten lassen, daß sie nicht zum Tee kommen würde.»

«Soso.» Owen setzte unvermittelt seine Tasse ab, stand auf, zündete sich die nächste Zigarette an und ging ins Nebenzimmer, wo der Flügel stand.

Aus dem Zwielicht wehte, auf wundersamen Akkorden getragen, eine einsame Weise zu der Gruppe am Teetisch herüber. Unter ihrer Einwirkung wurden Madame de Chantelles besinnliche Pausen länger und häufiger, und Effie streckte sich, den Kopf schläfrig an ihren Hund gelehnt, auf dem Kaminvorleger aus. Wenig später erschien ihre Kinderfrau, und Anna erhob sich. «Schau bitte noch eine Minute in meinem Wohnzimmer vorbei, ehe du nach oben gehst», sagte sie zu Darrow, ehe sie den Raum verließ.

Vor wenigen Stunden noch wäre er bei dieser Bitte sofort aufgesprungen. Am Tag seiner Ankunft hatte er einen verlockenden Blick auf das geräumige, mit Büchern vollgestellte Zimmer im ersten Stock tun können, wo sie alle Zeugnisse ihres persönlichen Geschmacks aufbewahrte. Man konnte sich gut vorstellen, daß Anna Leath den ruhelosen Geist von Anna Summers in diesem Refugium versteckt hatte; und seit jenem Tag hatte Darrow sich darauf gefreut, dort ein Gespräch mit ihr zu führen. Jetzt aber blieb er regungslos sitzen, von Madame de Chantelles Nadelklappern und den Schwingungen von Owens wechselhaftem Spiel in einen seltsamen Bann geschlagen.

«Sie wird mich nach Miss Viner fragen wollen», sagte er sich wieder, erneut des schändlichen Makels bewußt, der sein ganzes Denken verbitterte. Der Zeiger der schlanken Säulenuhr auf dem Kaminsims hatte eine halbe Stunde zurückgelegt, ehe Scham und Unentschlossenheit ihn endlich doch zum Aufstehen veranlaßten.

Vom Schreibtisch her, wo sie über einem Stapel von Briefen saß, lächelte Anna ihm glücklich zu, und dieses Lächeln lockte ihn so unwiderstehlich, daß er einen Schritt auf Anna zu tat und sie hochzog. Sie warf, offenbar überrascht von der abrupten Geste, den Kopf zurück, dann senkte sich ihr Gesicht langsam dem seinen entgegen wie eine Blüte. Wieder spürte er den Sog der geheimen Fluten, und all seine Ängste versanken in ihnen.

Sie setzte sich in die Sofaecke am Kamin, und er rückte einen Sessel dicht daneben. Friedlich ging sein Blick durch den stillen Raum.

«Es ist genau wie du. Dieses Zimmer – das *bist* du», sagte er, als ihr Blick zu ihr zurückgekehrt war.

«Es ist ein guter Ort zum Alleinsein. Bisher hatte ich eigentlich noch nie das Bedürfnis, hier mit jemandem zu reden.»

«Dann laß uns schweigen; das ist die beste Art der Verständigung.»

«Ja, aber damit müssen wir noch ein wenig warten. Jetzt gibt es noch das eine oder andere zwischen uns zu bereden.»

Er lehnte sich zurück. «Dann rede. Ich höre.»

«Nein, nein... Du sollst mir von Miss Viner erzählen.»

«Von Miss Viner?» Es gelang ihm, leise Verwunderung in seinen Ton zu legen.

Seine Überraschung schien sie zu überraschen. «Es ist mir aus naheliegenden Gründen sehr wichtig, soviel wie möglich über sie in Erfahrung zu bringen, ehe ich Givré verlasse.»

«Wegen Effie?»

«Natürlich wegen Effie.»

«Ja, gewiß... Aber du hast doch allen Grund, zufrieden mit ihr zu sein, nicht wahr?»

«Allem Anschein nach ja. Wir haben sie alle gern. Effie hängt sehr an ihr, und sie scheint das Kind äußerst günstig zu beeinflussen. Aber wir wissen sehr wenig über... ihre Vergangenheit, ihre Lebensgeschichte. Deshalb wollte ich dich bitten, dir alles in Erinnerung zu rufen, was du in London über sie erfahren hast.»

«Ich fürchte, da kann ich nicht viel für dich tun. Sie bewegte sich, wie gesagt, nur als Schatten im Hintergrund des Hauses, in dem ich sie kennenlernte. Und das ist vier, fünf Jahre her.»

«War das bei einer gewissen Mrs. Murrett?»

«Ja. Eine abscheuliche Frau. Sie gibt Abendgesellschaften am Fließband, und zeitweise hatte auch ich mich in diesem Getriebe verfangen. Inzwischen habe ich mich längst daraus befreit. Damals gab es fünf, sechs gehetzte ‹Arbeitstiere›, die damit betraut waren, diese Maschinerie in Gang zu halten, und zu denen auch Miss Viner gehörte.

Ich bin froh, daß sie dem entkommen ist, die Ärmste.»

«Du hast also dort nie länger mit ihr gesprochen?»

«Dazu war keine Gelegenheit. Konkurrenz aus den Reihen ihrer Untergebenen sah Mrs. Murrett nicht gern.»

«Zumal eine so hübsche Konkurrenz...» Als Darrow nichts sagte, fuhr sie fort: «Und Mrs. Murretts Meinung wäre – wenn sie denn eine zum besten gegeben hätte – wahrscheinlich nicht viel wert gewesen.»

«Allenfalls insofern, als eine Kritik von ihr grundsätzlich für Miss Viner gesprochen hätte.» Er schwieg einen Augenblick. «Aber du hättest doch sicher von den Leuten, die sie dir empfohlen haben, Näheres erfahren können?»

«Genaugenommen hat Adelaide Painter sie uns empfohlen», sagte Anna lächelnd und erläuterte, als sie seinen fragenden Blick sah, daß es sich bei besagter Dame um eine alte Jungfer aus South Braintree, Massachusetts, handelte, die vor dreißig Jahren nach Paris gekommen war, um einen kranken Bruder zu pflegen, und seither dort lebte – provisorisch und unter Protest, was sie dadurch zum Ausdruck brachte, daß sie sich weigerte, die Schonbezüge von den Sesseln im Salon zu nehmen. Obgleich sie nun schon so lange auf gallischem Boden residierte, war ihre Abneigung gegenüber dem Glauben und den Sitten und Gebräuchen dieses Volkes nicht geringer geworden, aber ungeachtet der Tatsache, daß sie unweigerlich die katholische Kirche als die Große Hure bezeichnete und eine denkbar schlechte Meinung vom Privatleben der Franzosen hatte, schätzte Madame de Chantelle ihr Urteilsvermögen und ihre Erfahrung hoch, und bei häuslichen Krisen wurde sogleich die unverwüstliche Adelaide nach Givré beordert.

Was um so erstaunlicher ist, als meine Schwiegermutter seit ihrer zweiten Heirat fast ausschließlich auf dem Land lebt, so daß sie ihre anderen amerikanischen Freunde fast gänzlich aus den Augen verloren hat. Außerdem hast du ja selbst gemerkt, wie völlig sie sich mit Monsieur de Chantelles Nationalität identifiziert und in welchem Maße sie französische Gewohnheiten und Vorurteile angenommen hat. Wenn aber etwas schiefgeht, schickt sie stets nach Adelaide Painter, die amerikanischer als die Stars and Stripes ist und den Eindruck vermittelt, daß sie South Braintree erst gestern verlassen, wenn nicht gar im Schiffskoffer mit nach Europa gebracht hat.»

Darrow lachte. «Ja, wenn South Braintree sich für Miss Viner verbürgt...»

«Aber nur indirekt. Als wir diese schrecklichen Dinge mit Mademoiselle Grumeau erlebten, die uns von Monsieur de Chantelles Tante, der Chanoinesse, wärmstens empfohlen worden war, mußte natürlich Adelaide her, die sofort sagte: ‹Mich wundert das überhaupt nicht. Ich habe euch immer gesagt, daß ihr für Effie eine ganz liebe junge Amerikanerin braucht statt so einer gräßlichen ausländischen Person.› Leider konnte sie derzeit gerade keine ganz liebe junge Amerikanerin beschaffen, aber dann hörte sie durch die Farlows, ein treffliches Ehepaar, das im Quartier Latin wohnt und Artikel über das Leben in Frankreich für amerikanische Zeitungen schreibt, von Miss Viner. Ich war wie erlöst, daß ich eine junge Frau gefunden hatte, die von anständigen Leuten empfohlen wurde, und bisher hatte ich auch keinen Anlaß, meine Wahl zu bereuen. Aber ich weiß eben sehr wenig über Miss Viner, und aus vielerlei Gründen möchte ich... möchte ich so bald als möglich mehr über sie erfahren.»

«Da du Effie hier zurücklassen mußt, kann ich das verstehen. Aber ist in solchen Fällen eine Empfehlung auch nur halb soviel wert wie die eigene Erfahrung?»

«Nein, und die war auch so günstig, daß sie mich zunächst überzeugte. Aber als ich hörte, daß du sie von London her kanntest, hoffte ich, du könntest mir noch mehr Grund geben, sie sympathisch zu finden.»

«Ich kann dir leider nur so viel sagen, daß sie mir sehr couragiert und außerordentlich nett vorkommt.»

«Du weißt jedenfalls nichts Gegenteiliges?»

«Gegenteiliges? Wie sollte ich? Ich wüßte nicht, daß ich je irgend jemanden auch nur zwei Worte über sie hätte sagen hören. Ich folgere nur, daß sie, wenn sie es so lange bei Mrs. Murrett ausgehalten hat, Mut und Charakterstärke besitzen muß.»

«Mut hat sie, das ist wahr, und Stolz auch,

was es ihr noch schwerer gemacht haben dürfte.» Anna stand auf. «Du glaubst gar nicht, wie froh ich bin, daß du einen so günstigen Eindruck von ihr hast. Es liegt mir sehr viel daran, daß sie dir gefällt.»

Er drückte sie lächelnd an sich. «Unter dieser Bedingung bin ich sogar bereit, Gefallen an Adelaide Painter zu finden.»

«Ich hoffe sehr, du wirst keine Gelegenheit dazu haben... Die arme Adelaide! Ihre Besuche fallen immer mit irgendeiner Katastrophe zusammen.»

«Dann muß ich versuchen, anderswo ihre Bekanntschaft zu machen.» Er zog Anna enger an sich, und während er ihr das Haar aus der Stirn strich, dachte er: «Kann es Wichtigeres geben als *dies?*» Laut fragte er: «Muß ich jetzt gehen?»

«Es ist wohl Zeit zum Umziehen», sagte sie abwesend. Dann trat sie ein wenig zurück und legte ihre Hände auf seine Schultern. «Mein Liebster», sagte sie, «o du mein Allerliebster.»

Es waren die ersten Koseworte, die er je von ihr gehört hatte, eine Kostbarkeit, von denen eine wundersame Beruhigung ausging, als könnte so einen Schild keine Gefahr durchdringen.

Als es klopfte, fuhren sie auseinander. Anna hob die Hand ans Haar, und Darrow beugte sich zu einem Photo von Effie auf dem Schreibtisch herab.

«Herein», sagte Anna.

Unter der Tür stand Sophy Viner. Als sie Darrow sah, wich sie zurück.

«Kommen Sie herein, Miss Viner», wiederholte Anna und sah sie freundlich an.

Diese zögerte, rasch errötend, noch immer auf der Schwelle.

«Entschuldigen Sie bitte... Effie hat ihre lateinische Grammatik verlegt, und ich dachte, sie wäre vielleicht hier liegengeblieben. Ich brauche sie, um den Unterricht für morgen vorzubereiten.»

«Ist es die hier?» Darrow nahm ein Buch vom Tisch.

«Ja, vielen Dank.»

Er streckte es ihr hin, sie nahm es ihm ab und wandte sich zum Gehen.

«Einen Augenblick bitte, Miss Viner», sagte Anna, und als diese sich umwandte, fuhr sie mit ihrem stillen Lächeln fort: «Effie hat uns erzählt, daß Sie mit Kopfschmerzen auf Ihr Zimmer gegangen sind. Wenn Sie sich nicht wohl fühlen, dürfen Sie nicht zu lange aufbleiben, um die Lektion für morgen vorzubereiten.»

Die Röte auf Sophys Wangen vertiefte sich. «Es wird mir nichts anderes übrigbleiben. Latein ist einer meiner Schwachpunkte, ich bin Effie im Lehrbuch meist nur eine Seite voraus», sagte sie mit einem halb ironischen Lächeln. «Bitte entschuldigen Sie die Störung.»

«Sie haben mich nicht gestört», erwiderte Anna. Darrow merkte, daß sie Sophy Viner nachdenklich musterte, als sei ihr etwas Angespanntes, Nervöses in ihren Zügen, ihrer Stimme, ihrer ganzen Haltung aufgefallen. «Sie sehen wirklich angegriffen aus. Am besten legen Sie sich gleich zu Bett. Effie wird nicht böse sein, wenn die Lateinstunde morgen ausfällt.»

«Danke, ich fühle mich recht wohl», sagte Sophy Viner halblaut. Ihr Blick ging einmal rasch durch den Raum, verharrte kurz, aber wahrnehmbar auf der vertrauten Nähe von Sessel und Sofaecke, dann wandte sie sich zur Tür.

DRITTES BUCH

– XVII –

Beim Abendessen überbrückten Madame de Chantelles dürftige Monologe Schluchten des Schweigens. Owen war noch ebenso düster und zerstreut wie vorhin am Flügel, und Darrows wachsamem Blick schien es, als verriete selbst Annas Gesicht zwar keine konkrete Besorgnis, wohl aber eine unbestimmte Ahnung nahenden Unheils.

Sie lächelte, sie beteiligte sich am Gespräch, ihr Blick ruhte mit dem gewohnten Ausdruck innigen Vertrauens auf Darrow, aber hinter der Heiterkeit witterte seine geschärfte Wahrnehmung heimliche Unruhe.

Er war selbstbeherrscht genug, um sich zu sagen, daß dafür zweifellos Gründe verantwortlich waren, die ihn nicht unmittelbar betrafen. Er wußte, daß in Kürze die Frage von Owens Heirat zur Sprache kommen würde, und der jähe Wandel in der Stimmung des jungen Mannes legte den Gedanken nahe, daß er der Mittelpunkt der atmosphärischen Störung war. Darrow überlegte kurz, ob vielleicht Anna den Nachmittag genutzt hatte, um Madame de Chantelle auf die bevorstehende Ankündigung ihres Enkels vorzubereiten, doch ein Blick auf die ungetrübte Miene der alten Dame überzeugte ihn davon, daß er die Ursache für Owens Schweigsamkeit und die Besorgnis seiner Stiefmutter an anderer Stelle suchen mußte. Hatte Anna vielleicht aus triftigem Grund ihre Haltung in dieser Sache geändert und das Owen mitgeteilt? Dagegen sprach die fast ausschweifende Redseligkeit des jungen Leath auf ihrem Jagdausflug heute nachmittag und die Tatsache, daß, wie Darrow bestimmt wußte, vom Augenblick seiner späten Rückkehr bis vor dem Abendessen für ein Gespräch unter vier Augen zwischen Owen und seiner Stiefmutter keine Gelegenheit gewesen war.

Das engte zwar das Feld der Vermutungen ein, brachte aber neue Unklarheiten, und Darrows tastende Ansätze mündeten schließlich in der Überlegung, daß er die Launen eines jungen Mannes, den er kaum kannte und von dem man ihm gesagt hatte, er neige zu jähen Stimmungsumschwüngen, wahrscheinlich zu wichtig nahm. Annas vermeintliche Beunruhigung ließ sich einfach damit erklären, daß sie sich vorgenommen hatte, am folgenden Tag Owens Sache zu vertreten, und vielleicht schon einen Eindruck von den Schwierigkeiten erhalten hatte, die sie erwarteten. Darrow wußte wohl, daß er zu tief in seinen eigenen Nöten befangen war, um den Gemütszustand seiner Mitmenschen beurteilen zu können. Womöglich war es auch die eigene innere Unruhe, die ihm vorgaukelte, daß in den stumm hin und her gehenden Strömungen etwas anders geworden war.

So weit war er in seinen Überlegungen gekommen, als er kurze Zeit nachdem die beiden Damen den Salon verlassen hatten, Owen eine gute Nacht wünschte und auf sein Zimmer ging. Seit seinem kurzen Selbstgespräch, das dem Zusammentreffen mit Sophy Viner gefolgt war, wußte er, daß hinter der einen, ihn unmittelbar bedrängenden Frage andere warteten. Was diese eine betraf, war er zwar nicht ganz beruhigt, aber zumindest war die Last auf seinen Schultern leichter geworden. Er hatte sein möglichstes getan, um Miss Viner zu beschwichtigen, und sie hatte offenbar erkannt, daß er es ehrlich meinte. Er hatte eine Beziehung, für die eigentlich keine Fortsetzung vorgesehen war, mit einigem Anstand zurechtgerückt, doch hatte er von Anfang an gewußt, daß er, indem er mit der Wiederherstellung von Miss Viners Seelenfrieden seine Schuld zumindest teilweise abgetragen hatte, einen Konflikt mit seinen anderen Verpflichtungen beschwor. Seine erste Sorge war es gewesen, Sophy Viner davon zu überzeugen, daß ihr gemeinsames Geheimnis bei ihm sicher war, doch wie sollte er das mit einem anderen, ebenso wichtigen Anliegen in Einklang bringen, nämlich Annas Verantwortung für ihre Tochter? Zufällige Enthüllungen fürchtete Darrow weniger. Für ihn wie auch für Sophy Viner stand so viel auf dem Spiel, daß sie beide stets auf der Hut sein würden. Dafür quälte ihn eine andere Furcht, die sich aus tieferen Quellen speiste. Er wollte für Sophy Viner tun, was er konnte, aber daß er dadurch genötigt war, sie Anna als die geeignete Betreuerin für Effie aufzudrängen, ging ihm geradezu gegen die Ehre. Seine eigenen Ansichten über Miss Viner waren so vage und zwiespältig, daß er sich sehr wohl der Gefahr bewußt war, die ein solches Experiment bedeuten könnte; dennoch befand er sich in der unerträglichen Lage, dieses Experiment gerade der Frau zuzumuten, zu deren Schutz er sich besonders aufgerufen fühlte...

Bis spät in die Nacht kreisten seine Gedanken in einem Wirbel qualvoller Unentschlossenheit. Er fühlte sich in seinem Stolz getroffen durch die Diskrepanz zwischen dem, was Sophy ihm gewesen war und was er von ihr gedacht hatte. Diese Diskrepanz, von der er damals geglaubt hatte, sie vereinfache das Geschehen, erwies sich nun als seine ärgerlichste Komplikation. Die bittere Wahrheit war, daß er damals wie auch später kaum einen Gedanken an sie verschwendet hatte und daß er sich schämte, nur aufgrund seiner dürftigen Erinnerung an ihr Abenteuer ein Urteil über sie zu fällen.

Mit demütigender Klarheit wurde ihm bewußt, wie billig die ganze Affäre gewesen war, zumindest was sein Anteil daran betraf. Es wäre ihm wohler gewesen, wenn er sich hätte sagen können, daß er damals ein wenig mehr eingesetzt hatte, um in der Folge einen fühlbareren Verlust vorweisen zu können. Tatsächlich aber hatte er sich von keinem einzigen Penny getrennt, und das war wohl der Grund für den inzwischen erschreckend angewachsenen Schuldenberg. Da half kein Drumherumreden: Er war es Anna – und seinem eigenen Seelenfrieden – schuldig, in irgendeiner Weise Sophy Viners Zukunft zu sichern, ohne sie auf

Dauer in Givré zu etablieren, indes er in Begleitung seiner Frau seinen neuen Posten antrat.

Die Nacht brachte keine Hilfe bei der Lösung dieses Problems, zumindest aber die Erkenntnis, daß er keine Zeit verlieren dürfe. Zunächst mußte er Miss Viner dazu bringen, ihm die Chance zu einem zweiten, ruhigeren Gespräch zu verschaffen, und das wollte er schnellstens in die Wege leiten.

Verschiedenen Bemerkungen hatte er entnommen, daß vor Effies Unterricht ein kurzer Morgenspaziergang im Park auf dem Programm stand, und in der Annahme, daß dabei auch die Gouvernante mit von der Partie sein würde, begab er sich am nächsten Morgen von der Terrasse aus in den Garten und in den dahinter liegenden Park.

Der Morgen war bleich und still. Das gedämpfte Sonnenlicht glänzte wie Goldgewebe hinter grauer Gaze, und ein Buchenweg verschwamm in einem blauen Dunst aus Himmel und Wald. Es war einer jener rätselvollen Tage, an denen vertraute Gegenstände aussehen, als könnten sie sich jeden Augenblick in regenbogenfarbigen Glanz auflösen.

Dann aber hallte fröhliches Gebell durch die Stille. Als Darrow den Lauten nachging, überholte er Effie, die an der Spitze ihrer Meute einen der langen Waldwege entlangstob. Hinter ihr sah er Miss Viner nicht weit von dem steingefaßten Bassin sitzen, an dem Anna und er auf ihrem ersten Gang zum Fluß stehengeblieben waren.

Als er sich näherte, kam sie ihm entgegen und gab seinen Gruß fast heiter zurück. Er erkannte auf den ersten Blick, daß sie wieder ganz gefaßt war, und an ihrem veränderten Aussehen konnte er ermessen, wie groß ihre Furcht gewesen war. Zum erstenmal sah er an ihr wieder jene verdeckte Anmut, die ihn in Paris bezaubert hatte; doch sah er sie jetzt wie ein gemaltes Bild.

«Setzen wir uns einen Augenblick?» fragte er, während Effie weiterlief.

Miss Viner wandte den Blick ab. «Es tut mir leid, aber die Zeit ist knapp, wir müssen um halb zehn mit dem Unterricht beginnen.»

«Es ist kaum zehn nach neun. Gehen wir wenigstens ein paar Schritte zum Fluß hin.»

Sie warf einen Blick auf den langgestreckten Weg, der vor ihnen lag, dann sah sie zum Haus zurück. «Wie Sie wünschen», sagte sie leise und mit dem raschen Erröten, das so kennzeichnend für sie war, betrat aber nicht den von ihm vorgeschlagenen Weg, sondern einen schmalen Pfad, der schräg durchs Gehölz führte.

Ihr verändertes Aussehen, der veränderte Ton waren Darrow nicht entgangen und weckten leise Unruhe in ihm. Er spürte eine undefinierbare Bitte. Eine Bitte um Hilfe? Um Nachsicht? Daß er sich so angelegentlich um ihre Gesellschaft bemüht hatte, überlegte er, konnte leicht mißverstanden werden, und um die Befangenheit abzuschütteln, die dieser Gedanke mit sich brachte, machte er entschlossen einen Vorstoß in Richtung Wahrheit.

«Ich habe nach Ihnen Ausschau gehalten, weil unser gestriges Gespräch so unbefriedigend war.

Ich möchte mehr über Sie, über Ihre Pläne und Aussichten erfahren. Schon damals habe ich mir den Kopf darüber zerbrochen, warum Sie das Theater so gänzlich aufgegeben haben.»

Sofort zeigte sich Argwohn auf ihren Zügen. «Ich mußte leben», sagte sie obenhin.

«Ich verstehe sehr gut, daß es Ihnen hier gefällt. Eine Zeitlang jedenfalls.» Sein Blick zog die golden überdachten Windungen des Pfades nach. «Es ist wunderschön hier, eine bessere Stelle läßt sich nicht denken. Ich wundere mich nur, daß Sie den Gedanken an eine andere Zukunft offenbar völlig aufgegeben haben.»

Sie ließ einen Augenblick verstreichen, ehe sie erwiderte: «Ich bin wohl nicht mehr so rastlos wie früher.»

«Daß Sie hier weniger rastlos sind als bei Mrs. Murrett, ist verständlich. Trotzdem kann ich Sie mir auf Dauer als Erzieherin nicht recht vorstellen.»

«Und was, bitte, könnten Sie sich auf Dauer für mich vorstellen? Vor dem Theater haben Sie mich ja recht nachdrücklich gewarnt», sagte sie ohne Ärger, als sei die Rede von einer dritten Person, an der sie beide wohlwollendes Interesse zeigten.

Darrow überlegte einen Augenblick. «Mag sein. Aber nur, weil Sie sich so nachdrücklich weigerten, für den Anfang meine Hilfe in Anspruch zu nehmen.»

Sie blieb unvermittelt stehen und sah ihn an. «Und Sie glauben, jetzt würde ich das tun?»

Darrow spürte das Blut in seinen Wangen. Er

begriff ihre Haltung nicht – wenn es denn eine bewußte Haltung war und nicht nur ein Echo ihres unbewußten Stimmungsumschwungs. Wieder wurde ihm bewußt, wie beschämend wenig er in der Hand hatte, um sich ein Urteil über sie zu bilden. «Hätte ich mir jemals auch nur ein bißchen was aus ihr gemacht, fände ich jetzt gewiß einen Weg, sie nicht zu verletzen», sagte er sich und konnte sich über seine Fühllosigkeit, seine schnöde Dickfelligkeit nur wundern. Aber er verfolgte mit diesem Gespräch ein bestimmtes Ziel und mußte versuchen, sich zu ihm vorzukämpfen.

«Ich hoffe zumindest, daß Sie sich meine Gründe anhören werden. Beide Seiten hatten schließlich Zeit, sie zu überdenken, seit...» Hilflos blieb er an dem letzten Wort hängen. Er konnte sagen, was er wollte, ständig stolperte er über Erinnerungen aus der Vergangenheit.

Sie ging mit niedergeschlagenen Augen neben ihm her. «Soll ich das so verstehen, daß Sie Ihr Angebot definitiv wiederholen?»

«Von ganzem Herzen! Wenn Sie mir erlauben...»

Sie hob die Hand, um ihn zu unterbrechen. «Es ist sehr freundlich von Ihnen – ja, ich glaube Ihnen, daß Sie als Freund an mir handeln möchten –, aber ich begreife nicht ganz, warum Sie, wenn ich Ihrer Meinung nach hier eine so gute Stellung gefunden habe, besorgter um meine Zukunft sind als zu einer Zeit, als ich mich in einer heiklen, um nicht zu sagen verzweifelten Lage befand.»

«Besorgter wohl nicht...»

«Zumindest aber wohl besorgt aus anderen Gründen. Und ich kann mir», fuhr sie mit einer ihrer erstaunlich klarsichtigen Eingebungen fort, «eigentlich nur zwei vorstellen. Entweder meinen Sie, mir helfen zu müssen, oder Sie fühlen sich aus irgendeinem Grund verpflichtet, Mrs. Leath zu sagen, was Sie über mich wissen.»

Darrow blieb stehen. Hinter sich hörte er Effie rufen, und als Sophy die Kinderstimme vernahm, wandte sie den Kopf wie jemand, der stets unauffällig auf dem Posten ist. Es war nur ein Moment, und weshalb er das Gefühl hatte, es handle sich dabei nicht um die normale berufliche Fürsorge, mit der sie ihren Schützling im Auge behielt, hätte er selbst nicht recht erklären können.

Effie hüpfte an ihnen vorbei, und Darrow ging auf ihre Herausforderung ein.

«Was Sie in bezug auf Mrs. Leath gesagt haben, verdient kaum eine Antwort. Und was meine Gründe betrifft, Ihnen helfen zu wollen, so hängt viel von den Worten ab, die man zur Ausdeutung einigermaßen undeutlicher Begriffe wählt. Ja, ich will Ihnen helfen, aber nicht aufgrund irgendwelcher... Freundlichkeiten, die ich in der Vergangenheit von Ihnen erfahren habe, sondern weil ich Anteil an Ihnen nehme. Lassen Sie es mich so sagen: Ich habe das Gefühl, daß unsere Freundschaft mir das Recht gibt, mich für Sie zu verwenden.»

Sie tat ein paar zögernde Schritte und hielt dann wieder inne. Darrow sah, daß sie blaß geworden war; unter ihren Augen lagen dunkle Schatten.

«Sie kennen Mrs. Leath schon lange?» fragte sie unvermittelt.

«Ja. Sehr lange.»

«Sie hat mir gesagt, daß Sie befreundet sind. Eng befreundet.»

«Ja», räumte er ein. «Wir sind eng befreundet.»

«Dann könnten Sie sich durchaus das Recht herausnehmen, ihr zu sagen, daß Sie nicht das Gefühl haben, ich sei die Richtige für Effie.» Er stieß einen protestierenden Laut aus, den sie überging. «Ich sage nicht, daß Sie es *gern* täten, ich weiß, daß es Ihnen gegen den Strich ginge. Und die naheliegende Alternative wäre, mir einzureden, daß ich anderswo besser aufgehoben wäre. Aber angenommen, das wäre Ihnen nicht gelungen, angenommen, Sie hätten gemerkt, daß ich entschlossen wäre zu bleiben? *Dann* könnten Sie es für Ihre Pflicht halten, Mrs. Leath alles zu sagen.»

Kühl und nüchtern brachte sie ihre Argumente vor. «Ich glaube, ich an Ihrer Stelle würde es tun», schloß sie und lachte kurz auf.

«Ich würde mir nie das Recht anmaßen, ihr hinter Ihrem Rücken zu sagen, daß Sie in meinen Augen nicht für die Stellung geeignet sind», erwiderte er nach einer Pause. «Allerdings würde ich mir sehr wohl das Recht herausnehmen, mit Ihnen zu sprechen, wenn ich der Meinung wäre, die Stellung wäre ungeeignet für Sie.»

«Und eben das wollen Sie mir jetzt beibringen?»

«Ja, aber nicht aus den Gründen, die Sie vermuten.»

«Aus welchen Gründen dann bitte?»

«Ich habe sie bereits angedeutet, als ich Ihnen den Rat gab, sich das Theater nicht ganz aus dem Kopf zu schlagen. Sie sind zu vielseitig, zu begabt, zu individuell, um sich in Ihrem Alter auf die elende Plackerei des Lehrberufs festzulegen.»

«Und haben Sie das Mrs. Leath gesagt?»

Sie schleuderte ihm die Frage entgegen, als erwarte sie, ihn damit zu Fall zu bringen. Die Naivität des Kunstgriffs rührte ihn.

«Ich habe ihr überhaupt nichts gesagt», erwiderte er.

«Was verstehen Sie unter ‹nichts›? Als ich gestern in ihr Zimmer kam, haben Sie beide über mich gesprochen.»

Darrow spürte, wie ihm das Blut in den Nacken stieg.

«Ich habe ihr nur gesagt, daß ich Sie ein- oder zweimal bei Mrs. Murrett gesehen habe.»

«Nicht, daß Sie danach mit mir zusammen waren?»

«Nicht, daß ich danach mit Ihnen zusammen war...»

«Und das glaubt Sie Ihnen? Unbesehen?»

Er stieß einen unartikulierten Protestlaut aus, und auch sie wurde rot.

«Verzeihen Sie, das hätte ich nicht fragen dürfen.» Sie hielt inne und sah sich erneut rasch um. Dann streckte sie die Hand aus. «Nun gut, dann danke ich Ihnen. Und ich kann Sie beruhigen: Ich werde nicht mehr lange Effies Gouvernante sein.»

Darrow versuchte, seine Erleichterung in einem Ausdruck freundlichen Interesses aufgehen zu lassen, während er die ausgestreckte Hand ergriff. «Dann sind Sie meiner Meinung? Und Sie werden mir Gelegenheit geben, alles mit Ihnen zu besprechen?»

Sie schüttelte leicht lächelnd den Kopf. «Ich denke nicht an die Bühne. Ich habe ein anderes Angebot, das ist alles.»

Die Erleichterung war trotzdem groß. Hatte sie erst einmal Givré verlassen, war er seiner Verantwortung ledig.

«Aber davon werden Sie mir doch erzählen?»

Ein Lächeln huschte über ihre Lippen. «Sie werden es sehr bald erfahren. Aber jetzt muß ich sehen, daß ich Effie wieder an die Tafel bekomme.»

Sie ging noch ein paar Meter weiter, dann blieb sie erneut stehen und wandte sich um. «Ich war abscheulich zu Ihnen», platzte sie heraus. «Und nicht ganz aufrichtig.»

«Nicht ganz aufrichtig?» wiederholte er erstaunt.

«Weil es für Sie wohl so ausgesehen hat, als vertraute ich Ihnen nicht. In meinem Herzen, das habe ich bei unserem Gespräch plötzlich begriffen, wußte ich immer, daß ich Ihnen vertrauen kann.»

Eine dunkle Welle ging über ihr Gesicht, und einen kurzen Moment heftete sich ihr Blick mahnend und bittend zugleich auf ihn. In demselben Moment wallte verworren die Vergangenheit in ihm auf. Dann fiel ein Schleier zwischen ihnen.

«Da ist ja Effie!» rief sie.

Als er sich umdrehte, sah er die Kleine Hand in Hand mit Owen Leath auf sich zukommen.

Trotz seiner nur allmählich abflauenden Erregung bemerkte Darrow sofort den Wandel, der sich durch die Ankunft des jungen Mannes vollzog. Einen Moment flammten Miss Viners Wangen womöglich noch röter, dann wurden sie bleich wie weiße Blütenblätter. Dennoch ließ auch diesmal der helle Mut, mit dem sie Unerwartetem zu begegnen pflegte, sie nicht im Stich. Wer ihr Gesicht weniger gut kannte als Darrow, hätte wohl nicht gemerkt, wie gezwungen das Lächeln war, mit dem sie erst ihn und dann Owen Leath bedachte, hätte nicht gesehen, daß das weiche Grau ihrer Augen sich zu blanker Schwärze verhärtet hatte. Noch auffallender allerdings fand der Beobachter die Veränderung, die in Owen Leath vorgegangen war. Der junge Mann hatte im Näherkommen unbefangen mit Effie gelacht und geredet, aber als sein Blick auf Miss Viner fiel, veränderte sich sein Gesichtsausdruck so jäh wie der ihre.

Für Darrow war diese Veränderung nicht so leicht zu durchschauen und erschien ihm vielleicht deswegen als um so bedeutsamer. Nur – was genau bedeutete sie? Owens Gesicht war, wie auch das von Sophy Viner, nicht so sehr eine Bühne, auf der Gemütsbewegungen auf- und abtraten, als vielmehr das Material, mit dem sie arbeiteten. In Augenblicken der Erregung schienen sich seine seltsam unregelmäßigen Züge aufzulösen und neu zu formieren wie Wolkenschatten über einem Fluß. Im raschen Flug dieser Schatten vermochte

Darrow keine bestimmten Gefühlsregungen zu erkennen, er merkte nur, daß der junge Mann unverhältnismäßig überrascht war, ihn in Gesellschaft von Miss Viner anzutreffen, und sagte sich, daß das Ausmaß seiner Überraschung alle möglichen Hintergründe haben konnte.

Darrows erster Gedanke war es, Owen überlege, wenn er argwöhnte, sie hätten sich nicht zufällig getroffen, weshalb der Freier seiner Mutter um diese Tageszeit ein Gespräch unter vier Augen mit der Gouvernante ihrer kleinen Tochter führte. Das war ein so beunruhigender Gedanke, daß ihm, als sie zu dritt zum Haus zurückgingen, auf der Zunge lag zu sagen: «Ich war auf der Suche nach Ihrer Mutter.» Wenn es sich aber so verhielt, wie er fürchtete, konnte sich selbst ein so harmloser Satz wie ein ungeschickter Erklärungsversuch ausnehmen, und so setzte er denn seinen Weg neben Miss Viner schweigend fort. Dann merkte er, daß auch Owen Leath und Sophy Viner schwiegen, was seine Gedanken in eine neue Richtung lenkte. Schweigen kann ebenso viele Schattierungen haben wie Sprache, und seinem wachsamen Sinn schien es, als kreuzten sich hier Fäden eines stummen Gedankenaustausches. Zunächst war er sich nur jener bewußt, die in seiner eigenen unruhigen Seele zusammenliefen, dann aber merkte er, daß sie weiterführten. Doch was es war, was da rasch und wortlos zwischen Owen Leath und Sophy Viner hin- und herging, und worauf es abzielte, begann Darrow gerade erst zu erahnen, als sie das Haus erreicht hatten.

Von der Terrasse her beobachtete Mrs. Leath die Rückkehr der kleinen Gruppe. Während sie sich durch den Garten näherte, sah sie aus der heiteren Höhe ihrer unangreifbaren Glückseligkeit auf sie herab. Da kamen sie im weichen Morgenlicht auf sie zu, jene drei Menschen, die ihr Leben ganz ausfüllten: ihr Kind, ihr Stiefsohn, ihr künftiger Ehemann. Sie lächelte ein wenig beim Anblick des frohen Bildes, das sie boten. Effies Sprünge schufen einen beweglichen Rahmen, in dem sich die beiden Männer in freundschaftlichem Schweigen vorwärtsbewegten. Es schien ihr ein schönes Zeichen für die tiefe Vertrautheit dieser Szene, daß sie nicht miteinander sprachen, und erst im nachhinein fand sie es ein wenig merkwürdig, daß sie es beide nicht für nötig gehalten hatten, das Wort an Sophy Viner zu richten.

Anna selbst trieb auf ihrer Glückseligkeit wie auf einer Flutwelle, die so stark und hell war, daß sie sich eins mit ihren warmen Wogen fühlte. Der erste Ansturm des Glücks hatte sie betäubt und geblendet; jetzt aber, da sie jeden Morgen mit der ruhigen Gewißheit erwachte, es täglich neu erleben zu dürfen, gewöhnte sie sich allmählich an das Gefühl der Geborgenheit, das ihr daraus erwuchs.

«Mir ist, als könnte ich mich von meinem Glück tragen lassen, als wüchse es gleich Flügeln aus mir heraus.» So formulierte sie es Darrow gegenüber, als sie am späten Vormittag zusammen durch den Garten gingen. Auch der Blick, den er ihr als Antwort schenkte, vermittelte ihr diese Sicherheit. Am vergangenen Abend hatte sie das Gefühl gehabt, daß er zerstreut gewesen war, und der Schatten dieser Stimmung hatte das große goldene Gestirn ihres Glücks ein wenig verdunkelt. Jetzt aber strahlte es wieder ungetrübt und hing hoch und hell über ihr wie die Sonne zur Mittagszeit.

Als sie nachmittags in ihrem Wohnzimmer saß, sann sie diesen Dingen nach. Der Nebel des Vormittags hatte sich zu Regen verdichtet, so daß man einen Ausflug hatte verschieben müssen, an dem die ganze Hausgemeinschaft hätte teilnehmen sollen. Effie war mit der Gouvernante im Automobil zum Einkaufen nach Francheuil geschickt worden, und Anna hatte Darrow versprochen, am späten Nachmittag mit ihm einen kurzen Spaziergang durch den Regen zu machen.

Er war nach dem Essen auf sein Zimmer gegangen, um einen Teil seiner Briefschulden abzutragen. Sie war danach in einer Haltung gedankenversunkener Rückschau, die Hände im Schoß gefaltet, den Kopf leicht geneigt, sitzen geblieben. Wenn sie ihr Leben überblickte, schien es ihr, als habe sie sich bislang unaufhörlich bemühen müssen, in jede Stunde genug zu packen, um ihre schlaffen Falten auszufüllen; jetzt aber schien jeder Augenblick wie der Beutel eines Geizkragens, der prall mit purem Gold gefüllt ist.

Sie horchte auf, als sie Owens Schritte auf dem

Gang erkannte. Vor ihrer Tür verhielten sie, dann klopfte es. «Herein», sagte sie.

Als sich die Tür hinter ihm schloß, bemerkte sie seine bleiche Erregung und sagte in einer Anwandlung von Reue: «Du willst mich fragen, warum ich nicht mit deiner Großmutter gesprochen habe.»

Er sah sich um, und sie fühlte sich ein wenig an den seltsamen Blick erinnert, mit dem Sophy Viner am vergangenen Abend das Zimmer umfaßt hatte. Dann richtete er seine leuchtenden Augen wieder auf sie.

«Ich habe selbst mit ihr gesprochen», sagte er.

Anna sah ihn ungläubig an.

«Du hast mit ihr gesprochen? Wann?»

«Gerade eben. Ich komme direkt von ihr.»

Annas erste Regung war Verdruß. Im Grunde aber hatte dieser knabenhaft-spontane Entschluß bei einem jungen Mann, der so begierig war, sich in den Ernst des Lebens zu stürzen, etwas komisch Ungereimtes. Sie sah ihn mit kaum verhohlener Belustigung an.

«Du hast mich um meine Hilfe gebeten, und ich habe sie dir zugesagt. Es hat sich kaum gelohnt, einen so raffinierten Schlachtplan auszuarbeiten, wenn du die Absicht hattest, mir die Sache aus der Hand zu nehmen, ohne mir etwas davon zu sagen.»

«Bitte sprich nicht in diesem Ton mit mir», brach es fast zornig aus ihm heraus.

«In diesem Ton? Was willst du damit sagen?» Sie sah ihm in das zuckende Gesicht. «Das könnte ich mit sehr viel mehr Recht», fuhr sie, noch immer halb scherzend, fort, «von dir verlangen.»

Owen errötete, und sein Ungestüm fiel in sich zusammen.

«Ich meine damit, daß ich sprechen *mußte,* das ist alles. Du gibst mir ja keine Chance, zu erklären...»

Sie sah ihn, selbst überrascht von ihrer ungehaltenen Reaktion, liebevoll an.

«Aber Owen! Versuche ich nicht immer, dir jede Chance zu geben? Eben deshalb wollte ich ja zuerst mit deiner Großmutter sprechen. Ich habe nur auf den richtigen Moment gewartet...»

«Den richtigen Moment? So ging es auch mir. Deshalb habe ich gesprochen.» Seine Stimme hob sich und wurde scharf, wie immer in Augenblicken starker Belastung.

Seine Stiefmutter setzte sich in die Sofaecke. «Das ist kein Vorrecht, über das wir streiten müssen, Lieber. Du hast mir eine Bürde abgenommen. Setz dich und erzähle.»

Unentschlossen blieb er vor ihr stehen. «Ich kann jetzt nicht sitzen.»

«Dann lauf herum. Aber erzähle. Ich bin ungeduldig.»

Er warf sich in den Sessel neben sie, streckte stumm die Beine aus und verschränkte die Arme hinter dem zurückgeworfenen Kopf. Anna sah ihn an und wartete.

«Nun ja... Es war natürlich genau das, was man erwarten durfte.»

«Sie war sehr ungnädig, meinst du?»

«Das ganze schwere Geschütz wurde aufgefahren: mein Vater, Givré, Monsieur de Chantelle, Thron und Altar. Sogar meine arme Mutter wurde aus der Versenkung gezogen und mit angeblichen Protesten ausgerüstet.»

Anna seufzte teilnahmsvoll. «Aber darauf warst du ja vorbereitet.»

«Das glaubte ich jedenfalls. Aber als sie das alles dann vor mir ausbreitete, kam es mir so unglaublich töricht vor, daß ich ihr das auch gesagt habe.»

«Aber Owen! Owen!»

«Ja, ich weiß. Ich war ein Narr, aber ich konnte nicht anders.»

«Und damit hast du sie natürlich tödlich beleidigt. Genau das wollte ich verhindern.» Sie legte ihm eine Hand auf die Schulter. «Du dummer Junge! Warum konntest du nicht warten und mich für dich sprechen lassen?»

Er rückte ein wenig von ihr ab, so daß ihre Hand heruntterglitt. «Das verstehst du nicht», sagte er finster.

«Wie könnte ich, ohne daß du es mir erklärst? Wenn du meintest, die Zeit sei gekommen, deiner Großmutter die Wahrheit zu sagen, warum hast du mich nicht gebeten, es zu tun? Ich wollte noch warten, ich hatte meine Gründe, aber hättest du mich gebeten, hätte ich natürlich das Gespräch mit ihr gesucht.»

Er begegnete ihrer Frage mit einer unerwarteten Gegenfrage. «Was für Gründe waren das?»

Anna antwortete nicht gleich. Unter dem Blick ihres Stiefsohnes war sie ein wenig unruhig geworden.

«Ich tastete mich voran... ich wollte ganz sicher sein...»

«Ganz sicher sein... in welcher Beziehung?»

Sie zögerte wieder, kurz, aber merklich. «Unserer Sache ganz sicher sein...»

«Aber als wir es vor ihrer Rückkehr aus Ouchy besprochen haben, hast du mir gesagt, du wärst es.»

«Ach, Lieber, glaubst du nicht, daß in so einer komplizierten Angelegenheit jeder Tag, jede Stunde die sicherste Sicherheit ins Wanken bringen kann?»

«Genau darauf will ich hinaus. Ich möchte wissen, was deine ins Wanken brachte.»

Sie winkte ungeduldig ab. «Was spielt das noch für eine Rolle, da es nun einmal geschehen ist? Ich könnte dir nicht einmal einen eindeutigen Grund nennen...»

Er stand auf und sah mit gequältem Ausdruck auf sie herunter. «Das mußt du aber!»

Bei seinem Ton fuhr sie ungehalten auf. «Da du mir die Sache aus der Hand genommen hast, habe ich es nicht nötig, dir überhaupt einen Grund zu nennen. Ich kann nur so viel sagen, daß ich versucht habe, dir zu helfen, daß keine andere Erwägung dabei eine Rolle gespielt hat.» Sie machte eine kleine Pause. Dann fügte sie hinzu: «Wenn du daran gezweifelt hast, war der Schritt, den du getan hast, folgerichtig.»

«An *dir* habe ich nie gezweifelt», erwiderte er mit flüchtiger Betonung des Fürworts. Auf seinem Gesicht lag wieder der gewohnte Ausdruck des Vertrauens. «Sei nicht böse, wenn es so aussah. Ich kann es selbst nicht recht erklären, es ist alles so wirr... Deshalb habe ich gedacht, ich sage es dir lieber gleich, das heißt, gedacht habe ich überhaupt nicht, ich bin einfach damit herausgeplatzt...»

Anna schenkte ihm einen versöhnlichen Blick. «Das Wie und Warum ist jetzt nicht mehr von Belang. Der springende Punkt ist, wie wir uns deiner Großmutter gegenüber verhalten sollen. Du hast mir noch nicht gesagt, was sie vorhat.»

«Sie hat vor, nach Adelaide Painter zu schicken.»

Der Name stimmte ihn ein wenig heiterer, und ein Lächeln lockerte ihre Gesichter.

«Vielleicht», meinte Anna, «ist das wirklich das Beste für uns alle.»

Owen zuckte die Schultern. «Es ist lächerlich und demütigend. Diese Frau in unsere Geheimnisse einzuweihen...»

«Es könnte jetzt ohnehin nicht mehr lange geheim bleiben.»

Er war zum Kamin gegangen und spielte mit den Nippesfiguren auf dem Kaminsims, aber bei diesen Worten wandte er sich um.

«Du hast doch mit niemandem darüber gesprochen?»

«Nein, aber ich habe es jetzt vor.»

Sie wartete auf seine Antwort, und als keine

kam, fuhr sie fort: «Wenn Adelaide Painter es erfahren soll, ist nicht einzusehen, warum ich es nicht auch Mr. Darrow erzählen sollte.»

Owen setzte unvermittelt das Figürchen ab, das er in der Hand gehalten hatte. «Nein, ganz recht. Ich möchte, daß es jeder erfährt.»

Sie belächelte seinen Überschwang und wollte gerade mit einem Scherzwort darauf eingehen, als er fortfuhr: «Du hast ihm also bisher noch kein Wort gesagt?»

«Nur das, was für die Erörterung unserer Pläne nötig war: daß du die Absicht hast zu heiraten und daß ich Frankreich nicht verlassen würde, bis ich mein möglichstes getan hätte, dir durchzuhelfen.»

Bei ihren ersten Worten hatte sich seine Stirn gerötet, aber gleich darauf hatte er sich wieder gefaßt, und die Röte verebbte.

«Du bist großartig!» erklärte er.

«Du hattest mein Wort.»

«Ja. Ja, ich weiß.» Sein Gesicht hatte sich wieder verdüstert. «Und das ist alles, wirklich alles, was du ihm je gesagt hast?»

«Wirklich alles. Warum fragst du?»

Er zögerte verlegen. «Es war abgemacht, daß meine Großmutter es als erste erfahren sollte, nicht wahr?»

«Ja. Und daran habe ich mich gehalten.»

Er nahm das nervöse Spiel mit den Nippesfiguren wieder auf. «Und du bist sicher, daß nichts, was du zu Darrow gesagt hast, ihm etwa einen Hinweis hätte geben können...»

«Nichts, was ich zu ihm gesagt habe, das gewiß nicht.»

Er fuhr herum. «Warum drückst du es so aus?»

«Wie denn?»

«Als wenn du meintest, jemand anders hätte ihm etwas sagen können.»

«Jemand anders? Wer denn?» Sie stand auf. «Ja, um Himmels willen, mein Junge, worauf willst du eigentlich hinaus?»

«Darauf, ob du glaubst, er könnte etwas Konkretes wissen.»

«Weshalb sollte ich das glauben? Glaubst *du* es denn?»

«Das weiß ich nicht. Aber ich werde es herausbekommen.»

Sie lachte über seine halsstarrige Beharrlichkeit. «Um meine Glaubwürdigkeit zu überprüfen?» Auf dem Gang hörte man Schritte, und sie fügte hinzu: «Hier ist er. Frag ihn selbst!»

Als Darrow klopfte, bat sie ihn herein, und er blieb zwischen ihr und Owen stehen. Sie bemerkte den auffallenden Gegensatz zwischen seiner unbeschwerten, gutaussehenden Erscheinung und der finsteren Erregung ihres Stiefsohnes.

Darrow begegnete ihrem Blick mit einem Lächeln. «Komme ich zu früh? Oder fällt unser Spaziergang aus?»

«Nein, ich wollte mich gerade fertigmachen.» Zögernd blieb sie zwischen den beiden Männern stehen und sah sie abwartend an. «Aber zuerst möchten wir dir etwas sagen: Owen ist mit Miss Viner verlobt.»

Und weil sie sich des ungeklärten Zweifels bewußt war, der Owen bedrängte, sah sie bei diesen Worten unverwandt Darrow an.

Er war gegenüber dem Fenster stehengeblieben, so daß sie sogar in dem regnerischen Nachmittagslicht sein Gesicht genau erkennen konnte. Sekundenlang verriet es nichts als ungeheures Erstaunen, so daß sie sich mit einem leisen Lächeln angesichts des damit widerlegten Argwohns von Owen halb ihrem Stiefsohn zuwandte. Wie kommt er nur auf den Gedanken, dachte sie, Darrow habe sein Geheimnis erraten, und weshalb hat ihn diese immerhin nicht ganz auszuschließende Möglichkeit so aus der Fassung gebracht? Jetzt aber mußten Owens Zweifel endgültig ausgeräumt sein, denn daß Darrows Überraschung nicht geheuchelt war, lag auf der Hand. Als ihr Blick wieder zu ihm zurückkehrte, ging er schon mit ausgestreckter Hand auf Owen zu. Und da eben jetzt ein ebenso vager wie unerklärlicher Hauch von Unbehagen sie überkam, nahm sie nur verworren wahr, daß die beiden die bei so einer Gelegenheit üblichen Phrasen austauschten. Als nächstes bemerkte sie Owens beruhigte Miene und daß er Darrows beglückwünschenden Händedruck lächelnd erwiderte. Sie hatte das unheimliche Gefühl, über sie sei bei wolkenlosem Himmel ein Schatten hingegangen...

Gleich darauf hatte Owen das Zimmer verlassen, sie war mit Darrow allein. Er hatte sich umgedreht und sah aus dem Fenster in den strömenden Regen hinaus.

«Owens Nachricht hat dich überrascht?» fragte sie.

«Ja, das hat sie», bekräftigte er.

«Daß es Miss Viner sein könnte, hättest du wohl nicht gedacht...»

«Warum hätte ich an Miss Viner denken sollen?»

«Begreifst du jetzt, warum mir so viel daran lag zu erfahren, was du über sie weißt?» Als er sich nicht äußerte, fuhr sie fort: «Jetzt, da du weißt, daß *sie* es ist... falls da noch irgend etwas wäre...»

Er trat vom Fenster zurück und ging auf sie zu. Sein Gesichtsausdruck war ernst, fast ein wenig gereizt. «Was um Himmels willen sollte da noch sein? Ich wiederhole, daß ich nie jemanden auch nur zwei Worte über Miss Viner habe sagen hören.»

Anna antwortete nicht, und einen Augenblick standen sie sich regungslos gegenüber. Sie dachte jetzt nicht an Sophy Viner und Owen, sondern nur daran, daß sie mit Darrow allein und er ihr ganz nah war und daß sich dabei zum erstenmal ihre Hände und Lippen nicht berührten.

Er sah skeptisch zum Fenster hin. «Es gießt. Vielleicht möchtest du lieber nicht aus dem Haus gehen?»

Sie zögerte, als warte sie darauf, daß er ihr zuredete. «Nein, du hast wohl recht. Ich sollte gleich einmal nach meiner Schwiegermutter sehen. Owen hat es ihr gerade gesagt.»

«Aha!» Darrow riskierte ein Lächeln. «Jetzt

ist mir auch klar, warum ich im Heraufkommen jemanden nach Miss Painter telephonieren hörte.»

Sie belachten beide diese Anspielung ein wenig matt, und Anna ging zur Tür. Er hielt sie ihr auf und folgte ihr aus dem Zimmer.

– XIX –

Vor Madame de Chantelles Zimmer trennte er sich von ihr und stürmte in den Regen hinaus. Der Wind zerrte an den kahlen Wipfeln der Alleebäume und peitschte ihm ins Gesicht. Er ging bis zum Tor und bog auf die Landstraße ein, wo die schräg über das offene Gelände fegenden Windböen ihn herumstießen. Die regelmäßig gefurchten Felder waren trübe Schlammwüsten, und die bunten Wälder, durch die er gestern mit Owen gestreift war, lagen trostlos fröstelnd unter jagenden Wolken.

Darrow lief und lief, ohne darauf zu achten, wohin die Füße ihn trugen. Seine Gedanken wurden hin und her gezerrt wie die Wipfel. Völlig überraschend war Annas Ankündigung ihm nicht gekommen. Als er heute früh mit Owen Leath und Miss Viner gemächlich zum Haus zurückgegangen war, hatte ihn ein Hauch der Wahrheit gestreift. Doch war das nur eine Intuition gewesen, nichts als ein Wattewölkchen von Vermutung; jetzt aber war es eine beglaubigte Tatsache, die den ganzen Himmel verdunkelte.

An seiner eigenen Haltung änderte sich dadurch im Grunde nichts. War er zuvor zum Schweigen verpflichtet gewesen, so war er es jetzt um nichts weniger; der Unterschied lag nur darin, daß diese Verpflichtung ihn aufgrund dessen, was er soeben erfahren hatte, noch mehr drückte. Bislang hatte Sophy Viners Wehrlosigkeit so etwas wie reuevolles Mitgefühl in ihm geweckt. Jetzt regte sich fast so etwas wie leiser Zorn auf sie. Sosehr er sich auch gegen vorgefaßte Meinungen gefeit glaubte, merkte er jetzt, daß er die landläufigen Zweifel an der Uneigennützigkeit einer Frau teilte, die sich aus den Niederungen ihrer Vergangenheit zu erheben sucht. Kein Wunder, daß sie bei seiner Ankunft schier vergangen war vor Angst. Es lag in seiner Macht, ihr mehr zu schaden, als er sich hätte träumen lassen.

Natürlich wollte er ihr nicht schaden; andererseits wollte er auf keinen Fall, daß sie Owen Leath heiratete. Er versuchte, Abstand von dieser Empfindung zu gewinnen, sie soweit zu isolieren und zu objektivieren, daß er die Motive erkennen konnte, aus denen sie zusammengesetzt war; doch es blieb bei einer blinden gefühlsmäßigen Regung, bei einem instinktiven Zurückzucken vor einer Sache, die auch die besten Argumente nicht würden geraderücken können.

Seine ausgedehnte Wanderung brachte ihn einer Lösung seines Problems nicht näher, und nachdem er sich durch zwei, drei schlammig-fahle Dörfer geschleppt hatte, kehrte er um und machte sich müde auf den Rückweg nach Givré. Als er über die nachtschwarze Allee auf die Lichter zuging, die durch das schwankende Geäst funkelten, brach die Erkenntnis, wie völlig hilflos er war, mit voller Wucht über ihn herein. Er mochte sinnieren und kombinieren, wie er wollte – es gab nichts, aber auch gar nichts, was er hätte tun können...

Er legte den nassen Mantel im Vestibül ab und ging zu seinem Zimmer hoch. Auf dem ersten Absatz holte ihn eine Zofe ein, die ihn mit Trauermiene und in diskret gedämpftem Ton ersuchte, liebenswürdigerweise einen Augenblick bei der Marquise einzutreten. Ein wenig verwundert über diese Aufforderung, folgte er der Zofe zu jener Tür, an der er sich vor wenigen Stunden von Mrs. Leath getrennt hatte. Er betrat ein großes Zimmer, das in sanftes Lampenlicht getaucht war. Da es, wie ihm sogleich auffiel, leer war, blieb ihm Zeit, trotz seiner aufgewühlten Gedanken mit Interesse festzustellen, wie sehr Madame de Chantelles Wohnräume sie einer vergangenen Epoche zuordneten und ihr Bild ergänzten. Die gerafften Vorhänge mit den Kordelzügen, die lila Satinpolster, die Sèvres-Jardiniere, der Kaminschirm aus Rosenholz, die kleinen Tischchen mit spitzenbesetzten Samtdecken, auf denen sich silberner Zierat und dümmliche Nippesfiguren drängten, bildeten einen fast perfekten Hintergrund für die blonde Schönheit aus den sechziger Jahren. Darrow fand es erstaunlich, daß Fraser Leaths Sohnesliebe seine ästhetischen Skrupel so weit überwunden hatte, daß er zwischen den klassizistischen

Schätzen von Givré diesen Anachronismus geduldet hatte; nach kurzer Überlegung aber begriff er, daß für den verstorbenen Besitzer diese Haltung wohl genau der Tradition des Hauses entsprochen hätte.

Madame de Chantelle, die in diesem Moment aus einem Nebenzimmer kam, riß Darrow aus diesen fruchtlosen Überlegungen. Sie war schon für den Abend geschniegelt und gebügelt, und abgesehen von den leicht geröteten Lidern sah man der nach allen Regeln der Kunst gepflegten Erscheinung keine außergewöhnliche Gemütsbewegung an; allerdings sah Darrow, daß sie, um dem Ernst der Lage Rechnung zu tragen, ein Spitzentaschentuch fest zwischen Daumen und Zeigefinger geklemmt hatte.

Sie stieß sofort zum Kern des Problems vor und appellierte an ihn im Namen der Everards, mit ihr zusammen ihren Liebling zu erretten. Gewiß wende sie sich nicht vergeblich an einen Mann, dessen Persönlichkeit, dessen Charakter, dessen Traditionen unmißverständlich davon kündeten, wie sehr er jenen Grundsätzen verhaftet war, die zu verteidigen sie ihn anflehte. Der Empfang, den sie selbst Darrow bereitet, das Vertrauen, das sie ihm von Anfang an entgegengebracht habe, müsse ihm gezeigt haben, daß sie instinktiv ihre Übereinstimmung in diesen elementaren Fragen gespürt hatte. Für sie sei er der einzige, den sie, ohne der mütterlichen Pietät Gewalt antun zu müssen, als Nachfolger ihres Sohnes willkommen heißen konnte; und es war jetzt fast, als appelliere sie an

Owens Vater, als sie Darrow bat, ihr bei der Rettung des Unglückseligen zu helfen.

«Sie dürfen nicht denken, ich wollte Anna tadeln oder ihr etwas von meinem Wohlwollen entziehen, wenn ich sage, daß sie meiner Ansicht nach zum Teil für das Geschehene verantwortlich ist. Anna ist ‹modern› – so nennt man das wohl, wenn man umstürzlerische Bücher liest und abscheuliche Bilder schön findet. Sie müssen wissen», fuhr Madame de Chantelle fort, indem sie sich vertraulich vorbeugte, «daß ich mit diesem Milieu durchaus vertraut bin, denn mein Sohn war sehr revolutionär. Nur hat er natürlich seine Ideen nicht in die Praxis umgesetzt, sie waren rein intellektuell. Eben das hat die liebe Anna nie begriffen, und ich fürchte, sie hat in Owens Denken die gleiche Verwirrung gestiftet, hat ihn dazu gebracht, das, was man liest, mit dem, was man tut, zu vermischen. Sie wissen natürlich, daß sie sich in dieser unseligen Angelegenheit auf seine Seite geschlagen hat?»

Nachdem sie sich des längeren über dieses Thema verbreitet hatte, kam sie konkret auf die von Darrow erhoffte Intervention zu sprechen. «Mein Enkel nennt mich unlogisch und lieblos, Mr. Darrow, weil sich nach seiner Eröffnung meine Haltung Miss Viner gegenüber geändert hat. Wie ich höre, kennen Sie Miss Viner seit etlichen Jahren. Damals war sie, wie Anna mir erzählt, Gesellschafterin oder Sekretärin oder etwas in der Art bei einer grauenhaft ordinären Mrs. Murrett. Und ich bitte Sie als Freund, als einen von *uns*, mir zu sagen, ob Ihrer Meinung nach eine junge Frau, die sich in so einer Position hat durchschlagen müssen, die sich von allen möglichen Leuten hat herumkommandieren lassen, geeignet ist, Owens Frau zu werden. Ich will ihr nichts unterstellen! Ich hatte sie gern, Mr. Darrow... Aber das spielt hier keine Rolle. Ich will nicht, daß sie meinen Enkel heiratet. Hätte ich eine Frau für Owen haben wollen, hätte ich nicht den Farlows aufgetragen, eine für mich zu suchen. Ich habe mich vergeblich bemüht, das Anna begreiflich zu machen; Sie müssen mir dabei helfen.»

Diesem Appell konnte Darrow nur die wiederholte Beteuerung entgegensetzen, daß er sich hier unmöglich einmischen könne. Er versuchte Madame de Chantelle klarzumachen, daß die Stellung, die er in diesem Hauswesen einzunehmen hoffte, seine Intervention nur noch bedenklicher machte. Er brachte die üblichen Argumente vor und schlug den erwarteten mitfühlenden Ton an, doch die Bestürzung hatte Madame de Chantelle die an ihr gewohnte Verschwommenheit ausgetrieben, und ihre Beweisführung klammerte sich, auch wenn sie nur wenige Gründe vorzubringen hatte, an den wesentlichen Punkt wie ein verängstigtes Tier mit scharfen Krallen.

«Ja, also dann», sagte sie zusammenfassend in Beantwortung seiner wiederholten Beteuerung, er sähe keine Möglichkeit, ihr zu helfen, «sollten Sie, auch wenn Sie den anderen gegenüber kein Wort verlauten lassen, wenigstens mir offen und ehrlich und ganz unter uns Ihre persönliche Meinung über Miss Viner verraten, da Sie die junge Frau so viel länger kennen als wir.»

Er kenne sie zwar länger, widersprach er, aber bei weitem nicht so gut, und habe bereits Anna klargemacht, daß er zu diesem Thema keine Meinung äußern könne.

Madame de Chantelle stieß einen tiefen, verständnisvollen Seufzer aus. «Ihre Meinung über Mrs. Murrett genügt! Und mit der werden Sie doch wohl nicht hinter dem Berg halten wollen? Weiß der Himmel, mit was für unsäglichen Leuten sie sonst noch zu tun hatte. Die einzigen Freunde, die sie vorweisen kann, heißen Hoke... Kommen Sie mir nicht mit Vernunftgründen, Mr. Darrow. Zuweilen zählen Gefühle mehr als Fakten... Und ich weiß, daß sie früher einmal die Absicht hatte, sich für die Bühne ausbilden zu lassen...» Madame de Chantelle hob eine Ecke des Spitzentaschentuchs an die Augen. «Ich bin altmodisch – wie meine Möbel...», sagte sie halblaut. «Und ich dachte, auf Sie könnte ich zählen, Mr. Darrow...»

Als Darrow an jenem Abend wieder sein Zimmer betrat, überlegte er mit einem Anflug von Ironie, daß er dabei jedesmal eine frische Kompanie von Nöten mitbrachte, die in dieser heiteren Geborgenheit Unruhe stiftete. Seit seiner Ankunft vor erst achtundvierzig Stunden, als er sein Fenster geöffnet, die Nacht hereingelassen und gemeint hatte, seine Hoffnungen seien so zahlreich wie ihre Sterne, hatte jeder Abend ein anderes Problem und damit neuen Kummer gebracht. Noch nie aber war ihm so elend gewesen wie jetzt, als er versuchte, sich mit den hinzugekommenen Fragen auseinanderzusetzen, die ihn bedrängten.

Sophy Viner hatte sich beim Abendessen nicht blicken lassen, so daß er sie noch nicht in ihrem neuen Stand gesehen hatte und nicht abschätzen konnte, welcher Art die Bindung zwischen ihr und Owen Leath wirklich war. Eins allerdings war klar: Wie immer es um ihre wahren Gefühle stand und wie viel oder wie wenig für sie auf dem Spiel stand – wenn sie entschlossen war, Owen zu heiraten, war sie mit ihrem Geschick und ihrer Beharrlichkeit den Künsten der armen Madame de Chantelle mehr als gewachsen.

Der einzige, der sie womöglich von ihrem Ziel abbringen konnte, war er, Darrow. Madame de Chantelle hatte rein zufällig das sicherste Mittel gefunden, um Owen zu retten – wenn es denn seine Rettung war, diese Ehe nicht einzugehen. Darrow maßte sich zu diesem Punkt keine dezidierte Meinung an, nur eins stand klar und unverrückbar für ihn fest: Was an ihm lag, würde er tun, damit diese Heirat nicht stattfand.

Wie er sie verhindern könnte, wußte er allerdings nicht; sein gehetzter Blick sah jeden Ausweg versperrt. Einen Moment war er sogar versucht, Madame de Chantelles Vorschlag folgend, Anna zur Rücknahme ihrer Zustimmung zu dieser Verbindung zu bringen. Seine Reserve, sein Bestreben, das Thema zu meiden, die ihr nicht entgangen sein mochten, hatte sie zweifellos damit erklärt, daß er von Sophy Viner mehr wußte und weniger hielt, als er hatte zeigen wollen, und das ließ sich womöglich nutzen, um sie nach und nach von diesem Vorhaben abzubringen. Doch wie konnte er das, ohne seine Falschheit zuzugeben? Hätte er nichts zu verbergen gehabt, hätte er ohne weiteres sagen können: «Daß man nichts gegen Miss Viner vorbringen kann, ist eine Sache. Das sagt aber noch nichts darüber, ob ich sie als eine gute Partie für Owen betrachte.» Aber konnte er auch nur so viel sagen, ohne mehr zu verraten? Was er fürchtete, waren nicht Annas Fragen oder seine Antworten, sondern das, was dazwischen womöglich laut seine Stimme erhob. Seit Sophy Viners Ankunft in Givré hatte er, das begriff er in diesem Moment, Anna das heimliche Gefühl angemerkt, daß es da etwas Ungesagtes und vielleicht auch Unsagbares zwischen Miss Viner und ihm gab... Als er dann endlich doch einschlief, hatte er fatalistisch beschlossen, seinen nächsten Schritt von den Zufällen des folgenden Tages abhängig zu machen.

Die erste Gelegenheit, die sich dazu bot, war eine Begegnung mit Mrs. Leath, als er am nächsten Morgen die Treppe herunterkam. Sie war in Hut und festen Schuhen auf dem Weg zum Torwärterhaus, wo ein Kind des Torwärters einen Unfall gehabt hatte. In der knapp anliegenden Kleidung wirkte sie besonders schlank und aufrecht, und von ihrem Gesicht ging jenes blasse Leuchten aus, das immer erschien, wenn ihre Tatkraft gefordert war, eine Art kriegerischer Glanz, durch den der zierliche Kopf mit dem kräftigen Kinn und dem fest geflochtenen Haar an eine Amazone auf einem antiken Fries erinnerte.

Sie waren zum erstenmal allein, seit sie sich am vergangenen Nachmittag vor der Tür ihrer Schwiegermutter getrennt hatten, und nach ein paar Worten über das verletzte Kind wandte sich das Gespräch unvermeidlich wieder Owen zu.

Anna erzählte lächelnd von ihrer «Szene» mit Madame de Chantelle; die Ärmste gehörte einer Generation an, in der «Szenen» (im damenhaft-tränenreichen Sinne des Wortes) der Tribut waren, den die Empfindsamkeit dem Außergewöhnlichen zu zollen hatte. Ihr Gespräch war bis in alle Einzelheiten so sehr nach Annas Erwartungen verlaufen, daß es offenbar keinen großen Eindruck auf sie gemacht hatte, aber sie war begierig zu erfahren, wie Darrows Begegnung mit ihrer Schwiegermutter verlaufen war.

«Sie hat mir gesagt, sie habe nach dir geschickt; in einer Krise ‹schickt› sie stets nach irgendwelchen Leuten. Auch das ist wohl *de l'époque.* Und da Adelaide Painter nicht vor heute nachmittag hier sein kann, mußtest eben du Armer herhalten.»

Sie behandelte das alles sehr obenhin, ja, seinen angespannten Nerven schien es, als übertriebe sie den leichten Ton ein wenig. Gleich darauf aber fragte er sich, ob ihm, solange er unter dieser Spannung stand, irgend etwas je wieder völlig normal, bedeutungslos und alltäglich vorkommen würde.

Während sie rasch durch den Nieselregen ausschritten, in dem der nächtliche Sturm sich ausweinte, schmiegte sich Anna unter seinem Schirm an ihn, und als er den Druck ihres Armes spürte, mußte er daran denken, wie er mit Sophy Viner in Dover über das Pier gegangen war. Zugleich mit dieser Erinnerung kamen ihm die unvermeidlichen Anlässe für Kontakte, persönliche Gespräche, Vertraulichkeiten in den Sinn, die seine künftige Beziehung zu Miss Viner mit sich bringen würde, und damit die zahllosen Möglichkeiten, sich zu verraten.

«Erzähl doch, was du gesagt hast», bat Anna, und mit einer plötzlichen Anwandlung von Entschlossenheit erklärte er: «Ich kann die Einstellung deiner Schwiegermutter gut verstehen.»

Die Worte klangen, als er sie aussprach, lange nicht so gewichtig, wie er gedacht hatte, und Anna erwiderte ohne Überraschung: «Gewiß, es war ja nichts anderes zu erwarten. Aber wir werden sie noch umstimmen.» Unter dem triefenden Schirmdach sah sie zu ihm hoch. «Weißt du nicht mehr, was du vorgestern gesagt hast? ‹Wir werden es schon für ihn richten. Zusammen schaffen wir es bestimmt.› Das habe ich Owen erzählt; jetzt bist du im Wort und kannst nicht zurück.»

Vorgestern... War es möglich, daß er noch vor so kurzer Zeit gemeint hatte, das Leben sei eine relativ einfache Angelegenheit, so daß er in aller Unschuld solche Erklärungen hatte abgeben können?

«Warum liegt dir so viel an dieser Heirat, Anna?» fragte er brüsk.

Sie blieb stehen und sah ihn an. «Warum? Aber

das habe ich dir doch erklärt – oder brauchte es kaum zu erklären, da mir schien, daß du meinen Gründen viel Verständnis entgegenbrachtest.»

«Da wußte ich noch nicht, wen Owen heiraten will.»

Die Worte waren mit einem Satz heraus und machten ihm vorübergehend den Kopf klarer, aber gleich darauf fühlte er sich wieder von Annas Logik umzingelt.

«Gestern wußtest du es, und da hast du beteuert, du hättest kein Wort…»

«…gegen Miss Viner zu sagen?» Der Name hallte in seinen Ohren fort und fort. «So ist es auch. Aber das bedeutet noch nicht unbedingt, daß ich der Meinung bin, sie sei eine gute Partie für Owen.»

Anna antwortete nicht gleich. Dann fragte sie: «Warum bist du nicht der Meinung, daß sie eine gute Partie für Owen ist?»

«Mir scheinen Madame de Chantelles Gründe nicht so unerheblich, wie du glaubst.»

«Du meinst die Tatsache, daß sie Sekretärin bei Mrs. Murrett und vorher bei einer Familie war, die Hoke hieß? Denn soweit Owen und ich haben feststellen können, sind das die schwerwiegendsten Vorwürfe gegen sie.»

«Dennoch kann man verstehen, daß es nicht die Verbindung ist, von der Madame de Chantelle geträumt hat.»

«Ja, gewiß – wenn das alles ist, was du damit sagen willst…»

Das Torwärterhaus war bereits in Sicht, und sie

beschleunigte den Schritt. Er ging schweigend neben ihr her, aber am Tor brachte sie ihn mit der Frage zum Stehen: «Ist das wirklich alles, was du damit sagen wolltest?»

«Natürlich», hörte er sich beteuern.

«Dann werde ich dich sicher doch noch umstimmen können – selbst wenn ich nicht wie Madame de Chantelle sämtliche Everards zu Hilfe holen kann.» Sie blickte mit jenem frohen Lachen zu ihm hoch, das sie wieder strahlend jung und mädchenhaft aussehen ließ.

Darrow sah ihr nach, wie sie eilig zwischen triefenden Astern über den Gartenweg ging und im Haus des Torwärters verschwand. Er ging im Nieselregen auf und ab und wartete, ob sie ihm etwas aufzutragen habe; nach ein paar Minuten kam sie wieder.

Das Kind, erzählte sie, sei erheblich, aber nicht lebensgefährlich verletzt, und der herbeigerufene Dorfarzt habe dem Chirurgen aus Francheuil ausrichten lassen, er möge bestimmte Instrumente und andere Hilfsmittel mitbringen. Owen war schon aufgebrochen, um ihn mit dem Automobil abzuholen, man konnte ihn aber telephonisch noch erreichen. Der Dorfarzt hatte auch gebeten, man möge ihm aus Givré alles an Verbänden und Desinfektionsmaterial bringen, was dort vorhanden war, und Anna bat Darrow, sich an Miss Viner zu wenden, die wisse, wo das Benötigte zu finden sei, und einen Bedienten damit ins Torwärterhaus schicken könne.

Darrow ging rasch davon. Er hatte sofort erfaßt,

daß sich hier eine gute Gelegenheit zu einem kurzen Gespräch mit Miss Viner bot. Wie dieses Gespräch verlaufen sollte, wußte er selbst nicht zu sagen, nur daß es von seiner Seite dringlich und überzeugend geführt werden mußte. So eine Chance, unbeobachtet mit ihr zu sprechen, kam vielleicht nie wieder.

Er glaubte sie mit ihrer Schülerin im Unterrichtszimmer, erfuhr aber von einem der Dienstboten, daß Effie mit ihrem Bruder nach Francheuil gefahren und Miss Viner noch auf ihrem Zimmer war. Darrow ließ ihr ausrichten, er habe eine Nachricht aus dem Torwärterhaus, und gleich darauf hörte er sie die Treppe herunterkommen.

– XX –

Als sie auf ihn zukam, erkannte er an ihrem unruhigen Blick, daß sie denselben Gedanken hatte wie er. Darrow übermittelte seine Anweisungen mit mechanischer Präzision, und sie antwortete im gleichen Ton, wobei sie seine Worte mit der beflissenen Aufmerksamkeit eines Kindes wiederholte, das nicht sicher ist, alles richtig verstanden zu haben. Dann ging sie rasch die Treppe hinauf.

Darrow blieb zögernd in der Halle stehen; sie hatte nichts davon gesagt, daß sie wiederkommen wollte, insgeheim aber war er sich ihrer Rückkehr sicher. Schließlich sah er sie in Hut und Jacke herunterkommen. Der Regen lief noch immer in breiten Bahnen an den Fensterscheiben herunter, und nur um etwas zu sagen, bemerkte er: «Sie wollen doch nicht selbst zum Torwärterhaus gehen?»

«Ich habe einen der Leute mit den Sachen vorausgeschickt; aber ich dachte, daß vielleicht Mrs. Leath mich braucht.»

«Sie hat nicht nach Ihnen verlangt», erwiderte er und überlegte, wie er sie zurückhalten konnte, aber sie antwortete entschieden: «Es ist besser, wenn ich gehe.»

Er hielt ihr die Tür auf, nahm seinen Schirm und folgte ihr aus dem Haus. Als sie die Freitreppe hinuntergingen, sah sie kurz zu ihm zurück. «Sie haben Ihren Regenmantel vergessen.»

«Den brauche ich nicht.»

Sie hatte keinen Schirm, und er klappte seinen auf und streckte ihn ihr hin. Sie lehnte leise dankend ab und schritt durch den Nieselregen voran. Er hielt sich das Regendach über den Kopf, bot ihr aber nicht an, auch sie zu beschirmen.

Rasch und schweigend überquerten sie den Hof und begannen den Gang durch die Allee. Als sie ein Drittel des Weges hinter sich gebracht hatten, sagte Darrow brüsk: «Wäre es nicht fairer gewesen, mir bei unserem gestrigen Gespräch das zu sagen, was ich gerade von Mrs. Leath gehört habe?»

«Fairer…?» wiederholte sie und blieb erschrokken stehen.

«Hätte ich gewußt, daß Ihre Zukunft bereits geregelt ist, hätte ich Sie mit meinen unverlangten Vorschlägen verschont.»

Sie ging langsam ein, zwei Meter weiter. «Gestern konnte ich nichts sagen. Ich wollte es Ihnen heute erzählen.»

«Ich mache Ihnen Ihr mangelndes Vertrauen nicht zum Vorwurf. Nur hätte ich, wenn Sie es mir erzählt hätten, sicherer sein können, daß Sie das, was Sie mir gestern sagten, ernst meinten.»

Sie fragte nicht, worauf er anspielte, und er merkte, daß ihre Abschiedsworte ihr ebenso deutlich im Gedächtnis geblieben waren wie ihm.

«Ist es so wichtig, daß Sie sich in dieser Sache sicher sind?»

«Für Sie natürlich nicht», sagte er schärfer, als er beabsichtigt hatte. In diesem Moment hatte er über dem jäh aufschießenden Groll, daß er in ihrem Leben so wenig zählte, unglaublicherweise ganz den eigentlichen Zweck des beabsichtigten Gesprächs aus den Augen verloren. Wie verhielt es sich nun wirklich mit dem, was er für sie empfand? Vor wenigen Stunden noch hatte sie seinem Verstand so wenig bedeutet wie seinen Sinnen; jetzt regten sich alte Instinkte in ihm, die lange geschlafen hatten...

Ein Regenschauer schlug ihnen ins Gesicht, erfaßte Sophys Hut und drückte ihn auf dem in Unordnung geratenen Haar nach hinten. Mit einer vertrauten Bewegung legte sie die Hände an den Kopf... Er kam näher heran und hielt den Schirm über sie...

Vor dem Torwärterhaus wartete er, während sie hineinging. Es regnete unvermindert stark, und er fröstelte in der Nässe und stampfte mit den Füßen auf die Steinplatten. Ihm schien, als dauerte es recht lange, bis die Tür sich öffnete und sie wieder auftauchte. Er warf einen kurzen Blick ins Haus, doch seine Hoffnung, Anna zu sehen, war vergeblich; aber schon das Gefühl, ihr nah zu sein, hatte seine Stimmung völlig verändert.

Dem Kind gehe es gut, berichtete Sophy, aber Mrs. Leath wolle noch auf den Chirurgen warten. Als sie sich zum Gehen wandten, sah Darrow das altmodische Gefährt des Dorfarztes am Straßenrand stehen.

«Ich kann dem Kutscher sagen, daß er Sie zurückfahren soll», schlug er vor, aber Sophy erwiderte: «Nein, ich möchte laufen», und er ging neben ihr her zurück zum Haus. Sie äußerte kein Erstaunen darüber, daß er nicht beim Torwärterhaus geblieben war, und wieder schritten sie schweigend durch die Nässe. Sie nahm das schützende Regendach jetzt an, hielt aber einen so sorgsam abgemessenen Abstand, daß selbst bei den leicht wiegenden Bewegungen, die sich durch ihre rasche Gangart ergaben, ihr Arm nur ein einziges Mal den seinen berührte, und er begriff, daß sie seine Nähe in jedem Blutstropfen spürte.

«Ich wollte damit nur sagen», setzte er neu an, «daß Sie sich meiner guten Wünsche hätten sicher sein können.»

Sie schien seine Worte sorgfältig abzuwägen. «Sicher – inwieweit?»

«Um mir ein wenig mehr Vertrauen zu schenken, als Sie es bislang getan haben.»

«Ich sagte Ihnen gestern, daß es mir noch nicht freistand, darüber zu sprechen.»

«Aber da Sie es jetzt dürfen, gestatten Sie mir ein Wort?»

Sie zögerte merklich und sagte dann so leise, daß er den Kopf senken mußte, um sie zu verstehen: «Ich wüßte nicht, was Sie mir zu sagen hätten.»

«Es ist zumindest nicht ganz einfach, es hier zu sagen. Und im Haus wüßte ich keinen Ort, wo ich es sagen sollte.» Er sah in den Regen hinaus. «Gehen wir eine Minute zum Quellenhaus hinüber.»

Rechts von der Auffahrt erhob sich unter einer dichten Baumgruppe ein kleiner, von einer Balustrade gekrönter Stuckpavillon auf Bogen aus bröckelnden Backsteinen über einer Treppe, die zu einer Quelle hinunterführte. Weitere Stufen zogen sich im Bogen zu einer Tür hinauf. Darrow stieg die Stufen hoch, öffnete die Tür und betrat einen kleinen kreisrunden Raum mit zum Teil nur noch lose an den Wänden hängenden Tapetenstreifen, auf denen geisterhaft verblaßte Mandarine langgestreckte Bewegungen vollführten. Schwarzgoldene Stühle mit strohgeflochtenen Sitzen und ein wackliger Tisch mit Sprüngen im Lack standen auf dem Boden aus rotglasierten Fliesen.

Sophy war ihm schweigend gefolgt. Er schloß die Tür hinter ihr, und sie blieb regungslos stehen, als warte sie darauf, daß er das Wort ergreife.

«Jetzt können wir in Ruhe reden», sagte er und sah sie mit einem Lächeln an, das ihr zu vermitteln suchte, daß er in der freimütigsten, freundschaftlichsten Absicht gekommen war.

«Ich wüßte nicht, was Sie mir zu sagen hätten», wiederholte sie.

Ihre Stimme hatte den Ton halb wehmütigen Zutrauens verloren, mit dem ihr Gespräch am vergangenen Tag geendet hatte, und in ihrem Blick stand jetzt etwas leicht Feindseliges. Er merkte, daß sie es ihm nicht leichtmachen würde, war aber entschlossen, sich davon nicht abschrecken zu lassen. Er setzte sich, und sie folgte seinem Beispiel. Der Tisch war zwischen ihnen; sie stützte die Arme auf die rissige Kante und das Kinn auf die verschränkten Hände. Er sah sie an, und sie gab seinen Blick zurück.

«Ich dachte, vielleicht hätten *Sie* mir etwas zu sagen», meinte er schließlich.

Sie machte schmale Lippen, und der linke Mundwinkel hob sich – wie gut er sich daran noch erinnerte! – in einem matten Lächeln.

«Zu meiner Heirat?»

«Zu Ihrer Heirat.»

Sie sah ihn weiter unter halbgesenkten Lidern an. «Was könnte ich Ihnen sagen, was Sie noch nicht von Mrs. Leath erfahren haben?»

«Von Mrs. Leath habe ich nur die Tatsache selbst erfahren – und daß sie sich freut.»

«Sind das nicht die beiden wesentlichen Punkte?»

«Die wesentlichen Punkte für Sie? Ich hätte gedacht…»

«Nein, für Sie, nicht für mich», unterbrach sie ihn scharf.

Er wurde rot, faßte sich aber schnell wieder:

«Am wichtigsten für mich ist es natürlich, daß Sie das tun, was wirklich das Beste für Sie ist.»

Sie saß still und mit niedergeschlagenen Augen da. Schließlich streckte sie die Hand aus und nahm einen abgegriffenen chinesischen Handfächer vom Tisch. Sie drehte den Ebenholzgriff ein paarmal zwischen den Fingern, und Darrow kam der wunderliche Gedanke, daß die verblaßten Linien auf der brüchigen Seide gleichsam ein Symbol für ihre flüchtige kleine Romanze waren.

«Glauben Sie, daß meine Verlobung mit Mr. Leath nicht wirklich das Beste für mich ist?» fragte sie schließlich.

Darrow ließ sich Zeit mit der Antwort, um eine möglichst präzise Formulierung zu finden, nicht ohne sich dabei kurz mit einem Chirurgen zu vergleichen, der zielsicher die Lanzette ansetzt, um einen glatten Schnitt zu führen. «Ich glaube, daß es weder für Sie noch für ihn das Beste ist.»

Sie nahm den Schlag gefaßt hin, aber ein rosiger Hauch, wie der Widerschein eines Errötens, ging über ihr Gesicht. Mit beharrlich gesenkten Lidern sah sie auf den Fächer.

«Von welchem Standpunkt sprechen Sie?»

«Selbstverständlich vom Standpunkt der Hauptbetroffenen aus.»

«Von Owens Standpunkt also. Sie glauben nicht, daß ich eine gute Partie für ihn bin?»

«In erster Linie von Ihrem Standpunkt aus. Ich glaube nicht, daß er eine gute Partie für Sie ist», erwiderte er brüsk und ließ dabei ihr Gesicht nicht aus den Augen. Es war sehr blaß geworden, aber als sie die Bedeutung des Gesagten ganz erfaßt hatte, sah er ein seltsames Licht durch ihre Starre dringen. Sie hob ein wenig die Lider, um ihm einen verschleierten Blick zuzuwerfen, und das Lächeln, das sie freigaben, lag einen Augenblick um ihre zitternden Lippen. Zuerst betrachtete er diese Veränderung einigermaßen ratlos, dann aber zuckte er in plötzlichem Begreifen zusammen.

«Ich glaube nicht, daß er eine gute Partie für Sie ist», stammelte er, bemüht, den verlorenen Faden wiederzufinden.

Sie sah sich unbestimmt in dem frostigen, regendunklen Raum um. «Und Sie haben mich hierhergebracht, um mir den Grund dafür zu nennen?»

Ihre Frage machte ihm bewußt, daß ihnen nur Minuten zur Verfügung standen und er womöglich keine zweite Chance bekam, wenn er nicht sogleich zum Kernpunkt seines Anliegens vorstieß.

«Mein Hauptgrund ist, daß er zu jung und zu unerfahren ist, um Ihnen die Stütze zu sein, die Sie brauchen.»

Bei diesen Worten veränderte sich ihr Gesicht erneut und erstarrte in kalter Schwermut. Sie sah gerade vor sich hin, und er merkte, wie sie sich mühte, das Zucken ihrer Gesichtsmuskeln zu beherrschen; als es ihr gelungen war, brachte sie mit blassen Lippen sogar so etwas wie einen Scherz zustande: «Ich habe mich immer selbst stützen müssen.»

«Er ist ein Knabe», fuhr Owen eilig fort, «ein

bezaubernder, wunderbarer Knabe, der nach Knabenart noch keine Ahnung davon hat, wie man die unvermeidlichen Probleme des Alltags meistert... all jene banalen, dummen, unwichtigen Dinge, aus denen ein Großteil des Lebens besteht.»

«Ich werde sie für ihn meistern», erwiderte sie.

«Das dürfte in Ihrem Fall ungewöhnlich schwierig sein.»

Sie warf ihm einen herausfordernden Blick zu. «Sie haben vermutlich einen bestimmten Grund für diese Feststellung.»

«Ich spreche nur aus meiner klaren Erkenntnis der Tatsachen heraus.»

«Welche Tatsachen meinen Sie?»

Darrow zögerte. «Sie dürften besser als ich wissen», erwiderte er schließlich, «daß man es Ihnen nicht leichtmachen wird.»

«Mrs. Leath hat mir bereits den Weg geebnet.»

«Was von Madame de Chantelle nicht zu erwarten ist.»

«Woher wissen Sie das?» konterte sie.

Wieder hielt er inne; er war sich nicht sicher, ob es klug war zu offenbaren, in welchem Maße er das Vertrauen der Familie besaß. Dann sagte er, um Anna nicht hineinzuziehen: «Madame de Chantelle hat gestern nach mir geschickt.»

«Nach Ihnen geschickt – um über mich zu reden?» Das Blut stieg ihr in die Stirn, und ihre Augen brannten schwarz unter zusammengezogenen Brauen. «Ich möchte wohl wissen, mit welchem Recht das geschah! Was haben Sie mit mir oder meinen Angelegenheiten zu schaffen?»

Darrow begriff sofort, welch schlimmen Argwohn sie wieder hegte, und das Gefühl, daß er nicht ganz unberechtigt war, weckte in ihm ein flüchtiges Gefühl der Scham. Von seinem Ziel aber ließ er sich dadurch nicht abbringen.

«Ich bin ein alter Bekannter von Mrs. Leath, da liegt es nahe, daß Madame de Chantelle mich zu sprechen wünschte.»

Sie warf den Fächer auf den Tisch, erhob sich und zeigte ihm jenes wütende, verächtliche Frätzchen, mit dem sie ihn in Paris angefunkelt hatte, als er ihr gestanden hatte, er habe ihren Brief zurückgehalten. Sie machte ein, zwei Schritte von ihm weg und kam dann zurück.

«Darf ich fragen, was Madame de Chantelle zu Ihnen gesagt hat?»

«Sie machte deutlich, daß sie eine solche Verbindung nicht unterstützen würde.»

«Und was bezweckte sie damit, das *Ihnen* deutlich zu machen?»

Darrow zögerte. «Sie glaubte wohl...»

«... Sie überreden zu können, Mrs. Leath gegen mich einzunehmen?»

Als er schwieg, drängte sie: «Nun, war es so?»

«Ja, so war es.»

«Wenn Sie das aber nicht tun... wenn sie Ihr Versprechen halten...»

«Mein Versprechen?»

«Nichts zu sagen... kein Wort...» Ihr zerquältes Gesicht sprach für sich.

Mit einem Schlag wurde ihm bei diesen Worten die Abscheulichkeit dieser Szene bewußt.

«Natürlich würde ich nichts sagen... das wissen Sie doch...» Er beugte sich vor und legte seine Hand auf die ihre. «Sie wissen, daß ich das nie tun würde, um keinen Preis...»

Sie wich zurück und verbarg schluchzend ihr Gesicht. Dann sank sie wieder auf ihren Stuhl, streckte die Arme auf dem Tisch aus und legte das Gesicht darauf. Überwältigt von Reue saß er da und rührte sich nicht. Nach einer langen Pause, in der er herzklopfend die Sekunden an ihren mühsamen Atemzügen abgezählt hatte, sah sie ihn an, und ihr Gesicht war gereinigt von aller Bitternis. «Ich weiß sehr wohl, was Sie von mir haben denken müssen.»

Der Ausruf stieß ihn nur noch tiefer in die Selbsterniedrigung. «Mein liebes Kind», war er versucht zu erwidern, «das Schmachvolle an der Sache ist, daß ich überhaupt nicht an Sie gedacht habe.» Doch er konnte nur vergeblich wiederholen: «Ich will alles tun, was ich kann, um Ihnen zu helfen.»

Sie saß schweigend da und trommelte mit der Hand auf den Tisch. Er merkte, daß ihre Zweifel an ihm gewichen waren, und das beschämte ihn nur noch mehr, als habe ihm erst ihr Vertrauen gezeigt, daß er es um ein Haar verspielt hätte. Unvermittelt fing sie wieder an: «Sie glauben also, daß ich nicht das Recht habe, ihn zu heiraten?»

«Nicht das Recht? Gott behüte! Ich meinte nur...»

«... daß es Ihnen lieber wäre, wenn ich nicht einen guten Bekannten von Ihnen heiraten würde», ergänzte sie sachlich. Es war keine Frage, sondern eine nüchterne Feststellung.

Jetzt stand auch Darrow auf und ging ratlos bis zum Fenster. Durch die kleinen, fleckigen Scheiben sah er in die bräunlich verschwommene Ferne hinaus, dann kam er zum Tisch zurück.

«Ich will Ihnen genau sagen, was ich damit meine. Sie werden todunglücklich sein, wenn Sie einen Mann heiraten, den Sie nicht lieben.»

Er wußte um die Gefahr, mißverstanden zu werden, schätzte aber seine Erfolgschancen ebensohoch ein wie die einer Niederlage. Wenn gewisse Zeichen das bedeuteten, was er vermutete, konnte es ihm noch immer gelingen – um welchen Preis auch immer –, aus der Vergangenheit Profit für die Zukunft zu schlagen.

Sophy Viner hatte bei diesen Worten überrascht den Kopf gehoben. Ihre Augen wanderten langsam hoch zu seinem Gesicht, um dort mit einem nachdenklich fragenden Ausdruck zu verharren. Er hielt ihren Blick einen Moment fest, dann schlug er die Augen nieder und wartete.

Nach einer längeren Pause sagte sie: «Sie irren sich... Sie irren sich sehr.»

Er wartete noch einen Augenblick. «Ich sollte mich irren...?»

«In dem, was Sie denken. Ich bin so glücklich, als verdiente ich es», stieß sie plötzlich mit einem kurzen Auflachen hervor.

Sie stand auf und ging zur Tür. «Sind Sie *jetzt* zufrieden?» fragte sie und wandte ihm von der Schwelle her ein überaus munteres Gesicht zu.

Als sich die Tür öffnete, drang von der Allee her die Stimme von Owens Automobil zu ihnen herein. Dieses Signal hatte schon ihr erstes Gespräch unterbrochen, und auch diesmal fuhren sie bei dem Geräusch auseinander. Wortlos zog sich Darrow wieder in den Innenraum zurück, während Sophy Viner die Stufen hinunterstieg und allein zum Hof zurückging.

Durch die Anwesenheit des Arztes und das Nichterscheinen von Madame de Chantelle, die sich mit Kopfweh entschuldigt hatte, verschob sich beim Mittagessen der Schwerpunkt der Unterhaltung, und Darrow hatte, geschützt durch die Notwendigkeit einer eher unverbindlichen Konversation, Zeit genug, seine Maske zurechtzurücken und zu konstatieren, daß die anderen mit ähnlichen Vorkehrungen beschäftigt waren. Er sah den jungen Leath und Sophy Viner zum erstenmal zusammen, seit er von der Verlobung Kenntnis erhalten hatte; beide aber ließen an Gefühlsregungen nicht mehr erkennen, als dem Anlaß angemessen war. Es war Owen anzusehen, daß er Sophys Zauber ganz verfallen war und bei dem kleinsten Wink von ihr vor Glück außer Rand und Band geraten wäre; Madame de Chantelles Mißbilligung aber, die unausgesprochen im Raum stand, rechtfertigte Sophys Zurückhaltung. Auch Anna belastete diese Erwägung sichtlich, so daß ihr Verhalten Sophy gegenüber zwar nicht weniger freundlich, aber doch ein wenig reservierter war, als wenn schon eine endgültige Einigung erzielt worden wäre. So interpretierte Darrow die deutlich spürbare Spannung unter dem Austausch munterer Gemeinplätze, an dem er sich fleißig beteiligte. Mehr und mehr aber war er sich seines Unvermögens bewußt, das sittliche Klima in seiner Umgebung richtig zu beurteilen; er war wie ein Fiebernder, der die Temperatur eines Mitmenschen messen will, indem er ihn berührt.

Nach dem Mittagessen machte Anna, die den Arzt heimfahren wollte, Darrow den Vorschlag, sie zu begleiten. Auch Effie sollte mit von der Partie sein, und Darrow folgerte, daß Anna ihrem Stiefsohn Gelegenheit geben wollte, mit seiner Braut allein zu sein. Auf der Rückfahrt, nachdem man den Arzt vor seiner Haustür abgesetzt hatte, saß die Kleine zwischen ihrer Mutter und Darrow, was eine Wendung des Gesprächs zum Persönlichen hin verhinderte. Darrow wußte, daß Mrs. Leath ihrer Tochter noch nicht eröffnet hatte, in welcher Beziehung er in Zukunft zu ihr stehen würde. Durch die vorzeitige Offenlegung von Owens Plänen waren die ihren in den Hintergrund gedrängt worden, und in stillschweigender Übereinkunft behielten sie in Effies Gegenwart weiterhin ihren zwanglos-freundschaftlichen Umgangston bei.

Die Wolken hatten sich nach dem Mittagessen verzogen, und um ihren Ausflug zu verlängern, fuhren sie noch an der efeuüberwucherten Ruine vorbei, an der das geplante Picknick hätte stattfinden sollen. Durch diesen Umweg kamen sie erst kurz vor Sonnenuntergang wieder zum Parktor zurück, und da Anna sich im Torwärterhaus nach dem verletzten Kind erkundigen wollte, ließ Darrow sie dort mit Effie allein und ging zu Fuß zum Haus zurück. Er hatte den Eindruck, daß sie ein wenig überrascht war, weil er nicht auf sie wartete; doch seine innere Unruhe äußerte sich in einem heftigen Verlangen nach körperlicher Bewegung. Am liebsten hätte er sich bis zur Betäubung müde gelaufen, wäre stundenlang durch feuchten Wind und tröstliche Dunkelheit gewandert, um dann taumelnd vor Erschöpfung heimzukommen. Doch hatte er für so einen Ausbruch keinen Vorwand und fürchtete, daß Anna es gerade jetzt sonderbar finden würde, wenn er sich auf längere Zeit entfernte.

Als das Haus vor ihm auftauchte, schlug beim Gedanken an ihre Nähe seine Stimmung unversehens um. Ihr Bild, das ihm nun wieder so deutlich vor Augen stand, ließ seine Kümmernisse verwehen wie Morgennebel. In diesem Moment wußte er, daß er, wo immer sie sich auch befand, in ihren Gedanken sicher und geborgen war, und über dieser Erkenntnis verblaßte alles andere zu wesenlosem Schatten. Sie liebten sich, und ihre Liebe wölbte sich weit und offen über ihnen wie der Tag; in ihren sonnendurchfluteten Räumen gab es keinen Winkel, in dem Ängste lauern konnten. Noch wenige Minuten, dann war er bei ihr und würde sich Zuversicht aus ihrem Blick holen. Und schon bald, noch vor dem Abendessen, würde sie es so einrichten, daß sie eine Stunde für sich in ihrem Wohnzimmer haben konnten; er würde am Kamin sitzen, würde mit dem Blick ihren ruhevollen Bewegungen folgen und zusehen, wie der bläuliche Glanz ihres Haars ein wenig ins Rötliche spielte, wenn sie sich über das Feuer beugte.

Eine Kutsche rollte in dem Moment vom Hof, als Darrow ihn betrat, und in der Halle verflüchtigte sich seine Vision vor der höchst handfesten Erscheinung einer Dame in Regenmantel und Tweedhut, die festgefügt wie ein Fels inmitten eines Bergs von Gepäck stand, zu dessen Unterbringung sie dem Lakaien, der sie soeben eingelassen hatte, komplizierte, aber unmißverständliche Anweisungen gab. Diese setzte sie ungeachtet des Eintritts von Darrow fort und heftete nur ihre kleinen hellen Augen auf ihn, während sie mit tiefer Altstimme, in fließendem Französisch und reinstem Boston-Akzent fortfuhr, den Bestimmungsort ihrer Koffer zu spezifizieren. Dadurch hatte Darrow auch seinerseits Gelegenheit, sie so eingehend zu mustern, daß er die unscheinbare, untersetzte Person in allen Einzelheiten zur Kenntnis nehmen konnte – von dem fahlen, eckigen Gesicht und dem festgeflochtenen grauen Haar bis zu den stumpfen Stiefelspitzen, die unter dem weiten Wanderrock hervorsahen.

Sie ließ sich diese Musterung so ungerührt gefallen wie ein Denkmal, das von einem Touristen betrachtet wird; als aber das weitere Schicksal ihres Gepäcks geregelt war, wandte sie sich unvermittelt Darrow zu, betrachtete ihn von Kopf bis Fuß und fragte streng: «Was haben Sie für Stiefel an?»

Ehe er sich zu einer Antwort aufraffen konnte, fuhr sie mit unterdrücktem Groll in der Stimme fort: «Bis die Amerikaner sich daran gewöhnt haben, daß Frankreich das halbe Jahr unter Wasser steht, riskieren sie ständig ihr Leben, weil sie sich nicht hinreichend schützen. Sie glaubten wohl, es handle sich um einen Spaziergang auf dem Boston Common, als Sie durch diesen abscheulichen kalten Schlamm gestapft sind.»

Darrow versicherte lachend, er habe einschlägige Erfahrungen mit der französischen Nässe und wisse durchaus Maßnahmen dagegen zu treffen, doch die Dame erwiderte verächtlich schnaubend: «Ihr jungen Männer seid alle gleich...», um dann mit einem weiteren Blick auf ihn fortzufahren: «Sie müssen George Darrow sein. Ich kannte eine Cousine Ihrer Mutter, die einen Turnstall aus der Mount Vernon Street geheiratet hat. Mein Name ist Adelaide Painter. Waren Sie kürzlich in Boston? Nein? Schade. Wie ich höre, sind am unteren Ende der Commonwealth Avenue einige neue Häuser entstanden, und ich hoffte, Sie könnten mir darüber berichten. Ich selbst war seit dreißig Jahren nicht mehr dort.»

Miss Painters Ankunft in Givré hatte denselben Effekt, als wenn der Wind nach tagelangem lauem Wetter gen Norden dreht. Als Darrow sich zu der Gruppe am Teetisch gesellte, verspürte er bereits ein Prickeln in der Luft. Madame de Chantelle verharrte noch immer unsichtbar im Obergeschoß, doch Darrow hatte den Eindruck, ein belebender Hauch müsse sogar durch ihre vorgezogenen Vorhänge und verschlossenen Türen gedrungen sein.

Anna saß an ihrem angestammten Platz hinter dem Teetablett, und wenig später brachte Sophy Viner ihre Schülerin herein. Auch Owen war da; er saß wie üblich ein wenig getrennt von den anderen und folgte Miss Painters wuchtigen Bewegungen und markigen Äußerungen mit einem Lächeln, das geheimes Einverständnis verriet und in Darrow den Gedanken wach werden ließ, er habe geheime Unterhandlungen mit dem Feind geführt. Darrow registrierte weiter, daß Sophy Viner und ihr Freier sich auffällig aus dem Weg gingen, doch konnte dies eine naheliegende Folge jener Unstimmigkeit sein, zu deren Behebung Miss Painter herzitiert worden war.

Es war offenkundig, daß Sophy Viner keine Anerkennung der Situation dulden würde außer derjenigen, die zu gewähren bei Madame de Chantelle lag; Miss Painter aber hatte ihr stillschweigendes Verständnis dadurch bekundet, daß sie Miss Viner an einen Platz neben sich beordert hatte.

Während Darrow fortfuhr, die Neue in diesem Kreis zu beobachten, die auf der Kante ihres Lehnstuhls thronte wie ein granitenes Standbild am Rande einer Klippe, war er sich bewußt, daß es ihn in einer weniger angespannten Stimmung sehr gereizt hätte, Miss Painter zu studieren und zu klassifizieren. Es war nicht so, daß sie etwas Bemerkenswertes gesagt oder jenen unausgesprochenen Scharfblick zu erkennen gegeben hätte, der auch alltäglichen Äußerungen Gewicht verleiht. Sie redete von der Verspätung ihres Zuges, einer drohenden Krise in der Weltpolitik, von den Schwierigkeiten, in Paris englischen Tee zu kaufen, und von den Schandtaten, deren französisches Hauspersonal fähig war; und der Ton, in dem sie ihre Ansichten äußerte, blieb sich so gleich, daß man daraus schließen konnte, sie sei sich eines Unterschieds der Bedeutung und des Interesses überhaupt nicht bewußt. Sie versäumte es nie, die Franzosen mit dem distanzierenden Beiwort «jene Leute» zu belegen, war aber, wie sich zeigte, mit vielen Angehörigen dieses Volkes gut bekannt und besaß ein geradezu enzyklopädisches Wissen, was die häuslichen Gewohnheiten, finanziellen Nöte und privaten Komplikationen zahlreicher Personen von gesellschaftlichem Rang anging. Doch wie sie offenbar in dieser Einstellung nichts Ungereimtes sah, so ließ sie auch weder den Wunsch erkennen, sich ihrer Vertrautheit mit der Prominenz zu rühmen, noch hatte sie wohl das Gefühl, daß es da etwas zu rühmen gab. Es war offenkundig, daß die adligen Damen, von denen sie als Mimi oder Simone oder Odette sprach, für sie ebenso unter den Begriff «jene Leute» fielen wie die *bonne,* die sich an ihrem Tee vergriff und über Wasserdampf die Marken von ihren Briefen löste («wenn nicht ein Wunder geschieht und ich sie eigenhändig in den Kasten stecke»). Sie nahm die Dinge mit grimmiger Toleranz ganz so hin, wie sie kamen – vergleichbar einem kunstreichen Automaten, der Fakten aufzeichnet, aber noch nicht soweit vervollkommnet ist, daß er sie sortiert oder etikettiert hätte.

All das aber genügte, wie Darrow sehr wohl wußte, noch nicht, um den Einfluß zu erklären, den sie so offenkundig auf die Menschen ihrer Umgebung ausübte. Seine Spannung löste sich ein wenig, während er sie beobachtete, ihr zuhörte und dabei überlegte, wo das Geheimnis verborgen lag. Vielleicht doch in ihrem völligen Mangel an Empfindung, einer Fühllosigkeit, die so frei von Selbstsucht war, daß sie keine Härte, nichts Fratzenhaftes vermittelte, sondern vielmehr die Frische eines schlichteren Geisteszustandes. Nachdem er wie auch alle seine Hausgenossen in den letzten Tagen in einem Klima ständiger Echos und Andeutungen gelebt hatten, war es erholend und stärkend, in die weiten, leeren Räume von Miss Painters Geist einzutreten, die trotz der dort angesammelten Gegenstände so inhaltslos und trotz ihrer Inhaltslosigkeit so ohne Echos waren.

Seine Hoffnung auf ein Wort mit Anna vor dem Abendessen zerschlug sich dadurch, daß diese sich erhob, um Miss Painter zu Madame de Chantelle zu geleiten, woraufhin er sich auf sein Zimmer zurückzog und Owen und Miss Viner, die damit beschäftigt waren, ein Bilderrätsel für Effie auszuarbeiten, allein zurückließ.

Madame de Chantelle sah sich – möglicherweise dank der liebevollen Betreuung durch ihre Freundin – in der Lage, abends bei Tisch zu erscheinen, ziemlich bleich, mit geröteter Nase und ihrem Enkel zärtlich-vorwurfsvolle Blicke zuwerfend, die dieser heiter, aber ungerührt zurückgab; die Situation hatte sich dadurch entspannt, daß Miss Viner wie gewohnt mit ihrer Schülerin im Unterrichtszimmer geblieben war.

Darrow vermutete, daß es zu dem eigentlichen Waffengang erst am nächsten Tag kommen würde, und da er das Feld den streitenden Parteien überlassen wollte, brach er frühzeitig zu einer einsamen Wanderung auf. Es war fast Mittag, als er zurückkam und Anna begegnete, die gerade aus dem Haus trat. Sie war in Hut und Jacke und hatte offenbar nach ihm Ausschau gehalten, denn sie sagte sofort: «Madame de Chantelle wünscht, daß du zu ihr hinaufgehst.»

«Zu ihr hinauf? Jetzt?»

«Das hat sie ausrichten lassen. Sie erwartet wohl etwas Bestimmtes von dir.» Lächelnd setzte sie hinzu: «Was es auch sei – bringen wir es hinter uns.»

Darrow fragte sich mit zunehmender Besorgnis, warum er nicht, statt nur einen Spaziergang zu machen, einfach in den erstbesten Zug gestiegen war, um allem aus dem Weg zu gehen, bis Owens Angelegenheiten endgültig geregelt waren.

«Was um alles in der Welt könnte ich denn tun?» protestierte er, indem er Anna wieder in die Halle folgte.

«Ich weiß es nicht. Aber auch Owen scheint auf dich zu zählen…»

«Owen! Wird er auch dort sein?»

«Nein. Aber du weißt, daß ich ihm gesagt habe, er könne sich auf dich verlassen.»

«Aber ich habe deiner Schwiegermutter alles gesagt, was ich sagen konnte.»

«Dann wirst du es eben wiederholen.»

Darrow fand, daß dies seinen Fall nicht in dem Maße vereinfachte, wie sie zu glauben schien, und wieder zuckte er kurz zurück. «Es gibt keinen einleuchtenden Grund, mich in diese Geschichte hineinziehen zu lassen.»

Anna sah ihn vorwurfsvoll an. «Nicht einmal die Tatsache, daß ich beteiligt bin?» mahnte sie, doch das verstärkte nur seinen Widerstand.

«Aber warum bist du es überhaupt – in diesem starken Maße?»

Sie zögerte einen Augenblick, sah sich in der Halle um, als wollte sie sich vergewissern, daß sie allein waren, und gestand dann mit leiser Stimme: «Ich weiß es nicht; aber wenn *sie* nicht glücklich sind, habe ich irgendwie das Gefühl, daß ich es auch nicht sein dürfte.»

«Nun gut», sagte Darrow in dem nachgiebigen Ton eines Mannes, der sich wohl oder übel einer so reizenden Unvernunft fügt. Flucht war unmöglich; es blieb ihm nichts weiter übrig, als sich gehorsam bis vor Madame de Chantelles Tür geleiten zu lassen.

Dahinter fand er zwischen Falbeln und Nippes Miss Painter in einem üppigen roten Lehnsessel vor, wobei ihm unpassenderweise das Bild eines rittlings auf einem schweren Roß sitzenden Reiters in den Sinn kam. Ihr gegenüber saß Madame de Chantelle, noch ein wenig matt und derangiert unter ihrer kunstvollen Frisur, und umklammerte ein Taschentuch als sichtbares Zeichen ihres Kummers. Als Darrow eintrat, begrüßte sie ihn mit einem klagenden Seufzer, fuhr aber dann gleich fort: «Ich habe das deutliche Gefühl, Mr. Darrow, daß Sie insgeheim auf meiner Seite stehen.»

Die direkte Herausforderung erleichterte Darrow seinen Protest, und er wiederholte, daß es ihm unmöglich sei, sich für die eine oder die andere Seite zu äußern.

«Anna behauptet aber, Sie hätten sich sehr wohl geäußert. Für ihre Seite!»

Angesichts dieser kleinen Abweichung von so gewissenhafter Unparteilichkeit konnte er ein Lächeln nicht unterdrücken. Alles, was Anna an Zeugnissen weiblicher Inkonsequenz zu erkennen gegeben hatte, schien ihre tiefere Unterwerfung unter jene inkonsequenteste aller Leidenschaften zu bekunden. Gewiß hatte er ihr seine Hilfe zugesagt – aber ehe er wußte, was er da versprach.

Auf Madame de Chantelles Appell erwiderte er: «Gäbe es überhaupt etwas, was ich sagen könnte, würde ich mich gern zu Miss Viners Gunsten äußern.»

«Gewiß, das würden Sie gern – aber könnten Sie es auch?»

«Allein von den Fakten her bin ich außerstande, mich für oder gegen sie auszusprechen. Ich sagte schon, daß ich von ihr nur so viel weiß, daß sie reizend ist.»

«Als ob das nicht genug wäre! Als ob das nicht das einzig Wichtige wäre», fuhr Miss Painter ungeduldig dazwischen. Sie schien Darrow anzusprechen, auch wenn die kleinen Augen auf ihre Freundin gerichtet waren.

«Madame de Chantelle scheint sich einzubilden», fuhr sie fort, «daß eine junge Amerikanerin ein Dossier braucht – eine Polizeiakte oder wie man das nennt; das, was diese schrecklichen Straßenmädchen hier haben. Bei uns in Amerika genügt es zu wissen, daß ein junges Mädchen lieb und unschuldig ist, man fragt nicht sofort nach ihrem Bankkonto und ihrer Besucherliste.»

Madame de Chantelle warf ihrer stämmigen Mahnerin einen kläglichen Blick zu. «Du erwartest doch nicht, daß ich auf die Frage verzichte, ob sie Familie hat?»

«Nein, und du erwartest bitte auch nicht, daß ich schlecht von ihr denke, wenn sie keine hat. Daß sie Waise ist, müßte aus deiner Sicht eigentlich ein Verdienst sein. Du wirst ihre Eltern nicht nach Givré einzuladen brauchen.»

«Aber Adelaide!» jammerte die Herrin von Givré.

«Lucretia Mary», erwiderte erstere – und Darrow erlaubte sich insgeheim ein rasches Lächeln über das drollige Mißverhältnis der beiden Namen –, «du weißt ganz genau, daß du nach Mr. Darrow geschickt hast, damit er mich widerlege, und wie kann er das tun, wenn er meine Meinung nicht kennt?»

«Du findest es also ganz leicht, Owen ein Mädchen heiraten zu lassen, über das wir nichts wissen?»

«Nein. Aber ich finde nicht, daß es ganz leicht ist, ihn daran zu hindern.»

Durch diese gewitzte Antwort stieg Miss Painter erheblich in Darrows Achtung. Er hatte ihr bislang nicht allzuviel Scharfblick zugetraut, jetzt aber war er sicher, daß diese stechenden Augen sich bis in den Kern des Problems würden bohren können.

Madame de Chantelle bestätigte durch einen Seufzer, daß sie das Problem erkannt hatte. «Ich kann kein Wort gegen Miss Viner sagen; aber sie ist nun mal so schrecklich herumgestoßen worden, wie man sagt, daß sie mit ziemlich fürchterlichen Leuten zusammengekommen sein muß. Wenn man das Owen nur begreiflich machen, wenn man einiges erfahren könnte... Zum Beispiel sagt sie, daß sie eine Schwester hat, aber mir scheint, daß ihr nicht einmal deren Adresse bekannt ist.»

«Oder daß sie dir die Adresse, falls sie ihr bekannt ist, nicht gern geben möchte. Ich nehme an, daß die Schwester zu diesen fürchterlichen Leuten gehört. Würde man sich die Zeit dafür nehmen, könnte man vermutlich Dutzende davon ans Licht zerren, könnte ihr ‹nachspüren› lassen, wie man das in Kriminalromanen nennt. Ich glaube eigentlich nicht, daß du Owen damit angst machen würdest, aber denkbar wäre es immerhin: kein Wunder, wenn diese fremdländischen Ideen ihn verdorben hätten. Es könnte dir sogar gelingen, ihn von dem Mädchen zu trennen, du könntest aber nie erreichen, daß er aufhört, sie zu lieben. Das habe ich gemerkt, als ich die beiden gestern beobachtet habe. Da habe ich mir gesagt: ‹Das ist eine richtig altmodische amerikanische Liebesgeschichte, schmackhaft und gesund wie selbstgebackenes Brot.› Was willst du ihm zu essen geben, wenn du ihm seinen Laib wegnimmst? Welches der abscheulichen Pariser Gifte wird er wählen? Angenommen, es gelingt dir, ihn vor einem schlimmen Schlamassel zu bewahren – und da ich den jungen Mann kenne, wäre in dieser Krise die einzig mögliche Lösung, ihn Knall auf Fall mit einer anderen zu verbandeln –, stellt sich die große Frage, wen du ihm aussuchst. Eine deiner reizenden französischen *ingénues?* Ein Mädchen, das ein Spatzengehirn hat und so viel Biß wie ein weiches Ei? Vielleicht, ja wahrscheinlich könntest du ihn in so eine Ehe treiben, aber so, wie ich Owen einschätze, wird das Naheliegende passieren, noch ehe das erste Kind abgestillt ist.»

«Ich weiß wirklich nicht, weshalb du Owen so häßliche Sachen unterstellst.»

«Fändest du es häßlich, wenn er zu seiner wahren Liebe zurückkehrte, von der man ihn mit Gewalt getrennt hat? So jedenfalls machen es all deine französischen Freunde, alle miteinander. Nur besitzen die meisten nicht den Anstand, zu einer alten Liebe zurückzukehren; und auf Ehre, das traue ich Owen zu.»

Madame de Chantelle betrachtete sie mit einer Mischung aus Hochachtung und Triumph. «Es ist dir doch klar, Adelaide, daß du damit Miss Viner höchst schockierende Dinge unterstellst?»

«Wenn ich sage, man könne, wenn man zwei junge Menschen voneinander trennt, die sich nichts sehnlicher wünschen, als auf gesetzlichem Wege miteinander glücklich zu werden, zehn zu eins wetten, daß sie sich außerhalb des Gesetzes zusammentun? Ich unterstelle dir, Lucretia Mary, schockierende Dinge, wenn ich auch nur andeute, du wärst bereit, vor deinem Schöpfer diese Verantwortung auf dich zu nehmen. Und diese Gefahr würde gar nicht bestehen, wenn du alles mit ihm direkt bereden würdest, statt über Vermittler mit ihm zu verkehren, die genauso arme Sünder sind wie du.»

Darrow hatte erwartet, daß diese Attacke auf den von Madame de Chantelle angenommenen Glauben bei dieser einen Ausbruch frommer Empörung provozieren würde, aber zu seiner Überraschung sagte sie nur halblaut: «Was soll bloß Mr. Darrow von dir denken?»

«Mr. Darrow kennt seine Bibel vermutlich so gut wie ich», erwiderte Miss Painter gelassen und fügte ohne merkliche Veränderung in Stimme und Gesichtsausdruck an: «Du hast sicher gehört, daß der Gatte von Gisèle de Folembray sie beschuldigt, zusammen mit dem Duc d'Arcachon in den Versuch verwickelt zu sein, ein Los falscher Perlen an Mrs. Homer Pond zu verkaufen, die Dame aus Chicago, mit der der Herzog verlobt ist? Der Juwelier soll gesagt haben, Gisèle habe Mrs. Pond zu ihm gebracht und fünfundzwanzig Prozent bekommen – die sie natürlich an d'Arcachon weitergegeben hat. Die arme alte Herzogin ist in einer fürchterlichen Verfassung, sie hat schreckliche Angst, ihr Sohn könnte Mrs. Pond verlieren.

Wenn ich denke, daß Gisèle die Enkelin des alten Bradford Wagstaff ist, bin ich nur froh, daß ihn auf Mount Auburn das alles nicht berührt.»

– XXII –

Erst am späten Nachmittag konnte Darrow die immer wieder aufgeschobene Stunde mit Anna einfordern. Als er sie endlich allein im Wohnzimmer vorfand, fühlte er sich so befreit, daß er sich nicht um eine logische Erklärung für dieses Gefühl bemühte. Er spürte einfach, daß Miss Painter ihrer aller Schicksal fest im Griff hatte und jeder Widerstand zwecklos war, so daß er sich nur mit Anstand in die Kapitulation schicken konnte.

Anna selbst war ebenso glücklich, und das hatte natürlich seinen Grund. Sie hatte nach dem Mittagessen an einer weiteren Debatte zwischen Madame de Chantelle und ihrer Vertrauten teilgenommen und den Eindruck gewonnen, daß Miss Painter auf der ganzen Linie gesiegt hatte.

«Ich weiß nicht, wie sie es macht. Es muß wohl das schiere Gewicht ihrer Überzeugung sein. Sie verabscheut die Franzosen derart, daß sie Owen selbst dann den Rücken stärken würde, wenn sie nichts – oder zu viel – über Miss Viner wüßte. Sie betrachtet die Verbindung gewissermaßen als Protest gegen die korrupte europäische Moral. Ich sagte Owen, dies sei seine große Chance, und er hat sie nach Kräften genutzt.»

«Was bist du für eine Taktikerin! Wenn ich dich

ansehe, habe ich das Gefühl, daß ich kaum die Grundkenntnisse der Diplomatie beherrsche.» Darrow lächelte ihr zu und überließ sich einem gefährlichen Gefühl des Wohlbehagens.

Sie lächelte zurück. «Ich muß gestehen, daß in meinen Augen allein das eigene Glück es lohnt, sich in Diplomatie zu üben.»

«Deshalb habe ich ja auch die Absicht, den diplomatischen Dienst meines Landes zu verlassen», erwiderte er mit einem Lachen tiefinnerlicher Zufriedenheit.

Das Gefühl, daß Widerstand und Furcht gleichermaßen unnütz waren, wirkte wie Wein in seinem Blut. Er hatte getan, was er konnte, um das Geschehen in eine andere Richtung zu lenken; jetzt konnte er nur noch beiseite treten und auf seine eigene Sicherheit bedacht sein. Unter diesem fatalistischen Gefühl regte sich tiefe Erleichterung, daß er nichts gesagt und getan hatte, was Sophy Viners Wohl auch nur im mindesten hätte beeinträchtigen können. Damit war ihm eine schwere Last von der Seele genommen.

Dann aber gab er sich erneut den Freuden von Annas Gesellschaft hin. Zwei lange Tage waren sie nicht mehr allein gewesen, und wie alle Liebenden spürte er, daß er vergessen hatte, wie stark ihr Zauber wirkte, dessen Stärke zumindest unterschätzt hatte. Erneut schien es ihm, als bildeten ihre Augen und ihr Lächeln die Grenzen seiner Welt. Er hatte das Gefühl, daß ihr Licht immer mit ihm ziehen würde, so wie der Sonnenuntergang einem Schiff auf hoher See voranzieht.

Am nächsten Tag sorgte ein entscheidendes Ereignis dafür, daß er sich noch sicherer fühlen durfte. Dem erwartungsvollen Hausstand kam zur Kenntnis, daß Madame de Chantelle sich dem gewaltigen Druck von Miss Painters Entschlossenheit gebeugt und nach Sophy Viner «geschickt», will sagen in das Zimmer mit dem lila Satin beordert hatte.

Beim Mittagessen gab Owens strahlendes Gesicht Kunde von dem glücklichen Ausgang, und als sich die Gesellschaft zum Kaffee im Eichenpaneelzimmer zusammensetzte, ging Darrow mit seiner Zigarre diskret auf die Terrasse hinaus. Der Abschluß von Owens Romanze rückte seine eigenen Pläne wieder in den Vordergrund. Anna hatte ihm zugesichert, über Daten nachzudenken und Einzelheiten festzulegen, sobald Madame de Chantelle und ihr Enkel sich versöhnt hatten, und Darrow lag viel daran, diese Frage unverzüglich anzugehen, da die Hochzeitsvorbereitungen so schnell wie möglich in die Wege geleitet werden mußten. Daß Anna keinen weiteren Vorwand für eine Terminverschiebung suchen würde, wußte er nun; zufrieden schlenderte er in der Sonne auf und ab, überzeugt davon, daß sie zu ihm kommen und seine Sorgen zerstreuen würde, sobald sie sich hinreichend der wiedervereinten Familie gewidmet hatte.

Doch als sie dann zu ihm trat, galt ihr erstes Wort den jungen Liebenden.

«Ich möchte dir für das danken, was du für Owen getan hast», sagte sie mit ihrem glücklichsten Lächeln.

«Wer? Ich?» lachte er. «Verwechselst du mich am Ende mit Miss Painter?»

«Vielleicht hätte ich ‹für mich› sagen sollen», verbesserte sie sich. «Du hast uns noch mehr geholfen als Adelaide.»

«Aber ich bitte dich, mein Herz! Was habe ich denn getan?»

«Es ist dir gelungen, vor Madame de Chantelle zu verbergen, daß du die arme Sophy eigentlich gar nicht magst.»

Darrow spürte, daß er blaß wurde. «Daß ich sie nicht mag? Wie kommst du nur auf so eine Idee?»

«Es ist nicht so sehr eine Idee als ein Gefühl. Aber was spielt das jetzt noch für eine Rolle! Du hast sie in einer so anderen Umgebung gesehen, daß deine Bedenken verständlich sind. Aber wenn du sie erst besser kennst, denkst du über sie gewiß genau so wie ich.»

«Es wird mir schwerfallen, nicht über alles ganz genau so zu denken wie du.»

«Dann fang doch bitte bei meiner Schwiegertochter damit an.»

«Einverstanden», erwiderte er in dem gleichen scherzhaften Ton. «Wenn du mir versprichst, über die dringende Notwendigkeit unserer Eheschließung genau so zu denken wie ich.»

«Auch darüber möchte ich mit dir reden. Du glaubst ja nicht, welche Last mir von der Seele genommen ist. Nachdem Sophy nun dableiben wird, verlasse ich Effie so viel leichteren Herzens. Ich habe vielseitiger gebildete Gouvernanten kennengelernt – und einen hohen Preis dafür zahlen müssen! –, nie aber eine junge Frau, die so fröhlich und gütig und menschlich gewesen wäre. Dir mußt aufgefallen sein, wie Effie bei ihr aufblüht, auch wenn du die beiden noch nicht oft zusammen gesehen hast. Und genau das ist es, worauf es mir ankommt. Das Feierlich-Gemessene wird Madame de Chantelle schon beisteuern.» Sie legte ihre Hände um seinen Arm. «Ja, ich bin jetzt bereit, mit dir zu gehen. Aber zuallererst, noch in dieser Minute, mußt du mit mir zu Effie kommen. Sie weiß natürlich nichts von dem, was geschehen ist, und ich möchte, daß sie zuerst das erfährt, was dich betrifft.»

Effie wurde im ganzen Haus gesucht und schließlich im Unterrichtsraum aufgespürt, und dorthin stieg Darrow mit Anna hinauf. Er hatte sie noch nie so strahlend glücklich erlebt und fand ihren heiteren Schwung ansteckend. «Es ist vorbei, es ist vorbei», sagte er sich ein übers andere Mal, als habe der helle Tag eine monströse mitternächtliche Sinnestäuschung vertrieben.

Als sie vor der Tür des Unterrichtszimmers ankamen, hörten sie den Terrier bellen und dazwischen lachende Ermahnungen.

«Sie füttert ihn», flüsterte Anna, die Hand in Hand mit Darrow dastand.

«Vergiß nicht die Goldfische», hörten sie eine andere Stimme rufen.

Darrow blieb auf der Schwelle stehen. «Ach nein... jetzt nicht...»

«Jetzt nicht?»

«Es wäre ihr vielleicht lieber, meine ich, wenn du es ihr zuerst allein sagst. Ich warte unten auf euch.»

Er spürte ihren forschenden Blick. «Wie du möchtest. Ich komme dann gleich mit ihr nach.»

Sie öffnete die Tür, und als sie eintrat, hörte er sie sagen: «Nein, Sophy, gehen Sie nicht, ich brauche euch beide.»

Der restliche Tag war für Darrow eine Abfolge teils leerer, teils beunruhigender Szenen. Auf der Reise nach Givré, als er Effie Leath noch nicht kannte, hatte er sich ein wenig sentimental den freudigen Moment ausgemalt, in dem er sie in die Arme schließen und ihren ersten töchterlichen Kuß entgegennehmen würde. Alles in ihm, was sich ganz eigennützig nach Ruhe und Ordnung, nach in geregelten Bahnen verlaufenden mittleren Jahren sehnte, alle häuslichen Instinkte eines Mannes, der die Romanzen und das Reisen leid ist, webten einen Zauber um jenes Kind, das von Rechts wegen das seine hätte sein sollen. Effie war für ihn umgeben mit dem Glorienschein seiner ersten Liebe und schenkte ihm jene magische Stunde zurück, die er verpaßt hatte und der er noch immer nachtrauerte. Wie anders aber als sein Traum sah die Wirklichkeit aus! Der freudige Empfang durch das kleine Mädchen, ihre fraglose Hinnahme einer neuen Figur im Familienverband entsprachen durchaus seinen Hoffnungen und Vorstellungen. Wenn Mutter ganz toll glücklich war und Owen und Granny auch, konnte es für sie alle nicht anders als hübsch und behaglich werden, schien ihr strahlendes Gesicht zu sagen; und dann deuteten die kleinen rosa Finger, die er geküßt hatte, unvermittelt auf das einzige Haar in der Suppe, auf den einzigen Punkt, der zu klären war, ehe Effie mit uneingeschränkter Zustimmung den Neuen gleichberechtigt den anderen Göttern ihres Olymps zur Seite stellen konnte.

«Und ist Sophy auch ganz fest glücklich?» hatte sie gefragt, die Arme um Darrows Hals geschlungen und den Kopf zurückgelegt, so daß ihr fragender Blick auch die Mutter traf.

«Aber hast du ihr das nicht angesehen, Liebchen?» hatte Anna gesagt und sich mit lachenden Augen zu der Gruppe hinübergebeugt.

«Ich würde sie trotzdem gern noch fragen», erwiderte die Kleine nach einer schüchternen Bedenkminute, und während Darrow sie absetzte, lachte ihre Mutter: «Tu das, mein Schatz! Lauf gleich hin und sage, wir erwarten von ihr, daß sie auch ganz toll glücklich ist.»

Dieser Szene waren andere gefolgt, die, auch wenn sie womöglich nicht so sehr ans Herz gingen, doch nicht weniger kritisch waren. Darrow verwünschte sein Pech, in so einem Moment vor einem ganzen Haus voll interessierter Zuschauer Spießruten laufen zu müssen. Der Zustand des «Verlobtseins», schon für einen nur hin und wieder im Auge der Öffentlichkeit stehenden Mann eine recht bizarre Angelegenheit, wurde unter dem unablässig forschenden Blick einer vor Spannung fiebernden kleinen Gruppe unerträglich. Darrow merkte überdies, daß die anderen beiden Verlobten, weit davon entfernt, durch ihr Geschick das seine in den Hintergrund treten zu lassen, vielmehr Schutz im Schatten seiner Größe fanden. Madame de Chantelle machte sich ungeachtet der Tatsache, daß sie ihre Zustimmung zu Owens Verlobung gegeben und seine Braut nach allen Regeln des Anstands willkommen geheißen hatte, ein Vergnügen daraus, durch ihre Haltung Darrow gegenüber zu demonstrieren, welcher Abstufungen der Herzlichkeit sie fähig war. Auch Miss Painter konnte nun, nachdem sie den Sieg für Owen errungen hatte, ungehindert dem neuen Kandidaten ihre Anteilnahme zuwenden; und Darrow und Anna kamen sich vor wie in einem warmen Bad sentimentaler Neugier.

Darrow tröstete sich damit, daß er innerhalb der nächsten achtundvierzig Stunden definitiv würde abreisen müssen. Die Londoner Botschaft hatte ihm zehn Tage Urlaub bewilligt. Nachdem seine Zukunft nun endgültig geregelt und der Öffentlichkeit zur Kenntnis gebracht worden war, hatte er keinen Grund, um eine Verlängerung nachzusuchen, und mußte bis zur Aufnahme seiner neuen Tätigkeit auf seinen Posten zurückkehren. Anna und er hatten sich deshalb entschlossen, in Paris zu heiraten, und zwar ein oder zwei Tage vor Auslaufen des Schiffes, das sie nach Südamerika bringen sollte, und Anna sollte kurz nach seiner Rückkehr auf seinen Posten nach Paris fahren und sich um die Vorbereitungen kümmern.

Zu Ehren der Doppelverlobung sollten heute abend Effie und Miss Viner mit am Tisch sitzen. Als Darrow sein Zimmer verließ, traf er die Kleine, die gerade die Treppe heruntergesprungen kam und mit den weißen Rüschen und rosa Schleifen aussah wie ein Gänseblümchen, dessen Mitte das blonde Haar bildete.

Sophy Viner folgte ihrem Schützling, und als sie ans Licht trat, bemerkte Darrow ihr verändertes Aussehen und überlegte unbestimmt, warum sie plötzlich jünger, lebhafter, mehr wie der funkelnde kleine Kobold wirkte, den er aus Paris in Erinnerung hatte. Dann fiel ihm ein, daß sie zum erstenmal, seit er in Givré war, zum Diner kam und er sie deshalb hier zum erstenmal im Abendkleid sah. Sie war noch in einem Alter, da die kleinste Zierde schmückt; es lag wohl nur an dem entblößten jungen Hals und Ausschnitt, daß die frühere Strahlkraft wiedergekehrt war. Beim zweiten Blick aber zeigte sich ein konkreterer Grund. Auch wenn er solche Einzelheiten nur vage im Gedächtnis behielt, meinte er sich zu erinnern, daß sie eben jenes Kleid trug, das er an ihr jeden Abend in Paris gesehen hatte. Es war von schlichtem Schwarz und durchsichtig an Armen und Schultern, und er hätte es vermutlich nicht wiedererkannt, hätte sie nicht in Paris seine Aufmerksamkeit durch ihr Geständnis darauf gelenkt, daß sie nur dieses eine besaß. «Dasselbe Kleid? Das beweist, daß sie es vergessen hat», war sein erster, halb ironischer Gedanke, doch gleich darauf sagte er sich mit einem kurzen Anflug von Reue, daß sie es wohl aus demselben

Grund wie zuvor angezogen hatte, weil sie nämlich kein anderes hatte.

Er sah sie an, ohne etwas zu sagen, und sekundenlang gab sie über Effies auf und ab hüpfenden Kopf seinen Blick lebhaft und direkt zurück.

«Da ist Owen!» rief Effie und wirbelte über den Gang zu der Tür, aus der gerade ihr Stiefbruder trat. Während Owen sich bückte, um sie aufzufangen, wandte Sophy sich unvermittelt wieder Darrow zu.

«Sie auch?» fragte sie und lachte kurz auf. «Ich wußte nicht...» Und als Owen herankam, sagte sie in einem Ton, der klang, als seien die Worte für sein Ohr bestimmt: «Ich wünsche Ihnen alles Glück, das wir erübrigen können.»

Am Eßtisch, den Effie mit Miss Viners Hilfe üppig mit Girlanden geschmückt hatte, herrschte eine etwas befangene Jubelstimmung. Trotz der Blumen, des Champagners und des einmütigen Versuchs, sich unbefangen zu geben, kam es häufig zu Pausen im Gespräch und nervösem Suchen nach neuen Themen. Allein Miss Painter schien nicht nur unberührt von der allgemeinen Spannung, sondern von ihr so vollständig abgetrennt wie ein Taucher in seiner Glocke. Darrows angestrengter Aufmerksamkeit schien es, als verriete selbst Owens hin und wieder aufbrechender Frohsinn innere Unsicherheit. Doch als er sich dann nach dem Essen an den Flügel setzte, schlug seine Stimmung in fast übersteigerte Ausgelassenheit um, und er überflutete den Raum mit dem Sprühen und Wogen seines Spiels.

Darrow, der im Schutz von Miss Painters massig-granitener Gestalt in einer Sofaecke saß, hörte schweigend und rauchend zu und ließ seinen Blick von einem zum anderen gehen. Madame de Chantelle hatte in ihrem Lehnstuhl am Kamin die kleine Enkelin an sich gedrückt wie eine Salon-Niobe, und die neben ihr sitzende Anna strahlte wieder jene belebte Ruhe aus, die Darrow so typisch für sie fand. Sophy Viner hatte sich, nachdem sie ein wenig unsicher durchs Zimmer gegangen war, auf einem Stuhl am Flügel niedergelassen. Sie hatte den Kopf zurückgelegt und die Augen geschlossen und konzentrierte sich mit der gleichen verzückten Aufmerksamkeit auf die Musik wie damals auf die Schauspieler im «Français». Daß sie zufällig die gleiche Haltung eingenommen hatte und das gleiche Kleid trug, verhalf Darrow zu einem ganz eigenartigen Doppelbewußtsein. Um sich davon zu befreien, sah er erneut Anna an, doch von dort, wo er saß, konnte er das eine Gesicht nicht ohne das andere erfassen, und gleich war die bestürzende Dualität wieder da. Plötzlich unterbrach Owen mit einem klirrenden Akkord sein Spiel und sprang auf.

«Was soll das, wenn so ein Mond das alles für uns sagt?»

Hinter dem vorhanglosen Fenster hing tief am Himmel eine goldene Kugel wie eine reife Frucht.

«Ja», erwiderte Anna, «gehen wir hinaus, und hören wir ihm zu.» Owen öffnete die Terrassentür, und es war, als wehte gleich einer Vorhangfalte ein

Stück schwarzer, gestirnter Himmel in den Raum. Die Luft, die hereindrang, war scharf und frostig, und Anna bat Effie, warme Sachen aus der Halle zu holen.

«Für dich auch», sagte Darrow und machte einen Schritt zur Tür, aber Sophy, die ihrem Schützling gefolgt war, rief: «Wir bringen für alle etwas.»

Owen war ihr nachgegangen, und wenig später waren alle drei wieder da, und die ganze Gesellschaft begab sich auf die Terrasse. Kein Dunsthauch trübte die dunkelblaue Klarheit der Nacht, das Mondlicht umfloß die Bäume mit silbrigem Schimmer und ließ die Skulpturen vor ihrer Schattenwand unnatürlich weiß aufleuchten.

Darrow und Anna schlenderten, Effie zwischen sich, bis zum Ende der Terrasse. Unter ihnen senkte sich der Rasen im Dämmerlicht bis zu den Feldern am Fluß. Ein paar Minuten standen sie schweigend nebeneinander, friedvoll gestimmt unter der flirrenden Schönheit des Himmels. Als sie kehrtmachten, sah Darrow, daß Owen und Sophy Viner, die die Stufen zum Garten hinuntergegangen waren, ebenfalls wieder dem Haus zuschritten. In einer Insel aus Mondlicht zwischen den scharf abgegrenzten Eibenschatten blieb Sophy kurz stehen, und Darrow sah, daß sie sich ein langes, hellfarbiges Cape umgelegt hatte, wobei ihm plötzlich wieder das Bild vor Augen stand, wie sie am Abend ihres ersten gemeinsamen Essens in Paris an seiner Seite das Restaurant betreten hatte. Gleich darauf waren sie alle wieder auf der Terrasse vereint, und als sie den Salon betraten, waren die älteren Damen dabei, sich zur Ruhe zu begeben.

Effie wollte, ermutigt durch die ihr an diesem Abend gewährten Vergünstigungen, Owen noch eine Runde Pfänderspiele oder einen anderen ausgelassenen Höhepunkt abbetteln, doch Sophy gab, wieder in ihre berufliche Rolle schlüpfend, das Signal zum Schlafengehen. Ihrer Schülerin folgend, wünschte sie rundum gute Nacht, doch als sie Anna die Hand gab, ignorierte diese die Geste und streckte beide Arme aus.

«Gute Nacht, liebes Kind», sagte sie impulsiv und zog sie mit einem herzlichen Kuß an sich.

VIERTES BUCH

– XXIII –

Der nächste Tag war Darrows letzter in Givré, und da er voraussah, daß man den Nachmittag und Abend der Familie würde widmen müssen, hatte er Anna gebeten, am frühen Vormittag eine Stunde auf ein letztes Gespräch über ihre Pläne zu verwenden. Sie hatten sich um zehn im Eichenpaneelzimmer verabredet; danach wollten sie zum Fluß hinuntergehen und in dem kleinen Pavillon an der Parkmauer ihre Zukunft bereden.

Seit seiner Ankunft in Givré war gerade eine Woche vergangen, und Anna wollte vor seiner Abreise mit ihm noch einmal zu jenem Ort gehen, wo sie an ihrem ersten gemeinsamen Nachmittag gesessen hatten. Weil sie sich der Ausstrahlung unbelebter Dinge, der Farbe und Struktur dessen, was in das Wesen ihrer Empfindungen einging, so stark bewußt war, wollte sie dort, wo die Glückseligkeit zum erstenmal in ihr Herz geströmt war, Darrows Stimme hören, seinen Blick spüren.

Diese Glückseligkeit hatte inzwischen alle Fasern ihres Seins erfaßt. Nachdem sie sich in den ersten Tagen von scheuer Zärtlichkeit zu stürmischer geheimer Hingabe gewandelt hatte, war sie mit der Zeit immer weiter und tiefer geworden und floß jetzt mit verdoppelter Schönheit dahin. Sie meinte nun genau zu wissen, wie und warum sie Darrow liebte, und sah ihren ganzen Himmel in dem tiefen, stillen Strom ihrer Liebe gespiegelt.

Sie saß schon frühzeitig in ihrem Wohnzimmer und sah die Briefe durch, die Effie ihr jeden Morgen bringen durfte. Die Kleine machte inzwischen neugierig die Runde durchs Zimmer, wo sich stets etwas Neues fand, was ihre kindliche Phantasie ansprach; als Anna aufblickte, sah sie, daß ihre Tochter vor einem Photo von Darrow stehengeblieben war, das am Vortag seinen Platz auf ihrem Schreibtisch gefunden hatte.

Anna streckte leicht errötend die Arme nach der kleinen Tochter aus. «Du hast ihn doch gern, Liebchen?»

«Ja, ganz schrecklich gern», versicherte Effie, die an ihrer Brust lag, indem sie den Kopf zurücklegte und sie aus klaren Augen ansah. «Und Granny und Owen auch. Und ich glaube wirklich, Sophy geht es genauso», fügte sie nach kurzem, ernsthaftem Nachdenken hinzu.

«Das will ich hoffen», lachte Anna. Am liebsten hätte sie gefragt: «Hat sie mit dir darüber gesprochen, weil du deiner Sache so sicher bist?» Sie wußte nicht, was sie so plötzlich auf diese Frage gebracht hatte, war aber froh, sie unterdrückt zu haben. Nichts widerstrebte ihr mehr, als derlei obskure Winkel mit dem kargen Flämmchen der töchterlichen Beobachtungsgabe auszuleuchten. Und was spielte es jetzt, da Owens Glück gesichert war, noch für eine Rolle, ob Darrow der geplanten Heirat gegenüber gewisse Vorbehalte hatte?

In diesem Moment klopfte es, und Anna sah auf die Uhr. «Es ist das Kindermädchen, das dich holen will.»

«Das ist Sophys Klopfen.» Die Kleine sprang von Annas Schoß, um die Tür zu öffnen, und tatsächlich stand Miss Viner auf der Schwelle.

«Komm nur herein», sagte Anna lächelnd, die sogleich Sophys Blässe bemerkte.

«Darf Effie einen Spaziergang mit dem Kindermädchen machen?» fragte Sophy. «Ich hätte Sie gern kurz gesprochen.»

«Natürlich. Heute steht dir ein freier Tag zu, wie Effie ihn gestern hatte. Jetzt lauf, mein Schatz.» Sie beugte sich zu der Kleinen hinunter und gab ihr einen Kuß.

Als die Tür sich geschlossen hatte, wandte sie sich mit einem Blick, der gleichsam um Vertrauen bat, wieder Sophy Viner zu. «Ich bin sehr froh, daß du gekommen bist. Es gibt so vieles, worüber wir sprechen müssen, nur wir zwei.»

In dem unklaren Hin und Her der letzten Tage war tatsächlich wenig Zeit gewesen, mit Sophy anderes zu bereden als Dinge, die sich auf ihre Heirat bezogen sowie die Möglichkeit, Madame de Chantelles Widerstand dagegen zu überwinden. Anna hatte von Owen gefordert, daß mit niemandem, nicht einmal mit Sophy Viner, über ihre eigenen Pläne gesprochen werden dürfe, bis alle noch offenen Fragen geklärt waren. Von Anfang an hatte es ihr widerstrebt, in die Zweifel und Ängste der jungen Liebenden mit ihrem sicherer gefügten Glück einzudringen.

Von der Sofaecke aus, in die sie zurückgesunken war, deutete sie auf Darrows Sessel. «Komm und setz dich zu mir, liebes Kind. Ich wollte dich allein sprechen. Es gibt so viel zu sagen, daß ich kaum weiß, wo ich anfangen soll.»

Sie lehnte sich vor, die Hände um die Sofalehne gelegt, und sah Sophy lächelnd an. Dabei bemerkte sie, daß deren ungewöhnliche Blässe sich zum Teil durch die leichte Puderschicht auf ihrem Gesicht erklärte. Dies war nun eine ausgesprochen unerfreuliche Entdeckung. Anna hatte noch nie erlebt, daß Sophy zu kosmetischen Mitteln gegriffen hatte, und obwohl sie gern von sich geglaubt hätte, sie sei gegen altmodische Vorurteile gefeit, wurde ihr plötzlich bewußt, daß es ihr mißfiel, wenn die Gouvernante ihrer Tochter sich das Gesicht puderte. Dann überlegte sie, daß die junge Frau ihr gegenüber nicht mehr Effies Gouvernante war, sondern ihre, Annas, künftige Schwiegertochter; und sie fragte sich, ob Miss Viner auf diese seltsame Weise ihre Unabhängigkeit hatte feiern wollen und ob sie die Absicht hatte, als Mrs. Owen Leath geschminkt und aufgetakelt durch die Welt zu laufen. Diese Vorstellung war kaum weniger abstoßend als die andere, und einen Augenblick fuhr Anna fort, sie schweigend zu mustern. Und dabei durchfuhr sie wie ein Blitz die Erkenntnis: Miss Viner hatte Puder aufgelegt, weil Miss Viner geweint hatte.

Impulsiv beugte Anna sich vor. «Was fehlt dir, mein liebes Kind?» Sie sah, wie der jungen Frau unter der weißen Maske das Blut in die Wangen stieg, und fuhr rasch fort: «Scheue dich bitte nicht, es mir zu sagen. Ich wünsche mir sehr, daß du das Gefühl hast, mir vertrauen zu können, so wie Owen es tut. Daß Madame de Chantelle hin und wieder rückfällig wird, darfst du dir nicht zu Herzen nehmen.»

Sie sprach eifrig, überredend, in fast bittendem Ton. Tatsächlich gab es viele Gründe dafür, daß sie sich Sophys Zuneigung wünschte: ihre Liebe zu Owen, ihre Verantwortung Effie gegenüber und das Gefühl, daß in dieser jungen Frau viel Gutes steckte. Seit jeher hegte sie eine romantische, fast demütige Bewunderung denjenigen ihrer Geschlechtsgenossinnen gegenüber, die sich aus eigenem Antrieb oder unter dem Druck der Verhältnisse in jenen Kampf gestürzt hatten, vor dem sie selbst das Schicksal so anhaltend bewahrt hatte. Es gab sogar Momente, da sie meinte, gewissermaßen selbst die Schuld an dieser Immunität zu tragen, Momente, in denen sie das Gefühl hatte, sie hätte eigentlich Gefahr und Ungemach, die sich weigerten, ihr nahe zu kommen, aus eigenem Antrieb entgegengehen müssen. Und jetzt, während sie dasaß und die kleine, schmale, so sichtlich wehrlose und unfertige Sophy Viner ansah, regte sich in ihr ungeachtet der Überlegenheit, die sie ihren weltlichen Gütern verdankte, ungeachtet ihrer scheinbaren Reife wieder jenes eigenartige Gefühl der Ignoranz und Unerfahrenheit. Sie hätte nicht sagen können, was es war, das in Haltung und Ausdruck der jungen Frau diese Empfindung in ihr weckte, aber während sie

Sophy Viner betrachtete, mußte sie an die Mädchen denken, die sie in ihrer Jugend gekannt hatte, jene Mädchen, die im Besitz eines ihr selbst verschlossenen Geheimnisses zu sein schienen. Ja, so wie jene sah auch Sophy Viner aus; fast meinte sie die vage bedrohliche Ausstrahlung von Kitty Mayne zu spüren... Anna wischte insgeheim lächelnd das Bild jener vergessenen Rivalin weg. Doch tief in ihrem Herzen hatte kurz jener alte Schmerz gezuckt, und sie fand es bedauerlich, daß Owens Verlobte sie – wenn auch nur einen flüchtigen Gedanken lang – an eine so anders geartete Frau erinnert hatte.

Sie legte ihre Hand auf die von Sophy. «Wenn seine Großmutter sieht, wie glücklich Owen ist, wird sie auch selbst glücklich sein. Falls es nur darum geht, darfst du nicht traurig sein. Vertrau nur auf Owen – und die Zukunft.»

Sophy Viner, mit ihrer ganzen zierlichen Person fast unmerklich zurückzuckend, hatte Anna ihre Hand entzogen.

«Darüber wollte ich mit Ihnen reden. Über die Zukunft.»

«Ja, natürlich. Es gilt ja, viele Pläne zu machen und miteinander abzustimmen. Bitte fang mit den deinen an.»

Sophy Viner zögerte einen Augenblick, die Hände auf die Armlehnen des Sessels gelegt und unter Annas Blick die Augen niederschlagend. Dann sagte sie: «Ich möchte noch gar keine Pläne machen.... zunächst jedenfalls...»

«Keine Pläne?»

«Nein. Ich würde gern wegfahren... meine Freunde, die Farlows, würden mich aufnehmen...» Ihre Stimme festigte sich, und aufblickend setzte sie hinzu: «Ich würde gern heute noch fahren, wenn Sie nichts dagegen haben.»

Anna hatte mit wachsendem Erstaunen zugehört.

«Du willst Givré unverzüglich verlassen?» Sie überlegte rasch. «Du möchtest die Zeit bis zur Hochzeit bei deinen Freunden verbringen? Das kann ich verstehen – aber muß es denn eine so überstürzte Abreise sein? Es gibt so viele Einzelheiten zu besprechen, und auch ich werde ja sehr bald fortgehen.»

«Ja, ich weiß.» Sophy Viner bemühte sich offensichtlich, ihre Stimme zu beherrschen. «Aber ich würde gern noch ein wenig Zeit für mich haben.»

Anna sah sie weiter freundlich an. Es war offenkundig, daß Sophy nicht sagen wollte, warum sie so unvermittelt Givré verlassen wollte, aber ihr verstörtes Gesicht, die schwankende Stimme ließen auf einen ernsteren Grund als den verständlichen Wunsch schließen, die Wochen vor der Hochzeit unter dem Dach ihrer alten Freunde zu verbringen. Da sie auf die Madame de Chantelle betreffende Anspielung nicht eingegangen war, konnte Anna nur vermuten, daß es zwischen ihr und Owen eine vorübergehende Verstimmung gegeben hatte, und wenn dem so war, konnte unbedachtes Eingreifen mehr schaden als nützen.

«Wenn du wirklich gehen willst, liebes Kind, werde ich dich natürlich nicht zum Bleiben drängen. Mit Owen hast du wohl schon gesprochen…?»

«Nein. Noch nicht…»

Anna sah sie verwundert an. «Soll das heißen, daß du es ihm nicht gesagt hast?»

«Ich wollte erst mit Ihnen sprechen. Wegen Effie.» Ihr Gesicht erhellte sich, als sie diese Begründung vorbrachte.

«Ach, Effie…» Annas Lächeln wischte Sophys Bedenken weg. «Owen kann mit Fug und Recht verlangen, daß du zuerst auf ihn und erst dann auf seine Schwester Rücksicht nimmst. Natürlich überlasse ich die Entscheidung ganz dir», fuhr sie nach einer weiteren nachdenklichen Pause fort.

«Vielen Dank», sagte Sophy Viner halblaut und erhob sich.

Auch Anna stand auf und suchte ein wenig hilflos nach einem Wort, um den Widerstand der jungen Frau zu brechen. «Du wirst es Owen gleich sagen?» fragte sie schließlich.

Miss Viner antwortete nicht, sondern blieb deutlich unsicher vor ihr stehen; in diesem Augenblick klopfte es leicht, und Owen Leath trat ein.

Anna sah mit einem Blick, daß sein Gesicht ungetrübt war. Er erwiderte ihren Gruß mit seinem glücklichsten Lächeln und wandte sich Sophy zu, um ihre Hand an die Lippen zu führen. Mit jäher Überraschung begriff Anna, daß er nicht das mindeste von Miss Viners Erregung ahnte.

«Darrow sucht dich», sagte er zu Anna. «Ich soll

dich an dein Versprechen erinnern, mit ihm spazierenzugehen.»

Anna sah auf die Uhr. «Ich komme gleich.» Dann sah sie wieder Sophy Viner an, deren bekümmerter Blick ihr eine Botschaft zu schicken schien. «Am besten sagst du es Owen gleich, liebes Kind.»

Auch Owen sah jetzt Sophy an. «Was denn? Was ist geschehen?»

Anna versuchte zu lachen, um die unbestimmte Spannung dieses Augenblicks zu lösen. «Schau nicht so erschrocken. Nichts ist passiert, nur will Sophy uns eine Weile verlassen, um zu den Farlows zu fahren.»

Owens Miene erhellte sich. «Ich dachte mir schon, daß sie uns früher oder später weglaufen würde.» Er sah Anna an. «Bitte behalte sie hier, solange du kannst.»

«Mrs. Leath hat mir schon die Erlaubnis zur Abreise gegeben», warf Sophy ein.

«Ach ja? Und wann willst du reisen?»

«Heute», sagte Sophy leise, den Blick auf Anna gerichtet.

«Heute? Warum um alles in der Welt denn heute?»

Owen trat ein, zwei Schritte zurück, und sein bestürztes Gesicht wurde erst rot, dann blaß. Er musterte die junge Frau jetzt forschend. «Irgend etwas ist passiert.» Er sah seine Stiefmutter an. «Vermutlich hat sie dir erzählt, worum es sich handelt...»

Anna fiel auf, wie jäh und heftig seine Reaktion

war – als habe dicht unter der Oberfläche seiner heiteren Zuversicht schon eine schwelende Furcht gewartet.

«Sie hat mir nur erzählt, daß sie gern mit ihren Freunden zusammen wäre, und das ist ja durchaus verständlich.»

Owen war sichtlich um Beherrschung bemüht. «Ja, natürlich. Völlig verständlich.» Er wandte sich Sophy zu. «Aber warum hast du mir das nicht gesagt? Warum bist du erst zu meiner Stiefmutter gegangen?»

«Auch das erscheint mir völlig verständlich», schaltete sich Anna mit ihrem stillen Lächeln ein. «Sophy hat es mit Rücksicht auf Effie mir zuerst gesagt.»

Er überlegte. «Nun gut, das ist, wie du sagst, durchaus verständlich. Und natürlich muß sie das selbst entscheiden.» Er hatte Sophy nicht aus den Augen gelassen. «Morgen», verkündete er unvermittelt, «fahre ich nach Paris und besuche dich.»

«Ach nein... bitte nicht...», sträubte sie sich.

Owen wandte sich wieder Anna zu. «Behauptest du immer noch, es sei nichts passiert?»

Angesteckt von seiner Erregung, merkte Anna, daß sich ihr Herz zusammenzog. Sie kam sich vor wie ein Mensch in einem dunklen Zimmer, den unsichtbare Geister umschleichen.

«Wenn es sich um etwas handelt, das Sophy dir erzählen möchte, wird sie es zweifellos tun. Ich gehe jetzt nach unten, damit ihr in Ruhe darüber sprechen könnt.»

An der Tür holte Sophy sie ein. «Aber es gibt nichts zu erzählen, warum denn auch? Ich habe Ihnen gesagt, daß ich gern ein wenig Ruhe hätte.» Ihr Blick schien Mrs. Leath zurückhalten zu wollen.

Owen fuhr auf sie los. «Und darf ich dich deshalb morgen nicht besuchen?»

«Nicht morgen.»

«Wann dann?»

«Später... bald... in einigen Tagen...»

«Nach wieviel Tagen?»

«Owen!» mahnte seine Stiefmutter, aber es schien, als sei sie für ihn gar nicht mehr vorhanden. «Wenn du heute abreist, an dem Tag, da unsere Verlobung bekanntgemacht wird, ist es nur fair, daß du mir sagst, wann ich dich wiedersehen darf.»

Sophys Blick ging unsicher zwischen den beiden hin und her und senkte sich dann müde. «Du bist es, der nicht fair ist – wenn ich dir sage, daß ich gern ein wenig Ruhe hätte.»

«Aber warum sollte es dich stören, wenn ich komme? Ich verlange jetzt gar nicht mehr, dich morgen zu sehen; ich bitte dich nur darum, nicht abzureisen, ohne mir zu sagen, wann ich dich wiedersehen kann.»

«Owen, ich verstehe dich nicht», stieß seine Stiefmutter hervor.

«Du verstehst nicht, daß ich um eine Erklärung, eine Zusicherung bitte, wenn mir kein Wort, kein Zeichen gegönnt wird? Ich möchte ja nur hören, wann sie bereit ist, mich zu empfangen.»

Anna wandte sich wieder Sophy Viner zu, die zitternd, aber kerzengerade zwischen ihnen stand.

«Das ist nicht unbillig, liebes Kind.»

«Ich werde ihm schreiben.»

«*Was* wirst du schreiben?» drängte er.

«Owen!» mahnte Anna. «Jetzt bist du unvernünftig.»

Er wandte sich seiner Stiefmutter zu. «Ich möchte nur, daß sie offen ausspricht, was sie meint: daß sie mir schreiben wird, um unsere Verlobung zu lösen! Stimmt es nicht, daß du deshalb fort willst?»

Seine heftige Bewegung hatte sich auf Anna übertragen. Sie sah Sophy an, die regungslos, mit schmalen Lippen dastand, das Gesicht starr und unzugänglich.

«Du solltest etwas sagen, liebes Kind... du solltest ihm eine Antwort geben.»

«Ich bitte ihn nur zu warten...»

«Ja», unterbrach sie Owen. «Und du willst nicht sagen, wie lange.»

Beide wandten sich instinktiv an Anna, die unter diesem doppelten Ansturm fast ebenso aufgewühlt war wie das junge Paar. Sie sah in Sophys unergründliche Augen, in Owens erregtes Gesicht. Dann sagte sie: «Was kann ich tun, wenn es zwischen euch ganz offensichtlich etwas gibt, wovon ich nichts weiß?»

«*Zwischen* uns? Ja, wenn es nur das wäre... Merkst du nicht, daß dieses Etwas außerhalb von uns, außerhalb von ihr steht und an ihr zerrt, sie von mir wegzerrt?» Owen war wieder zu seiner Stiefmutter herumgeschwenkt.

Anna sah Sophy an. «Stimmt es, daß du die Verlobung lösen willst? Dann solltest du ihm das jetzt sagen.»

Owen fing an zu lachen. «Sie traut sich nicht... Sie hat Angst, ich könnte den Grund erraten.»

Sophy entfuhr ein leiser Laut, aber ihre Lippen blieben geschlossen.

«Wenn sie dich nicht heiraten will, verstehe ich nicht, warum sie fürchtet, du könntest den Grund erfahren.»

«Sie fürchtet, *du* könntest ihn erfahren!»

«Ich?»

Er lachte wieder, und Anna spürte, wie jählings Ärger in ihr aufstieg.

«Erkläre dich bitte, Owen!»

Einen Augenblick sah er sie scharf an. Dann erwiderte er: «Frag Darrow!»

«Owen», sagte Sophy Viner halblaut. «Aber Owen...»

– XXIV –

Anna sah abwechselnd von einem zum anderen. Blitzartig war ihr klargeworden, daß Owens Erwiderung zwar Sophy erschreckt, aber nicht überrascht hatte; und diese Erkenntnis warf ein jähes Licht auf dunkle Ängste.

Ihr unmittelbarer Rückschluß war, daß Owen erraten hatte, warum Darrow seine Wahl mißbilligte, oder zumindest daß er vermutete und fürchtete, Sophy wüßte davon. Diese Bestätigung ihrer eigenen unklaren Bedenken ließ Anna erzittern. Am liebsten hätte sie gerufen: «All das geht mich eigentlich gar nichts an, und ich mag mich von euch nicht in diese Dinge hineinziehen lassen...», aber ihre geheime Furcht hielt sie zurück.

Sophy Viner ergriff als erste das Wort.

«Ich würde jetzt gern gehen», sagte sie leise und tat ein paar Schritte zur Tür hin.

Ihr Ton machte Anna den eigenen Anteil an der Situation bewußt. «Ich bin ganz deiner Meinung, liebes Kind, daß es sinnlos ist, diese Debatte fortzuführen. Da aber aus mir unbekannten Gründen in diesem Zusammenhang Mr. Darrows Name gefallen ist, möchte ich euch sagen, daß ihr euch beide im Irrtum befindet, wenn ihr meint, daß er eure Heirat nicht billigt. Wenn Owen das andeuten wollte, kann ich nur sagen, daß er völlig im Irrtum ist.»

Sie sprach ruhig und entschieden, als hoffte sie, mit diesen Worten die flüsternde Stimme in ihrer Brust zum Schweigen bringen zu können.

Sophys einzige Antwort war ein unbestimmtes Murmeln und eine Bewegung, die sie der Tür näher brachte, aber ehe sie dort angekommen war, hatte Owen sich ihr in den Weg gestellt.

«Ich will nicht das andeuten, was du glaubst», sagte er, an seine Stiefmutter gewandt, wobei er aber Sophy nicht aus den Augen ließ. «Ich sage nicht, daß Darrow etwas gegen unsere Verbindung hat. Ich sage, daß Sophy seit Darrows Ankunft nichts mehr davon wissen will.»

Er sprach mit erzwungener Gelassenheit, aber seine Lippen waren weiß, und er krampfte die Hand um den Türknauf, um zu verbergen, daß sie zitterte.

Zorn mischte sich in Annas aufsteigende Ängste. «Mach dich nicht lächerlich, Owen. Ich weiß nicht, warum ich dir überhaupt zuhöre. Warum sollte Sophy Mr. Darrow nicht mögen, und warum sollte das etwas mit einer möglichen Lösung ihrer Verlobung zu tun haben?»

«Ich sage weder, daß sie ihn nicht mag, noch, daß sie ihn mag. Weiß ich denn, was sie sich erzählen, wenn sie allein zusammenstecken?»

«Allein zusammenstecken?» Anna machte große Augen. Owen kam ihr vor wie ein Delirierender; dieses Schauspiel war für sie alle entwürdigend. Doch er fuhr fort, ohne ihren Gesichtsausdruck zu bemerken: «Ja... am Abend nach ihrer Ankunft, im Arbeitszimmer; am nächsten Morgen im Park; gestern im Quellenhaus, als du mit dem Arzt im Torwärterhaus warst... Ich weiß nicht, was sie miteinander zu reden haben, zumindest aber haben sie jede nur mögliche Gelegenheit dazu genutzt... und zwar immer dann, wenn sie sich unbeobachtet glaubten.»

Anna hätte ihn nur zu gern zum Schweigen gebracht, aber die Stimme versagte ihr. Es war, als hätten ihre unbestimmten Befürchtungen auf einen Schlag konkrete Gestalt angenommen. Da war «etwas»... ja, da war «etwas»... Darrows Zurückhaltung, sein Ausweichen waren mehr als eine Ausgeburt ihrer Ängste.

Dann aber regte sich wieder ihr Stolz. Empört wandte sie sich ihrem Stiefsohn zu.

«Ich begreife nicht einmal die Hälfte von dem, was du da sagst, aber was du offenbar andeuten willst, ist so lachhaft und für Sophy und mich so verletzend, daß nicht einzusehen ist, weshalb wir uns das noch länger anhören sollten.»

Bei diesen Tönen wurde Owen ruhiger, aber sie merkte, daß er sich nicht von seinem Ziel würde abbringen lassen. Er sprach jetzt weniger heftig, aber um so präziser.

«Wie kann es lachhaft sein, wenn es die Wahrheit ist? Oder verletzend, da ich mir ebensowenig wie du die Bedeutung dessen, was ich gesehen habe, erklären kann? Hab Nachsicht mit mir, ich will versuchen, es dir ganz ruhig auseinanderzusetzen. Es geht mir darum, daß Sophy wie umgewandelt ist, seit sie Darrow hier vorgefunden hat, und daß man mir, nachdem ich diese Veränderung bemerkt habe, wohl kaum einen Vorwurf daraus machen kann, daß ich versucht habe, den Grund dafür zu erfahren.»

Anna bemühte sich um eine ebenso gefaßte Antwort. «Einen Vorwurf kann man dir zumindest daraus machen, daß du leichtfertig davon ausgehst, diesen Grund inzwischen zu kennen. Du scheinst zu vergessen, daß sich Sophy und Mr. Darrow bis zu ihrer Begegnung auf Givré kaum kannten.»

«Dann ist es um so eigenartiger, daß sie so häufig geheime Unterredungen miteinander haben.»

«Aber Owen...», seufzte Sophy.

Er wandte ihr sein gequältes Gesicht zu. «Kann

ich etwas dafür, wenn ich gesehen und erfahren habe, was nicht für mich bestimmt war? Nenne mir um Gottes willen einen Grund – irgendeinen Grund, aus dem ich klug werden kann. Ist es meine Schuld, wenn an dem Tag nach deiner Ankunft die Vorhänge des Arbeitszimmers nicht vorgezogen waren, als ich noch spät durch den Garten zum Haus zurückkam und dich dort allein mit Darrow sah?»

Annas Lachen klang ungehalten. «Also wirklich, Owen! Wenn du dich daran störst, daß zwei Hausgenossen miteinander sprechen...!»

«Sie haben nicht miteinander gesprochen – das ist der springende Punkt...»

«Woher willst du das wissen? Vom Garten aus konntest du sie schwerlich hören.»

«Nein, aber sehen. Er saß an meinem Schreibtisch und hatte die Hände vors Gesicht geschlagen, sie stand am Fenster und sah ihn nicht an...»

Er wartete, als hoffte er auf eine Antwort von Sophy, die aber blieb stumm und regte sich nicht.

«Das war das erste Mal», fuhr er fort. «Das zweite Mal war am nächsten Morgen im Park. Daß sie sich dort trafen, war zunächst unverdächtig. Sophy war mit Effie spazierengegangen, und Effie lief zurück, um mich zu suchen. Sie habe Sophy und Darrow auf dem Weg verlassen, der zum Fluß führt, sagte sie mir, und gleich darauf sahen wir die beiden vor uns. Zuerst bemerkten sie uns nicht, denn sie standen da und blickten sich an; und auch diesmal sprachen sie nicht miteinander. Wir kamen ganz nah heran, ehe sie uns sahen, und die ganze Zeit sagten beide kein Wort und ließen sich nicht aus den Augen. Danach war mein Mißtrauen erwacht, und ich habe sie beobachtet.»

«Ach, Owen...»

«Ich brauchte nur abzuwarten. Als ich dich und den Arzt vom Torwärterhaus zurückfuhr, sah ich Sophy aus dem Quellenhaus kommen. Ich nahm an, sie habe sich dort untergestellt, weil es regnete, und als du ausgestiegen warst, schlenderte ich über die Allee zurück, ihr entgegen. Aber sie war verschwunden... sie muß eine Abkürzung genommen und das Haus durch den Seiteneingang betreten haben. Ich weiß nicht, warum ich zum Quellenhaus ging, man könnte wohl sagen, daß ich spionieren wollte. Ich stieg die Stufen hoch; der Raum war leer, aber zwei Stühle waren von der Wand abgerückt und an den Tisch gestellt worden, und einer der chinesischen Fächer, die dort immer liegen, war zu Boden gefallen.»

«Was du nicht sagst», bemerkte Anna mit leichter Ironie. «Sophy hatte sich dort untergestellt, sie hat einen Fächer fallen lassen und einen Stuhl verrückt...»

«Ich sprach von zwei Stühlen...»

«Zwei Stühle... ein erdrückender Beweis... aber wofür eigentlich?»

«Einfach dafür, daß Darrow mit ihr zusammen war. Als ich aus dem Fenster sah, zeigte sich, daß er noch in der Nähe war und sich gerade entfernte. Er muß in dem Moment um die Ecke des Gebäudes gebogen sein, als ich zur Tür kam.»

Wieder trat eine kurze Pause ein, in der Anna

nicht so sehr um eine eigene Antwort bemüht war, als vielmehr auf ein Wort von Sophy Viner zu warten schien; als diese nicht dergleichen tat, begann sie von sich aus: «Ich selbst habe zu all dem nichts zu sagen; aber wenn du willst, warte ich, bis du deine Antwort gegeben hast.»

Sophy hob rasch errötend den Kopf. «Ich habe auch nichts zu sagen – oder nur dies: Owen muß den Verstand verloren haben.»

Sie hatte sich inzwischen offenbar wieder gefaßt; ihre Stimme war klar und verhalten zornig.

Anna sah ihren Stiefsohn an. Er war sehr blaß geworden und nahm mit einer mutlosen Bewegung die Hand vom Türknauf. «Das ist alles? Du willst mir keine Erklärung geben?»

«Ich hielt es nicht für nötig, dir oder sonst jemandem eine Erklärung dafür zu geben, daß ich unter Mrs. Leaths Dach mit einem ihrer Bekannten spreche.»

Owen schien den Hieb kaum zu spüren; er sah sie verbissen an.

«Gut, dann will ich nicht auf einer Erklärung bestehen. Ich bitte dich nur darum, mir zu versichern, daß deine Unterredungen mit Darrow mit deiner plötzlichen Entscheidung, Givré zu verlassen, nichts zu tun hatten.»

Mit dem Zögern, das ihrer Antwort voranging, vermittelte sie nicht so sehr den Eindruck, ihre Antwort abzuwägen, als den, sein Recht auf eine Antwort in Frage zu stellen. «Diese Versicherung gebe ich dir», sagte sie. «Und jetzt möchte ich gehen.»

Doch jetzt griff Anna ein. «Ich denke, du solltest sprechen, liebes Kind.»

«Mit ihm? Oder mit Ihnen?»

«Mit ihm.»

Sie versteifte sich. «Ich habe gesagt, was zu sagen war.»

Anna trat zurück und sah ihren Stiefsohn an. Er ging mit einer flehenden Bewegung auf Sophy Viner zu; doch in diesem Moment klopfte es. Alle drei schwiegen einen Augenblick. Dann sagte Anna: «Herein.»

Darrow betrat das Zimmer. Als er die drei beisammen fand, sah er rasch von einem zum anderen und wandte sich dann lächelnd Anna zu.

«Ich wollte nachsehen, ob du bereit bist; bitte schick mich fort, wenn du mich nicht gebrauchen kannst.»

Sein Gesicht, seine Stimme, allein schon das Gefühl seines Da-Seins gab Anna ihr Gleichgewicht zurück. Neben Owen wirkte er so stark, so weltgewandt, so erfahren, daß die leidenschaftlichen Anschuldigungen ihres Stiefsohns zu knabenhaftem Geschwätz verblaßten. Eben noch hatte Darrows Kommen sie erschreckt; jetzt war sie froh, daß er da war.

Rasch entschlossen sagte sie: «Bitte tritt ein. Ich möchte, daß du erfährst, was Owen gesagt hat.»

Sie hörte Sophy Viner etwas murmeln, ging aber darüber hinweg. Ein klarsichtiger Impuls drängte sie weiterzusprechen. Sie, die sich gewöhnlich ihres Mangels an Scharfblick, ihres geringen Talents zum Aufspüren verborgener Motive und zum Erkennen geheimer Zeichen so sehr bewußt war, fühlte sich in diesem Augenblick merkwürdig inspiriert. «Am besten klären wir diese absurde Frage auf der Stelle», sagte sie zu Sophy Viner, und Darrow anblickend, fuhr sie fort: «Aus irgendeinem mir völlig unverständlichen Grunde hat Owen es sich in den Kopf gesetzt, du hättest Miss Viner dahingehend beeinflußt, daß sie ihre Verlobung löst.»

Sie sprach langsam und mit Nachdruck, um Zeit zu geben und Zeit zu gewinnen; Zeit für Darrow und Sophy, den Sinn ihrer Worte in ihrem ganzen Ausmaß zu erfassen, Zeit für sie, deren volle Wirkung auf die beiden zu beobachten. «Wenn nichts zwischen ihnen ist», hatte sie sich gesagt, «werden sie sich ansehen; sonst werden sie es nicht tun.» Und als sie geendet hatte, war ihr, als hinge von dem, was ihre Augen wahrnahmen, ihr Leben ab.

Sophy, die kurz zu einem Protest angesetzt hatte, stand jetzt regungslos und mit niedergeschlagenen Augen da. Darrow sah mit ernstem Gesicht langsam von Owen Leath zu Anna. Ohne den Blick von ihr zu lassen, fragte er: «Hat Miss Viner ihre Verlobung gelöst?»

Nach seiner Frage trat wieder eine kurze Pause ein. Schließlich sah Sophy auf und sagte: «Ja!»

Owen entfuhr ein erstickter Laut; dann verließ er das Zimmer. Sie blieb stehen, wo sie stand, anscheinend ohne seinen Weggang zu bemerken und ohne sich zu einem weiteren erklärenden Wort herabzulassen; dann, ehe Anna Stimme genug gefunden hatte, um sie zurückzuhalten, wandte auch sie sich um und ging hinaus.

«Um Gottes willen, was ist geschehen?» fragte Darrow; Anna aber sagte sich mit stockendem Herzschlag, daß er und Sophy Viner sich nicht angesehen hatten.

– XXV –

Anna stand mitten im Zimmer und blickte zur Tür. Noch immer ruhte Darrows fragender Blick auf ihr, und sie dachte mit einem raschen Atemzug: «Wenn er nur nicht in meine Nähe kommt.»

Ihr war, als sei ihr plötzlich die fatale Gabe verliehen worden, aus jedem scheinbar spontanen Blick, jeder scheinbar spontanen Bewegung deren geheime Bedeutung herauszulesen, so daß sie in der kleinsten zärtlichen Geste von ihm kalte Berechnung gesehen hätte.

Noch einen Augenblick sah er sie forschend an, dann wandte er sich ab und bezog seine übliche Position am Kamin. Sie tat einen tiefen Seufzer der Erleichterung.

«Willst du mir nicht bitte erklären...»

«Ich kann es nicht erklären; ich weiß ja selber nichts. Ich wußte, bis sie es dir sagte, nicht einmal, daß sie wirklich die Absicht hatte, ihre Verlobung zu lösen. Ich weiß nur, daß sie eben jetzt zu mir kam und sagte, sie wolle Givré heute verlassen; und daß Owen, als er davon hörte – denn sie hatte ihm nichts davon gesagt –, ihr sogleich vorwarf, sie reise in der geheimen Absicht ab, mit ihm zu brechen.»

«Und du glaubst, es ist ein endgültiger Bruch?» Sie merkte, daß sich bei ihren Worten seine Miene aufgehellt hatte.

«Woher soll ich das wissen? Vielleicht kannst du es mir sagen?»

«Ich?» Sie hatte den Eindruck, daß sich sein Gesicht wieder verdüsterte, aber seine Haltung war unverändert gelassen.

«Wie ich dir schon sagte», fuhr sie fort, «hat Owen sich in den Gedanken verrannt, du hättest aus irgendeinem rätselhaften Grund Sophy gegen ihn eingenommen.»

Darrow war noch immer sichtlich verwundert. «Das muß in der Tat ein rätselhafter Grund sein. Er weiß, wie flüchtig ich Miss Viner kenne. Weshalb sollte er sich etwas so völlig Unwahrscheinliches einbilden?»

«Auch das weiß ich nicht.»

«Aber er muß doch irgendeinen Grund angedeutet haben.»

«Nein. Er gibt zu, daß er deine Motive nicht kennt. Er sagt nur, Sophys Verhalten ihm gegenüber habe sich seit ihrer Rückkehr nach Givré geändert und er habe euch mehrmals zusammen gesehen – im Park, im Quellenhaus, weiß der Himmel wo –, und zwar in vertraulichem, fast verstohlenem Gespräch; und daraus zieht er den lachhaften Schluß, du hättest deinen Einfluß genutzt, um sie gegen ihn aufzubringen.»

«Meinen Einfluß? Und welcher Art sollte dieser Einfluß sein?»

«Das hat er nicht gesagt.»

Darrow schien die Fakten zu überdenken, die er von ihr erfahren hatte. Sein Gesicht blieb ernst, zeigte aber keine Spur von Beunruhigung. «Und was sagt Miss Viner?»

«Sie sagt, es sei durchaus naheliegend, daß sie gelegentlich mit meinen Freunden spricht, wenn sie unter meinem Dach lebt, und verweigert ihm jede weitergehende Erklärung.»

«Das zumindest ist durchaus naheliegend.»

Anna spürte, wie ihr die Röte in die Wangen stieg, als sie erwiderte: «Ja, aber da *ist* etwas...»

«Etwas...?»

«Irgendein Grund für ihre plötzliche Entscheidung, die Verlobung zu lösen. Ich kann Owens Empfindungen verstehen, sosehr ich bedauere, wie er sie gezeigt hat. Sophy ist ihm eine Erklärung schuldig, und solange sie ihm diese verweigert, wird seine Phantasie über die Stränge schlagen.»

«Sie hätte ihm diese Erklärung zweifellos gegeben, wenn er in einem anderen Ton darum gebeten hätte.»

«Ich will Owens Ton nicht verteidigen, aber sie kannte ihn, ehe sie seinen Antrag annahm. Sie weiß, daß er erregbar und unbeherrscht ist.»

«Zumindest hat sie ihn schon ein wenig diszipliniert, und etwas Besseres kann man sich kaum wünschen. Warum läßt du es nicht dabei bewenden?»

«Ich soll nichts dagegen tun, daß Owen glaubt, *du* seist der Grund für die Trennung gewesen?»

Sie sah sein unbeschwertes Lächeln. «Soll er

von mir getrost glauben, was er will. Am besten läßt du ihn ganz in Ruhe.

«In Ruhe?» wiederholte sie überrascht.

«Laß den Dingen ihren Lauf. Du hast alles getan, was du für ihn und Miss Viner tun konntest. Wenn sie nicht miteinander auskommen, ist das ihre Sache. Was veranlaßt dich jetzt noch, dich einzumischen?»

Sie betrachtete ihn mit wachsender Bestürzung. «Natürlich das, was er über dich gesagt hat.»

«Es ist mir völlig einerlei, was er über mich sagt. In so einer Situation klammert sich ein verliebter junger Bursche lieber an irgendwelche an den Haaren herbeigezogenen Gründe, als sich mit der demütigenden Tatsache abzufinden, daß die Dame seines Herzens ihn möglicherweise satt hat.»

«Du verstehst Owen wohl nicht so ganz. Ihn trifft alles tief, und er braucht lange, um darüber hinwegzukommen. Mit seiner unglücklichen Liebesgeschichte war es genauso. Er ist ein Romantiker und Verschwender; von den Zinsen seiner Gefühle kann er nicht leben. Er betet Sophy an, und sie schien ihn zu lieben. Wenn sie sich geändert hat, so ist das sehr plötzlich geschehen. Und wenn sie sich wortlos und im Zorn trennen, wird ihm das schrecklich weh, wird es ihm bis in die Seele weh tun. Aber das berührt, wie du sagst, nur die beiden. Was mich berührt, ist die Tatsache, daß er dich in ihren Streit hineinzieht. Owen ist wie mein eigener Sohn; hättest du ihn gesehen, als ich herkam, wüßtest du, warum. Wir waren wie zwei Gefangene, die sich durch Klopfzeichen verständigen.

Das haben wir, er und ich, nie vergessen. Ob er nun mit Sophy bricht oder ob sie sich wieder versöhnen – ich kann nicht zulassen, daß er denkt, du hättest etwas damit zu tun gehabt.»

Sie sah bittend zu Darrow auf und erkannte in seinem Blick die Langmut eines Mannes, der sich darein fügt, über nicht vorhandene Probleme zu debattieren.

«Ich werde tun, was du von mir verlangst», sagte er, «nur weiß ich noch nicht, was das ist.»

Mit seinem Lächeln schien er ihr einen Mangel an Logik vorzuwerfen, und weil sie sich damit in ihrem Stolz getroffen fühlte, fuhr sie fort: «Da Owen weiß, daß ihr euch praktisch fremd seid, Sophy und du, kann man ihm schließlich nicht verdenken, daß er sich gefragt hat, worum sich euer Gespräch drehte, als er euch miteinander reden sah.»

Etwas in ihr begann zu beben, als erhöbe sich ein jenseits aller Vernunft liegender Instinkt, um seinen Schatz zu verteidigen. Doch Darrows Gesicht blieb bis auf das leicht belustigte Lächeln, das um seine Lippen spielte, unbewegt.

«Ja, und hättest du ihn nicht aufklären können, meine Liebe?»

«Ich?» stammelte sie errötend.

«Du scheinst völlig vergessen zu haben, in welche Lage du mich gebracht hast, als ich herkam: Da war dein Appell an mich, Owen durchzuhelfen, deine Zusicherung ihm gegenüber, ich würde ihn unterstützen, Madame de Chantelles Versuch, mich auf ihre Seite zu ziehen; und vor allem etwas, woran du mich gerade noch einmal erinnert hast: wie wichtig es für uns beide ist, daß Owen mich mag. Deshalb sagte ich mir, daß es zunächst einmal vordringlich sei, mich mit der ganzen Situation eingehend vertraut zu machen, und um das zu erreichen, lag es für mich nahe, zu versuchen, mit Miss Viner besser bekannt zu werden. Ja gewiß habe ich unter vier Augen mit ihr gesprochen, und zwar so oft wie eben möglich. Ich habe mich nach Kräften bemüht, in Erfahrung zu bringen, ob du recht daran getan hast, Owen zu dieser Verbindung zu ermutigen.»

Mit wachsender Zuversicht hörte sie ihm zu und mühte sich dabei, den abstrakten Sinn seiner Worte von der Überredungskunst zu trennen, die in seinem Blick und in seiner Stimme lag.

«Ich verstehe», sagte sie halblaut. «Ja, ich verstehe.»

«Dann wirst du auch verstehen, daß ich das Owen schlecht sagen konnte, ohne ihn noch mehr zu kränken und womöglich den Bruch zwischen ihm und Miss Viner noch zu vertiefen. Wie hätte ich dagestanden, wenn ich ihm gesagt hätte, ich wollte nur feststellen, ob er die richtige Wahl getroffen habe? Und schließlich ist es nicht meine Aufgabe, eine Erklärung für etwas beizubringen, was, wie sie ganz richtig gesagt hat, keiner Erklärung bedarf. Wenn sie es ablehnt, sich zu äußern, dann offenkundig deshalb, weil Owens Unterstellungen absurd sind; und das verpflichtet natürlich auch mich zum Schweigen.»

«Ja, ich verstehe», wiederholte Anna. «Aber ich

verlange von dir ja auch nicht, Owen irgend etwas zu erklären.»

«Du hast mir noch nicht verraten, was du verlangst...»

Sie zögerte; es war ihr bewußt, wie schwierig es war, ihre Bitte zu rechtfertigen. Schließlich sagte sie: «Ich möchte, daß du mit Sophy sprichst.»

Darrow lachte ungläubig auf. «Wenn ich bedenke, was bei meinen bisherigen Versuchen herausgekommen ist...»

Sie sah rasch zu ihm hoch. «Zumindest haben sie doch wohl nicht dazu geführt, daß sie dir weniger sympathisch ist, daß du weniger gut von ihr denkst, als du mir gesagt hast?»

Sie hatte den Eindruck, daß er ein wenig befremdet war.

«Weshalb kommst du jetzt wieder darauf zurück?»

«Ich möchte meiner Sache ganz sicher sein, das bin ich Owen schuldig. Willst du mir nicht genau schildern, welchen Eindruck sie auf dich gemacht hat?»

«Ich mag Miss Viner, das sagte ich schon.»

«Glaubst du immer noch, daß sie Owen liebt?»

«In unseren kurzen Gesprächen ist mir darüber nichts Näheres bekannt geworden.»

«Du glaubst aber nach wie vor, daß es keinen Grund für ihn gibt, sie nicht zu heiraten?»

Wieder ließ er beherrschte Ungeduld erkennen. «Wie kann ich das beantworten, ohne zu wissen, aus welchem Grund sie mit ihm gebrochen hat?»

«Eben das sollst du von ihr in Erfahrung bringen.»

«Und weshalb um alles in der Welt sollte sie mir das verraten?»

«Weil sie, was immer sie Owen nachtragen mag, gegen mich jedenfalls gewiß nichts haben kann. Sie kann nicht wollen, daß mich Owen in Gedanken mit diesem unseligen Streit in Verbindung bringt; und sie muß wissen, daß er das tut, bis jemand ihn davon überzeugt hat, daß du nicht daran beteiligt warst.»

Darrows Ellbogen glitt vom Kaminsims, und er ging ruhelos ein paar Schritte durchs Zimmer. Dann blieb er vor ihr stehen.

«Warum kannst du ihr das nicht selbst sagen?»

«Ja begreifst du das nicht?»

Er musterte sie forschend, und sie fuhr drängend fort: «Du mußt doch erraten haben, daß Owen auf dich eifersüchtig ist.»

«Eifersüchtig auf mich?» Das Gesicht unter der gebräunten Haut rötete sich.

«Er ist toll vor Eifersucht. Was sonst könnte ihn zu so einer Torheit treiben? Und ich kann nicht zulassen, daß sie auch mich für eifersüchtig hält. Ich habe gesagt, was ich konnte, ohne diesen Verdacht in ihr zu wecken, aber sie hat uns kein weiteres Wort gegönnt. Unsere einzige Hoffnung ist jetzt, daß sie auf dich hört, daß du sie davon überzeugst, welchen Schaden sie mit ihrem Schweigen anrichten kann.»

Darrow stieß einen protestierenden Laut aus. «Was du da andeutest, ist einfach lächerlich.

Mit solchen Gründen kann ich ihr nicht kommen.»

Anna legte ihm eine Hand auf den Arm. «Du kannst ihr mit dem Grund kommen, daß ich fast Owens Mutter bin und eine Entfremdung zwischen dir und ihm mich umbringen würde. Sie kennt ihn, sie wird dafür Verständnis haben. Rede ihr gut zu. Sag ihr, sie solle erzählen, was sie will, aber sie dürfe nicht wortlos abreisen, dürfe *das* nicht zwischen uns stehenlassen, wenn sie geht.»

Sie trat einen Schritt zurück, sah zu ihm auf und versuchte, ihm tiefer als je zuvor in die Augen zu sehen; doch ehe sie erkennen konnte, was in seinem Blick stand, hatte er nach ihren Händen gegriffen, um sie zu küssen.

«Du wirst mit ihr sprechen?» flehte sie ihn an. «Du wirst mit ihr sprechen?» Und er erwiderte: «Ich tue alles Menschenmögliche, wenn du mich darum bittest.»

– XXVI –

Darrow saß allein in Annas Wohnzimmer und wartete.

Als Schauplatz für das vor ihm liegende Gespräch hätte er sich keinen ihm unwillkommeneren Ort denken können, doch hatte er sich gefügt, als Anna ihm vorstellte, es wirke ungezwungener, wenn sie Sophy zu sich bat, als wenn er sie suchen ging. Während er sorgenvoll auf und ab schritt, schien es, als ob eine unerbittliche Hand alle zärtlichen Fäden der Erinnerung durchschnitte, die ihn mit diesem friedvollen Raum verbanden. Hier hatte er in den tiefsten Zügen von seinem Glück getrunken, hatten seine Lippen an seinem überbordenden Quell gelegen; doch jetzt war der Quell vergiftet, nie mehr würde er aus einem unbesudelten Becher trinken.

Einen Augenblick spürte er die Qual geradezu körperlich; dann machte er sich nervlich hart für die bevorstehende Auseinandersetzung. Er hatte keine Vorstellung von dem, was ihn erwartete; doch nach der ersten instinktiven Abwehr war ihm blitzartig klargeworden, daß ein weiteres Gespräch mit Sophy Viner dringend erforderlich war. Er war Anna gegenüber nicht aufrichtig gewesen, als er gesagt hatte, er habe eingewilligt, eine solche Unterredung zu führen, weil sie ihn darum gebeten hatte. In Wirklichkeit hatte er fieberhaft nach eben jenem Vorwand gesucht, den sie ihm geliefert hatte; und merkwürdigerweise belastete ihn diese banale Scheinheiligkeit mehr als die schwere Bürde seiner Täuschung.

Endlich hörte er einen Schritt hinter sich, und Sophy Viner erschien. Als sie ihn sah, blieb sie auf der Schwelle stehen und wich ein wenig zurück.

«Mir wurde gesagt, Mrs. Leath habe nach mir geschickt.»

«Das hat sie in der Tat. Sie wird gleich hier sein, aber ich habe sie gebeten, mich erst mit Ihnen sprechen zu lassen.»

Er sprach sehr sanft, und in dieser Sanftmut war nichts Unaufrichtiges. Er war tief bewegt von

Sophy Viners verändertem Aussehen. Als sie ihn sah, hatte sie sich ein Lächeln abgerungen, das über ihren Jammer hinflackerte wie eine Kerzenflamme über das Antlitz einer Toten.

Sie antwortete nicht, und Darrow fuhr fort: «Sie haben sicher Verständnis dafür, daß ich nach dem, was ich gerade erfahren habe, mit Ihnen sprechen wollte.»

Sie machte eine abwehrende Handbewegung und sagte: «Ich kann nichts für Owens irres Gerede.»

«Nein, gewiß nicht...» Er unterbrach sich, und sie standen einander schweigend gegenüber. Sie hob eine Hand und strich mit jener Bewegung, die sich unauslöschlich seiner Erinnerung eingeprägt hatte, die lose Haarsträhne zurück. Dann sah sie sich um und ließ sich auf den erstbesten Stuhl sinken.

«Sie haben ja nun erreicht, was Sie wollten», sagte sie.

«Was ich wollte? Wie meinen Sie das?»

«Meine Verlobung ist gelöst, Sie haben es selbst gehört.»

«Wie kommen Sie darauf, daß ich das wollte? Von Anfang an war mir nur darum zu tun, Ihnen zu raten und nach besten Kräften zu helfen.»

«Das ist Ihnen auch gelungen», erwiderte sie. «Sie haben mich davon überzeugt, daß ich gut daran täte, ihn nicht zu heiraten.»

Darrow lachte verzweiflungsvoll auf. «Genau in dem Moment, als Sie mich vom Gegenteil überzeugt hatten.»

«Hatte ich das?» Ein Lächeln huschte über ihre

Züge. «Ja, das habe ich auch wirklich geglaubt, bis Sie mir gezeigt haben... mich gewarnt haben...»

«Gewarnt...?»

«... daß ich in der Ehe mit einem Mann, den ich nicht liebe, unglücklich werden würde.»

«Lieben Sie ihn nicht?»

Sie schwieg, und Darrow ging bis zum anderen Ende des Zimmers. Vor dem Schreibtisch hielt er inne; dort stand sein Photo. Gut gekleidet, ansehnlich, selbstbewußt, ein Mann von Welt gewissermaßen, der sich sicher ist, mit den heikelsten Situationen fertig zu werden, präsentierte sich dieser Mensch in seiner ganzen Plattheit seinem Blick. Er wandte sich wieder Sophy zu. «Es ist aber doch recht hart für Owen, daß Sie bis heute gewartet haben, um es ihm zu sagen...»

Sie überlegte einen Augenblick. «Ich habe es ihm gesagt, sobald ich es wußte.»

«Daß Sie ihn nicht heiraten würden?»

«Daß ich nie hier mit ihm würde leben können.» Sie sah sich um, als müßten die Wände selbst für sie sprechen.

Einen Augenblick sah Darrow sie ratlos an, dann trafen sich ihre Augen in einem langen unglückseligen Blick.

«Ja...», sagte sie und stand auf.

Sie hörten, wie unter dem Fenster Effie nach ihren Hunden pfiff und von der Terrasse her ihre Mutter sie rief.

«*Das* zum Beispiel», sagte Sophy Viner.

«Von Rechts wegen müßte *ich* gehen», brach es aus Darrow heraus.

Sie hielt an ihrem schmalen, blassen Lächeln fest. «Was würde uns das jetzt noch nützen?»

Er schlug die Hände vors Gesicht. «Großer Gott», stöhnte er. «Woher konnte ich wissen...»

«Sie konnten es nicht wissen. Wir konnten es beide nicht wissen.» Sie schien das Problem kritisch zu überdenken. «Schließlich hätte es statt meiner auch *Sie* treffen können...»

Er machte noch eine erregte Runde durchs Zimmer, dann setzte er sich neben sie auf einen Stuhl. Eine höhnische Hand schien ihm die Worte von den Lippen zu reißen. Es gab nichts, aber auch gar nichts, was er hätte sagen können und was nicht töricht oder grausam oder verächtlich gewesen wäre.

«Können Sie es nicht wenigstens versuchen?» begann er schließlich.

Ihr Blick wurde ernst.

«Sie zu vergessen?»

Er errötete bis in die Stirn. «Sie sollten versuchen, Owen noch ein wenig Zeit und eine Chance zu geben – so habe ich es gemeint. Er ist rasend in Sie verliebt. Alles, was an Gutem in ihm steckt, ist Ihnen anheimgegeben. Seine Stiefmutter hat das von Anfang an gespürt. Und sie dachte... sie glaubte...»

«Sie dachte, ich könnte ihn glücklich machen. Würde sie das jetzt auch noch denken?»

«Jetzt...? Lassen wir das einmal dahingestellt. Aber später...? Die Zeit verändert... löscht aus... schneller, als Sie denken. Reisen Sie ab, aber lassen Sie ihm die Hoffnung. Auch ich, das heißt wir...» – er stolperte über den Plural – «...werden in wenigen Wochen abreisen und vermutlich lange Zeit wegbleiben. Zu dem, was Sie befürchten, kommt es womöglich gar nicht, wir werden vielleicht viele Jahre lang nicht zusammen hier sein.»

Sie ließ ihn ausreden, ohne etwas zu sagen, die Hände im Schoß gefaltet, den Blick gesenkt. «Für mich», sagte sie, «werden Sie immer hier sein.»

«Sagen Sie das nicht... bitte sagen Sie das nicht! Situationen ändern sich... Menschen ändern sich... Sie werden sehen...»

«Sie mißverstehen mich. Ich will nicht, daß sich etwas ändert. Ich will nicht vergessen, will nichts auslöschen. Zuerst habe ich geglaubt, daß ich es will, aber das war ein törichter Irrtum, den ich begriff, sobald ich Sie wiedersah... Es ist nicht das Zusammensein mit Ihnen unter diesem Dach, das ich fürchte, nicht so, wie Sie es meinen jedenfalls. Es ist das Zusammensein hier oder sonstwo mit Owen.» Sie stand auf und sah ihn traurig lächelnd an. «Ich will Sie ganz für mich behalten.»

Das einzige, was ihm dazu einfiel, war eine sinnlose Verdammung seiner Torheit, doch die Worte erstarben ihm im Gefühl ihrer Sinnlosigkeit auf den Lippen. «Armes Kind... Sie armes Kind», hörte er sich hilflos wiederholen.

Doch dann wurde er sich jäh der Wirklichkeit wieder bewußt, und er sprang auf. «Was auch geschehen mag», erklärte er, «ich gehe! Und zwar endgültig. Keine Angst, ein Grund findet sich schon. Aber daß ich gehen muß, ist völlig klar.»

«Gehen? Sie?» stieß Sophy hervor. «Begreifen

Sie denn nicht, daß damit alles ans Licht käme, alle in den Alptraum hineingezogen würden?»

Er fand keine Antwort, und sie fuhr ruhiger fort: «Was nützte es, wenn Sie gingen? Glauben Sie, daß sich dadurch für mich auch nur das Geringste ändern würde?» Sie musterte ihn mit einem wehmütigen Blick. «Ich frage mich, was Sie wohl für mich empfunden haben. Es ist schon eigenartig, daß ich es nie wirklich erfahren habe... Wir wissen wohl nicht viel über diese Art von Empfindung. Ist es so, als tränke man, wenn man durstig ist? Für mich war es damals, als läge mein ganzes Sein in Ihrer Hand...»

Er senkte beschämt den Kopf, sie aber fuhr fast frohlockend fort: «Bitte denken Sie nicht, daß es mir leid tut! Es war jeden Penny wert, den es gekostet hat! Mein Fehler war, daß ich mich anfangs genierte, weil der Preis so hoch war. Ich versuchte, das Ganze als einen Scherz abzutun, es bei mir selbst ein ‹Abenteuer› zu nennen. Ich hatte mir immer Abenteuer gewünscht. Sie hatten mir zu einem verholfen, und ich versuchte, es so zu sehen wie Sie, ich versuchte, mich an die Spielregeln zu halten und mir einzureden, ich hätte dabei nicht mehr riskiert als Sie. Als ich Sie dann wiedersah, begriff ich, daß ich doch mehr riskiert, aber auch unendlich viel gewonnen hatte. Die ganze Zeit habe ich mich bemüht, zwischen uns möglichst viel Trennendes aufzutürmen; jetzt will ich das alles beiseite räumen. Ich hatte versucht zu vergessen, wie Sie aussehen; jetzt möchte ich Sie auf immer in Erinnerung behalten. Ich hatte versucht,

Ihre Stimme nicht zu hören; jetzt will ich nie wieder eine andere hören. Ich habe meine Wahl getroffen, ein für allemal: Ich habe Sie gehabt, und ich will Sie behalten.» Ihr Gesicht und ihre Augen leuchteten. «Gut versteckt behalten. Hier!» schloß sie und legte eine Hand an die Brust.

Als sie fort war, blieb Darrow regungslos sitzen und blickte in ihre gemeinsame Vergangenheit zurück. Bislang hatte sie in einem verschwommenen rosafarbenen Dunst am Rande seines Bewußtseins gehangen wie eins jener rosenblattgleichen Wölkchen, die von der sinkenden Sonnenscheibe heruntertropfen. Jetzt war sie eine gewaltige, dräuende Finsternis, die sein Blick vergeblich zu durchdringen suchte. Über die Episode als Ganzes hatte er noch keine Klarheit gewonnen, nur hier und da hatte eine Wendung, eine Geste, eine Betonung von Sophy Viner ein wenig Licht in das nächtliche Dunkel gebracht.

«Ich frage mich, was Sie wohl für mich empfunden haben...», hatte sie gesagt, und er ertappte sich dabei, daß auch er sich diese Frage stellte. Er erinnerte sich sehr genau, daß er in ihrer Beziehung der gefahrbringenden Leidenschaft nicht einmal in ihrer flüchtigsten Form hatte Raum geben wollen. In dieser Hinsicht konnte ihm niemand einen Vorwurf machen. Sie war ein ungewöhnlich originelles und anziehendes junges Ding, dem er einige harmlose, vergnügte Tage hatte bereiten wollen und das aufgeweckt und erfahren genug war, seine Absicht zu begreifen und ihm lästige Bedenken und Mißdeutungen zu ersparen. Das war sein erster Eindruck gewesen, den ihr weiteres Verhalten bestätigt hatte. Von Anfang an war sie jener freimütig-ungezwungene Kamerad gewesen, den er sich gewünscht hatte. War er es dann gewesen, den in der Folge die selbstgesetzten Grenzen einzuengen begannen? War es seine verletzte Eitelkeit, die auf der Suche nach Balsam für ihre Wunde tief in den Heilung bringenden Teich ihres Mitgefühls hatte eintauchen wollen? Wenn er seine verworrenen Erinnerungen an jene Tage näher in Augenschein nahm, war ihm, als seien solche Sehnsüchte nicht von der Hand zu weisen. In den ersten Tagen allerdings war das Experiment sehr erfolgreich verlaufen. Ihre Freude war ungetrübt, sein Vergnügen daran unbeeinträchtigt gewesen. Ganz allmählich aber, so schien es ihm im Rückblick, hatten sich leichte Ermüdungserscheinungen eingestellt. Vielleicht deshalb, weil es ihr, wenn der vergnügliche Klatsch über ihre Mitmenschen versiegte, an anderen Gesprächsthemen mangelte; vielleicht war aber auch die Frische ihres Lachens schuld oder der Zauber der Bewegung, mit der sie eines Tages im Wald von Marly den Hut abgeworfen und den Kopf in den Nacken gelegt hatte, um dem Ruf des Kuckucks zu lauschen; womöglich lag es auch daran, daß er sie jedesmal, wenn er unerwartet den Blick auf sie richtete, dabei ertappte, daß sie ihn verstohlen musterte; vielleicht war es aber auch einfach so, daß mehr oder weniger all dieser Dinge wegen ein Moment gekommen war, da kein Wort hoch genug fliegen oder tief genug hinabtauchen konnte, um das Gefühl des Wohlbehagens auszudrücken, das eins dem anderen schenkte, so daß sich als naheliegender Ersatz für die Sprache ein Kuß angeboten hatte.

Der Kuß war gerade im rechten Augenblick gekommen, um ihr Unternehmen vor dem Scheitern zu bewahren. Sie hatten einen Punkt erreicht, da ihre erstaunlichen Reminiszenzen zu stocken begannen, ihre Zukunft ausführlich besprochen, ihre Aussichten beim Theater genauestens abgehandelt waren, ihr Streit mit Mrs. Murrett bis in die letzten Verzweigungen ausgebreitet worden war und sie – vielleicht im Bewußtsein ihrer erschöpften Reserven und seines schwindenden Interesses – den fatalen Fehler begangen hatte zu sagen, sie sähe ihm an, daß er unglücklich sei, und er solle ihr doch bitte sagen, warum.

Von der gefährlichen Kante zerstörerischer Vertraulichkeiten und unvorteilhafter Vergleiche hatte seine Geste sie auf sicheren Boden zurückgerissen; und nachdem er sie geküßt hatte, war ihm, als könne sie ihn nie mehr langweilen. Sie gehörte zu jenen elementaren Wesen, die ganz impulsiv empfinden und nichtssagend oder sentimental werden, wenn sie versuchen, Gefühle in Sprache umzusetzen. Seine Zärtlichkeit hatte sie auf den ihr gebührenden Platz in der Weltenordnung zurückbefördert, und er hatte das Gefühl, als habe er einen Baum umarmt, aus dem eine Nymphe hervorgewachsen war…

Allein die Tatsache, daß er ihr nicht mehr zuzuhören brauchte, vergrößerte ihren Reiz ganz ungemein. Natürlich sprach er nach wie vor mit ihr, doch war das nicht weiter von Belang, denn er bemühte sich nun nicht mehr, ihren Worten zu folgen, sondern betrachtete sie als wohlklingende Begleitmusik zu seinen Gedanken. In ihr selbst war keine Spur von Poesie, doch besaß sie einige jener Eigenschaften, die Poesie in anderen weckt; und in hitzigen Augenblicken wird der Phantasie der Unterschied nicht immer bewußt...

Neben ihm im Schatten ausgestreckt, war sie für Darrow Teil der verzauberten Stille in den Sommerwäldern, war jenes Element unbestimmten Wohlgefühls, das all seine Sinne erfaßt hatte und den Schmerz verletzten Stolzes linderte. Alles, was er in diesem Augenblick von ihr verlangte, war, daß er sie mit der Hand oder mit den Lippen berühren und daß er friedlich neben ihr liegen durfte, lange warme Stunden lang, indes das Lied einer Drossel springbrunnengleich auf- und niederstieg, der Sommerwind sich in den Zweigen regte und ganz nah, zwischen den nächstgelegenen Ästen und seinem Hutrand, eine zierliche Gestalt in Weiß die herumschwirrenden Fäden des Frohsinns einfing.

Er erinnerte sich auch, wie er, auf dem Rücken liegend, durch eine Lücke im Geäst ein breites Band von Zirruswolken hatte aufziehen sehen. «Morgen wird es regnen», hatte er gesagt, und bei diesem Gedanken erschien ihm die Luft noch wärmer, schien die Sonne noch zärtlicher sein Haar zu streicheln. Wären nicht die Zirruswolken aufgezogen, wäre ihr Abenteuer vielleicht ohne Fortsetzung geblieben. Doch die Wolken brachten Regen, und am nächsten Morgen stand kalter grauer Dunst vor seinem Fenster. Sie hatten einen Ganztagsausflug auf der Seine machen wollen, zu den zwei Andelys und nach Rouen, und jetzt, da lange, unausgefüllte Stunden vor ihnen lagen, waren sie beide ein wenig ratlos... Gewiß, es gab noch den Louvre und das Palais de Luxembourg, aber das Bilderanschauen mit ihr hatte er schon ausprobiert; sie hatte zuerst so beharrlich die schlechtesten Werke bewundert und dann so unverhohlen ihr Desinteresse erkennen lassen, daß es ihn nicht lockte, das Experiment zu wiederholen. Also machten sie sich zu einem kalten, nassen, ziellosen Spaziergang auf, flüchteten in die verlassenen Arkaden des Palais-Royal und landeten schließlich in einem seiner ebenfalls verlassenen Restaurants, wo sie allein und etwas trübsinnig aßen, bedient von einem fahlen alten Ober mit der Miene eines Schiffbrüchigen, der es aufgegeben hat, nach einem Segel Ausschau zu halten... Seltsam, wie deutlich er plötzlich das Gesicht des Obers wieder vor sich sah...

Ohne den Regen wäre es vielleicht nie dazu gekommen; aber was nützte jetzt noch das Nachdenken darüber? Er versuchte, sich mit dringenderen Fragen zu beschäftigen; aber eine wunderliche Gedankenverbindung rief ihm alle Einzelheiten jenes Tages mit einer Beharrlichkeit wieder ins Gedächtnis, aus der es kein Entrinnen gab. Widerwillig durchlebte er noch einmal den langen nassen Rückweg zum Hotel nach einer ermüdenden Stunde bei einer Kinematographenschau auf dem Boulevard. Es regnete noch immer, als sie die abgeschmackte Vorstellung verließen. Ein Taxi hatte sie eigensinnig abgelehnt und darauf bestanden, unter triefenden Schaufenstermarkisen stehenzubleiben und sich in zugigen Durchgängen umzuschauen, und als ihr Ziel fast erreicht war, hatte sie gar den Vorschlag gemacht, umzukehren, um eine Aufführung in irgendeinem kleinen Theater am Boulevard des Batignolles zu besuchen, von dem sie gehört hatte, wogegen er aber leicht gereizt Protest einlegte. Er erinnerte sich, daß sie zum erstenmal beide ziemlich gereizt und geneigt gewesen waren, sich gegen die von der einen oder anderen Seite gemachten Vorschläge zu sträuben. Er hatte nasse Füße, er mochte nicht mehr laufen und hatte den Geruch muffiger, stickiger Theater satt. Er müsse jetzt wirklich zurück, hatte er gesagt, er habe Briefe zu schreiben – und so waren sie ins Hotel zurückgekehrt.

– XXVII –

Darrow hätte nicht sagen können, wie lange er so gesessen hatte, als er hörte, wie sich Annas Hand auf den Türknauf legte. Die Anstrengung, sich zu erheben und sein Gesicht so weit zur Ruhe zu bringen, daß er ihr gegenübertreten konnte, verhalf ihm zu einem künstlichen Gefühl der Gelassenheit. «Ich muß eine Entscheidung treffen», sagte er, und dieser Gedanke hob ihn um eine Haaresbreite über den Strudel.

Ihr Schritt war beschwingter, als sie eintrat, und er begriff sogleich, daß etwas Unvorhergesehenes und Ermutigendes geschehen war.

«Sie war bei mir, sie ist mir auf die Terrasse nachgegangen. Wir haben lange miteinander gesprochen, und sie hat alles erklärt. Mir ist, als hätte ich sie vorher gar nicht gekannt.»

Ihre Stimme war so liebevoll und ergriffen, daß seine aufkeimende Furcht sich legte.

«Sie hat erklärt...?»

«Es ist schließlich verständlich, daß die Musterung, der sie sich unterworfen fühlte, sie ein wenig verdroß. Nein, ich meine nicht dich... Ich meine Madame de Chantelles Widerstand – und daß sie nach Adelaide Painter geschickt hat. Sie hat mir ganz offen gesagt, daß sie ihren Mann nicht gern Adelaide Painter verdanken möchte... Und nun meint sie, ihr Ärger darüber, so angestarrt und durchgehechelt zu werden, habe ihr Verhalten Owen gegenüber beeinflußt und ihn dazu gebracht, sich all diese unsinnigen Dinge einzubilden... Ich verstehe sie so gut und bin ganz ihrer Meinung, daß es die beste Lösung ist, wenn sie eine Weile von hier fortgeht. Sie hat mir das Gefühl vermittelt», schloß Anna, «daß ich schrecklich dickfellig und stumpfsinnig war.»

«Du?»

«Ja. Als hätte ich sie wie die Antiquitäten behandelt, die früher ‹zur Ansicht› nach Givré geschickt wurden, um festzustellen, ob sie zu den anderen Stücken paßten.» In fast schwärmerischem Ton fügte sie hinzu: «Ich freue mich, daß sie es fertigbringt, einem so ein Gefühl zu vermitteln.»

Sie wartete offenbar auf Darrows Zustimmung oder eine weitere Frage von ihm, und er brachte schließlich heraus: «Dann glaubst du nicht, daß der Bruch endgültig ist?»

«Ich hoffe inständig, daß dies nicht der Fall ist! Nach der Unterredung mit ihr habe ich auch kurz mit Owen gesprochen, und ich denke, es ist ihm klargeworden, daß er sie gehen lassen muß, ohne auf einer konkreten Zusage zu bestehen. Sie ist erregt… er muß ihr Zeit lassen, sich zu beruhigen…»

Wieder wartete sie, und Darrow sagte: «Das kannst du ihm doch sicher begreiflich machen.»

«Sie wird mir dabei helfen. Natürlich soll sie noch mit ihm sprechen, ehe sie abreist. Sie bricht übrigens gleich auf, zusammen mit Adelaide Painter, die mit dem Automobil nach Francheuil will, um den Ein-Uhr-Expreß zu erreichen, die natürlich von all dem nichts weiß und der man nur sagen wird, die Farlows hätten nach Sophy geschickt.»

Darrow nickte stumm, und sie fuhr fort: «Owen liegt sehr viel daran, daß weder Adelaide noch seine Großmutter auch nur eine Ahnung davon haben, was geschehen ist. Die Notwendigkeit, Sophy abzuschirmen, wird ihm helfen, sich zu beherrschen. Er kommt allmählich wieder zur Besinnung, der arme Junge, sein unüberlegtes Gerede tut ihm schon leid. Er hat mich gebeten, dir das auszurichten, und wird es dir sicher auch noch selbst sagen.»

Darrow machte eine abwehrende Handbewegung. «Die Sache ist kein weiteres Wort wert.»

«Und auch keinen weiteren Gedanken?» Ihr Gesicht erhellte sich. «Versprich mir, daß du nicht mehr daran denken, daß du ihm nichts nachtragen wirst.»

Es fiel ihm jetzt leichter, sie anzulächeln. «Warum hältst du es für nötig, um Nachsicht für Owen zu bitten?»

Sie zögerte einen Augenblick und sah weg. Dann kehrte ihr Blick mit einem Lächeln zu ihm zurück. «Vielleicht, weil ich selbst auf Nachsicht angewiesen bin.»

«Du?»

«Weil ich Verständnis dafür habe, daß man sich von Unwirklichem quälen lassen kann.»

Langsam ließ Darrows Nervenanspannung nach. Ihr lieber, ernster Blick war wie ein tiefer Teich, in dem er sich vor dem grellen Schein seines Elends verbergen konnte. Je dichter dieses wohltuende Gefühl ihn einhüllte, desto schwerer fiel es ihm, ihren Worten zu folgen und eine Antwort zu formulieren; aber was spielte das für eine Rolle, wenn nur ihre Stimme fortfuhr zu sprechen und die Silben wie sanftes Streicheln sein gemartertes Hirn beruhigten.

«Kennst du nicht auch», fuhr sie fort, «das beglückende Gefühl, im eigenen stillen Zimmer aus einem bösen Traum aufzuwachen und sich noch einmal und jetzt ohne Angst all seiner Schrecknisse zu erinnern? So geht es mir jetzt. Und deshalb verstehe ich Owen...» Sie unterbrach sich, und er spürte ihre Hand auf seinem Arm. *«Weil auch ich das Grauen träumte.»*

Jetzt begriff er und stammelte: «Du?»

«Verzeih mir. Und laß dir erzählen. Es wird dir helfen, Owen zu verstehen... Es gab da Kleinigkeiten, winzige Anzeichen... als ich hellhörig geworden war: dein Zögern, von ihr zu sprechen... ihre Zurückhaltung dir gegenüber... eine Gehemmtheit, die wir zuvor bei ihr nie erlebt hatten...»

Sie lachte ihn an, und mit ihren Händen in den seinen brachte er heraus: «Verstehst du jetzt, warum...»

«Ja, natürlich. Und ich möchte, daß du mich auslachst – und mit mir lachst. Denn es gab da noch anderes, Verrückteres... Gestern abend auf der Terrasse... ihr rosa Cape...»

«Ihr rosa Cape?» fragte er ehrlich erstaunt, und sie errötete.

«Du hast die Sache mit dem Cape vergessen? Das rosa Cape, das Owen im Theater in Paris gesehen hat? Ja, ja... so toll war ich... Jetzt kann ich darüber lachen, und es tut mir gut. Aber du sollst wissen, daß ich eine eifersüchtige Frau sein werde, eine lachhaft eifersüchtige Frau... laß dich beizeiten warnen...»

Er hatte ihre Hände losgelassen, und sie trat näher und schickte sich in einer seltenen Geste der Hingabe an, ihm die Arme um den Hals zu legen.

«Ich weiß nicht, warum – aber ich bin jetzt um so glücklicher, weil ich so töricht war!»

Ihre Lippen waren in lautlosem Lachen geöffnet, und das leise Zittern ihrer Wimpern ließ deren Schatten auf ihrer Wange tanzen. Mit einem vom Schmerz getrübten Blick sah er ihre Schönheit wie einen ihm dargebotenen Kelch. Doch in dem Moment, als er sich über den Kelch beugen wollte, war es, als bräche über sie beide eine Finsternis herein; ihre Arme glitten von seinen Schultern, und sie wich jäh vor ihm zurück.

«Sie war also doch mit dir zusammen?» stieß sie hervor, und als er sie groß ansah: «Bitte sag nicht nein! Schau dir nur deine Augen an!»

Sprachlos blieb er vor ihr stehen, und sie fuhr rasch fort: «Leugne es nicht! Bitte leugne es nicht! Was muß ich sonst denken? Siehst du nicht, wie alles, alles es laut verkündet? Owen hat es erkannt, eben erst wieder. Als ich ihm sagte, sie habe nachgegeben und wolle mit ihm sprechen, fragte er: ‹Ist das auch Darrows Werk?›»

Darrow ließ die Attacke stumm über sich ergehen. Er hätte etwas sagen, hätte sich wie gewöhnlich in scherzhaftes Leugnen flüchten können und damit möglicherweise sogar sein Ziel erreicht, wenn er sich beim Sprechen hätte unsichtbar machen können. Doch er wußte so genau um das, was sich in seinem Gesicht vollzogen hatte, als hätte er, Annas Aufforderung folgend, in den Spiegel gesehen. Er war sich völlig klar darüber, daß er das, was dort geschrieben stand, ebensowenig vor ihr verbergen konnte, wie er die flammende Spur des gerade Durchlebten aus seiner Seele würde tilgen können. Vor seinen Augen und gespiegelt in seinem Gesicht stand als überwältigende Tatsache Sophy Viners Leidenschaft und die Tat, mit der sie dieses Gefühl bekundet hatte.

Er hörte wieder Annas Stimme, schnell, ja hektisch, und die Qual, die in ihrer Stimme schwang, tat ihm in der Seele weh. «Sprich doch endlich! Du mußt sprechen! Ich verlange nicht von dir, daß du ihr schadest, aber du mußt doch begreifen, daß dein Schweigen ihr mehr Schaden zufügt, als wenn du mir Antwort auf meine Fragen gibst. Wenn du schweigst, muß ich das Schlimmste über sie denken... Sie selbst würde das einsehen, wäre sie hier. Was könntest du ihr Schlimmeres antun, als daß ich anfange, sie zu hassen, und das Gefühl habe, daß sie sich mit dir verschworen hat, uns zu täuschen?»

«Nein, nein, das nicht», hörte Darrow sich sagen, ehe ihm bewußt war, daß er hatte sprechen wollen. «Ja, ich war in Paris mit ihr zusammen», fuhr er nach einer Pause fort, «aber ich mußte ihren Wunsch respektieren, das nicht bekanntwerden zu lassen.»

Anna wurde blaß. «Das war also tatsächlich *sie* an jenem Abend im Theater?»

«Ich war an einem Abend mit ihr im Theater.»

«Und warum hat sie dich gebeten, nicht darüber zu sprechen?»

«Es sollte nicht bekanntwerden, daß ich ihr begegnet bin.»

«Warum sollte es nicht bekanntwerden?»

«Sie hatte sich mit Mrs. Murrett zerstritten und war sehr plötzlich nach Paris gereist, und sie wollte nicht, daß die Farlows davon erfuhren. Ich traf sie zufällig, und sie bat mich, nicht über unsere Begegnung zu sprechen.»

«Wegen des Streits? Weil sie sich ihrer Rolle darin schämte?»

«Nein, nein, es gab nichts, dessen sie sich zu schämen brauchte. Aber die Farlows hatten ihr diese Stellung verschafft und sollten nicht erfahren, wie überstürzt sie abgereist war und wie schlecht Mrs. Murrett sich benommen hatte. Sie war in einer schlimmen Lage, die Person hatte sogar ihr letztes Gehalt einbehalten. Sie wußte, daß sich die Farlows sehr darüber aufregen würden, und wollte sie in Ruhe vorbereiten.»

Darrow schien es, als spräche ein anderer aus ihm. Die Erklärung klang durchaus plausibel, und er hatte fast den Eindruck, als hätte Annas Miene sich aufgehellt. Sie wartete einen Augenblick, als wollte sie sich vergewissern, daß er dem nichts hinzuzufügen hatte, dann sagte sie: «Aber die Farlows *haben* es gewußt; sie haben mir die ganze Geschichte erzählt, als sie Sophy zu mir schickten.»

Er wurde rot, als habe sie ihm absichtlich eine Falle gestellt. «Möglich, daß sie es jetzt wissen; damals wußten sie es nicht...»

«Das ist kein Grund für sie, aus eurer Begegnung immer noch ein Geheimnis zu machen.»

«Es ist der einzige Grund, den ich dir nennen kann.»

«Dann will ich gehen und sie selber fragen.» Sie wandte sich um und tat ein paar Schritte zur Tür hin.

«Anna!» Er wollte ihr folgen, beherrschte sich aber. «Tu das nicht.»

«Warum nicht?»

«Es sieht dir nicht ähnlich... du bist sonst so großherzig...»

Sie stand blaß und gerade vor ihm, aber unter der starren Fassade spürte er den Tumult von Zweifel und Jammer.

«Ich will nicht kleinlich sein, ich will nicht in ihren Geheimnissen herumschnüffeln. Aber so kann es nicht bleiben. Wäre es nicht besser, wenn ich zu ihr ginge? Gewiß hat sie Verständnis für mich, wird mir erklären... Vielleicht ist es nur eine unwichtige Kleinigkeit, die sie verheimlicht, etwas, was die Farlows schockieren, woran ich mich aber nicht stören würde...» Sie hielt inne und sah ihn forschend an. «Eine Liebesgeschichte, ja? Du hast sie mit einem Mann im Theater gesehen, sie hat es mit der Angst bekommen und dich gebeten zu flunkern? Diese armen jungen Dinger, die wie Maschinen zwischen uns umhergehen müssen... Wenn du wüßtest, wie leid sie mir tun...»

«Wenn sie dir leid tut, warum läßt du sie dann nicht gehen?»

Sie sah ihn groß an. «Für immer, meinst du? Ist das alles, was du zu ihren Gunsten sagen kannst?»

«Laß den Dingen ihren Lauf. Schließlich ist es eine Sache, die nur sie und Owen angeht.»

«Und dich und mich – und Effie, wenn Owen sie heiratet und ich ihnen das Kind überlasse. Begreifst du nicht, wie unmöglich das ist, was du da verlangst? Wir sind alle in dieser Sache verbunden.»

Darrow wandte sich aufstöhnend ab. «Laß sie gehen... laß sie doch gehen...»

«Dann gibt es da etwas... etwas wirklich Schlimmes? Sie war mit jemandem zusammen, als du sie gesehen hast? Mit jemandem, dem sie...» Sie unterbrach sich, und er sah, daß ihr ein neuer Gedanke zu schaffen machte. «Ja, wenn es *das* ist... Begreifst du denn nicht», fragte sie geradezu flehentlich, «daß ich es in Erfahrung bringen muß und daß es für dich zu spät ist, weiterhin zu schweigen? Du brauchst keine Angst zu haben, ich könnte dich verraten. Ich werde dafür sorgen, daß keine Seele Verdacht schöpft. Aber ich muß die Wahrheit wissen, und gewiß ist es für sie das beste, wenn ich sie von dir erfahre.»

Darrow wartete einen Augenblick, dann sagte er langsam: «Was du dir einbildest, ist Wahnsinn. Sie war mit mir im Theater.»

«Mit dir?» Ein Beben durchlief sie, aber sie beherrschte sich gleich wieder und sah ihn regungslos an wie ein verwundetes Tier in dem Moment, ehe es die Wunde spürt. «Und warum habt ihr daraus ein Geheimnis gemacht?»

«Auf die Idee, wie gesagt, bin nicht ich verfallen.» Er versuchte zu lavieren. «Möglicherweise fürchtete sie, Owen könnte...»

«Aber das war kein Grund für sie, dich zu bitten, du möchtest mir gegenüber behaupten, sie kaum zu kennen, sie seit Jahren nicht gesehen zu haben.» Sie unterbrach sich, und sie errötete. «Selbst wenn *sie* andere Gründe hatte, konnte es für dich nur einen Grund geben, ihr zu gehorchen…»

Und dann stand Schweigen zwischen ihnen. Ein Schweigen, in dem es schien, als sei das Zimmer plötzlich vom Widerhall vieler Stimmen erfüllt. Darrow ließ den Blick zum Fenster wandern und sah, daß der Sturm, der vor zwei Tagen getobt hatte, die Wipfel der Linden auf dem Hof nahezu entlaubt hatte. Anna stand am Kamin; sie hatte die Ellbogen auf den Sims und den Kopf in die Hände gestützt. Sein Blick nahm mit ganz neuer Schärfe kleine Details ihrer Erscheinung wahr, an denen sich sein Auge so oft erfreut hatte; die Verästelung der bläulichen Adern auf den Handrücken, den weichen Schatten, den das Haar auf ihr Ohr warf, die Farbe des Haares, ein stumpfes Schwarz mit rehbrauner Unterseite wie bei den Schwingen bestimmter Vogelarten. Er hatte das Gefühl, daß jedes Wort hier sinnlos war.

Nach einer Weile hob sie den Kopf und sagte: «Ich werde vor ihrer Abreise nicht noch einmal mit ihr sprechen.»

Er antwortete nicht, und sie fügte hinzu: «Deshalb also geht sie? Weil sie dich liebt und nicht aufgeben will?»

Darrow wartete. Er war sich der Erbärmlichkeit formellen Leugnens so sehr bewußt, daß er sich, auch wenn er damit die Entdeckung hätte hinauszögern können, nicht darauf einlassen mochte. Unter all seinen anderen Ängsten meldete sich die Furcht zu Wort, die Stunde zu entehren.

«Sie *hat* mich aufgegeben», sagte er schließlich.

– XXVIII –

Als er das Zimmer verlassen hatte, rührte Anna sich zunächst nicht vom Fleck. «Ich muß ihm glauben! Ich muß ihm glauben!» sagte sie.

Eben noch, als sie ihm die Arme um den Hals legte, hatte sie sich ganz und gar in Sicherheit gewähnt. Alle Geister des Zweifels waren gebannt, ihre Liebe war wieder jene reine Behausung, in der alle Gedanken, alle Gefühle in glücklichster Ungebundenheit umherschweifen konnten. Und dann, als sie zu Darrow aufgesehen und ihm in die Augen geblickt hatte, war ihr gewesen, als habe sie die Trümmer seiner Seele geschaut. Anders konnte sie es nicht ausdrücken. Es war, als hätten er und sie zwei Seiten desselben Gegenstandes betrachtet, und auf ihrer Seite sei eitel Licht und Liebe gewesen und auf seiner ein Gräberfeld…

Sie wußte nicht mehr, wer zuerst das Wort ergriffen hatte, und wußte auch nicht mehr so recht, was gesagt worden war. Nur Sekunden schienen vergangen, als sie plötzlich am anderen Ende des Zimmers stand – des Zimmers, das unversehens so klein geworden war, daß sie selbst aus dieser Entfernung das Gefühl hatte, als greife er nach ihr – und ihm zurief: «Sie will also wirklich deinetwegen gehen!» Und das Geständnis in seinem Gesicht las.

Das also war sein, war ihr gemeinsames Geheimnis: Er war Sophy Viner in Paris begegnet und hatte ihr in einer Notlage geholfen – ihr Geld gegeben, vermutete Anna unbestimmt –, und sie hatte sich in ihn verliebt; und bei ihrem Wiedersehen hatte die Leidenschaft sie plötzlich überwältigt. Anna ließ sich in ihre Sofaecke zurücksinken und sah den Tatsachen ins Gesicht.

Miss Viner war in einem bedauernswerten Zustand gewesen – verängstigt, ohne Geld, aufgewühlt durch das, was gerade geschehen war, und, bei einer Frau wie Mrs. Murrett, immer von der Angst geplagt, es könne noch schlimmer kommen. Von Darrow, dem sie in dieser Stunde der Not begegnet war, hatte sie Mitleid und Güte erfahren und gute Ratschläge erhalten – mit dem fatalen, dem unvermeidlichen Ergebnis. So lagen die Fakten, wie Anna sie sich zusammenreimte, das zumindest war ihr äußerer Aspekt, das, was man sie hatte sehen lassen; mit den geheimen Verwicklungen, die sich womöglich darunter verbargen, mochte sie sich zunächst noch nicht beschäftigen.

«Ich muß ihm glauben… ich muß ihm glauben…» Unablässig wiederholte sie diese Worte wie eine Zauberformel. Es war ja verständlich, daß er sich so verhalten, daß er das klägliche Geheimnis der jungen Frau bis zum Letzten verteidigt hatte. Sie spürte, daß sein Mitleid sie angesteckt hatte, spürte, wie sich in ihrer Brust Gefühle regten, die tiefer gingen, ursprünglicher waren als die

Qualen der Eifersucht. Aus der Geborgenheit ihres Glücks heraus hätte sie ihr gern mitleidig die Hände hingestreckt... Aber Owen? Welche Rolle war ihm zugedacht? Sie war zuallererst ihm verpflichtet, war gehalten, ihn nicht nur vor dem Wissen um das Geheimnis zu schützen, von dem sie überrascht worden war, sondern auch – und vor allem – vor dessen Folgen. Ja, Miss Viner mußte gehen, daran führte kein Weg vorbei, Darrow hatte das gleich erkannt; und bei diesem Gedanken schlug ihre Stimmung jäh in Erleichterung um, als habe sie versucht, sich insgeheim eine Großherzigkeit vorzugaukeln, die sie nicht wirklich zu empfinden vermochte...

Da war nur eine feststehende Tatsache, an die sie sich halten konnte: Sophy würde noch heute abreisen, würde in einer Stunde das Haus verlassen. War sie erst fort, würde es leichter sein, Owen begreiflich zu machen, daß der Bruch endgültig war, notfalls auf Sophy einzuwirken, damit sie ihn entsprechend beeinflußte. Es war klar, daß Sophy Viner Givré mit der Absicht verließ, nie zurückzukehren...

Während sie noch versuchte, ein wenig Ordnung in ihre Gedanken zu bringen, hörte sie plötzlich Owen vor der Tür «Mutter!» rufen – ein Name, mit dem er sie selten anredete. In seiner Stimme schwang ein neuer Ton, ein Ton freudiger Ungeduld, so daß sie rasch in den Spiegel sah, um festzustellen, was für ein Gesicht sie ihm zeigen mochte; doch ehe sie Zeit gehabt hatte, sich einen entsprechenden Ausdruck zurechtzulegen, stand er schon im Zimmer und drückte sie wie ein Schuljunge.

«Alles ist gut! Alles ist gut! Und das ist allein dein Werk. Ich bin bereit, die schlimmste Buße zu tun, zu Kreuze zu kriechen, was du willst... Mit ihr habe ich alles hinter mich gebracht, und jetzt reicht sie mich an dich weiter, und du darfst mir tüchtig die Leviten lesen.» Mit einem fröhlichen Lachen ließ er von ihr ab. «Bis zur nächsten Woche muß ich in der Ecke stehen, dann darf ich sie besuchen. Und sie sagt, daß ich das alles dir zu verdanken habe.»

«Mir?» Es war das erste Wort, an das sie sich klammern konnte, um nicht im Strudel seiner Glückseligkeit unterzugehen.

«Ja. Du warst so lieb und geduldig mit ihr, und du hast sofort erkannt, was für ein verflixter Esel ich war.» Sie versuchte sich an einem Lächeln, das ihn offenbar überzeugte, denn er gab es ihr strahlend zurück. «Du meinst, das war nicht allzuschwer zu erkennen? Zugegeben, ein Mikroskop war dazu nicht nötig. Aber du warst wie immer so klug und weise. Ich war toll in den letzten Tagen, schlicht und einfach toll. Es wäre kein Wunder gewesen, wenn ihr beide von mir nichts mehr hättet wissen wollen. Und statt dessen ist nun alles, alles gut.»

Sie rückte ein wenig von ihm ab, versuchte das Lächeln auf ihren Lippen festzuhalten und ihn nicht merken zu lassen, was sich dahinter verbarg. Jetzt oblag es ihr wohl wirklich, klug und weise zu sein.

«Ich freue mich so für dich, mein Herz, und kann nur hoffen, daß du mich immer so siehst.» Sie unterbrach sich, weil sie kaum wußte, was sie da sagte, entsetzt von der Vorstellung, sie habe eigenhändig den Knoten, den sie gelöst glaubte, neu geknüpft. Aber sie merkte, daß er noch etwas zu sagen hatte, etwas, was schwer auszudrücken war, aber unbedingt herausmußte. Er griff nach ihren Händen, zog sie nah zu sich heran und sagte mit seinem liebenswert-drolligen Stirnrunzeln: «Hör zu, wenn Darrow mich auch einen verflixten Esel nennen will, darfst du es ihm nicht verbieten!»

Seine Worte wiesen sie wieder nachdrücklich auf die ständig lauernde Gefahr hin, auf jenes Geheimnis, das ihm um jeden Preis und ohne Rücksicht auf ihre gepeinigten Nerven verheimlicht werden mußte.

«Er wartet nicht immer meine Befehle ab, weißt du...» Alles in allem klang es besser, als sie gedacht hatte.

«Du meinst, daß er mich schon so genannt hat?» Er nahm es fröhlich lachend hin. «Das spart uns viel Mühe, denn jetzt können wir zur Tagesordnung übergehen...» – er unterbrach sich und sah auf die Uhr –, «...und die sieht so aus, daß sie in einer Stunde aufbricht, sie und Adelaide nehmen wohl in diesem Augenblick nur schnell ein Sandwich zu sich. Kommst du herunter, um sie zu verabschieden?»

«Ja, natürlich.»

Während er sprach, war sie gar zu der Überzeugung gekommen, daß es unbedingt nötig war, vor Sophy Viners Abreise noch einmal mit ihr zu sprechen. Der Gedanke war ihr sehr zuwider: Anna setzte sich ungern mit Sophy zusammen, bevor sie eine Schneise durch ihre eigene Ratlosigkeit geschlagen hatte. Doch an der Tatsache, daß sich die Situation in der letzten Stunde offenbar geändert hatte, kam sie nicht vorbei. Sophy Viner hatte ihre Entscheidung, sich freundschaftlich, aber endgültig von Owen zu trennen, revidiert und sich ihnen, eine Bedrohung und ein Rätsel, erneut in den Weg gestellt; in Anna regte sich verworrener Widerstand.

Sie spürte Owens Hand auf ihrem Arm. «Kommst du?»

«Ja... ja... gleich.»

«Was ist los? Du siehst so sonderbar aus.»

«Sonderbar? Wie meinst du das?»

«Ich weiß nicht, bestürzt... überrascht...» Sie sah ihm an, wie ihr Gesicht auf ihn wirken mußte.

«Kein Wunder. Du hast uns allen einen aufregenden Vormittag bereitet.»

Er ließ sich nicht ablenken. «Du bist jetzt, da es gar keinen Grund mehr dafür gibt, viel aufgeregter als vorher. Was ist nur passiert, seit ich dich zuletzt gesehen habe?»

Er sah sich im Zimmer um, als hoffte er dort einen Hinweis zu finden, und weil sie Angst hatte, er könne etwas erraten, erwiderte sie: «Passiert? Nichts weiter. Ich bin nur ein wenig müde. Richte doch bitte Sophy aus, sie möchte zu mir heraufkommen.»

Während sie wartete, überlegte sie, was sie zu Sophy sagen sollte. Nie war sie sich ihres Unvermögens, sich mit Unklarem, mit Indirektem zu befassen, mehr bewußt gewesen. Ihr fehlte die harte Schule der Erfahrung, und ein instinktiver Widerwille allem gegenüber, was weniger rein, weniger aufrichtig war als ihr eigenes Gewissen, hatte sie davon abgehalten, sich mit den Verwicklungen und Widersprüchen anderer Herzen vertraut zu machen. «Ich muß es herausbringen», sagte sie sich, aber alles in ihr scheute davor zurück, zu tun, was nötig war.

Sophy kam unverzüglich, schon in Reisekleidung, ihre kleine Tasche am Arm. Sie sah noch immer blaß, ja abgehärmt aus, doch war ein Licht um sie, das Anna überraschte. Oder sah sie vielleicht Sophy Viner nun mit ganz anderen Augen, zum erstenmal nicht als Effies Gouvernante, nicht als Owens Braut, sondern als Verkörperung jener unbekannten, lauernden Gefahr, die jede Frau im Hintergrund spürt, wenn sie an ihren Liebsten denkt? Anna jedenfalls entdeckte an ihr mit einem plötzlichen Gefühl der Entfremdung nie zuvor bemerkte Reize und Lockungen. Es war nur ein primitiver Instinkt, der flüchtig, immerhin aber doch so lange aufblitzte, daß sie sich des Dunkels in ihrem Herzen schämte, das er ausleuchtete.

Sie bedeutete Sophy mit einer Handbewegung, sich neben sie aufs Sofa zu setzen. «Ich habe Sie gebeten, noch einmal heraufzukommen, weil ich in aller Ruhe Lebewohl sagen wollte.» Sie merkte, daß ihre Lippen zitterten, bemühte sich aber um einen freundlichen, ungezwungenen Ton.

Sophys einzige Antwort war ein mattes bestätigendes Lächeln. Verwirrt von ihrem Schweigen, fuhr Anna fort: «Sie haben sich also entschlossen, Ihre Verlobung nicht zu lösen?»

Sophy Viner hob überrascht den Kopf. Die Frage klang, so unvermittelt gestellt, recht eigenartig aus dem Mund einer so treuen Parteigängerin wie Mrs. Leath. «Ich dachte, es sei das, was Sie wünschten», sagte Sophy.

«Was ich wünschte?» Annas Herz klopfte schmerzhaft. «Ich wünsche mir selbstverständlich das, was für Owen am besten ist... Es ist nur natürlich, daß diese Erwägung für mich an erster Stelle steht.»

Sophy sah sie unverwandt an. «Ich dachte, es sei die einzige, die für Sie zählt.»

Die knappe Antwort weckte Annas latente Antipathie. «So ist es auch», sagte sie, und der scharfe Ton ihrer Worte erschreckte sie. Hatte sie je zuvor so mit einem Menschen gesprochen? Angst überkam sie, als habe sich ihr ganzes Wesen gewandelt, ohne daß sie es bemerkt hatte... Da sie noch immer Sophys erstaunten Blick spürte, fuhr sie fort: «Dieser plötzliche Sinneswandel hat mich verständlicherweise überrascht. Als wir uns vorhin trennten, hatte ich Sie so verstanden, daß Sie sich eine Entscheidung vorbehalten würden.»

«Ja.»

«Und jetzt?» Anna wartete vergebens auf eine Antwort. Sophys Verhalten, der ironische Unterton ihrer einsilbigen Antworten, der offenbar bewußte Vorsatz, die Beweislast ihrer Gesprächspartnerin aufzubürden – das alles war ihr unbegreiflich. Anna drängte es, das Gespräch aus den Niederungen von Mißtrauen und Widersetzlichkeit herauszuführen. Sie sah Sophy bittend an.

«Ist es nicht am besten, wenn wir ganz offen miteinander reden? Was mich so ratlos macht, ist die Wandlung, die in Ihnen vorgegangen ist, und das dürfte Sie eigentlich nicht wundern. Gewiß, ich hatte Sie gebeten, den Bruch mit Owen nicht allzu schroff zu vollziehen, und Sie dürfen mir glauben, daß ich Sie ebenso in Ihrem wie in seinem Interesse darum bat. Sie sollten Zeit haben, das Problem zu überdenken, das Sie beide offenbar miteinander hatten. Aus der Tatsache, daß Sie glaubten, eine Bedenkzeit haben zu müssen, folgerte ich, daß Sie den letzten Schritt nicht leichtfertig tun, daß Sie von Owen nicht mehr annehmen würden, meine ich, als Sie ihm würden geben können. Doch nach Ihrem Sinneswandel muß ich Ihnen die Frage stellen, von der ich glaubte, Sie würden Sie sich selbst vorlegen. Gibt es irgendeinen Grund, warum Sie Owen nicht heiraten sollten?»

Ein wenig atemlos hielt sie inne, ohne Sophy Viners glühendes Gesicht aus den Augen zu lassen.

«Irgendeinen Grund? Wie meinen Sie das?»

Anna sah sie weiter ernst und unverwandt an. «Lieben Sie jemand anderen?» fragte sie.

Über Sophys Gesicht ging zunächst ein Ausdruck des Erstaunens und angedeuteter Erleichterung, dann sah sie ihr Gegenüber unbeschreiblich vorwurfsvoll an. «Sie hätten auch noch warten können», stieß sie hervor.

«Warten...?»

«Bis ich fort, bis ich aus dem Haus war. Sie hätten wissen können... hätten sich denken können...» Sie sah erneut Anna an. «Ich wollte ihm nur noch ein wenig Hoffnung geben, damit er keinen Verdacht schöpft. Natürlich kann ich ihn nicht heiraten.»

Anna blieb regungslos stehen. Vor dem Schock des Bekenntnisses versagten ihr die Worte. Auch sie zitterte, nicht so sehr vor Zorn als vielmehr bewegt von einem unbestimmten Mitleid. Doch dieses Gefühl war so sehr mit anderen, unverständlicheren und weniger großherzigen Empfindungen verquickt, daß es ihr nicht gelang, es in Worte zu fassen, und einen Augenblick standen die beiden Frauen sich schweigend gegenüber.

«Ich muß jetzt gehen», sagte Sophy schließlich leise und mit gesenktem Kopf.

Die Worte weckten in Anna einen spontanen Anflug von Reue. Wie jung Sophy aussah, wie wehrlos und verlassen. Und was für Gedanken verbargen sich wohl in ihrem Herzen... Nein, so durften sie sich nicht trennen.

«Sie sollen wissen, daß niemand etwas gesagt hat... Ich selbst bin...»

Sophy sah sie an. «Sie meinen, daß Mr. Darrow Ihnen nichts erzählt hat? Natürlich nicht. Glauben Sie, ich hätte dies angenommen? Sie haben es herausgebracht, das ist alles, und ich habe es kommen sehen. Ich an Ihrer Stelle hätte es früher erraten.»

Sie sprach ganz schlicht, ohne Ironie oder Emphase, aber die Worte durchfuhren Anna wie ein Schwert. Ja, Sophy Viner hätte, anders als sie, bestimmt Vorahnungen, Eingebungen gehabt. Fast beneidete sie die junge Frau um diese traurige Frühreife.

«Es tut mir leid... so leid...», sagte sie halblaut.

«Nicht zu ändern. Aber jetzt muß ich gehen, ich möchte mich noch von Effie verabschieden.»

«Oh», brach es aus Effies Mutter heraus. «Nicht so... bitte nicht! Ich komme mir so klein und schäbig vor. Als ob ich Sie vertriebe.» Die Worte waren aus der Tiefe ihres konfusen Mitgefühls aufgestiegen.

«Niemand vertreibt mich. Ich muß weg», hörte sie Sophy Viner antworten.

Wieder trat eine Pause ein, in der leidenschaftliche Aufwallungen von Großmut mit Annas Zweifeln und Ängsten im Streit lagen. Schließlich sah sie Sophy an und sagte: «Ja, jetzt müssen Sie gehen... aber später... nach einer Weile, wenn das alles vorbei ist... wenn für Sie kein Grund mehr vorhanden ist, Owen nicht zu heiraten...» Sie stockte einen Augenblick und fuhr dann fort: «Ich möchte nicht, daß Sie glauben, ich wollte mich zwischen Sie stellen...»

«Sie?» Sophy wurde erst rot, dann blaß. Sie versuchte zu sprechen, brachte aber kein Wort heraus.

«Ja! Es stimmt nicht, als ich eben sagte, ich hätte nur an Owen gedacht. Auch Sie tun mir leid... schrecklich leid. Ihr Leben... ich weiß, wie schwer Sie es hatten... Und meines... meines ist so reich...

Glückliche Frauen haben das meiste Verständnis.» Anna rückte näher an Sophy Viner heran und nahm ihre Hand. Dann setzte sie noch einmal neu an und legte ihre ganze Seele in die abgerissenen Sätze. «Im Augenblick ist es schlimm, Sie sehen keine Zukunft... aber nach und nach... Sie müssen es am besten wissen... aber Sie sind so jung... und in Ihrem Alter verwindet man manches. Wenn es keinen Grund, keinen wirklichen Grund für Sie gibt, Owen nicht zu heiraten, möchte ich, daß er weiter hofft, ich werde ihm hoffen helfen... Sie müssen es nur sagen...»

Je flehentlicher ihre Stimme wurde, desto fester faßte sie Sophys Hand, die aber regte sich nicht. Sophy schien wie betäubt, und ihr versteinertes Gesicht machte Anna angst. «Ich bin wohl nur eine halbe Frau», sagte sie sich grübelnd, «denn ich möchte nicht, daß mein Glück ihr weh tut.» Und laut wiederholte sie: «Wenn Sie mir sagen, daß es keinen Grund gibt...»

Sophy Viner schwieg. Aber plötzlich ging sie wie ein brechender Ast zu Boden; sie kniete vor der Hand, die die ihre hielt, legte die Lippen darauf und fing an zu weinen. Die Tränen flossen lautlos, lange und reichlich, als habe Annas Berührung das Wasser aus einem tiefen Schmerzensquell zum Fließen gebracht; als aber Anna sich bewegt und beunruhigt mit einem mitleidigen Ausruf zu ihr hinunterbeugte, stand sie auf und wandte sich ab.

«Sie wollen also gehen? Endgültig? Ohne ein weiteres Wort?» Anna tat einen Schritt auf sie zu und blieb stehen. Auch Sophy war stehengeblieben und mied ihren Blick.

«Oh!» stieß Anna hervor und verbarg ihr Gesicht.

Sophy Viner ging quer durchs Zimmer, blieb an der Tür stehen und schleuderte die Worte in den Raum zurück: «Ich habe es gewollt, ich habe meine Wahl getroffen. Er war gut zu mir – nie war jemand so gut.»

Der Türknauf drehte sich, und Anna hörte sie gehen.

– XXIX –

Ihr erster Gedanke war: «In wenigen Stunden ist auch er fort – und ich brauche ihn vor seiner Abreise nicht mehr zu sehen…» In diesem Moment konnte sie sich nichts vorstellen, was unerträglicher gewesen wäre, als Darrow ins Gesicht zu sehen und ihn sprechen zu hören.

Dann brandete die nächste Welle der Gefühle heran und mit ihr der Wunsch, ihn unverzüglich zur Rede zu stellen, ihm ein Geständnis, eine Rechtfertigung abzuringen, einerlei was, wenn es nur ihrer aufgestauten Qual einen Ausweg öffnete.

Zu Owen hatte sie gesagt, sie sei müde, und das war nach außen hin Grund genug, auf ihrem Zimmer zu bleiben, als das Automobil vorfuhr, um Miss Painter und Sophy Viner abzuholen; Grund genug auch, Madame de Chantelle ausrichten zu lassen, sie würde erst nach dem Mittagessen herunterkommen. Nachdem sie ihre Zofe mit der

Nachricht weggeschickt hatte, legte sie sich auf ihr Sofa und sah ins Dunkel hinein.

Sie war nicht zum erstenmal unglücklich, und die Gesichte alter Kümmernisse scharten sich wie hungrige Gespenster um ihren frischen Schmerz: Sie erinnerte sich der Enttäuschung ihrer Jugend, des Scheiterns ihrer Ehe, der vergeudeten Jahre, die darauf gefolgt waren; doch war das negatives Leid, versagtes oder aufgeschobenes Leben, zu dessen schattenhaftem Opfer sie, die auf den glühenden Rost des Irreparablen gespannt war, keinen Bezug hatte. Gewiß, sie hatte auch früher schon gelitten, doch war das eher vernünftig, besinnlich und elegisch geschehen; jetzt litt sie, wie wohl verletzte Tiere leiden – hilflos, heftig, nur beseelt von dem brennenden animalischen Wunsch, der fürchterliche Schmerz möge aufhören...

Sie hörte ihre Zofe klopfen, verbarg ihr Gesicht und antwortete nicht. Als das Klopfen nicht aufhörte, zwang die Disziplin der Gewohnheit sie dann doch, den Kopf zu heben, eine gefaßte Miene zu zeigen und der Zofe den Zettel abzunehmen, den sie hereingebracht hatte. Es war eine Nachricht von Darrow. «Kann ich Dich sehen?» Und mit dünner, hohler Stimme sage sie: «Bitte Mr. Darrow herauf.»

Die Zofe fragte, ob sie ihr das Haar richten solle, und Anna erwiderte, das sei nicht nötig; doch als sich die Tür geschlossen hatte, brachte ihr Stolz sie auf die Beine, sie sah sich in dem Spiegel über dem Kaminsims an und strich sich mit den Händen übers Haar. Ihre Augen brannten, und ihr Gesicht wirkte schmal und müde, sonst aber schien sie äußerlich unverändert und staunte darüber, daß in so einem Moment ihr Körper zu dem Ich, das sich darin in Qualen wand, so wenig in Beziehung zu stehen schien als zu einem Standbild oder Gemälde.

Die Zofe öffnete erneut die Tür, um Darrow hereinzubitten, und er blieb einen Moment auf der Schwelle stehen, als warte er auf ein Wort von Anna. Er war auffallend blaß, wirkte aber weder zerknirscht noch unsicher, und sie dachte fast anerkennend: «Er ist so stolz wie ich.»

Laut fragte sie: «Du wolltest mit mir sprechen?»

«Natürlich», erwiderte er ernst.

«Tu's nicht. Es ist zwecklos. Ich weiß alles. Nichts, was du sagen könntest, würde uns weiterhelfen.»

Bei dieser zweideutigen Aussage wurde er noch blasser, und seine Augen, die er entschlossen auf sie gerichtet hielt, verrieten, wie elend ihm zumute war.

«Und ich habe bei dieser Entscheidung gar nicht mitzureden?»

«Bei welcher Entscheidung?»

«Daß es nichts mehr zu sagen gibt.» Er wartete, und als sie nicht antwortete, fuhr er fort: «Ich weiß nicht einmal, was du mit ‹alles› meinst.»

«Und ich weiß nicht, was es sonst noch gäbe. Ich weiß genug. Ich habe sie angefleht, es abzustreiten, doch das konnte sie nicht... Was haben wir einander noch zu sagen?» Ein Schluchzen stieg in ihr hoch, und die Stimme versagte ihr. Die animalische Qual war wieder da, ein wilder Aufschrei gegen ihren Schmerz.

Darrow hielt den Kopf hoch, sein Blick war fest. «Wie du wünschst; aber es sieht dir nicht ähnlich, dich zu fürchten.»

«Zu fürchten?»

«Vor einer Aussage. Davor, den Dingen ins Gesicht zu sehen.»

«Es ist an dir, nicht an mir, den Dingen ins Gesicht zu sehen.»

«Eben das will ich ja – aber mit dir.» Wieder hielt er inne. «Willst du mir nicht sagen, was Miss Viner dir erzählt hat?»

«Oh, sie war äußerst großmütig.» Wie ein heftiger körperlicher Schmerz fiel der Gedanke sie an, wie sehr Sophy Viner ihn geliebt haben mußte, um so großmütig sein zu können, was für gemeinsame Erinnerungen es da geben mußte.

«Geh! Bitte geh! Es ist zu schrecklich. Was soll ich noch mit dir reden?» stammelte sie und legte die Hände vor die Augen.

So blieb sie stehen und wartete darauf, daß er sich entfernte, daß die Tür sich öffnete und schloß, so wie sie sich vor ein paar Stunden vor Sophy Viner geöffnet und hinter ihr geschlossen hatte. Von Darrow aber kam kein Laut, keine Bewegung; auch er wartete. Anna spürte Groll in sich aufsteigen. Seine Gegenwart trat ihren Kummer mit Füßen und demütigte ihren Stolz. Mußte sie ihm das wirklich erst noch sagen?

«Möchtest du, daß ich Givré verlasse?» fragte er schließlich. Als sie nicht antwortete, fuhr er fort: «Ich richte mich natürlich nach deinen Wünschen; aber werde ich dich, wenn ich jetzt gehe, nie wiedersehen?»

Seine Stimme war fest; sein Stolz maß sich mit dem ihren.

Sie wurde unsicher. «Du mußt doch begreifen, daß es sinnlos ist...»

«Ich möchte dich daran erinnern, daß du mich ohne Anhörung fortschickst...»

«Ohne Anhörung? Ich habe euch beide angehört.»

«Aber ich werde dich weder daran noch an anderes oder andere erinnern – bis auf Owen.»

«Owen...?»

«Ja. Wenn es uns gelänge, ihn zu schonen...»

Sie ließ die Hände sinken und sah ihn bestürzt an. Ihr war, als habe sie seit einer halben Ewigkeit nicht mehr an Owen gedacht.

«Es ist doch klar», fuhr Darrow fort, «daß er, wenn du mich jetzt fortschickst...»

«Ja, das ist mir klar», unterbrach sie ihn, und dann gab es eine lange Pause. Schließlich sagte sie sehr leise: «Ich möchte nicht, daß jemand so leiden muß wie ich...»

«Owen weiß, daß ich morgen abreisen wollte», fuhr Darrow fort. «Wenn ich plötzlich meine Pläne ändere, könnte er denken...»

O ja, sie erkannte seine unentrinnbare Logik, die sich mit ihrem Grauen immer fester um sie schloß. Sie hätte es sich zugetraut, ihren Kummer zu beherrschen und Darrow gefaßt gegenüberzutreten, solange sie sich an den Gedanken halten konnte, daß dies ihre letzte gemeinsame Stunde war, daß sie, wenn er ihr Zimmer verlassen hatte, keine Angst vor einem Wiedersehen zu haben brauchte, bei dem vor seiner Nähe, vor seinem Aussehen, seiner Stimme und all dem Unsichtbaren, das von ihm ausgehend auf sie einwirkte, ihre Seele schwach werden könnte. Doch bei dem Gedanken, sich mit ihm zu verschwören, um Owen zu schützen, Owen zuliebe nach außen hin eitel Wonne und Eintracht zu heucheln, sank ihr der Mut. In scheinbarer Vertrautheit und Harmonie weitere vierundzwanzig Stunden neben Darrow herzuleben, schien ihr schwerer, als den Rest ihres Lebens ohne ihn verbringen zu müssen. Alle Kraft verließ sie, sie warf sich schluchzend in die Kissen, in denen sie so oft ihr vor Glück glühendes Gesicht verborgen hatte.

«Anna...» Seine Stimme war ganz nah. «Laß mich in Ruhe mit dir reden. Furcht ist unser nicht würdig.»

Koseworte hätten sie gekränkt. Der Appell an ihren Mut gab ihr Kraft.

«Ich habe nichts zu meiner Verteidigung vorzubringen», fuhr er fort. «Die Fakten sind kläglich genug, aber ich möchte, daß du sie zumindest so siehst, wie sie sind. Vor allem möchte ich, daß du die Wahrheit über Miss Viner erfährst...»

Der Name ließ Anna das Blut in die Stirn steigen. Sie hob den Kopf und sah ihn an. «Was soll ich mehr über sie erfahren als das, was sie mir gesagt hat? Ich will nie wieder ihren Namen hören.»

«Gerade weil du das so siehst, bitte ich dich im Namen ganz gewöhnlicher Nächstenliebe, dir von mir die Fakten schildern zu lassen – so, wie sie sind, und nicht so, wie du sie dir wahrscheinlich vorstellst.»

«Ich denke nicht lieblos über sie, das sagte ich schon. Ich will überhaupt nicht mehr an sie denken»

«Ebendeshalb behaupte ich, daß du dich fürchtest.»

«Ich sollte mich fürchten?»

«Ja. Du hast immer gesagt, du wolltest das Leben, das menschliche Problem gewissermaßen, furchtlos und ohne Heuchelei betrachten – und das Bild, das sich einem dabei bietet, ist nicht immer erfreulich anzusehen.» Er unterbrach sich und setzte neu an. «Du darfst nicht glauben, daß ich hier für mich spreche. Ich will mein Vergehen nicht kleinreden, will von mir überhaupt nicht reden. Wahrscheinlich könnte ich es dir auch nicht begreiflich machen, im Rückblick begreife ich es ja selber nicht. Urteile streng bei mir, das steht dir zu. Ich bitte dich nur, ihr gegenüber großzügig zu sein.»

Zitternd stand sie auf. «Du hast die Freiheit, ihr gegenüber so großzügig zu sein, wie du willst.»

«Ja, daß ich die Freiheit habe, hast du mir deutlich gemacht. Aber nichts, was ich für sie tun könnte, würde ihr auch nur halb soviel helfen wie dein Verständnis.»

«Nichts, was du für sie tun könntest? Du kannst sie heiraten.»

Sein Gesicht verhärtete sich. «Ein schlimmeres Schicksal könntest du ihr kaum wünschen.»

«Sie hat doch sicher damit gerechnet, sich darauf verlassen...»

Als er schwieg, brach es aus ihr heraus: «Oder was *ist* sie? Und was bist du? Es ist zu abscheulich! Auf dem Weg hierher... zu mir...» Sie spürte Tränen in der Kehle und verstummte.

«Das war es ja eben», sagte er geradeheraus. Sie sah ihn groß an.

«Ich war auf dem Weg zu dir, nach wiederholten Verzögerungen und Verschiebungen, die auf dich zurückgingen. Im letzten Moment sagtest du mir ab – mit einem kurzen Wort und ohne Erklärung. Ich wartete auf einen Brief. Vergebens. Ich will mich damit nicht rechtfertigen, ich möchte nur, daß du mich verstehst. Ich war verletzt, verbittert, ratlos. Ich dachte, du wolltest mich aufgeben. Und da lief mir unversehens ein Mensch über den Weg, dem ich mein Mitleid zuwenden, dem ich von Nutzen sein konnte. So hat es angefangen, das schwöre ich. Was dann folgte, war ein Moment der Torheit... ein flüchtiger Wahn... wie das mit diesen Dingen so geht. Wir haben uns seither nie mehr gesehen...»

Anna betrachtete ihn kalt. «Damit hast du sie hinreichend beschrieben.»

«Ja, wenn du sie nach konventionellen Maßstäben beurteilst – was du, wie du behauptest, nie tust.»

«Nach konventionellen Maßstäben? Ein Mädchen, das...» Eine Aufwallung fast körperlichen Widerwillens ließ sie verstummen. Und dann brach es aus ihr heraus: «Ich habe sie schon immer für eine Abenteurerin gehalten.»

«Immer?»

«Nein, nicht immer... aber nachdem du gekommen warst...»

«Sie ist keine Abenteurerin.»

«Meinst du damit, daß sie diesen neuen Theorien anhängt? Diesem Zeug, von dem schreckliche Frauen auf einer Rednerplattform faseln?»

«Ich glaube nicht, daß sie sich irgendwelchen Theorien verschrieben hat...»

«Nicht einmal diese Entschuldigung hatte sie...»

«Sie hatte als Entschuldigung ihre Einsamkeit, ihr Unglücklichsein, Nöte und Demütigungen, von denen eine Frau wie du nicht das mindeste ahnt. In ihrem bisherigen Leben hatte sie nur Gleichgültigkeit oder Lieblosigkeit erfahren, wenn sie den Blick in die Zukunft richtete, sah sie nur Sorgen vor sich. Sie merkte, daß ich Mitleid mit ihr hatte, und das berührte sie sehr. Sie hat zuviel hineingedeutet, hat übertrieben. Ich hätte die Gefahr sehen sollen; ich sah sie nicht. Für das, was ich getan habe, gibt es keine Entschuldigung.»

Wortlos hörte Anna ihn an. Jedes Wort, das er sprach, zerstörte ihre gemeinsame Vergangenheit ein wenig mehr. Er war mit offener Miene und reinem Gewissen zu ihr gekommen – von dort! Wenn seine Sicherheit auf Lügen beruhte, war das schlimm; wenn sie bedeutete, daß er vergessen hatte, war es noch schlimmer. Sie hätte sich am liebsten die Ohren zugehalten, die Augen geschlossen, jeden Anblick, jeden Laut, jede Andeutung einer Welt ausgesperrt, in der es solche Dinge geben konnte. Und gleichzeitig marterte sie das Verlangen, mehr zu hören, besser zu verstehen, sich in Fragen, die einen so großen Teil menschlicher Erfahrung ausmachten, weniger unwissend und unerfahren zu fühlen. Was meinte er damit: «...ein Moment der Torheit, ein flüchtiger Wahn...»? Wie war es möglich, daß ein Mensch sich auf solche Abenteuer einließ und sie hinter sich brachte, ohne daß sichtbare Spuren der Verheerung zurückblieben? Ihre Phantasie scheute vor der Vorstellung einer plötzlichen entwürdigenden Vertraulichkeit zurück; ihr war, als könne sie nie wieder einen reinen Gedanken fassen.

«Ich schwöre dir», hörte sie Darrow sagen, «daß es nur dies war und nicht mehr.»

Sie staunte über seine Umsicht und Gelassenheit und darüber, daß er so genau wußte, was in so einem Fall zu sagen war. Sicher mußten Männer oft solche Erklärungen abgeben, sie kannten die Formeln auswendig... Eine bleierne Müdigkeit hatte sie erfaßt. Aus einer flammenden Hölle war sie in eine kalte, farblose Welt getreten, wo alles, was sie umgab, gleichermaßen fern und belanglos war. Einen Augenblick setzte jede Empfindung aus.

Dann merkte sie, daß Darrow auf eine Antwort wartete, und sie bemühte sich, den Sinn dessen zu erfassen, was er gesagt hatte. Doch ihr Kopf war so leer wie ein blinder Spiegel. Schließlich brachte sie heraus: «Ich glaube, ich habe nicht verstanden, was du gesagt hast.»

«Nein, du hast mich nicht verstanden», bestätigte er mit plötzlicher Bitterkeit, und so, wie er es sagte, klang es, als sei ihr Unverständnis ein Vergehen.

«Ich will solche Dinge nicht verstehen.»

«Keine Angst», sagte er fast scharf, «das wirst du auch nie!», und einen Augenblick standen sie sich wie Feinde gegenüber. Dann trieb sein Vorwurf ihr Tränen in die Augen.

«Soll das heißen, daß ich nichts empfinde, daß ich zu hart bin?»

«Nein, du bist zu fein... zu erhaben... die Dinge liegen dir zu fern.»

Er hielt inne, als habe er begriffen, wie zwecklos jedes weitere Wort war, und wieder standen sie sich schweigend gegenüber, nicht mehr als Feinde, wie ihr schien, sondern wie zwei Menschen, die verschiedene Sprachen sprechen und die wenigen Worte, die sie im Idiom des anderen beherrschten, wieder vergessen haben.

Darrow brach das Schweigen. «Es wird auf jeden Fall besser sein, wenn ich bis morgen bleibe; aber ich werde mich dir nicht aufdrängen, es ist nicht nötig, daß wir noch einmal allein zusammen sind. Ich möchte nur sicher sein, daß ich das, was du wünschst, richtig verstanden habe.» Er sprach klar und sachlich, als handle es sich um die Zusammenfassung einer geschäftlichen Unterredung.

Anna sah ihn ein wenig ratlos an. «Was ich wünsche?»

«Was Owen betrifft...»

Sie fuhr zusammen. «Sie dürfen sich nicht wiedersehen.»

«Damit ist auch kaum zu rechnen. Ich meinte damit, daß es in deiner Hand liegt, ihn zu verschonen...»

«Er soll es nie erfahren», erwiderte sie ruhig. Und nach einer weiteren Pause sagte Darrow: «Das bedeutet also Lebewohl.»

Erst bei diesen Worten wurde ihr bewußt, wohin die dahinfliegenden Minuten sie geführt hatten. Groll und Unmut legten sich, und ihr ganzes Wesen konzentrierte sich nun auf den visuellen Eindruck, daß er vor ihr stand, und zwar so nah, daß sie nur die Hand zu heben brauchte, um ihn zu berühren. Und daß die Stelle, an der er gestanden hatte, gleich leer sein würde.

Eine tödliche Schwäche überkam sie, eine feige Regung, ihm zuzurufen, er möge bleiben, der Wunsch, sich in seine Arme zu werfen, dort Zuflucht zu suchen vor der unerträglichen Qual, die er ihr bereitet hatte, zu ihm zu flüchten. Dann schob ein anderer Gedanke sich in den Vordergrund. «Ich werde nie erfahren, was sie erfahren hat...», und der Rückstoß verletzten Stolzes schleuderte sie wieder auf die scharfe Kante ihrer Pein.

«Leb wohl», sagte sie, erfüllt von der Angst, er könnte ihre Gedanken lesen; und blieb regungslos, mit erhobenem Kopf stehen, während er zur Tür ging und das Zimmer verließ.

FÜNFTES BUCH

– XXX –

Drei Tage später saß Anna Leath in Miss Painters Salon in der Rue de Matignon.

Nach einem überstürzten Aufbruch am frühen Vormittag war sie um eins in Paris und zehn Minuten danach vor Miss Painters Tür gewesen. Miss Painters muffiger kleiner Diener hatte, eine Serviette unter dem Arm verbergend, einen schwachen Versuch gemacht, ihr den Eintritt zu verwehren, Anna aber hatte sich nicht abweisen lassen, war schnurstracks ins Eßzimmer gegangen und hatte ihre Bekannte – die ihre Mahlzeiten so verstohlen einzunehmen pflegte wie manche Tiere – bei einem wunderlichen Mahl aus kaltem Hammel und Limonade überrascht. Ohne sich darum zu kümmern, welche Verlegenheit sie verursacht haben mochte, hatte sie den Zweck ihrer Reise erläutert, und Miss Painter, die stets gestiefelt, gespornt und einsatzbereit war, hatte sich eilends auf den Weg gemacht und sie in dem kahlen, ungeheizten Salon mit seinen Schutzüberzügen und vorgelegten Fensterläden allein gelassen.

In dieser ungastlichen Dunkelheit hatte Anna nahezu zwei Stunden zugebracht. Sowohl die Dunkelheit als auch das Alleinsein waren ihr willkommen, und so ungeduldig sie auf das Ergebnis des Auftrages wartete, mit dem sie ihre Gastgeberin fortgeschickt hatte, so gern gab sie sich zunächst der Einsamkeit hin. Während dieser langen Besinnung in einem weiß verhüllten Sessel vor dem kalten Kamin hatte sie sich zum erstenmal einen Weg durch Finsternis und Verwirrung ihrer Gedanken bahnen können. Der Weg führte nicht sehr weit, und sie bewegte sich darauf so schwankend und unsicher wie ein Rekonvaleszent bei seinen ersten Versuchen, ins Leben zurückzufinden. Ihr schien es, als versuche sie mühsam, sich von einer langen Krankheit zu erheben, an der zu sterben so viel einfacher gewesen wäre. In Givré war sie in eine Art Erstarrung gefallen, eine seelische Betäubung, die hin und wieder ein heftiger Schmerz durchzuckte; doch schien es ihr, als sei sie im Schmerz wie in der Betäubung von ihrem wirklichen, lebendigen, aktiven Ich gleich weit entfernt.

Erst die an diesem Morgen gemachte Entdeckung, daß Owen ohne ein Wort nach Paris gereist war, hatte sie aus ihrem Traum gerissen und zum Handeln gezwungen. Die erschrockene Überlegung, was diese Flucht bedeuten und was für Folgen sie haben konnte, hatte Anna ihre Verantwortung bewußtgemacht, und nachdem sie sich entschlossen hatte, ihrem Stiefsohn nachzureisen, und ihre hastigen Vorbereitungen für die Verfolgung getroffen hatte, fing ihr Verstand wieder an zu arbeiten, hektisch und sprunghaft, aber doch bis zu einem gewissen Grade mit seiner gewohnten Folgerichtigkeit. Im Zug war sie zu aufgewühlt gewesen, zu sehr mit dem beschäftigt, was sie erwarten mochte, um sich mit anderem als der Betrachtung einer Fülle beängstigender Möglichkeiten zu beschäftigen, aber Miss Painters ungerührte Gelassenheit wirkte beruhigend, und während sie auf das Geräusch des Wohnungsschlüssels horchte, wandte sie sich resolut den eigenen Problemen zu.

Zumindest nach außen hin hatte sie ihr Ziel erreicht. Sie hatte sich in den vierundzwanzig Stunden bis zu George Darrows Abreise «gut gehalten», wie man so sagt; äußerlich ruhig, war sie ihren gewohnten Geschäften nachgegangen, und es war ihr sogar gelungen, ihm nicht allzu auffällig aus dem Weg zu gehen. Vor Anbruch der Dämmerung, nach einer schlaf- und tränenlos verbrachten halben Nacht, hatte sie ihn dann abfahren hören, um den Zug zu erreichen, der seine Fahrgäste so rechtzeitig nach Paris brachte, daß sie den Expreß nach Calais erreichten.

Daß er diesen Zug genommen, daß er sich auf so direktem Wege so weit von ihr entfernt hatte, machte ihr die harte Realität des Geschehenen bewußt. Er war fort; er würde nicht zurückkehren; und ihr Leben war in dem Moment zu Ende, da sie davon geträumt hatte, es würde gerade erst beginnen. Zunächst hatte sie keinen Zweifel daran gehabt, daß diese Folgerung unausweichlich war. Der Mann, der im herbstlichen Morgengrauen ihr Haus verlassen hatte, war nicht der nämliche, den sie geliebt hatte; es war ein Fremder, mit dem sie kein einziger gemeinsamer Gedanke verband. Es war schlimm, daß er das Gesicht und die Stimme ihres Freundes hatte und daß allein sein Aussehen und die Art, in der er sich bewegte, mit einem Schlag die Kluft zwischen ihnen zu überbrücken vermochte, solange er mit ihr unter einem Dach lebte. Sicherlich war daran ihr übersteigertes Gefühl für Äußerlichkeiten schuld; es machte ihr angst, wie sehr dies sie versklavte. Vor ein, zwei Tagen hatte sie geglaubt, das Ehrgefühl ginge ihr über alles; wenn sie über die Konventionen anderer Leute gelächelt hatte, so deshalb, weil sie zu banal, und nicht, weil sie zu gewichtig waren. Auf gewisse unehrenhafte Handlungen, hatte sie gedacht, würde man sich nie einlassen können. Mit unbestechlicher Leidenschaft hatte sie sich für Redlichkeit und Fairneß eingesetzt.

Sie hatte geglaubt, daß dieses hohe Ideal ihr nach Darrows Abreise, wenn sie nicht mehr zu fürchten brauchte, ihn zu sehen und zu hören, Stütze und Halt sein würde. Sie hatte geglaubt, es sei möglich, das Bild des Mannes, für den sie ihn hielt, von dem des Mannes zu trennen, der er war. Sie hatte es sogar für denkbar gehalten, daß sie eines Tages einen Schrein des Gedenkens für jenen Darrow würde errichten können, den sie geliebt hatte, ohne Angst vor einer Entweihung durch den Schatten seines Doppelgängers zu haben. Inzwischen hatte sie begriffen, daß die beiden Männer in Wirklichkeit einer waren. Der Darrow, den sie vergötterte, war von dem, den sie verabscheute, nicht zu trennen. Und der unausweichliche Rückschluß war, daß beide gehen mußten und ihr nur die Wüste eines von Erinnerungen entleerten Leids blieb...

Vor der Leere aber, die in der Zukunft gähnte, stand eine nur allzu dicht gedrängte Gegenwart. Nie hatte ein Schicksalsschlag kompliziertere Auswirkungen gehabt; und sobald sie ihre Gedanken Owen zuwandte, hörte sie auf, an sich selbst zu denken. Welche plötzliche Eingebung, was für Befürchtungen hatten ihn zu dieser Reise nach Paris veranlaßt? Und warum hatte er es für nötig gehalten, ihr seinen Aufbruch zu verheimlichen? Sophy Viner hatte Givré unter der Voraussetzung verlassen, daß er warten würde, bis sie ihn zu sich rief; daß er sich über sein Versprechen hinwegsetzen und sie ohne Erlaubnis aufsuchen würde, schien unwahrscheinlich, es sei denn, er hätte mit dem feinen Instinkt des Liebenden eine neue Gefahr gewittert. Anna dachte daran, wie rasch er ihre Bestürzung erkannt hatte, als er mit der Nachricht, Miss Viner habe versprochen, ihn in Paris wiederzusehen, ins Zimmer gestürmt war. Wenn sein Argwohn so rasch erwachte, hatte er wohl nur halb geschlummert; und in den vergangenen Tagen hatten offenbar nicht nur sie und Darrow geheuchelt, sondern auch er. Stolz und offen, wie sie war, empfand sie es als entwürdigend, daß sie nebeneinanderher gelebt hatten wie Feinde, die sich gegenseitig ausspionieren; sie hatte plötzlich große Sehnsucht nach jenen Tagen, die ihr wohl öde und beengt vorgekommen waren, in denen sie aber hocherhobenen Hauptes und mit freiem Blick durch die Welt hatte gehen können.

Sie war nach Paris gekommen, ohne recht zu wissen, welche Gefahr sie fürchtete, und noch weniger, wie sie abzuwenden sei. Wenn Owen die Absicht hatte, Miss Viner aufzusuchen – und was sonst konnte ihn hergeführt haben –, waren sie gewiß schon zusammen, und jedes Eingreifen kam zu spät. Tatsächlich hatte Anna auch den Gedanken erwogen, daß sein Endziel womöglich gar nicht Paris war, daß er Givré ohne ihr Wissen verlassen hatte, um Darrow nach London zu folgen und von ihm die Wahrheit zu fordern. Aber selbst ihrer aufgewühlten Vorstellungskraft erschien das unwahrscheinlich. Sie und Darrow hatten bis zuletzt so erfolgreich Harmonie geheuchelt, daß Owen es wohl kaum gewagt hätte, auf einen bloßen Verdacht hin zu handeln. Wenn er nach wie vor meinte, eine Erklärung verlangen zu müssen, würde er sich mit seinem Anliegen sicherlich an Sophy Viner wenden; und deshalb hatte Anna Miss Painter ausgeschickt mit dem Auftrag, Sophy Viner zu suchen.

Die Ahnungslosigkeit der unerschütterlichen Adelaide war ihr in ihren Nöten ein großer Trost gewesen. Man konnte sich so fest darauf verlassen, daß Miss Painter nicht mehr erriet, als einem recht war, und dennoch schlau allen Hinweisen nachging, die man ihr freiwillig gab. Sie war wie ein gut gezogener Jagdhund, der jedes Interesse an seiner Beute verliert, sobald er sie seinem Herrn zu Füßen gelegt hat. Anna hatte erklärt, daß sie nach Owens überraschender Flucht ein neuerliches Mißverständnis zwischen ihm und Miss Viner fürchtete. Um des lieben Friedens willen habe sie beschlossen, ihm zu folgen; sie wolle aber, hatte sie eilig hinzugefügt, Sophy nicht sprechen, sondern von ihr nach Möglichkeit nur erfahren, wo Owen war. Mit diesen knappen Instruktionen hatte Miss Painter sich auf den Weg gemacht; doch sie war eine vielbeschäftigte Frau und hatte ihrer Besucherin zu verstehen gegeben, daß sie zunächst noch eine Freundin aufsuchen wollte, die gerade aus Boston eingetroffen war, und danach für eine andere exilierte Landsmännin eine Lieferung von Preiselbeeren und Pfirsichen in Weinbrand aus der amerikanischen Lebensmittelhandlung auf den Champs-Elysées veranlassen mußte.

Nach und nach setzte bei Anna jene Reaktion ein, die in Augenblicken extremer Nervenanspannung jeder Willensanstrengung folgt. Bis hierher und nicht weiter hatte ihr Mut sie getragen, und mehr und mehr zitterte sie bei dem Gedanken an Miss Painters Rückkehr, denn was diese auch mitbringen mochte, würde sie zu weiteren Entscheidungen zwingen. Was sollte sie zu Owen sagen, wenn sie ihn gefunden hatte? Was konnte sie sagen, ohne das eine zu verraten, für dessen Geheimhaltung sie ihr Leben geben würde? «Ihr Leben geben...» Die Wendung klang ihr wie Hohn in den Ohren. Es war ein Geschenk, das sie ihrer schlimmsten Feindin nicht hätte machen mögen. Sie hätte das, was sie jetzt durchlitt, Sophy Viner nicht gewünscht...

Erneut versuchte sie, ruhig und gelassen das Bild zu betrachten, das sich ihr bot, wenn sie an Miss Viner dachte. Sie hatte das Gefühl, daß sie sich wohl oder übel damit würde anfreunden müssen. Wenn das Leben so war, mußte sie sich daran gewöhnen, und zwar je eher, desto besser... Aber nein, so war das Leben nicht! Ihr Abenteuer war ein abscheuliches Mißgeschick. Sie fürchtete die Versuchung, ihren Fall zu verallgemeinern, die erhabenen Dinge in Zweifel zu ziehen, die ihre Leitschnur gewesen waren, und billigen Trost darin zu suchen, eben das herabzusetzen, was das Schicksal ihr versagt hatte. Doch, es gab diese Liebe, von der sie geträumt hatte, und sie wollte weiterhin daran glauben und den Gedanken hochhalten, daß sie ihrer würdig war. Was sie erlebt hatte, war grotesk und niedrig und kläglich; sie selbst aber war weder das eine noch das andere, und niemals würde sie sich selbst zum Gespött machen, so wie das Schicksal es mit ihr gemacht hatte...

Noch brachte sie es nicht über sich, bewußt an Darrow zu denken; aber immer wieder sagte sie sich: «Auch das wird eines Tages kommen.» Schon jetzt war sie entschlossen, nicht zuzulassen, daß sein Bild durch ihr Leid verzerrt wurde. Sobald wie eben möglich würde sie all das, was sie an ihm gemocht hatte, ehe ihre Liebe ihn ganz umfaßte, heraussuchen und ihrer Erinnerung einverleiben. Keine von frommen Disziplinen ersonnenen «spirituellen Exerzitien» hätten quälender sein können; doch eben das Grausame daran reizte sie, sich mit neuen Schmerzen zu betäuben...

Als sie Miss Painters Schlüssel hörte, fuhr sie zusammen. Sie war noch immer ein bebendes Nervenbündel und witterte in jeder weiteren Minute eine neue Bedrohung.

Es gab eine kleine Pause, man hörte Stimmen in der Diele, dann klopfte Miss Painters kräftige Hand an die Tür.

Anna stand auf, als sie eintrat. «Sie haben ihn gefunden?»

«Ich habe Sophy gefunden.»

«Und Owen? Hat sie mit ihm gesprochen? Ist er hier?»

«Sie ist hier, in der Diele. Sie möchte mit Ihnen reden.»

«Sie ist hier … jetzt?» Mehr brachte Anna nicht heraus.

«Ich habe sie gleich mitgebracht», berichtete Miss Painter nüchtern. «Der Droschkenkutscher war unverschämt. Ich habe mir seine Nummer aufgeschrieben.» Sie kramte in einem stabilen schwarzen Ridikül herum.

«Aber ich kann nicht …», entfuhr es Anna, doch sie faßte sich schnell wieder; wenn sie verriet, daß sie Sophy Viner nicht sehen wollte, bestand die Gefahr, damit noch weit mehr zu verraten.

«Sie meinte, daß Sie vielleicht zu angegriffen wären, um mit ihr zu sprechen, und wollte nicht eher hereinkommen, bis ich Sie gefragt hätte.»

Anna holte tief Atem. Nach kurzer Überlegung

war ihr klargeworden, daß Sophy Viner einen solchen Schritt kaum getan hätte, wenn nicht etwas sehr Wichtiges geschehen wäre. «Bitten Sie Miss Viner herein.»

Miss Painter verkündete von der Schwelle her, sie wolle unverzüglich aufs Polizeirevier gehen, um die Pflichtvergessenheit des Kutschers anzuzeigen, dann verließ sie das Zimmer, und Sophy Viner trat ein.

Man sah ihr an, daß sie nicht gern gekommen war, doch schien sie von einer flammenden Entschlossenheit beseelt, bei deren Anblick sich Anna ihrer Angstgefühle schämte. Einen Augenblick sahen sie einander schweigend an, als hinderten die Gedanken, die zwischen ihnen standen, sie am Sprechen. Dann sagte Anna, wobei sie versuchte, ihrer Stimme die Schärfe zu nehmen: «Miss Painter sagt mir, daß Sie wissen, wo Owen ist.»

«Ja. Deshalb habe ich darum gebeten, Sie zu sprechen», erwiderte Sophy schlicht, ohne Befangenheit oder Zögern.

«Ich dachte, er hätte Ihnen versprochen...» setzte Anna an.

«Das hat er auch. Aber er hat sein Versprechen nicht gehalten. Das wollte ich Ihnen sagen.»

«Danke.» Zaghaft fuhr Anna fort: «Er hat heute früh Givré ohne ein Wort verlassen. Ich bin ihm gefolgt, weil ich fürchtete...»

Sie hielt inne, und Sophy Viner nahm den Satz auf. «... Sie fürchteten, er hätte es erraten? Das stimmt.»

«Wie meinen Sie das? Was hat er erraten?»

«Daß Sie etwas wissen, was er nicht weiß, und daß sie deswegen froh sind, daß ich fort bin.»

«Oh!» stöhnte Anna auf. Da waren die Schmerzen, nach denen sie verlangt hatte... «Das hat er Ihnen gesagt?» stammelte sie.

«Er hat es mir nicht gesagt, weil ich ihn nicht gesprochen habe. Mrs. Farlow hat ihn auf meine Bitte weggeschickt. Aber er hat mir einen Brief geschrieben, und in dem stand das, was ich Ihnen eben sagte.»

«Armer Owen!» entfuhr es Anna. In aller Verworrenheit ihres Leids empfand sie das seine als zusätzliches Weh.

«Und ich möchte Sie bitten», fuhr Sophy fort, «daß Sie mir erlauben, mit ihm zu reden. Aber natürlich», fuhr sie in dem gleichen erstaunlich energischen Ton fort, «würde ich es ohne Ihre Zustimmung nicht tun.»

«Mit ihm zu reden?» Anna versuchte, ihre auseinanderflatternden Gedanken zu sammeln. «Was versprechen Sie sich davon? Was könnten Sie ihm sagen?»

«Ich will ihm die Wahrheit sagen», erwiderte Sophy Viner.

Die beiden Frauen sahen sich an, und brennende Röte stieg Anna ins Gesicht. «Ich verstehe nicht...»

Sophy wartete einen Augenblick. Dann sagte sie leise: «Ich möchte nicht, daß er schlechter als nötig von mir denkt...»

«Schlechter?»

«Ja. Daß er das denkt, was Sie jetzt denken...

Ich möchte, daß er erfährt, was wirklich geschehen ist, und dann will ich ihm Lebewohl sagen.»

Anna versuchte, sich durch Erstaunen und Verwirrung einen Weg zu bahnen. Sie war seltsam bewegt.

«Wäre es für ihn nicht schlimmer...?»

«Die Wahrheit zu hören? Es wäre zumindest besser für Sie und Mr. Darrow.»

Als der Name fiel, hob Anna rasch den Kopf. «Ich habe nur auf meinen Stiefsohn Rücksicht zu nehmen.»

Sophy Viner sah sie erschrocken an. «Sie meinen doch nicht... Sie wollen ihn doch nicht aufgeben?»

Annas Lippen wurden schmal. «Es ist wohl sinnlos, darüber zu reden.»

«Ach, ich weiß ja... Es ist meine Schuld, weil ich nicht weiß, wie ich sagen soll, was ich Ihnen klarmachen will. Ihre Worte sind anders, Sie wissen sie richtig zu setzen. Meine kränken Sie... und weil ich davor Angst habe, greife ich daneben. Deshalb habe ich neulich nichts sagen, Ihnen nichts erklären können... Aber jetzt *muß* ich es tun, auch wenn es Ihnen schrecklich ist.» Sie trat einen Schritt näher, die schlanke Gestalt beugte sich ihr flehentlich bittend entgegen. «Bitte hören Sie mich an. Was Sie gesagt haben, ist entsetzlich. Wie können Sie in diesem Ton von ihm reden? Begreifen Sie nicht, daß ich fortgegangen bin, damit er Sie nicht zu verlieren braucht?»

Anna betrachtete sie kalt. «Sprechen Sie von Mr. Darrow? Ich weiß nicht, warum Sie sich einbilden, Ihr Gehen oder Bleiben könne sich auf irgendeine Weise auf unsere Beziehung auswirken.»

«Dann *haben* Sie ihn also aufgegeben – meinetwegen? Wie konnten Sie! Sie können ihn nicht wirklich lieben. Oder doch», sagte sie unvermittelt. «Sie müssen ihn lieben, sonst hätten Sie mehr Mitleid mit mir.»

«Ich habe großes Mitleid mit Ihnen», sagte Anna und hatte plötzlich das Gefühl, als säße der eiserne Ring um ihr Herz nicht mehr ganz so fest.

«Warum wollen Sie mich dann nicht anhören? Warum wollen Sie nicht versuchen, es zu verstehen? Es ist alles so anders, als Sie glauben.»

«Ich habe Sie nie verurteilt.»

«Ich denke nicht an mich. Er liebt Sie.»

«Ich dachte, Sie wären hier, um über Owen zu sprechen.»

Sophy Viner schien gar nicht zuzuhören. «Er hat nie eine andere geliebt. Selbst in jenen wenigen Tagen ... ich habe es von Anfang an gewußt ... hat ihm nie etwas an mir gelegen.»

«Kein Wort weiter bitte!» sagte Anna.

«Ich weiß, es muß Ihnen merkwürdig vorkommen, daß ich so viel sage. Ich schockiere Sie, ich kränke Sie. Sie halten mich für ein schamloses Geschöpf. Das bin ich auch – aber nicht so, wie Sie glauben. Ich schäme mich nicht, daß ich ihn geliebt habe, und ich schäme mich auch nicht, Ihnen das zu sagen. Eben das ist meine Rechtfertigung und auch die seine ... Lassen Sie sich erzählen, wie es kam. Ich tat ihm leid, ich wußte, daß er nie mehr für mich empfand. Ich merkte, daß er an eine andere dachte. Ich wußte, daß es nur für eine Woche war... Er hat nie versucht, mir etwas vorzumachen... Ich wollte einmal im Leben glücklich sein... und ich hätte mir nie träumen lassen, daß ich ihm damit schaden könnte.»

Anna brachte kein Wort heraus. Sie hätte nicht sagen können, was die mit soviel tragischer Inbrunst vorgetragenen Worte ihr vermittelten, aber sie war sich bewußt, daß diese Gefühle tiefer waren als alles, was sie selbst je empfunden hatte.

«Sie tun mir leid.» Sie machte eine kleine Pause. «Aber warum sagen Sie mir das?» Wieder hielt sie inne, dann stieß sie hervor: «Sie hätten nicht zulassen dürfen, daß Owen sich in Sie verliebte.»

«Es stimmt, das war unrecht. Zumindest im Lichte dessen, was danach geschah. Wäre es anders gekommen, denke ich, daß ich Owen hätte glücklich machen können. Sie waren alle so gut zu mir, ich habe mir so gewünscht, bei Ihnen bleiben zu können. Jetzt werden Sie vielleicht sagen, daß das alles noch schlimmer macht, daß ich gewagt habe, davon zu träumen, ich hätte das Recht... Aber das ist nun alles nicht mehr wichtig. Ich werde nicht mit Owen sprechen, wenn Sie nicht einverstanden sind. Ich hätte ihm gern gesagt, was ich versucht habe Ihnen zu sagen, aber das müssen Sie entscheiden, Sie haben ein feineres Gefühl. Nur müssen Sie ihm dann helfen, wenn ich es nicht kann. Es geht ihm sehr nah... es wird ihm weh tun.»

Anna zitterte. «Ich weiß. Was kann ich tun?»

«Sie können nach Givré zurückfahren. Jetzt,

unverzüglich. Damit Owen nie erfährt, daß Sie ihm gefolgt sind.» Sophy streckte flehend die gefalteten Hände aus. «Und Sie können nach Mr. Darrow schicken, ihn bitten zurückzukehren. Owen muß zu der Überzeugung kommen, daß er sich geirrt hat, und nichts anderes könnte ihn davon überzeugen. Danach werde ich einen Vorwand finden, das verspreche ich Ihnen. Zunächst aber muß er selbst sehen, daß sich für Sie nichts geändert hat.»

Anna stand regungslos da, unterjocht und beherrscht. Sophys Inbrunst fegte über sie hin wie ein Wirbelsturm.

«Kann ich Sie nicht bewegen?» bat Sophy mit Tränen in den Augen. «Eines Tages werden Sie es erkennen.»

Anna sah es, und die Kehle wurde ihr eng. Wieder schien sich der Ring um ihr Herz zu lockern. Sie wollte sprechen und konnte es nicht, zu dunkel und stürmisch war alles in ihr. Sie sah Sophy wortlos an.

«Ich glaube Ihnen», sagte sie unvermittelt, dann drehte sie sich um und ging aus dem Zimmer.

– XXXII –

Von Miss Painters Domizil aus fuhr sie in ihre Stadtwohnung. Das Dienstmädchen, das dort nach dem Rechten sah, war von ihrem Kommen in Kenntnis gesetzt worden, hatte ein, zwei Zimmer geöffnet und im Schlafzimmer Feuer gemacht.

Anna lehnte die Hilfe des Mädchens ab und schloß sich ein. Sie war müde und verfroren, und nachdem sie Hut und Mantel abgelegt hatte, kniete sie sich vors Feuer und streckte ihm die Hände entgegen.

Sie begriff, daß sie zumindest in einem Punkt gut daran täte, Sophy Viners Rat zu folgen. Es war Torheit gewesen, Owen nachzufahren, und ihre erste Sorge mußte sein, vor ihm wieder in Givré einzutreffen. Doch an diesem Abend ging nur noch ein Personenzug, der erst kurz vor Mitternacht in Francheuil eintraf, und ihre Ankunft zu so später Stunde würde zu endlosen Debatten mit Madame de Chantelle führen. Ihr Vorwand für die Fahrt nach Paris war die Suche nach einer neuen Gouvernante für Effie gewesen, und deshalb wirkte es wohl überzeugender, wenn sie ihre Abreise auf den nächsten Morgen verschob. Sie kannte Owen gut genug, um zu wissen, daß er einen weiteren Vorstoß machen würde, Miss Viner zu sprechen, und wenn auch der fehlschlug, würde er ihr schreiben und auf Antwort warten, so daß er vermutlich erst am Abend des nächsten Tages wieder in Givré eintreffen würde.

Erst an der Erleichterung, die sie empfand, weil sie nicht sofort wieder aufzubrechen brauchte, merkte sie, wie erschöpft sie war. Den Tee, den die *bonne* ihr hatte machen wollen, hatte sie abgelehnt, weil sie es nicht ertrug, jemanden um sich zu haben, und außer einem am Bahnhofsbuffet gekauften Sandwich hatte sie seit heute früh nichts gegessen. Weil sie zu müde zum Aufstehen war, zog sie sich mit dem Arm den Lehnstuhl heran, der am Kamin stand, und legte den Kopf auf das Polster. Allmählich stahl sich die Wärme des Feuers in ihre Adern, und die Betrübnis ihrer Seele wich einer träumerischen Heiterkeit. Ihr war, als säße sie auf der Kaminbank in ihrem Wohnzimmer in Givré und Darrow auf dem Sessel, an dem sie lehnte. Er legte ihr die Arme um die Schultern und zog ihren Kopf nach hinten, um ihr in die Augen sehen zu können. «Von all deinen Frisuren gefällt mir diese am besten», sagte er...

Ein Scheit fiel herunter, und sie richtete sich mit einem Ruck auf. Ihr war warm ums Herz, und sie lächelte. Dann sah sie sich um, erkannte, wo sie war, und der Glanz verging. Sie verbarg ihr Gesicht und schluchzte.

Nach einer Weile merkte sie, daß es dunkelte. Mit steifen Gliedern erhob sie sich, packte ihre Tasche aus und legte sich die Sachen auf dem Ankleidetisch zurecht. Es widerstrebte ihr, Licht zu machen, und sie tastete nach dem, was sie brauchte. Ihr schien, als sei sie weltenweit entfernt von allen anderen Menschen und vor allem von sich selbst. Es war, als sei ihr Denken und Empfinden auf eine Fremde übertragen worden, deren Gedanken und Bewegungen sie völlig unberührt ließen...

Dann hörte sie unvermittelt ein schrilles Klingeln und blieb mit jagendem Herzen mitten im Zimmer stehen. Es war das Telephon in ihrem Ankleidezimmer. Gewiß ein Anruf von Adelaide Painter. Oder konnte Owen erfahren haben, daß sie in der Stadt war? Der Gedanke machte ihr angst; rasch öffnete sie die Tür und stolperte durch das unbeleuchtete Zimmer zu dem Instrument. Sie hielt es ans Ohr und hörte, wie Darrows Stimme ihren Namen nannte.

«Wirst du mich empfangen? Ich bin wieder da – ich mußte kommen. Miss Painter hat mir gesagt, wo du bist.»

Sie begann zu zittern und fürchtete, er könne es ihrer Stimme anhören. Sie wußte nicht, was sie antwortete, und hörte ihn sagen: «Ich verstehe nicht...» – «Ja!» rief sie, legte das Telephon aus der Hand und nahm es wieder auf – aber er war nicht mehr in der Leitung. Sie überlegte, ob ihr «Ja» ihn wohl erreicht hatte.

Sie setzte sich in ihren Sessel und wartete. Warum hatte sie gesagt, sie würde ihn empfangen? Was sollte sie ihm sagen, wenn er kam? Immer wieder umfing das Gefühl seiner Nähe sie wie in einem Traum, und sie schloß die Augen und spürte seine Arme. Dann kam sie wieder in die Wirklichkeit zurück und fröstelte. Lange Zeit verging, und schließlich sagte sie sich: «Er kommt nicht.»

In diesem Moment ging die Türglocke, und sie erhob sich frierend und zitternd. «Denkt er denn wirklich, es hätte noch einen Sinn?» überlegte sie und tat einen Schritt, um dem Mädchen zu sagen, sie könne ihn nicht empfangen.

Die Tür ging auf, und sie sah ihn im Salon stehen. Der Raum war kalt und ungeheizt, das harte Licht der Wandlampen fiel auf die Möbel in ihren Schutzbezügen und die weißen Tücher, die die Vorhänge verhüllten. Er sah blaß und streng aus, eine Falte der Erschöpfung stand zwischen seinen Augen, und sie dachte daran, daß er in drei Tagen von Givré nach London und wieder zurück gereist war. Es schien kaum glaublich, daß sich all das, was ihr widerfahren war, in den Zeitraum von drei Tagen zuammengedrängt hatte.

«Danke», sagte er, als sie eintrat.

«Es ist wohl besser...», erwiderte sie.

Er kam auf sie zu und nahm sie in die Arme. Sie sträubte sich ein bißchen, erschrocken von ihrer Nachgiebigkeit, aber er drückte sie an sich und hielt sie ganz fest, als habe er sie nach langem Suchen wiedergefunden; sie hörte seinen raschen Atem. Ihr war, als käme er aus ihrer eigenen Brust, so fest hielt er sie; und sie war es, die endlich ihr Gesicht hob und das seine zu sich herunterzog.

Dann machte sie sich los und setzte sich auf ein Sofa am anderen Ende des Zimmers. In einem Spiegel zwischen den verhüllten Vorhängen sah sie ihr zerknittertes Reisekleid und ihr blasses Gesicht unter dem unordentlichen Haar.

Jetzt fand sie auch ihre Stimme wieder und fragte, wie es ihm gelungen sei, sich freizumachen. Er habe es irgendwie bewerkstelligt, sagte er, habe es eingerichtet, und sie merkte, daß er kaum hörte, was sie sagte.

«Ich mußte dich sehen», fuhr er fort und setzte sich neben sie.

«Ja. Wir müssen an Owen denken...»

«Ach, Owen...»

Sophy Viners dringende Bitte war ihr wieder in den Sinn gekommen, sie möge Darrow nach Givré zurückrufen, um Owen davon zu überzeugen, wie töricht sein Argwohn war. Natürlich war dieser Vorschlag grotesk. Sie konnte Darrow nicht bitten, sich für so einen Betrug herzugeben, selbst wenn sie selbst den übermenschlichen Mut aufgebracht hätte, dabei mitzuspielen. Erdrückend empfand sie die Vergeblichkeit jeden Versuchs, ihre in Trümmer liegende Welt wieder aufzubauen. Nein, es war sinnlos. Und weil es sinnlos war, bedeutete jede Minute mit Darrow schiere Qual...

«Ich bin gekommen, um von mir zu sprechen, nicht von Owen», hörte sie ihn sagen. «Als du mich wegschicktest, war mir klar, daß es nicht anders ging – in diesem Augenblick. Aber wir können uns unmöglich so trennen, du und ich. Wenn ich dich schon verlieren soll, dann aus einem besseren Grund.»

«Einem besseren Grund?»

«Ja, einem triftigeren. Der eine grundsätzliche Unvereinbarkeit zwischen uns aufzeigt. Und der ist – trotz allem – nicht gegeben. Ich möchte, daß du das begreifst und den Mut hast, es zuzugeben.»

«Wenn ich es begreifen würde, hätte ich den Mut dazu.»

«Ja. Mut war das falsche Wort, den hast du. Deshalb bin ich hier.»

«Aber ich begreife es nicht», fuhr sie bekümmert fort. «Und deshalb ist es zwecklos... und so grausam...» Ehe er etwas sagen konnte, fuhr sie fort: «Ich werde es nie begreifen. Nie.»

Er sah sie an. «Eines Tages schon. Du bist dazu geschaffen, alles fühlen zu können...»

«Ich dachte, in diesem Fall waren keine Gefühle im Spiel?»

«Auf meiner Seite?» Er sah sie entschlossen an. «Das stimmt, zu meiner Schande muß ich es gestehen... Nein, ich meine es so: Wenn du erst ein wenig älter geworden bist, wirst du begreifen, was für Stümper wir alle sind; daß wir manchmal mit Blindheit und manchmal mit Tollheit geschlagen sind und daß wir, wenn wir wieder sehen und vernünftig denken können, die Kostbarkeiten, die wir, ohne es zu merken, kurz und klein geschlagen haben, Stück für Stück reparieren müssen. Das Leben ist nun mal ein ständiges Zusammenfügen von Scherben.»

Sie sah rasch auf. «Ja, und deshalb denke ich, du solltest...»

Er stand auf und unterbrach sie mit einer Handbewegung. «Bitte nicht... Ich weiß, was du sagen willst. So leichtfertig wirft ein Mann sein Leben nicht weg. Wenn du meins nicht haben willst, so gehört es zumindest mir, und ich muß versuchen, das Beste daraus zu machen.»

«Das meine ich ja: das Beste daraus zu machen... Wie kann es für dich das Beste sein, wenn es aus dem erwächst, was für einen anderen Menschen das Schlimmste ist?»

Aufstöhnend setzte er sich wieder. «Ich weiß es nicht. Es schien eine so bedeutungslose Affäre, etwas ganz und gar Oberflächliches – und ich bin damit auf Grund gegangen, eben weil sie sich an der Oberfläche befand. Wie schlimm das ist, sehe ich genauso klar wie du. Aber ich sehe Ausmaß und Grenzen meines Unrechts ein wenig klarer. Ganz so rabenschwarz, wie du meinst, ist es nicht.»

«Begreifen werde ich es wohl nie», sagte sie leise, «aber sie scheint dich zu lieben...»

«Das ist ja der Jammer: daß ich es nicht erriet, nicht davor flüchtete. Du wirst es nie begreifen, sagst du, aber warum eigentlich nicht? Kann man denn stolz darauf sein, so wenig von den Fäden zu wissen, an denen wir tanzen? Wüßtest du ein wenig mehr davon, könnte ich dir erklären, wie so etwas geschehen kann, ohne dich zu verletzen, und vielleicht würdest du mich dann anhören, ohne mich zu verdammen.»

«Ich verdamme dich nicht.» Ihr schwindelte vor dem Widerstreit ihrer Gefühle. Am liebsten hätte sie gesagt: «Ich begreife es ja, ich begreife es, seit du hier bist!» Denn in ihrer Brust regten sich Gefühle, die sich von den romantischen Vorstellungen, die sie von ihm hatte, so sehr unterschieden, daß ihr war, als seien ihr Körper und ihre Seele untereinander uneins. Sie erinnerte sich, irgendwo gelesen zu haben, daß es den Sklaven im alten Rom verboten war, spezifische Kleidung zu tragen, um zu verhindern, daß sie sich untereinander erkannten und wußten, wie viele und wie mächtig sie waren. So entdeckte sie auch in sich zum erstenmal Instinkte und Begehrlichkeiten, die stumm und unbemerkt durch die halbdunklen Räume ihres Gemüts gezogen waren und jetzt einander mit dem Ruf von Empörern grüßten.

«Ich weiß nicht, was ich denken soll», brach es aus ihr heraus. «Du sagst, du hättest nicht gewußt, daß sie dich liebte. Aber du weißt es jetzt. Zeigt dir das nicht, wie du die Scherben wieder zusammenfügen kannst?»

«Glaubst du wirklich, das ließe sich erreichen, indem man die eine Frau heiratet, während man eine andere liebt?»

«Ich weiß es nicht... ich weiß es nicht...» Sie spürte, daß sie schwach wurde, und versuchte, sich gegen seine Argumente zu wappnen.

«Du weißt es sehr wohl. Wir haben oft von derlei Dingen gesprochen – von der Widernatürlichkeit sinnloser Opfer. Darin kann meine Buße nicht bestehen.» Unvermittelt setzte er hinzu: «Sondern darin, daß ich dir das jetzt sagen muß...»

Sie fand keine Antwort.

Durch die stille Wohnung hallte plötzlich der Ton der Türglocke, und sie stand auf. «Owen!» stieß sie hervor.

«Ist Owen in Paris?»

Sie berichtete rasch und in gedämpftem Ton, was sie von Sophy Viner erfahren hatte.

«Soll ich gehen?» fragte Darrow.

«Ja... nein...» Sie ging zur Eßzimmertür und war schon halb entschlossen, ihn hinauszulassen, dann aber wandte sie sich um. «Vielleicht ist es auch Adelaide.»

Sie hörten, wie die Wohnungstür geöffnet wurde, und gleich darauf stand Owen im Zimmer. Er war blaß und erregt. Als sein Blick auf Darrow fiel, sah Anna ihn verblüfft zusammenfahren. Er nickte ihm leicht zu, dann ging er mit übertriebener Heiterkeit auf seine Stiefmutter zu.

«Du arglistige Person! Ich lief der allwissenden Adelaide über den Weg und erfuhr von ihr, daß du in aller Heimlichkeit nach Paris gefahren bist...» Er stand zwischen Anna und Darrow, angespannt, fragend, bedenklich nervös.

«Ich kam, um mich mit Mr. Darrow zu treffen», erwiderte Anna. «Sein Urlaub ist verlängert worden, er fährt mit mir zurück.»

Es schien, als kämen die Worte ohne ihr Zutun, aber als sie heraus waren, fühlte sie sich wie befreit.

Die verkrampfte Spannung in Owens Zügen wich ungläubiger Überraschung. Er sah Darrow an.

«Ein ausgesprochener Glücksfall... ein Kollege, dessen Frau krank geworden war... ich bin sofort zurückgekommen...», hörte sie letzteren gelassen erklären. Seine Selbstbeherrschung trug dazu bei, sie zu festigen, und sie lächelte Owen zu.

«Dann können wir ja alle zusammen morgen früh zurückfahren», sagte sie und hakte sich bei ihm unter.

– XXXIII –

Owen fuhr nicht mit seiner Stiefmutter nach Givré zurück, sondern teilte ihr mit, er würde noch ein, zwei Tage in Paris bleiben.

Anna nahm am nächsten Morgen den ersten Zug, Darrow sollte nachmittags folgen. Als Owen am Vorabend gegangen war, hatte Darrow einen Augenblick gewartet, und als sie nichts sagte, fragte er, ob sie wirklich wünsche, daß er mit ihr nach Givré zurückkehrte. Sie nickte stumm, und er fuhr fort: «Denn soviel ich auch für Owen zu tun bereit bin, das bringe ich nicht fertig. Ich kann nicht zurückkehren, um wieder fortgeschickt zu werden.»

«Nein... nein...»

Er kam näher und sah sie an, und sie ging auf ihn zu. Alle Ängste schienen von ihr abzufallen, als er sie in den Armen hielt. Das Gefühl war anders als alles, was sie je zuvor empfunden hatte: wirr und trüb, als regten sich geheime Scham und leiser Groll darin, aber reicher, tiefer, unbedingter. Sie legte den Kopf zurück und schloß die Augen, als er sie küßte. Sie wußte jetzt, daß sie ihn nie würde aufgeben können.

Trotzdem bat sie ihn am nächsten Morgen, er möge sie allein nach Givré zurückfahren lassen. Sie brauchte Zeit zum Nachdenken. Daß das Geschehene unausweichlich gewesen war, daß sie und Darrow zusammengehörten und daß er recht hatte mit seiner Feststellung, keine Torheit der Vergangenheit könne sie je auseinanderreißen – das alles stand für sie fest. Ihr Gefühl für ihn war womöglich noch intensiver geworden. Sie kam sich ruhelos und unsicher, kam sich irgendwie unvollständig vor, wenn er nicht in der Nähe war, und empfand eine leidenschaftliche Abhängigkeit, die eigentlich ihrer eigenen Auffassung von ihrem Charakter widersprach.

Vor allem auch wegen dieses Wandels in ihrer inneren Einstellung, der ihr deutlich bewußt war, drängte es sie, allein zu sein. Die lange seelische

Einsamkeit hatte sie an diese Stunden der Einkehr gewöhnt, die sie brauchte wie ihr kaltes Bad am Morgen.

Während der Fahrt versuchte sie das, was geschehen war, im Lichte ihrer neuen Entscheidung zu überdenken, die ihr so jählings den Schmerz genommen hatte. Ihr war wie nach einem feurigen Initiationsritual, aus dem sie versengt und bebend hervorgekommen war, einen magischen Talisman fest an die Brust gedrückt. «Eines Tages werden Sie es erkennen», hatte Sophy Viner ihr vorgehalten, und Darrow hatte die gleichen Worte benutzt. Gemeint war damit wohl, daß sie über andere weniger absolut urteilen würde, wenn sie sich näher mit den Wirren und dunklen Tiefen ihres eigenen Herzens beschäftigt hatte. Inzwischen kannte sie sich besser, wußte um Schwächen und Stärken, von denen sie sich nie etwas hätte träumen lassen, und um die tiefen Widersprüche und die noch tiefere Komplizenschaft zwischen dem, was in ihr dachte, und dem, was blindlings begehrte...

Voller Sorge wandten sich dann ihre Gedanken Owen zu. Immerhin würde er nicht denken müssen, daß ihre Hand den Schlag geführt hatte, der ihm drohte. Er würde weiter glauben, daß einer der für solche Mißhelligkeiten üblichen Gründe zu seinem Bruch mit Sophy Viner geführt hatte; er würde sie verlieren, seine Erinnerungen an sie aber würden nicht vergiftet sein. Nicht einen Augenblick gab Anna sich der Täuschung hin, daß sie ihr Versprechen Darrow gegenüber erneuert hatte, um ihrem Stiefsohn diesen letzten tiefen Kummer zu ersparen. Sie wußte, daß sie sich von dem unwiderstehlichen Drang hatte leiten lassen, das festzuhalten, was ihr am kostbarsten war, und daß Owens Ankunft der Vorwand für ihre Entscheidung und nicht der Anlaß gewesen war; dennoch gab ihr der Gedanke an das, was sie ihm erspart hatte, ein wenig Trost. Es war, als habe ihr Leitstern, dem sie stets gefolgt war, sein vertrautes Licht auf unbekannte Wege leuchten lassen.

All diese Betrachtungen begleitete als Unterströmung der Glaube an die absolute Zuverlässigkeit von Sophy Viner, an die sie mit einer Mischung aus Abneigung und Vertrauen dachte. Es demütigte ihren Stolz, in einem Charakter, dem sie sich gern völlig fremd gefühlt hätte, verwandte Regungen zu erkennen. Aber wie war Sophy Viner in Wirklichkeit beschaffen? Sie schien keine Skrupel und tausend Empfindlichkeiten zu haben. Hemmungslos wie die vulgärste Abenteurerin hatte sie sich Darrow hingegeben und Owen Leath die Episode verschwiegen, war aber andererseits sofort der Stimme des Herzens gefolgt, als die ihr befohlen hatte, sich von dem einen zu trennen und dem anderen zu dienen.

Anna versuchte, sich das Leben dieses Mädchens vorzustellen, sich die Erfahrungen, die Einblicke auszumalen, die sie geformt hatten. Doch ihr eigener Lebensweg war zu anders verlaufen, da gab es Schleier, die sie nicht beiseite ziehen konnte. Sie blickte auf ihr Eheleben zurück, dessen farblose Gleichförmigkeit ihr in diesem Augenblick von Ordnung und vornehmer Zurückhaltung geprägt schien. Kam es ihr vielleicht nur so vor, weil sie so uninteressiert gewesen war? Staunend begriff sie, daß sie nie auch nur einen Gedanken auf die Vergangenheit ihres Mannes verschwendet oder sich gefragt hatte, was er trieb und wohin er ging, wenn er verreist war. Hätte man sie gefragt, woran er wohl dachte, wenn sie voneinander getrennt waren, hätte sie unverzüglich geantwortet: an seine Schnupftabaksdosen. Daß er Leidenschaften, Interessen, Liebhabereien haben könnte, von denen sie nichts wußte, war ihr nie in den Sinn gekommen. Dabei fuhr er – angeblich um Auktionen und Ausstellungen zu besuchen oder sich mit Händlern und Sammlern zu besprechen – ziemlich regelmäßig nach Paris. Sie versuchte sich vorzustellen, wie er in kerzengerader Haltung, gepflegt, geschniegelt und gebügelt, verstohlen in eine stille Gasse einbog, sich rasch umsah und dann in einem Torweg verschwand. Sie begriff jetzt, daß sie ihm gegenüber kalt gewesen war: Was lag näher, als daß er sich dafür schadlos gehalten hatte? Wahrscheinlich waren alle Männer so, vermutlich hatte ihre Naivität ihn belustigt.

Während sie noch versuchte, aus Fraser Leath einen Don Juan zu machen, erkannte sie mit einiger Ironie, daß sie nur versuchte, Darrow zu rechtfertigen. Sie wollte denken, daß alle Männer «so» waren, weil Darrow «so» war, wollte die Tatsache, daß sie sich damit abgefunden hatte, dadurch rechtfertigen, daß sie sich einredete, nur durch solche Konzessionen könnten Frauen wie sie hoffen zu behalten, was sie nicht aufgeben mochten. Und plötzlich packte sie der Zorn ob ihrer Blindheit und ihres unseligen Strebens nach Erkenntnis. Warum hatte sie Darrow gezwungen, die Wahrheit zu sagen? Hätte sie den Mund gehalten, hätte nichts herauszukommen brauchen. Sophy Viner hätte ihre Verlobung gelöst, Owen wäre auf eine Weltreise geschickt worden, ihr eigener Traum wäre intakt geblieben. Aber sie hatte gebohrt, gestochert, ihn ins Kreuzverhör genommen und nicht geruht, bis sie das Geheimnis ans Licht gezerrt hatte. Sie gehörte zu jenen glücklosen Frauen, die immer im falschen Moment kühn sind und die es immer wissen...

War das wirklich sie, Anna Leath, die sich selbst in diesem Licht sah? Sie schreckte vor ihren Gedanken zurück, als habe ein böser Dämon sie ihr eingegeben, und sehnte sich plötzlich nach ihrem früheren Zustand angstfreier Unwissenheit zurück. Wenn sie Darrow in diesem Moment hätte abhalten können, ihr nach Givré zu folgen, hätte sie es getan...

Doch er kam, und bei seinem Anblick legte sich der Tumult, sie spürte neue Zuversicht, fühlte sich wie genesen. Es dämmerte, als sein Zug eintraf, und sie fuhr mit dem Automobil nach Francheuil, um ihn abzuholen. Es drängte sie, ihn wiederzusehen, denn dank der neuen Einsicht, die sie gewonnen hatte, ahnte sie, daß nur seine Gegenwart ihr wieder zu einer normalen Sicht der Dinge verhelfen konnte. Als sie im Auto saßen und, die Stadt hinter sich lassend, in die Landstraße einbogen, hob er ihre Hand an die Lippen und küßte sie, und sie schmiegte sich an ihn und spürte die Ströme, die zwischen ihnen hin- und hergingen. Dankbar vermerkte sie, daß er nichts sagte und auch von ihr kein Wort erwartete. «Er macht nie einen Fehler», dachte sie bei sich, «er weiß immer, was zu tun ist», und dann dachte sie ein wenig erschrocken, der Grund dafür sei wohl, daß er so oft in einer ähnlichen Situation gewesen war. Die Vorstellung, daß sein Takt so etwas wie Berufserfahrung war, erfüllte sie mit Widerwillen, und fast unmerklich rückte sie von ihm ab. Er machte keinen Versuch, sie wieder an sich zu ziehen, und sofort dachte sie, daß auch das Berechnung sein müsse. Versteinert vor Jammer, saß sie neben ihm und überlegte, ob sie von jetzt an jeden seiner Blicke, jede seiner Bewegungen so taxieren würde. Sie schwiegen beide, bis der Wagen in die dunkel überwölbte Allee einbog und sie an ihrem Ende die Lichter von Givré funkeln sahen. In diesem Moment legte Darrow seine Hand auf die ihre und sagte: «Ich weiß, mein Herz...!», und ihre Erstarrung wich. «Er leidet genauso wie ich», dachte sie, und einen Augenblick schien es, als bringe das unheilvolle Geschehen, das zwischen ihnen stand, sie näher zusammen, statt jeden für sich in sein Unglück einzumauern.

Es war wunderschön, mit ihm zusammen Givré zu betreten, und als das alte Haus sie mit seiner milden Stille umfing, hatte sie wieder das Gefühl, als entließe ein böser Traum sie in die Geborgenheit lieber, vertrauter Dinge. Es war kaum vorstellbar, daß diese schweigenden Räume, die so voll waren von den Sammlerstücken, die ein anspruchsvoller Geschmack zusammengetragen hatte, zum Schauplatz tragischer Differenzen geworden waren. Die Erinnerungen schienen mit dem Schließen und Verriegeln der Türen in die Nacht vor dem Haus verbannt.

Am Teetisch im Eichenpaneelzimmer fanden sie Madame de Chantelle und Effie vor. Als Effie Darrow sah, lief sie ihm durch die lange Zimmerflucht entgegen und kehrte im Triumph auf seinen Schultern zurück. Anna betrachtete die beiden lächelnd. Effie war bei aller Liebenswürdigkeit sparsam mit solchen Gunstbezeugungen, und ihre Mutter wußte, daß sie damit Darrow in jenen Kreis aufgenommen hatte, in dem bislang Owen geherrscht hatte.

Beim Tee erläuterte Darrow Madame de Chantelle den Grund für seine unerwartete Rückkehr aus England. Als er nach London kam, erzählte er, habe er festgestellt, daß der Sekretär, den er hätte ablösen sollen, durch die Krankheit seiner Frau dort festgehalten wurde. Da der Botschafter wußte, daß es Darrow dringend nach Frankreich zog, habe er ihm sogleich den Vorschlag gemacht, er solle zurückfahren und die Order, seinen Kollegen abzulösen, in Givré erwarten. Er sei in den nächsten Zug gesprungen, ohne sich Zeit zu nehmen, eine Depesche mit der frohen Kunde auf den Weg zu bringen. Er sprach natürlich, ungezwungen und wie immer mit gedämpfter Stimme, während er die Teetasse von Effie in Empfang nahm, sich von dem Toast bediente, den sie herumreichte, und sich hin und wieder bückte, um den dösenden

Terrier zu streicheln. Und während sich Anna seine Erklärung anhörte, fragte sie sich unvermittelt, ob sie wohl stimmte.

Natürlich war die Frage grotesk. Es gab nicht den mindesten Grund für ihn, eine unwahre Erklärung für seine Rückkehr zu erfinden, und es war anzunehmen, daß seine Version die wirkliche war. Aber mit dem gleichen Gesichtsausdruck, mit der gleichen Stimme hatte er ihre bohrenden Fragen nach Sophy Viner beantwortet, und eisige Furcht erfaßte sie bei dem Gedanken, daß sie nie mehr wissen würde, ob er die Wahrheit sprach oder nicht. Sie war überzeugt davon, daß er sie liebte, und sie fürchtete nicht so sehr seine Unaufrichtigkeit wie ihren Argwohn. Einen Augenblick schien es ihr, als müsse dies die Quelle ihrer Liebe zu ihm verschütten; und dann sagte sie sich: «Mit der Zeit, wenn ich ganz sein bin, werden wir uns so nah sein, daß kein Platz mehr für Zweifel ist.» Doch noch waren sie da, eben noch erfolgreich zur Ruhe gebracht, dann wieder peinigend hellwach. Als das Kindermädchen kam, um Effie abzuholen, setzte sich die, nachdem sie ihrer Großmutter einen Gutenachtkuß gegeben hatte, entschlossen auf Darrows Knie und verlangte gebieterisch, ins Bett getragen zu werden. Und Anna fragte sich, während sie lachend protestierte, mit einem schmerzenden Stich: «Kann ich ihr einen Vater zumuten, von dem ich so denke?»

Der Gedanke an Effie und das, was sie Effie schuldete, war nach dem Londoner Wiedersehen mit Darrow der eigentliche Grund für ihr Zaudern, für ihre ständigen Terminverschiebungen gewesen. Wäre es nur nach ihren eigenen Gefühlen gegangen, hätte sie ihm sofort die Hand fürs Leben gereicht. Doch bis zu diesem Wiedersehen hatte sie eine zweite Ehe nie in Betracht gezogen, und als sie sich plötzlich der Eheschließung gegenübersah, hatte sie den Eindruck, daß eine solche Entscheidung Unruhe in das Leben bringen würde, das sie für sich und ihre Tochter geplant hatte. Mit Darrow hatte sie darüber nicht gesprochen, weil sie das Gefühl hatte, dieses Thema mit ihrem eigenen Gewissen abmachen zu müssen. Es ging also nicht darum, ob er geeignet war, Mentor und Vormund ihres Kindes zu werden, oder ob ihre Liebe zu ihm Effie ein Stück ihrer Zuneigung rauben würde, denn Liebe war für sie nicht etwas Abmeßbares, das irgendwann auch zur Neige gehen konnte, sondern ein Schatz, der sich ständig erneuerte. Vielmehr fragte sie sich, ob sie das Recht hatte, in ihr Leben Interessen und Pflichten einzubringen, die womöglich Effie einen Teil ihrer Zeit nahmen oder die Vertrautheit ihres täglichen Zusammenseins minderten.

Sie hatte diese Frage notgedrungen entscheiden müssen, aber jetzt stellte sich eine neue. In ihrem Alter gab es keinen Grund, sich von der Welt abzuschließen, um ihre Tochter großzuziehen; aber alles sprach dafür, nicht einen Mann zu heiraten, dem sie selbst nicht bedingungslos vertrauen konnte...

– XXXIV –

Als sie am nächsten Morgen erwachte, war ihr das Herz wunderbar leicht. Sie erinnerte sich an das Erwachen in Givré vor drei Tagen, als sie gedacht hatte, ihr Leben sei nun in ständige Dunkelheit gehüllt. Jetzt lebte sie mit Darrow wieder unter einem Dach, und wieder schlug seine Gegenwart die bedrohlichen Schatten in die Flucht. Fast war sie heute geneigt, über ihre Bedenken des vergangenen Abends zu lächeln, sie schienen Teil jener vergangenen, unwissenden, furchtsamen Phase zu sein, in der sie Angst gehabt hatte, dem Leben ins Gesicht zu sehen, und blind für die Geheimnisse und Widersprüche des menschlichen Herzens gewesen war, weil sie das eigene noch nicht kannte. «Du bist dazu geschaffen, alles zu fühlen», hatte Darrow gesagt, und Fühlen war gewiß besser als Verurteilen.

Als sie nach unten kam, war er schon mit Effie und Madame de Chantelle im Salon, und in das Gefühl der Zuversicht, das sie überkam, als sie ihn sah, mischte sich die Erleichterung, daß sie nicht über das sprechen konnte, was zwischen ihnen war. Aber es war da, unausweichlich, und bei jedem Blick, den sie tauschten, sahen sie es. Weil sie vermeiden wollte, daß es greifbarere Formen annahm, versuchte sie die kleine Tochter bei sich zu behalten, und als das Kindermädchen Effie holen kam, folgte sie unter einem Vorwand Madame de Chantelle in deren lila Salon. Doch ein vertrauliches Gespräch mit Madame de Chantelle bedeutete immer auch die detaillierte Erörterung von Plänen, die selbst in den gröbsten Umrissen zu erörtern Anna unendlich schwer fiel: der Tag der Hochzeit, die Frage, ob es besser sei, die Schiffsreise von London oder von Lissabon aus anzutreten, die mehr oder minder große Wahrscheinlichkeit, auf ihrem neuen Posten ein bewohnbares Haus mieten zu können; und als diese Probleme erschöpft waren, ging sie mit der gleichen Methode Owens Zukunft an.

Seine Großmutter, die den wahren Grund von Sophys Abreise nicht ahnte, fand es «äußerst passend», daß das junge Mädchen sich in der bräutlichen Vorbereitungsphase wieder in die Obhut ihrer alten Freunde begeben hatte. Diese züchtige Zurückgezogenheit hatte auf Madame de Chantelle einen so günstigen Eindruck gemacht, daß sie zum erstenmal bereit war, über Owens Pläne zu sprechen; und da alle zwischenmenschlichen Beziehungen sich für sie auf gesellschaftliche und häusliche Einzelheiten reduzierten, mußte Anna wohl oder übel noch einmal die gleiche Wegstrecke zurücklegen. Zunächst atmete sie auf, als Darrow zu ihnen stieß, aber dadurch kam die Rede erneut auf ihre eigene Zukunft, und wieder durchfuhr es Anna wie ein Stich, als sie hörte, wie gelassen und vernünftig er darüber sprach. War diese Selbstbeherrschung ein Zeichen von Gleichgültigkeit oder von Unaufrichtigkeit? Um dieses Problem kreisten ihre Gedanken unaufhörlich, und sie fürchtete die eine Antwort nicht weniger als die andere.

Sie war entschlossen, ihren Weg weiterzugehen, als sei nichts geschehen: Sie würde Darrow heiraten und nicht zulassen, daß sich das Wissen um die Vergangenheit zwischen sie schob; doch begriff sie allmählich, daß sie diese Distanz von dem Irreparablen nur dadurch gewinnen konnte, daß sie es noch einmal mit ihm gemeinsam betrachtete. Kaum war dieser Wunsch aufgekeimt, wurde er schon so stark, daß es ihr leid tat, Effie für diesen Nachmittag eine Ausfahrt versprochen zu haben. Aber ihr fiel keine Ausrede ein, mit der sie die Kleine davon hätte abbringen können, und so machten sie sich kurz nach dem Mittagessen im Wagen auf den Weg, um Darrow ein Château zu zeigen, das in den Annalen der Gegend eine gewisse Berühmtheit erlangt hatte. Unterwegs hätte Anna nicht sagen können, ob Effies Anwesenheit zwischen ihnen seine Gelassenheit ebensostark auf die Probe stellte wie sie. Bei der Besichtigung des berühmten Bauwerks war er unerschütterlich gut gelaunt und geizte auch nicht mit Anerkennung, und nur wenn er sich unbeobachtet glaubte, sah sie, daß sein Gesicht ernst wurde und seine Antworten weniger prompt kamen.

Auf dem Rückweg, zwei oder drei Meilen vor Givré, fragte sie ihn unvermittelt, ob er nicht mit ihr durch den Wald heimgehen wolle, der an dieser Seite an den Park angrenzte. Darrow stimmte zu, und sie stiegen aus und schickten Effie im Wagen voraus. Ihr Weg führte durch eine nüchterne französische Waldung, flach wie eine verblaßte Tapisserie, auf der hier und da zwischen dem Braun und

Ocker noch ein wenig frisches Smaragd leuchtete. Die flimmernde graue Luft belebte die welken Farben und hüllte die Landschaft in der Ferne in sanfte Ungewißheit. In dieser Einsamkeit, hatte Anna sich gedacht, würde ihr das Sprechen leichterfallen. Aber als sie neben Darrow über den dikken Bodenbelag aus braunem Moos schritt, der jeden Laut schluckte, ergriffen die Worte auf ihren Lippen wieder die Flucht. Sie brachte es nicht fertig, die stille Freude zu zerstören, die sie in seiner Gegenwart stets in ihren Bann schlug, und als er noch einmal auf ihre Besichtigung zu sprechen kam, beantwortete sie seine Fragen und wartete auf seine nächste Bemerkung... Nein, sie konnte nicht sprechen; sie wußte ja nicht einmal mehr, was sie hatte sagen wollen...

Dieses Erlebnis wiederholte sich an diesem und am nächsten Tag mehrmals. Wenn sie und Darrow getrennt waren, konnte sie sich nicht genugtun mit dringenden Bitten und forschenden Fragen, klar und eindringlich formulierte sie sämtliche Punkte ihrer Beweisführung. Sobald sie aber mit ihm allein war, legte sich etwas, das tiefer ging als Vernunft und subtiler war als Schüchternheit, lähmend auf sie, und der Wunsch zu sprechen wandelte sich zu einer unklaren Unruhe, durch die sein Anblick, seine Worte, seine Berührung sie erreichten wie durch einen schmerzhaften Nebel. Hin und wieder bäumte sich etwas in ihr gegen diese Trägheit auf, und wenn er fort war, legte sie sich erneut zurecht, was sie zu ihm sagen wollte.

Sie wußte, daß er spüren mußte, was für ein

Aufruhr in ihr tobte, und hoffte zunächst, er würde mit einem erlösenden Wort den Bann brechen. Dann aber begriff sie, daß er die Vergeblichkeit von Worten erkannt hatte und entschlossen war, sie in ihrem Vorsatz zu bestärken, sich so zu verhalten, als sei nichts geschehen. Wieder warf sie ihm insgeheim Fühllosigkeit vor, und in ihrer Phantasie plagte sie sich mit Bildern aus seiner Vergangenheit... Hatte er dergleichen früher schon erlebt? Wenn es sich um einen einmaligen Vorfall handelte – einen Augenblick der Torheit und des Wahns, wie er es ausgedrückt hatte –, konnte sie das zumindest in gewissem Maße verstehen (denn an einem bestimmten Punkt trat ihre Phantasie stets den Rückzug an), wenn es aber nur ein Glied in einer Kette ähnlicher Experimente war, beleidigte der Gedanke daran ihre ganze Vergangenheit...

In dem Interregnum zwischen den Gouvernanten hatte man Effie erlaubt, abends mit bei Tisch zu sitzen, und an dem Abend von Darrows Rückkehr behielt Anna die Kleine trotz der nachdrücklichen Winke des Kindermädchens von der Salontür aus noch lange bei sich. Nachdem sie dann schließlich zu Bett gebracht worden war, holte man auf Annas Vorschlag die Karten heraus, und als diese Zerstreuung ein schwungloses Ende gefunden hatte, wünschte sie Darrow gute Nacht und folgte Madame de Chantelle nach oben. Doch Madame de Chantelle blieb nie lange auf, und am zweiten Abend verabschiedete sie sich mit der liebenswürdig angedeuteten Absicht, Anna und

Darrow sich selbst zu überlassen, noch früher als gewöhnlich.

Anna blieb still sitzen und horchte den kurzen, steifen Schritten nach, die durch die Halle trippelten und dann verhallten. Madame de Chantelles hölzerner Stickrahmen war zerbrochen, und Darrow, der sich erboten hatte, ihn zu reparieren, hatte seinen Sessel an einen Tisch herangerückt, auf dem eine Lampe stand. Anna sah ihm zu, während er mit gebeugtem Kopf und gerunzelter Stirn versuchte, die einzelnen Stücke wieder zusammenzufügen. Wie er so friedlich über dieser unbedeutenden Arbeit saß, schien ihr die Atmosphäre des stillen Raums intim, fast familiär; und wieder überlegte sie, daß sie nichts von dem wußte, was in diesem Mann vorging, der sich schon fast so gab wie ein Ehemann. Das Licht der Lampe fiel auf seine weiße Stirn, auf die gesunde Frische seiner Wangen, die schmalen sonnengebräunten Handrücken. Als sie auf diese Hände sah, meinte sie fast ihre Berührung zu spüren, und sie sagte sich: «So hat auch diese Frau dagesessen und ihn angesehen. Sie hat ihn so gekannt, wie ich ihn nie gekannt habe … Vielleicht denkt er jetzt daran zurück. Oder vielleicht hat er das alles so vollständig vergessen, wie ich alles vergessen habe, was ich erlebte, ehe er kam…»

Er wirkte jung, aktiv, sprühend vor Kraft und Energie; kein Mann für sinnlose Klagen und alte Erinnerungen. Womit konnte sie ihn wohl fesseln oder zufriedenstellen? Sie hatte keinen Zweifel daran, daß er sie jetzt liebte; wie aber konnte sie hoffen, ihn zu halten? Sie waren fast gleichaltrig, so daß sie schon jetzt das Gefühl hatte, die ältere zu sein. Noch war der Unterschied nicht zu sehen, zumindest äußerlich waren sie sich ebenbürtig, aber Krankheit oder Kummer konnten das sehr schnell ändern. Mit jäher Bitterkeit dachte sie: «Er wird nicht älter werden, weil er nichts fühlt; und weil das so ist, werde ich es mit meinen Gefühlen büßen...»

Und was war, wenn sie ihm nicht mehr gefiel? Würde er sich aufgrund der Tradition an das gesprochene Gelübde oder aus einer tieferen Frömmigkeit heraus an die unausgesprochene Zusage gebunden fühlen? Wie stand er in der Theorie und aus innerer Überzeugung zu solchen Dingen? Aber was lag ihr an Überzeugungen oder Theorien? Jawohl, jetzt liebte er sie und war überzeugt davon, daß er, sollte dies einmal nicht mehr der Fall sein, durch seine Loyalität gefeit wäre. Sie wollte gar nicht wissen, wie er vorher darüber dachte, sondern was ihn in der entscheidenden Stunde antreiben oder zurückhalten würde. Zu ihren eigenen Künsten hatte sie kein Vertrauen, denn sie war sich im Grunde sicher, daß sie keine besaß. Und hätte eine gütige Fee sie ihr geschenkt, hätte sie, das wußte sie jetzt, die Gabe zurückgewiesen. Sie dachte sich, daß ihr wohl kaum etwas an der Art von Liebe liegen würde, in die man mit Kniffen gelockt werden konnte...

Darrow hatte den Stickrahmen aus der Hand gelegt und setzte sich neben sie; und sie spürte, daß er etwas Besonderes zu sagen hatte.

«In ein, zwei Tagen wird man nach mir schicken», begann er.

Als sie nicht antwortete, fuhr er fort: «Du wirst mir vor meiner Abreise sagen, an welchem Tag ich dich holen darf?»

Zum erstenmal seit seiner Rückkehr nach Givré hatte er unmittelbar den Zeitpunkt ihrer Hochzeit angesprochen, und statt zu antworten, stieß sie hervor: «Ich muß dir etwas sagen. Als ich neulich in Paris war, habe ich mit Miss Viner gesprochen.»

Sie sah, daß er vor Überraschung rot geworden war.

«Hast du sie kommen lassen?»

«Nein. Sie hörte von Adelaide, ich sei in Paris, und suchte mich auf. Sie kam, weil sie mich drängen wollte, dich zu heiraten. Ich finde, das solltest du wissen.»

Darrow stand auf. «Ich bin froh, daß du es mir gesagt hast.» Er bemühte sich sichtlich um Fassung. Ihr Blick folgte ihm, als er sich entfernte.

«Ist das alles?» fragte er nach einer kleinen Pause.

«Ich finde, es ist sehr viel.»

«Auch mich hatte sie schon darum gebeten.» Sie hörte ihm an, wie tief bewegt er war, und ein Stich der Eifersucht durchfuhr sie.

«Ich weiß, daß sie es deinetwegen gesagt hat.» Er antwortete nicht, und sie fügte hinzu: «Sie war wirklich sehr großmütig... Warum sollten wir nicht darüber sprechen?»

Sie hatte den Kopf gesenkt, schien aber durch

die gesenkten Lider zu beobachten, was sich auf seinem Gesicht abspielte.

«Ich habe mich nicht gescheut, davon zu sprechen.»

«Von *ihr* zu sprechen, meine ich. Wenn ich mit dir über sie sprechen könnte, meine ich, würde ich vielleicht eher verstehen...»

Sie brach verwirrt ab, und er fragte: «Was möchtest du denn besser verstehen?»

Sie errötete. Wie konnte sie ihm sagen, was sie sich kaum selbst zu gestehen wagte? Sie wollte alles, alles verstehen, es gab keine Ecke und keinen Winkel seines Geheimnisses, in das ihre erwachte Phantasie nicht vorzudringen versuchte; aber sie konnte weder zulassen, daß Sophy Viner von schäbiger nachträglicher Eifersucht belästigt wurde, noch konnte sie Darrow der Versuchung aussetzen, Sophy herabzusetzen, um selbst besser dazustehen. Sophy Viner hatte sich großartig benommen, und das konnte Anna ihr nur dadurch danken, daß sie ihr Darrow abnahm, ohne Fragen zu stellen – wenn sie ihn überhaupt nahm...

Sie sah auf. «Ich wollte wohl nur einmal ihren Namen aussprechen. Wir dürfen nicht so tun, als hätten wir Angst davor. Wenn es so wäre, müßte ich dich aufgeben», sagte sie.

Er beugte sich über sie und zog sie an sich. «Jetzt kannst du mich nicht mehr aufgeben!» rief er.

Sie ließ es zu, daß er sie wortlos festhielt; aber die alten Schatten standen wieder zwischen ihnen, und am liebsten hätte sie gesagt: «Ich kann nichts dafür, aber ich *habe* Angst.»

– XXXV –

Am nächsten Morgen war die Angst noch da, und sie begriff, daß sie sich aus ihrer Betäubung aufraffen mußte, um Darrow zu sagen, daß sie nicht seine Frau werden konnte.

Die Erkenntnis war ihr in einer schlaflosen Nacht gekommen, in der sie durch die Tränen ernüchterter Leidenschaft auf ihre Vergangenheit zurückgeblickt hatte. Da lag sie nun vor ihr, ihre einzige Romanze, in all ihrer kläglichen Armseligkeit, das billigste aller billigen Abenteuer, der jämmerlichste sentimentale Mißgriff. Sie sah sich in ihrem Zimmer um, in dem so viele Jahre lang ihr Herz träge, ihre Gedanken aber lebendig gewesen waren, und stellte sich vor, wie sie von jetzt an vor einer Fülle gemeiner Verdächtigungen, unausgesprochener Kompromisse und Konzessionen würde zittern müssen. In diesem Moment der Seelenerforschung erkannte sie, daß Sophy Viner das bessere Teil erwählt hatte und daß Entsagung einen Menschen bereichern kann, wo Besitz eine Wüste hinterlassen hätte.

Ihr Instinkt wehrte sich leidenschaftlich gegen das, worum ihr Wille sich bemühte. Warum sollte sie sich von Vergangenheit oder Zukunft nötigen lassen, wenn sie der Gegenwart so sicher war? Warum leichtsinnig aufgeben, was die andere ohnehin nie bekommen würde? Eine ironische Stimme flüsterte ihr zu, daß sie Darrow, wenn sie ihn wegschickte, nicht Sophy Viner überließ, sondern der erstbesten Frau in die Arme trieb, die ihm über den Weg lief... Doch allein die Tatsache, daß sie so etwas von ihm denken konnte, ließ sie schaudernd in die entgegengesetzte Richtung flüchten. Sie stellte sich vor, wie nach und nach diese Auffassung des Lebens und der Liebe von ihr Besitz ergreifen würde, stellte sich vor, wie Effie unter dem Einfluß jener Frau aufwachsen würde, zu der sie sich werden sah – und verhüllte die Augen vor diesem beschämenden Bild...

Sie saßen beim Mittagessen, als man Darrow die Order brachte, die er erwartet hatte. Er reichte Anna das Telegramm, aus dem hervorging, daß sein Botschafter auf dem Weg zu einer Kur in Deutschland am Abend des nächsten Tages in Paris sein und sich dort vor seiner Rückkehr nach London mit Darrow beraten wollte. Der Gedanke, daß der entscheidende Augenblick gekommen war, erregte sie so sehr, daß sie nach dem Essen auf die Terrasse hinaustrat und von dort aus allein in den Garten ging. Der Tag war grau, aber milde, ein Hauch von Vergehen hing in der Luft. Sie schritt ziellos voran, unter den laublosen Zweigen dem Weg folgend, auf dem sie und Darrow damals zum Fluß gegangen waren. Er würde ihr gewiß nicht folgen, denn er konnte sich wohl denken, weshalb sie allein sein wollte. Manchmal drückte sie die Einsamkeit doppelt schwer, weil sie so genau wußte, daß er in ihrem Herzen lesen konnte, während ihr das seine so verzweifelt fern und fremd war.

Mehr als eine Stunde streifte sie herum, und als sie ins Haus zurückkam, sah sie von der Diele aus, daß Darrow in Owens Arbeitszimmer am Schreibtisch saß. Als er ihren Schritt erkannte, sah er auf und drehte sich auf seinem Stuhl herum, ohne aufzustehen. Ihre Blicke trafen sich, und sie sah, daß der seine klar und heiter war. Er hatte einen Stoß von Papieren neben sich liegen und war offenbar damit beschäftigt, dienstliche Korrespondenz zu erledigen. Sie staunte, daß er sich so gelassen dieser Aufgabe widmen konnte, und überlegte dann mit einiger Ironie, daß diese Distanz ein Zeichen seiner Überlegenheit war. Sie trat ein und ging auf ihn zu, doch dann stand ihr jählings Owen vor Augen, wie er in der kalten Herbstdämmerung Darrow und Sophy beobachtet hatte, die sich am Schreibtisch im Licht der Lampe gegenüberstanden... Das Bild war so lebendig, daß es sie traf wie ein Schlag und sie hilflos zwischen den aufgestapelten Büchern auf den Diwan sank. In diesem Moment begriff sie, daß es zu Ende war. «Wenn er mich anspricht, sage ich es ihm», dachte sie...

Darrow legte den Federhalter aus der Hand und sah sie einen Augenblick wortlos an, dann stand er auf und schloß die Tür.

«Morgen muß ich früh aus dem Haus», sagte er und setzte sich neben sie. Seine Stimme war ernst und ein wenig traurig. «Er weiß, was ich empfinde», sagte sie sich und fühlte sich nicht mehr ganz so allein. Sein Gesichtsausdruck war streng und trotzdem zärtlich; zum erstenmal begriff sie, was er gelitten hatte.

Ihr Entschluß, ihn aufzugeben, war nicht ins Wanken gekommen, aber sie brachte es nicht fertig, es ihm in diesem Augenblick zu sagen. Sie stand auf. «Ich überlasse dich deinen Briefen», bemerkte sie. Er widersprach nicht, sondern fragte nur: «Kommst du noch auf einen Spaziergang?» Sofort stand für sie fest, daß sie mit ihm zum Fluß gehen und sich zum letztenmal den traurigen Luxus leisten würde, neben ihm in dem kleinen Pavillon zu sitzen. «Vielleicht», dachte sie, «fällt es mir dort leichter, es ihm zu sagen.»

Auch auf dem Rückweg von ihrem Spaziergang wurde es nicht leichter, es ihm zu sagen, aber ihr Vorsatz, noch vor seiner Abreise mit ihm zu sprechen, verhalf ihr zu so etwas wie künstlicher Ruhe und schenkte dieser Stunde melancholische Schönheit. Noch immer geflissentlich den Gegenstand meidend, dessen Flamme bereits um ihre Gesichter züngelte, klammerten sie sich an andere Themen, und Anna war es, als seien sich ihre Gedanken nie näher gewesen als in dieser Stunde, da ihre Herzen sich so fern waren. Über dem glutvollen Austausch von Gefühlen hatte sie ein wenig den nicht minder begeisternden Austausch von Gedanken aus den Augen verloren, der einmal ihren Geist bereichert hatte. Sie hatte vergessen, wie sehr Darrow ihre Welt erweitert und ihren Blick geschärft hatte, und doppelt verarmt sah sie sich allein in einer ausgezehrten Gedankenwelt.

Und nun sah sie zum erstenmal ganz klar, wie ihr Leben ohne ihn wäre. Sie stellte sich vor, wie sie versuchen würde, ihren alltäglichen Trott wieder aufzunehmen, und alles, was ihn erleichtert und belebt hatte, schien gleichermaßen leblos und leer. Sie versuchte sich vorzustellen, wie sie sich ganz der Erziehung ihrer Tochter widmete gleich anderen Müttern, die sie kannte; doch diese Mütter besaßen wohl einen Vorrat an Glück, von dem sie zehrten. Sie besaß nichts, und ihre hungrige Jugend forderte noch immer ihr Recht.

Als sie hinaufging, um sich zum Abendessen umzukleiden, sagte sie sich: «Ich werde diesen letzten Abend mit ihm genießen, und ehe wir einander gute Nacht wünschen, werde ich es ihm sagen.»

Dieser Aufschub schien nicht unberechtigt. Sie wußte inzwischen, wie sehr Darrow leere Worte fürchtete, wie nachdrücklich er bemüht war, fruchtlose Diskussionen zu vermeiden. Er wußte vermutlich sehr genau, was seit seiner Rückkehr in ihr vorging, doch als sie versucht hatte, es ihm zu offenbaren, hatte er sich abgewandt. Sie folgte deshalb nur der von ihm vorgezeichneten Verhaltensweise, wenn sie bis zum letzten Moment so tat, als gäbe es nichts mehr zu sagen.

Dieser Moment schien gekommen, als Madame de Chantelle sich nach dem Abendessen zu ihrer gewohnten Zeit erhob, um nach oben zu gehen. Sie blieb noch einen Augenblick stehen und verabschiedete sich von Darrow, den sie am nächsten Morgen vermutlich nicht mehr sehen würde, und ihre liebenswürdigen Anspielungen auf seine baldige Rückkehr klangen Anna wie der Ruf des Schicksals in den Ohren...

Den ganzen Tag war es kalt und regnerisch gewesen, und der Wärme und Behaglichkeit wegen hatten sie sich nach dem Abendessen in den Eichensalon gesetzt und den frostigen Anblick der anderen Zimmer ausgesperrt. Der Herbstwind heulte vom Fluß her ums Haus herum, seine Stimme sprach von Verlust und Trennung; Anna und Darrow schwiegen, als fürchteten sie, die Stille zu vertreiben, die sie umschloß. Die Zweisamkeit, das flackernde Feuer, die Harmonie der weich fallenden Vorhänge und alten, nachgedunkelten Bilder webten einen Zauber tiefer Geborgenheit um sie, in dem Anna tief in ihrem Herzen den gedämpften Schlag eines unzerstörbaren Glücks fühlte. Wie hätte sie in diesem letzten Moment sprechen können, der im Vorüberziehen noch einmal den in alle Winde verstreuten Glanz ihres Traums auf sich zu vereinen schien?

– XXXVI –

Darrow war an der Tür stehengeblieben, nachdem sie sich geschlossen hatte. Anna spürte, daß er sie ansah. Sie saß ganz still und verzichtete darauf, sich in ausweichende Worte oder Bewegungen zu flüchten. Zum letztenmal wollte sie ihn alles sehen lassen, was ihr Anblick ihm zu bieten hatte.

Er kam zum Sofa hinüber und setzte sich. Einen Augenblick schwiegen sie beide. Dann sagte er: «Heute, mein Herz, muß ich meine Antwort haben.»

Sie brauchte einen Augenblick, um den Schock zu verwinden: Er hatte ihr die Worte aus dem Mund genommen.

«Heute?» stammelte sie nur.

«Ich fahre mit dem frühen Zug. Morgen haben wir nur Minuten.»

Er hatte ihre Hand genommen, und sie überlegte, daß sie ihm die Hand würde wegnehmen müssen, ehe sie das sagen konnte, was sie zu sagen hatte. Doch dann schämte sie sich dieser Schwäche. Bis zum Schluß würde sie ihre Hand in der seinen lassen und ihm offen in die Augen sehen. In ihrer letzten gemeinsamen Stunde würde sie keine Angst mehr vor ihrer Liebe zu ihm haben.

«Du wirst es mir heute abend sagen, mein Herz», drängte er sanft, und seine Beharrlichkeit gab ihr die Kraft zu sprechen.

«Ich muß dich etwas fragen», stieß sie hervor und begriff im gleichen Augenblick, daß es nicht im mindesten das war, was sie hatte sagen wollen.

Er wartete geduldig, und sie fuhr rasch fort: «Passiert Männern so etwas oft?»

In dem stillen Raum schien ihre Frage endlos widerzuhallen. Sie wandte den Blick ab, und er gab sie frei und stand auf.

«Ich weiß nicht, was anderen Männern passiert. Mir ist es noch nie geschehen...»

Jetzt sah sie ihn wieder an. Sie kam sich vor wie ein Wanderer auf einem schwindelnden Pfad zwischen Klippe und Abgrund; ein Zurück gab es nicht mehr.

«Hatte es... hatte es angefangen... ehe du sie in Paris getroffen hast?»

«Nein, tausendmal nein! Ich habe dir alles so gesagt, wie es war.»

«Alles?»

Er drehte sich rasch um. «Wie meinst du das?»

Ihre Kehle war trocken, ihre Schläfen dröhnten.

«Ich meine... von ihr... Vielleicht wußtest... wußtest du vorher schon etwas über sie.»

Sie schwieg. Es war sehr still geworden. Ein Scheit fiel aus dem Kamin und zerbrach in einem zischenden Funkenregen.

«Ich wußte nichts, absolut nichts», sagte Darrow mit fester Stimme.

Da hatte sie nun die Antwort auf ihren geheimsten Zweifel, ihre letzte schmachvolle unausgesprochene Hoffnung. In hilflosem Kummer saß sie da.

Er ging zum Kamin und schob mit dem Fuß das zerbrochene Scheit in die Glut zurück. Eine Flamme schoß hoch, und in ihrem Schein sah sie sein blasses, vor Kummer strenges Gesicht.

«Ist das alles?» fragte er.

Sie nickte leicht, und er kam langsam wieder zu ihr zurück. «Dann heißt es also Abschied nehmen?»

Wieder nickte sie zustimmend; er machte keine Anstalten, sie zu berühren oder sie zu sich heranzuziehen. «Es ist dir klar, daß ich nicht zurückkommen werde?»

Er sah sie an, und sie versuchte seinen Blick zurückzugeben, aber ihre Augen waren blind vor

Tränen, und weil er das nicht sehen sollte, stand sie auf und ließ ihn stehen. Er folgte ihr nicht. Sie hatte ihm den Rücken gedreht und starrte mit leerem Blick auf eine Schale mit Nelken, die auf einem kleinen, mit Büchern bedeckten Tisch stand. Ihre Tränen wirkten wie ein Vergrößerungsglas, die gestreiften Blütenblätter der Nelken, die fransigen Ränder und die zarten, gekräuselten Staubgefäße drängten sich groß und leuchtend in ihren Blick. Unter den Büchern war auch ein Versband, den er ihr aus England geschickt hatte, und sie versuchte sich zu erinnern, ob es davor oder danach gewesen war...

Sie merkte, daß er auf ein Wort von ihr wartete, und wandte sich wieder zu ihm um. «Wir sehen uns morgen früh noch...»

Er antwortete nicht.

Sie ging zur Tür, die er ihr aufhielt. Sie sah seine Hand an der Tür, den Siegelring in der Fassung aus gedrehtem Silber, und ihr war es wie das Ende der Welt.

Sie gingen durch die Zimmerfluchten, vorbei an düster gespiegelten Wandschirmen und Schränken, und stiegen nebeneinander die Treppe hinauf. Am Ende des Ganges warf eine Lampe trüben Glanz auf das darüber hängende rauchige Schlachtengemälde.

Im Obergeschoß blieb Darrow stehen; sein Zimmer war der Treppe am nächsten. «Gute Nacht», sagte er und streckte die Hand aus.

Während Anna sie ergriff, brach ihr Kummer sich Bahn. Es gelang ihr, das Schluchzen zu unterdrücken, aber ihr Atem kam rasch und stoßweise, und um ihre Bewegung zu verbergen, stützte sie sich auf ihn und legte ihr Gesicht an seinen Arm.

«Nicht… nicht…», sagte er besänftigend.

Ihre mühsamen Atemzüge hallten laut durch die Stille des schlafenden Hauses. Sie preßte die Lippen fest aufeinander, aber gegen das nervöse Pochen in ihrer Kehle konnte sie nichts machen. Er legte einen Arm um sie, öffnete die Tür und zog sie über die Schwelle. Die Tür schloß sich hinter ihr, und sie setzte sich auf die Polsterbank am Fußende des Bettes. Das Pochen in ihrer Kehle hatte aufgehört, aber sie wußte, daß es wieder anfangen würde, sobald sie zu sprechen versuchte.

Darrow ging zum Kamin und lehnte sich an den Sims. Die Lampe mit dem roten Schirm beleuchtete seine Bücher und Papiere, den Lehnstuhl am Feuer, die auf dem Ankleidetisch verstreuten Gegenstände. Ein glimmendes Holzscheit lag vor dem Kamin, es war warm im Zimmer und roch ein wenig nach Rauch. Zum erstenmal war sie in einem Raum, den er bewohnte, umgeben von seiner persönlichen Habe, den Spuren seines Tageslaufs. Alles, was sie umgab, schien ein kleines Stück von ihm zu enthalten, das ganze Zimmer atmete ihn und hüllte sie in das Gefühl seiner vertrauten Nähe ein.

Plötzlich dachte sie: «Das ist es, was Sophy Viner erfahren hat…», und quälend deutlich sah sie die beiden vor sich, allein in einer ähnlichen Situation. War er mit ihr in ein Hotel gegangen? Wohin ging man in solchen Fällen? Wo immer sie waren, die Stille der Nacht war um sie gewesen, die Gegenstände, die er benutzte, lagen im Zimmer herum… Beschämt darüber, daß sie bei diesem verhaßten Bild verweilte, stand Anna auf, eine unbestimmte Regung drängte sie zur Flucht, doch eine Aufwallung gegensätzlicher Gefühle ließ sie innehalten, und sie blieb mit gesenktem Kopf stehen.

Darrow war, als sie aufgestanden war, einen Schritt näher getreten, er wartete wohl darauf, daß sie ihm eine gute Nacht wünschte. Eine andere Möglichkeit war ihm offenbar gar nicht in den Sinn gekommen, und aus irgendeinem Grund fand sie das demütigend. «Warum nicht… warum nicht?» flüsterte etwas in ihr, als wäre seine Nachsicht, seine stillschweigende Anerkennung ihres Stolzes eine Herabwürdigung anderer Eigenschaften, die er an ihr hätte schätzen sollen.

«Also bis morgen früh?» hörte sie ihn sagen.

«Morgen früh», wiederholte Anna.

Sie rührte sich nicht vom Fleck und sah sich unentschlossen um. Sie sehnte sich danach, ihm einmal vor ihrer Trennung – denn trennen mußten sie sich – all das zu sein, was Sophy Viner ihm gewesen war. Aber sie blieb wie angewurzelt stehen und fand kein Wort, keine Geste, um das zum Ausdruck zu bringen, was sie bewegte. Aufgebracht über ihre Hilflosigkeit, dachte sie: «Fühle ich denn nicht so wie andere Frauen?»

Ihr Blick fiel auf eine Brieftasche, die sie ihm

geschenkt hatte. Sie war durch die Reibung in seiner Tasche an den Ecken abgestoßen und prall mit Papieren gefüllt. Sie überlegte, ob er wohl darin ihre Briefe aufbewahrte, und streckte die Hand danach aus.

Alles, was er und sie je empfunden oder gesehen hatten, ihre enge Beziehung in Worten und Blicken, der noch engere Kontakt ihres Schweigens durchzitterte sie bei dieser Berührung. Sie erinnerte sich seiner Aussprüche, die ihr wie ein neuer Himmel gewesen waren; erinnerte sich an Eigenheiten von ihm, die Teil der Luft geworden waren, die sie atmete. Die sanfte Wärme ihrer Jungmädchenliebe war wieder da und wurde, während sie ihrer gedachte, zu tieferer Glut. Und ihr Herz schwankte wie ein Boot in den Wogen der alten Erinnerungen. «Es liegt daran, daß ich ihn auf zu viele Arten liebe», dachte sie und wandte sich langsam zur Tür.

Sie spürte, daß Darrow sie noch immer schweigend beobachtete, aber sie sagten beide kein Wort, bis sie an der Schwelle war. Dort nahm er sie in die Arme.

«Nicht heute nacht...», flüsterte er. «Sag es mir nicht heute nacht!» Und sie lehnte sich kurz zurück, schloß die Augen und öffnete sie langsam wieder, um sich von dem Strahlen in seinem Blick umfangen zu lassen.

– XXXVII –

Am nächsten Tag saßen Anna und Darrow allein in einem Abteil des Zuges nach Paris.

Anna hatte beim Einsteigen die entfernteste Ecke gewählt und ihre Tasche auf den Nebensitz gestellt. Sie hatte sich spontan entschlossen, Darrow nach Paris zu begleiten, und ihn sogar dazu bewogen, einen späteren Zug zu nehmen, damit sie die Reise gemeinsam machen konnten. Sie hatte großes Verlangen danach, mit ihm zusammenzusein, eine fast morbide Angst, ihn auch nur einen Moment aus den Augen zu verlieren. Als er noch einmal aus dem Zug gesprungen und über den Bahnsteig gelaufen war, um ihr eine Zeitung zu kaufen, hatte sie das Gefühl gehabt, sie würde ihn nie wiedersehen, und erinnerte sich fröstelnd der kalten, jammervollen letzten Fahrt nach Paris, als sie geglaubt hatte, ihn für immer verloren zu haben. Trotzdem lag ihr daran, ihn auf der anderen Seite des Abteils auf Distanz zu halten, und als der Zug den Bahnhof verließ, zog sie die Briefe aus der Tasche, die sie vor ihrer Abreise eingesteckt hatte, und begann sie durchzusehen, um unter gesenkten Lidern ihre Augen vor ihm zu verbergen.

Sie war jetzt sein fürs ganze Leben. Daß sie sich Effie oder irgendeiner anderen abstrakten Pflichtauffassung zuliebe aufopfern würde, kam nicht mehr in Frage. Natürlich würde Effie nicht darunter leiden. Anna würde sich ihr eheliches Glück durch verdoppelte mütterliche Hingabe verdienen.

Ihre Bedenken waren nicht ausgeräumt, wurden aber vorerst von der stürmischen Stimme ihres Glücks übertönt.

Während sie die Briefe öffnete, spürte sie, daß Darrows Augen auf ihr ruhten und sie zwangen, den Blick zu heben, und sie genoß die leidenschaftliche Zärtlichkeit, die sie darin sah. Dann stieg ihr das Blut ins Gesicht, und sie hatte erneut das Verlangen, sich abzuschirmen. Sie wandte sich wieder ihren Briefen zu und erkannte auf einem Owens Handschrift.

Ihr Herz pochte dumpf. In ihrer derzeitigen Stimmung witterte sie Unheil noch in den harmlosesten Dingen. Was konnte Owen ihr zu sagen haben? Der Brief umfaßte nur eine Seite und enthielt lediglich die Mitteilung, daß er am nächsten Abend in Begleitung eines jungen Landsmannes, der an der Ecole des Beaux-Arts studierte, eine Reise nach Spanien antreten würde.

«Dann hat er also nicht mit ihr gesprochen», dachte Anna sofort mit einer seltsamen Mischung aus Demütigung und Erleichterung. Sophy Viner hatte ihr Wort gehalten, während Annas Versuch, sich ebenfalls an ihr selbstgestecktes Ziel zu halten, gescheitert war. Sie machte sich dieses Scheitern nicht zum Vorwurf, aber es wäre ihr lieber gewesen, wenn die Kluft zwischen dem, was sie zu Sophy Viner gesagt, und dem, was sie dann getan hatte, nicht so tief gewesen wäre. Daß dieses Mädchen sich so viel sicherer gewesen war als sie, daß sie ihren Vorsatz auch würde ausführen können, empfand sie dunkel als Ärgernis.

Als Anna wieder aufsah, stellte sie fest, daß Darrow in seine Zeitung vertieft war. Er war ruhig und gelassen und schien ihre Anwesenheit fast gleichmütig hinzunehmen. «Ist sie ihm so schnell schon selbstverständlich geworden?» fragte sie sich mit einem Stich der Eifersucht. Sie blieb regungslos sitzen und versuchte, mit ihrem Blick so auf ihn einzuwirken, wie er es bei ihr getan hatte. Beschämt und überrascht war sie sich eines neuen Elements in ihrer Liebe zu ihm bewußt, einer Art argwöhnischen tyrannischen Zärtlichkeit, die nichts Heiter-Abgeklärtes mehr hatte. Endlich sah er auf, sein Lächeln hüllte sie ein, und sie spürte mit jeder Faser ihres Seins, daß sie ihm so vollständig und untrennbar angehörte, daß sich kein anderes Schicksal für sie denken ließ.

Um sich zu ermutigen, streckte sie ihm Owens Brief hin. Er überflog die Seite; sein Gesicht war ernst geworden. Unruhig wartete sie, bis er aufsah.

«Das ist ein guter Plan, das Beste, was passieren konnte», sagte er mit kaum wahrnehmbarer Befangenheit in der Stimme.

«Ja, sicher», bekräftigte sie rasch. Sie spürte die Erleichterung, die zwischen ihnen schwang. Beide waren sie froh, daß Owen auf Reisen gehen, eine Weile aus dem Weg sein würde, und sie fand es traurig, daß ihr Glück so viel Unausgesprochenes begleitete...

«Ich gehe gleich heute abend zu ihm», sagte sie, weil sie Darrow zeigen wollte, daß sie keine Angst hatte, mit ihrem Stiefsohn zusammenzutreffen.

«Ja, gewiß. Vielleicht möchte er mit dir essen.»

Sie fand die Bemerkung ein wenig taktlos. Darrow sollte seinen Botschafter vom Bahnhof abholen und würde vermutlich den Abend mit ihm verbringen müssen, und Anna wußte, daß es ihm nicht leichtfiel, sie allein zu lassen. Doch wie konnte er so gleichmütig davon sprechen? «Ich fürchte, er ist schrecklich unglücklich», sagte sie leise.

«Gerade deshalb ist es gut für ihn, wenn er auf Reisen geht», erwiderte er ein wenig ungeduldig.

«Ja… aber findest du nicht…», Anna verstummte. Sie wußte wohl, wie sehr es ihm widerstrebte, immer wieder müßig zu dem zurückzukehren, was nicht zu ändern war, und in ihrer Angst, etwas zu tun oder zu sagen, was ihm widerstrebte, lag eine ganz neue Unterwürfigkeit, gegen die ihr Stolz sich auflehnte. «Er wird merken, daß ich mich geändert habe», dachte sie, «und er wird meiner überdrüssig werden, so wie es mit *ihr* ging…», und einen Augenblick schien es ihr, als erlebe sie das, was Sophy Viner widerfahren war.

Darrow fragte dem Ende ihres Satzes nicht nach, sondern gab ihr Owens Brief zurück und wandte sich wieder seiner Zeitung zu. Als er ein paar Minuten später aufsah, war seine Miene heiter, und sein Lächeln brachte sie auf glücklichere Gedanken.

In diesem Moment fuhr der Zug in einen Bahnhof ein, und gleich darauf fiel ein gewöhnliches Paar in ihr Abteil ein, das sich umständlich daranmachte, dicke Bündel zu verstauen. In Anna regte sich der besitzergreifende Stolz einer verliebten Frau, wenn sie mit dem Mann, den sie liebt, unter Fremden ist. Sie bat Darrow, das Fenster zu öffnen, ihre Tasche ins Gepäcknetz zu stellen, ihr das Reiseplaid zu einer Fußstütze zusammenzurollen; er tat, was sie verlangte, und sie spürte eine neue Hingabe in seinem Ton, in der Art, wie er sich über sie beugte und sie betrachtete. Dann ging er zu seinem Platz zurück, und sie blickten sich an wie Verliebte, die über ein schönes Geheimnis lächeln.

Anna hatte, ehe sie nach Givré zurückfuhr, Owen vorgeschlagen, in ihre Wohnung zu ziehen, aber er hatte in dem Hotel bleiben wollen, in das er schon sein Gepäck geschickt hatte, und nach ihrer Ankunft in Paris beschloß sie, sogleich hinzufahren. Sie wollte die Begegnung rasch hinter sich bringen und war froh, daß Darrow sich auf dem Bahnhof von ihr trennen mußte, um einen Kollegen in der Botschaft aufzusuchen. Sie wollte um jeden Preis vermeiden, daß er Owen wiedersah, wagte es aber nicht, ihm das zu sagen, und um sicherzustellen, daß er sich fernhielt, schützte sie einen dringenden Termin bei ihrer Schneiderin und eine lange Liste von Aufträgen vor, die Madame de Chantelle ihr mitgegeben hatte.

«Wir sehen uns morgen früh», sagte sie, aber er erwiderte lächelnd, daß er nach dem Gespräch mit dem Botschafter gewiß noch Zeit finden würde, kurz bei ihr vorbeizuschauen, und als er ihr in eine Droschke geholfen hatte, beugte er sich durchs offene Fenster und drückte seine Lippen an die ihren.

Sie errötete wie ein junges Mädchen und dachte halb verärgert, halb glücklich: «Gestern hätte er das noch nicht getan...», und ihr schien, daß diese jungenhafte Tat ein Dutzend schwer zu definierender Veränderungen in seinem Aussehen und Verhalten resümierte. «Schließlich bin ich ja mit ihm verlobt», überlegte sie und lächelte über dieses absurde Wort. Und dann dachte sie mit leisem Schuldbewußtsein an Sophy Viners Worte: «Ich wußte von Anfang an, daß ihm nichts an mir liegt.» – «Armes Ding», sagte Anna halblaut. «Armes Ding...»

In Owens Hotel wartete sie nervös, während der Portier ihn suchen ging. Schließlich hieß es, er sei auf seinem Zimmer und bitte sie hinaufzukommen. Als sie durch die Halle ging, sah sie auf dem Boden schon seinen fertig gepackten und mit den notwendigen Anhängern versehenen Mantelsack liegen.

Owen saß mit dem Rücken zur Tür am Schreibtisch. Als er aufstand, war das Fenster hinter ihm, so daß im regnerischen Nachmittagslicht seine Züge kaum zu erkennen waren.

«Du willst also wirklich weg, Lieber?» fragte sie und blieb einen Augenblick zögernd auf der Schwelle stehen.

Er rückte ihr einen Stuhl zurecht, sie setzte sich, und dann warteten sie beide darauf, daß der andere zuerst das Wort ergriff. Sie stellte ein paar belanglose Fragen nach seinem Reisegefährten, einem schwerblütigen, schüchternen, nachdenklichen jungen Mann, den er ein- oder zweimal nach Givré mitgebracht hatte. Es war verständlich, überlegte sie, daß er diesen schweigsamen Kameraden seinen lebhafteren Bekannten vorgezogen hatte, und laut sagte sie: «Ich freue mich sehr, daß Fred Rempson dich begleiten kann.»

Owen antwortete in dem gleichen Ton, und ein paar Minuten schleppte sich ihre Unterhaltung über eine dürre Wüste von Allgemeinplätzen hin. Anna fiel auf, daß Owen zwar bereitwillig von seinen eigenen Plänen berichtete, es aber geflissentlich vermied, sich nach den ihren zu erkundigen. Seinen Andeutungen war zu entnehmen, daß er geraume Zeit fortbleiben wollte; er bat sie, ihm aus Givré einige Wintersachen nachsenden zu lassen. Hier konnte sie einhaken und ihm sagen, daß sie in ein, zwei Tagen zurückfahren und sich dann gleich darum kümmern würde. Sie setzte hinzu: «Ich bin heute früh mit George hergekommen, er reist morgen nach London weiter.» Indem sie ihren Verlobten beim Vornamen nannte, wollte sie Owen Gelegenheit geben, von ihrer Hochzeit zu sprechen. Aber er äußerte sich nicht, und sie horchte dem Namen nach, der fremd zwischen ihnen stand.

Es war fast dunkel, und sie stand auf und sah sich nach dem Lichtschalter um. «Ich kann dich überhaupt nicht mehr sehen, Lieber.»

«Nein, bitte nicht! Ich hasse das Licht!» stieß Owen hervor, indem er ihr Handgelenk packte und sie in ihren Sessel zurückzog. Nervös auflachend, setzte er hinzu: «Ich bin halb blind von einer Neuralgie. Es muß wohl an diesem verwünschten Regen liegen.»

«Ja. Das Klima in Spanien wird dir guttun.»

Sie fragte, ob er das Mittel noch habe, das der Arzt ihm bei einer früheren Attacke verschrieben hatte, und als er antwortete, er wisse nicht, wo er das Zeug hingetan habe, sprang sie auf und erbot sich, zur Apotheke zu gehen. Es erleichterte sie, etwas für ihn tun zu können, und seiner Antwort «Ja, das wäre sehr lieb!» entnahm sie, daß er froh um einen Vorwand war, sie gehenzulassen. Normalerweise hätte er energisch erklärt, er brauche keine Medizin und es sei im Handumdrehen wieder vorbei; und seine Zustimmung zeigte ihr, wie deutlich er erkannt hatte, daß eine Fortsetzung dieses Gesprächs sinnlos war. Sein Gesicht war nur noch ein weißer Fleck in der Dunkelheit, doch für sie war diese verschwommene Fläche wie ein Schleier vor schmerzhaft verzerrten Zügen. «Er weiß Bescheid… er weiß Bescheid…», sagte sie sich und überlegte, ob sich ihm die Wahrheit dank einer faktischen Bestätigung oder durch reine Intuition offenbart hatte.

Auch er war aufgestanden und wartete wohl darauf, daß sie ging. «Ich bin gleich wieder da», sagte sie und wandte sich zur Tür.

«Bitte komm nicht wieder nach oben.» Verlegen hielt er inne. «Ich meine… es kann sein, daß ich nicht da bin. Ich will Rempson abholen, mit dem ich noch einiges zu erledigen habe.»

Verzagt blieb sie auf der Schwelle stehen. Das

war also der Abschied – und er hatte nicht einmal gefragt, wann sie heiraten, ob er sie noch einmal sehen würde, ehe sie ans andere Ende der Welt reiste.

«Owen!» stieß sie hervor und drehte sich um.

Stumm stand er in der Dämmerung vor ihr.

«Du hast mir nicht gesagt, wie lange du bleiben willst.»

«Wie lange? Ach, das ist recht unbestimmt… du weißt ja, daß ich präzise Planungen nicht schätze…»

Sie merkte, daß er nicht bereit war, ihr aus der Verlegenheit zu helfen. Sie wollte fragen: «Du kommst doch zu meiner Hochzeit?» und brachte die Worte nicht heraus. «In sechs Wochen reise ich auch», sagte sie statt dessen, und er erwiderte, als habe er diese Mitteilung erwartet und sich seine Antwort schon zurechtgelegt: «Ja, bis dahin bin ich wohl zurück…»

«Dann will ich noch nicht Lebewohl sagen», stammelte sie und spürte die Tränen unter ihrem Schleier.

«Nein, nein, natürlich nicht», bekräftigte er, ohne sich zu rühren, und sie ging auf ihn zu und legte ihm die Arme um den Hals. «Du wirst mir schreiben, ja?»

«Ja, gewiß, gewiß…»

Ihre Hände glitten nach unten in die seinen, und eine Minute hielten sie sich sprachlos in der Dunkelheit fest. Dann lachte er verlegen auf und sagte: «Jetzt wird es wirklich Zeit, Licht zu machen.» Er drückte mit der einen Hand auf den

Knopf des Lichtschalters, mit der anderen machte er die Tür auf. Sie ging an ihm vorbei und wagte nicht, sich umzudrehen, aus Angst, auf seinem Gesicht zu sehen, was sie fürchtete.

– XXXVIII –

Anna fuhr zur Apotheke, um Owens Medikament zu holen. Unterwegs ließ sie die Droschke vor einer Buchhandlung halten und kam, beladen mit Lesestoff, wieder heraus. Sie wußte, was Owen interessierte und was er vermutlich schon gelesen hatte, und hatte als kritische Leserin rasch und sicher ihre Wahl unter den Neuerscheinungen getroffen. Doch auf dem Weg zum Hotel wurde ihr bewußt, daß es lächerlich war, dem Mittel aus der Apotheke auch noch ein geistiges Heilmittel beigeben zu wollen. Es lag etwas Groteskes, fast etwas wie Hohn in der Vorstellung, einen Mann, der zu so einer Reise aufbrach, mit sorgfältig ausgewählter Lektüre zu versorgen. «Er weiß Bescheid… er weiß Bescheid…», wiederholte sie immer wieder. Und im Hotel übergab sie dem Portier das Päckchen aus der Apotheke und nahm die Bücher wieder mit.

Sie fuhr in ihre Wohnung, in die sie ihr Mädchen schon vorausgeschickt hatte. Im Salon flakkerte ein helles Feuer, und vor dem Kamin war der Teetisch gedeckt. Stürmischer Regen schlug gegen die vorhanglosen Fenster, und sie dachte an Owen, der bald – allein mit seinen bitteren Gedanken – durch dieses Wetter zum Bahnhof fahren würde. Sie war stolz darauf gewesen, daß er in schweren Stunden stets sie um Hilfe gebeten hatte. Und jetzt, in der schwersten Stunde von allen, war sie der einzige Mensch, an den er sich nicht wenden konnte. Von jetzt ab würde zwischen ihnen immer eine Mauer unüberwindlichen Schweigens stehen... Sie strengte den schmerzenden Kopf an, um zu überlegen, wie er die Wahrheit wohl erfahren hatte. War er bei Sophy gewesen, hatte sie es ihm erzählt? Instinktiv wies Anna diese Vermutung zurück. Doch was brauchte sie nach einer ausdrücklichen Erklärung zu suchen, wenn das Geheimnis in jedem Atemzug, den sie in den letzten Wochen getan hatten, mitschwang? Wenn sie auf die Tage seit Darrows Ankunft zurückblickte, mußte sie erkennen, daß niemand absichtlich gesprochen, nichts zufällig enthüllt worden war. Die Wahrheit hatte mit unwiderstehlichem Druck ans Licht gedrängt, und diese Erkenntnis gab ihr einen bestürzenden Einblick in die verborgenen Kräfte, das Chaos von Anziehung und Abstoßung unter der geordneten Oberfläche menschlichen Zusammenlebens. Mit melancholischem Spott überlegte sie, daß für sie das Leben früher eine Art gut beleuchteter und sorgsam überwachter Vorort gewesen war, von dessen dunklen Gassen man nichts zu wissen brauchte. Hier nun, in ihrer eigenen Brust, waren sie, diese dunklen Gassen, durch die sie von nun an würde gehen müssen, um zu den Menschen zu gelangen, die ihr die liebsten waren.

Sie saß noch an dem unberührten Teetisch, als

sie Darrows Stimme in der Diele hörte. Sie fuhr hoch und sagte sich: «Ich muß ihm sagen, daß Owen Bescheid weiß...», aber als er die Tür öffnete und sie sein Gesicht sah, auf dem noch immer jener jungenhafte Triumph lag, wurde ihr erneut bewußt, wie zwecklos jedes Wort war... Hatte er je gedacht, Owen würde es nicht erfahren? Vermutlich hatte er aus der Höhe seiner größeren Erfahrung schon längst eingesehen, daß alles, was sie erlebt hatten, unvermeidlich war, und zumindest jetzt schien ihn dieser Gedanke nicht zu belasten.

Er war schon in Abendkleidung, und während er auf sie zukam, sagte er: «Der Botschafter muß zu einem offiziellen Diner, und ich bin nun doch frei. Wo wollen wir essen?»

Anna hatte sich darauf eingestellt, den ganzen Abend allein mit ihren bedrückenden Gedanken zu verbringen, und war sehr froh, daß sie nun für einige Stunden gezwungen sein würde, sie zu verdrängen. Schon schlug ihr Herz mit dem von Darrow im Takt, und während sie sich anlächelten, dachte sie: «Nichts kann je etwas daran ändern, daß ich zu ihm gehöre.»

«Wo wollen wir essen?» wiederholte er vergnügt, und sie nannte ein bekanntes Restaurant, über das er sich einmal anerkennend geäußert hatte. Doch in diesem Moment war ihr, als ginge ein Schatten über sein Gesicht, und sie sagte sich: «*Dort* war er also mit ihr.»

«Nein, doch nicht dorthin», verbesserte sie sich und spürte, daß sie rot geworden war.

«Wohin dann?»

Er fragte nicht, warum sie ihre Meinung geändert hatte; demnach hatte er die Wahrheit erraten und wußte, was in ihr vorging. «Er wird immer wissen, was ich denke, und er wird es nie wagen, mich danach zu fragen», sagte sie sich und sah die gleiche unüberwindliche Wand des Schweigens zwischen ihnen aufgerichtet wie zwischen sich und Owen, eine Wand aus Glas, durch die eins auch noch die kleinste Bewegung des anderen verfolgen konnte, durch die aber kein Laut drang...

Sie fuhren zu einem Restaurant auf dem Boulevard, und dort, in einer abgeschlossenen Nische, wich allmählich das Gefühl der Bedrückung über das, was unausgesprochen zwischen ihnen stand. Er sah so gut aus, war so unbeschwert, so kindlich stolz auf sie, so unverhohlen glücklich, mit ihr zusammenzusein, daß alles andere in seiner Gegenwart zur Bedeutungslosigkeit schrumpfte. Der Botschafter würde zwei Tage in Paris verbringen, so daß er auch für seine Rückkehr nach London auf einen Aufschub hoffen durfte. Die Aussicht, noch ein paar Stunden länger mit Anna zusammensein zu können, belebte ihn sichtlich, und sie fragte sich nicht, ob dieser Schwung ein Zeichen von Fühllosigkeit war, denn eben deshalb, weil sie wußte, wie sehr er ihre Stimmungen beeinflussen konnte, war sie insgeheim stolz darauf, daß ihr das auch bei ihm gelungen war.

Sie saßen noch eine Weile über dem Obst und dem Kaffee, und als sie aufstanden, sagte Darrow, sie kämen, wenn sie Lust hätte, gerade noch rechtzeitig zu dem zweiten Stück in einem der kleineren Theater.

Als er die Uhrzeit erwähnte, mußte sie wieder an Owen denken. Sie sah seinen Zug durch den Sturm südwärts eilen, sah in einer Ecke des schwankenden Abteils sein Gesicht, weiß und verschwommen, wie es schemenhaft im regenverhangenen Zwielicht seines Zimmers vor ihr gestanden hatte. Wie schrecklich, daß sie auf diese Weise ständig für ihr Glück zahlen mußte.

Darrow hatte sich ein Veranstaltungsprogramm geben lassen und sah auf: «Das zweite Stück im ‹Athénée› soll amüsant sein.»

Anna wollte schon zustimmen, als ihr der Gedanke kam, ob Owen nicht Darrow und Sophy im ‹Athénée› gesehen hatte. Sie konnte sich nicht mehr erinnern, ob er den Namen des Theaters genannt hatte, aber schon die Möglichkeit genügte, um ihren Himmel zu verdunkeln. Alles in ihr sträubte sich dagegen, Darrow an Orte zu begleiten, wo dieses Mädchen mit ihm gewesen war. Sie versuchte, sich diese Bedenken auszureden, sagte sich sogar bitter, daß auch in Darrows Armen vor ihr das Mädchen gelegen habe – aber die abergläubische Angst davor, mit ihm plötzlich an einem der Schauplätze der Pariser Episode zu stehen, ließ sich nicht abschütteln.

Sie sei zu müde fürs Theater, erwiderte sie, und sie fuhren zu ihrer Wohnung. Am Fuße der Treppe wandte sie sich halb zu einem Gutenachtgruß um, aber er schien die Geste nicht bemerkt zu haben und folgte ihr zur Wohnungstür.

«Das ist entschieden besser als das Theater», sagte er, als sie den Salon betraten.

Sie beugte sich über den Kamin, um das Feuer anzuzünden. Sie wußte, daß er auf sie zukam, gleich würde er ihr das Cape von den Schultern nehmen und seine Lippen auf ihren Nacken legen, dicht unter dem hochgesteckten Haar. Diese Privilegien standen ihm zu, und so ehrerbietig und zärtlich er sie auch einforderte, so zeigte doch seine fröhliche Unbeschwertheit unmißverständlich, daß er sie als sein Recht ansah.

«So sind auch sie nach dem Theater heimgekommen», dachte sie; und im gleichen Moment spürte sie seine Hände auf ihren Schultern und schreckte zurück.

«Nicht! Bitte nicht!» stieß sie hervor und zog das Cape fester um sich. Sein bestürzter Blick sagte ihr, daß ihr Gesicht schmerzlich zuckte.

«Anna! Was um Himmels willen fehlt dir?»

«Owen weiß Bescheid», erklärte sie in dem verworrenen Wunsch, sich zu rechtfertigen.

Darrows Ausdruck veränderte sich. «Hat er dir das erzählt? Was hat er gesagt?»

«Nichts. Ich habe es dem entnommen, was er nicht gesagt hat.»

«Hast du heute nachmittag mit ihm gesprochen?»

«Ja, aber nur ein paar Minuten, ich merkte, daß ich ihm nicht willkommen war.»

Sie hatte sich in einen Sessel fallen lassen und kauerte sich dort zusammen, das Cape immer noch fest um die Schultern gezogen.

Darrow äußerte weder Zweifel noch Überraschung. Er nahm in einiger Entfernung von ihr Platz und drehte das Zigarrenetui, das er herausgezogen hatte, als sie hereinkamen, zwischen den Fingern. Schließlich sagte er: «Hatte er mit Miss Viner gesprochen?»

Sie zuckte, als der Name fiel. «Nein, ich glaube nicht. Nein, bestimmt nicht...»

Dann schwiegen sie und sahen sich nicht an. Nach einer Weile stand Darrow auf, tat ein paar Schritte durchs Zimmer, kam zurück und blieb vor ihr stehen.

«Du solltest mir jetzt sagen, was du tun willst.»

Sie hob den Kopf und sah ihn an.

«Nichts, was ich tun könnte, würde Owen helfen.»

«Nein, aber so kann es nicht weitergehen.» Er hielt inne, als wäge er seine Worte ab. «Ich erfülle dich mit Abscheu», stellte er fest.

Sie fuhr hoch. «Nein, o nein!» sagte sie halb schluchzend.

«Armes Kind... Könntest du jetzt dein Gesicht sehen!»

Sie hob die Hände, als wollte sie es verbergen, und legte den Kopf auf den Kaminsims. Sie spürte, daß er hinter ihr stand, aber er versuchte nicht, sie zu berühren oder ihr näher zu kommen.

«Ich weiß, daß du genau wie ich das Gefühl hattest», sagte er leise, «daß wir zusammengehören und daß daran nichts etwas ändern kann. Aber dann kommen andere Gedanken, die sich nicht vertreiben lassen. Wenn du mich siehst, kommt die

Erinnerung... du bringst mich mit Dingen in Verbindung, die du verabscheust... Du hast echte Großmut bewiesen. Du hast mir alle Chancen gegeben, die eine Frau einem Mann geben kann; aber was nützt es, wenn ich dir damit nur Qualen bereite?»

Sie wandte ihm das tränennasse Gesicht zu. «Es war nicht nur das.»

«Nein, ich weiß... Es gab Momente...» Er nahm ihre Hand und zog sie an die Lippen. «Ich werde mich ihrer erinnern, solange ich lebe. Aber ich kann nicht zulassen, daß du dafür einen so hohen Preis zahlst. Ich bin nicht das wert, was ich dich koste.»

Sie sah ihn weiter aus tränengeweiteten Augen an, und dann entfuhr ihr die Frage: «Warst du an jenem Abend nicht mit ihr im ‹Athénée›?»

«Anna, Anna...!»

«Ja. Ich möchte es jetzt wissen. Alles. Vielleicht kann ich dann vergessen. Ich hätte dich schon längst bitten sollen, es mir zu sgen. Wo wir auch sind, bilde ich mir ein, daß du mit ihr warst... Ich sehe euch zusammen. Ich will wissen, wie es angefangen hat, wohin ihr gegangen seid, warum du sie verlassen hast... Ich ertrage es nicht mehr, im dunkeln zu tappen.»

Sie wußte nicht, was diesen leidenschaftlichen Ausbruch ausgelöst hatte, aber schon fühlte sie sich leichter, freier, als sei der böse Bann endlich gebrochen. «Ich will alles wissen», wiederholte sie. «Nur so kann ich vergessen.»

Darrow blieb, wo er war, die Arme übereinandergeschlagen, die Augen gesenkt. Sie sah ihn wartend an.

«Willst du es mir nicht sagen?»

«Nein.»

Das Blut schoß ihr in die Schläfen. «Nein? Warum nicht?»

«Meinst du denn, das würdest du vergessen können?»

«Oh», stöhnte sie und wandte sich ab.

«Du siehst, daß es unmöglich ist», fuhr er fort. «Ich habe etwas getan, was mir schrecklich ist, und als Sühne verlangst du von mir etwas genauso Schreckliches. Könnte dich das befriedigen? Was das zwischen uns anrichten würde, wäre nicht wiedergutzumachen.»

Anna stützte den Ellbogen auf den Kaminsims und verbarg das Gesicht in den Händen. Sie hatte das Gefühl, daß sie leichtfertig ihre letzte Hoffnung auf Glück wegwarf, aber sie konnte nichts unternehmen, keinen Gedanken fassen, um es zu retten. Flüchtig fragte sie sich: «Würde ich Frieden finden, wenn ich ihn aufgäbe?», und sie erinnerte sich wieder der trostlosen Tage, als sie ihn weggeschickt hatte, und begriff, daß dies eine vergebliche Hoffnung war. Die Tränen tropften unter ihren Lidern hervor und quollen ihr langsam durch die Finger.

«Leb wohl», hörte sie ihn sagen. Seine Schritte näherten sich der Tür.

Sie versuchte den Kopf zu heben, aber das Gewicht der Verzweiflung zog ihn nach unten. «Das ist das Ende...», sagte sie sich. «Er wird nicht noch einmal versuchen, an mich zu appellieren...» Sie verharrte in einer tranceartigen Starre und konstatierte völlig empfindungslos das schicksalhafte Verstreichen der Sekunden. Dann schienen die Fesseln zu zerspringen, die sie gebunden hatten, sie hob den Kopf und sah ihn gehen.

«Er gehört mir! Mir ganz allein! Niemandem sonst!» Sein Gesicht war ihr zugewandt, und sein Blick vertrieb alle Ängste. Sie begriff nicht mehr, was ihren sinnlosen Aufschrei ausgelöst hatte, und die tödliche Süße, ihn zu lieben, wurde wieder das einzig Wirkliche in der Welt.

– XXXIX –

Die demütigende Erinnerung an den Vorabend stand Anna am nächsten Tag noch lebhaft vor Augen.

Darrow hatte recht gehabt mit seiner Bemerkung, daß ihr Opfer nichts nützen würde, doch meinte sie undeutlich zu erkennen, daß es Verpflichtungen gab, an die sich diese Maßstäbe nicht anlegen ließen. Sie war es in jedem Falle seinem wie ihrem Stolz schuldig, eine Wiederholung derartiger Szenen zu vermeiden, und sie wußte inzwischen, daß ihr das nicht gelingen würde, solange sie zusammen waren. Doch als er ihr die Chance gegeben hatte, ihre Freiheit wiederzugewinnen, hatte sie alles vergessen bis auf die blinde Angst, ihn zu verlieren; und sie erkannte, daß er und sie so vollständig und unlösbar miteinander verbunden waren wie zwei Bäume, deren Wurzeln ineinandergewachsen sind.

Lange grübelte sie über ihr Dilemma nach in der unbestimmten Erkenntnis, daß eine Chance, sich daraus zu befreien, von außen kommen mußte. Und ganz allmählich nahm in ihren Gedanken eine bestimmte Möglichkeit Gestalt an. Nur Sophy Viner konnte sie retten, nur Sophy Viner konnte ihr die verlorene Seelenruhe zurückgeben. Sie würde Sophy aufsuchen und ihr sagen, daß sie Darrow aufgegeben hatte; war dieser Schritt einmal getan, gab es kein Zurück mehr, und sie würde ihren Weg wohl oder übel allein fortsetzen müssen.

Jeder Vorwand zum Handeln wirkte wie ein Beruhigungsmittel, und sie schickte das Mädchen mit einer Nachricht zu den Farlows, in der sie anfragte, ob Sophy Viner sie empfangen würde. Es dauerte lange, bis das Mädchen wieder da war. Sie hatte einen Zettel mitgebracht, auf dem eine Adresse stand sowie die mündliche Auskunft, Miss Viner sei vor einigen Tagen ausgezogen und wohne bei ihrer Schwester in einem Hotel an der Place de l'Etoile. Das Mädchen fügte hinzu, Mrs. Farlow habe mit der Ausrede, Miss Viners Pläne seien ungewiß, zunächst die Auskunft verweigert; und Anna vermutete, daß Sophy Viner bei ihren Freunden ausgezogen war und sie angewiesen hatte, ihre Adresse nicht herauszugeben, um Owen aus dem Weg zu gehen. «Sie ist sich selbst treu geblieben – im Gegensatz zu mir», grübelte Anna, und der Gedanke war ein zusätzlicher Ansporn zum Handeln.

Darrow hatte gesagt, er würde kurz nach dem Mittagessen kommen, und der Vormittag war bereits so weit fortgeschritten, daß Anna, noch immer ihrer Kraft mißtrauend, den Entschluß faßte, sogleich zu der Adresse zu fahren, die sie von Mrs. Farlow erhalten hatte. Unterwegs versuchte sie sich in Erinnerung zu rufen, was sie über Sophy Viners Schwester gehört hatte, aber abgesehen von Sophys begeisterten Berichten über den Liebreiz der abwesenden Laura, erinnerte sie sich nur gewisser unbestimmter Anspielungen von Mrs. Farlow, die ihre künstlerische Befähigung und ihre ehelichen Heimsuchungen betrafen. Darrow hatte sie nur einmal – und zwar denkbar kurz – erwähnt als eine Frau, die sich offenbar recht wenig um Sophys Wohl und Wehe kümmerte und ihr ohnehin auch geographisch zu fern war, um ihr praktische Hilfe angedeihen zu lassen; und Anna überlegte, was Sophy wohl zu diesem Zeitpunkt veranlaßt hatte, bei ihrer Schwester Zuflucht zu suchen. Mrs. Farlow hatte sie eine Berühmtheit genannt (Anna hatte vergessen, auf welchem Gebiet); doch Mrs. Farlows Berühmtheiten waren Legion, und angesichts des Namens auf dem Zettel – Mrs. McTarvie-Birch – wollte sich keine eindeutige Verbindung zu Ruhm und Größe einstellen.

Während Anna in dem schmuddeligen Vestibül des Hotels Chicago wartete, stand das, was sie zu Sophy Viner sagen wollte, so deutlich vor ihr, daß sie diese bereits vor sich zu sehen meinte, und ihr Mut sank daher um so tiefer, als der Portier nach längerer Zeit mit der Nachricht zurückkam, Miss

Viner sei nicht mehr im Hotel. Im Zweifel, ob sie ihn recht verstanden hatte, fragte Anna, ob die junge Dame nur weggegangen sei, doch er antwortete, sie sei am Vortag ausgezogen. Mit weitergehenden Auskünften konnte er nicht dienen, und nach kurzem Zögern ließ Anna durch ihn anfragen, ob Mrs. McTarvie-Birch sie empfangen würde. Sie überlegte, daß Sophy ihre Schwester vermutlich ebenso zur Geheimhaltung verpflichtet hatte wie Mrs. Farlow und daß ein persönliches Gespräch mit Mrs. Birch vielleicht zu einem günstigeren Ergebnis führen würde.

Zum zweitenmal wurde sie auf die Folter gespannt, bis der Portier eine bejahende Antwort brachte, und zum drittenmal, während ein karger und saumseliger Aufzug sie über eine Reihe schäbiger Etagen nach oben beförderte.

Als sie im obersten Stockwerk angekommen waren und ihr Führer ihr den Weg über einen gewundenen Gang gewiesen hatte, der nach Überseegepäck roch, fand sie sich schließlich vor einer Tür, durch die scharfer Tabakgeruch sowie das Geräusch einer gedämpften Auseinandersetzung drangen. Nachdem sie geklopft hatte, trat zunächst Schweigen ein, und nach ein, zwei Minuten öffnete ein gutaussehender junger Mann die Tür, dessen zerzaustes Haar und schlampig-zerknittertes Erscheinungsbild die Vermutung nahelegte, daß er sich eben noch auf dem mit wirr durcheinanderliegenden Kissen bedeckten Sofa ausgestreckt hatte. Dieses Sofa und ein Flügel, auf dem ein Korb mit welken Rosen, eine Keksdose und ein geplündertes Frühstückstablett standen, füllte das schmale Wohnzimmer fast ganz aus. In der freien Ecke saß klein, dunkel und bescheiden ein zweiter Mann, der sein Hutfutter betrachtete.

Anna blieb zögernd stehen; doch als sie Mrs. Birchs Namen nannte, bat der junge Mann sie höflich einzutreten, während er gleichzeitig dem stummen Zuschauer im Hintergrund einen ungehaltenen Blick zuwarf.

Letzterer richtete seine runden, vorquellenden Augen nicht auf den jungen Mann, sondern auf Anna, die er einen Augenblick so eingehend musterte wie vorher sein Hutfutter. Unter seinem Blick hatte sie das Gefühl, genauestens katalogisiert und taxiert zu werden, und gewann, als er schließlich aufstand und zur Tür ging, den Eindruck, daß sie als überraschend gute Sicherheit akzeptiert worden war. Von der Schwelle aus wechselte er mit dem jungen Mann einen ebenso raschen wie vielsagenden Blick, und Anna fand diese kleine Szene so erstaunlich erhellend, daß es sie nicht weiter wunderte, als ihr Gesprächspartner, nachdem er ihr einen Sessel zurechtgerückt hatte, zwanglos fragte, ob sie eine Zigarette wolle. Als sie höflich ablehnte, bemerkte er, wenn sie nichts dagegen hätte, würde er sich eine anzünden, und während er in seinen weiten Taschen und hinter den Photographien und Briefen, die sich auf dem schmalen Kaminsims drängten, nach Streichhölzern kramte, erlaubte sie sich, erneut nach Mrs. Birch zu fragen.

«Eine Minute noch», sagte er lächelnd. «Ich

glaube, der Masseur ist bei ihr.» Er sprach ein flüssiges, entnationalisiertes Englisch, das ebenso wie der Ausdruck der Augen mit den langen Wimpern und das stets bereite charmante Lächeln auf lange Übung in allen Tricks und Kniffen der Selbsterhaltung schließen ließ. Nachdem er glücklich eine Streichholzschachtel auf dem Fußboden unter dem Sofa gefunden hatte, zündete er sich seine Zigarette an und ließ sich wieder in die Kissen zurücksinken; und auf Annas Bemerkung, sie bedaure es, Mrs. Birch stören zu müssen, meinte er, das mache gar nichts, sie lasse immer alle Leute warten.

Umwabert vom Dunst der stets erneuerten Zigarette, plauderten sie eine Weile über Belanglosigkeiten, aber als Anna noch einmal fragte, ob es nicht möglich sei, Mrs. Birch zu sprechen, erhob er sich mit leichtem Achselzucken aus seiner Ecke und verschwand mit einem gemurmelten «Sie ist wirklich hoffnungslos!» gemächlich durch eine Verbindungstür.

Anna überlegte noch, wann und unter welchen Umständen die heiratsfreudige Laura sich wohl einen so bemerkenswert charmanten Partner zugelegt hatte, als der junge Mann zurückkam und verkündete: «Sie können kommen, sagt sie, wenn es Sie nicht stört, daß sie im Bett liegt.»

Er trat zur Seite, um Anna vorbeizulassen, und sie betrat ein halbdunkles, unordentliches, nach Parfüm duftendes Zimmer, vor dessen einzigem Fenster ein rosa Vorhang befestigt war und in dem eine Dame mit einer Fülle von hellem Haar und entblößtem Ausschnitt sie von einem rosa Bett aus anlächelte, auf dem eine riesige Puderquaste lag.

«Sie sind mir hoffentlich nicht böse. Er kostet so unheimlich viel Geld, daß ich es mir nicht leisten kann, ihn wegzuschicken», erläuterte Mrs. Birch und streckte Anna eine üppig beringte Hand hin, wobei offenblieb, ob sie damit den Masseur oder ihren Gatten meinte. Ehe Anna etwas erwidern konnte, zuckte es heftig unter der Puderquaste, und ein Ding, das einer weiteren Puderquaste glich, stürzte sich auf Anna und ließ dabei eine Salve von Lauten los, die sich anhörten wie das Knallen von Liliput-Champagnerkorken. Mrs. Birch beugte sich rasch vor und sagte: «Wenn Sie ihm ein Sahnebonbon geben würden, dort in der Dose auf dem Ankleidetisch... anders bekommt man ihn nie ruhig...» Und als Anna ihrem Angreifer dieses Friedensangebot offeriert und er sich damit unter die Tagesdecke verkrochen hatte, ließ sich seine Herrin lachend zurücksinken.

«Ist er nicht ein kleines Prachtstück? Der Prinz hat ihn mir neulich in Nizza geschenkt... aber er ist ein ganz Schlimmer», gestand sie und schenkte ihrer Besucherin ein vertrauliches Lächeln. In dem rosigen Halbschatten der Bettvorhänge bot sich Annas bestürztem Blick eine eigenartig steindruckartige Ähnlichkeit mit Sophy Viner oder vielleicht eine Ahnung von dem, was aus Sophy Viner mit den Jahren und ungeachtet der Puderquaste einmal werden konnte. Sie war breiter, blonder und grobgesichtiger, doch manche Blicke und Bewegungen erinnerten beunruhigend an all das, was an Sophy Viner besonders frisch und liebenswert war; und als sie den nackten runden Arm auf dem Bett ausstreckte, war es, als zöge sie den Schleier vor tristen Fernen der Familiengeschichte zurück.

«Bitte setzen Sie sich doch, wenn Sie was zum Hinsetzen finden», sagte sie herzlich und fügte hinzu, als Anna sich auf die Kante eines mit den verschiedenartigsten Kleidungsstücken behängten Stuhles schob: «Meine Singerei nimmt so viel Zeit in Anspruch, daß ich nicht mehr dazu komme, mir mein Fett abzulaufen; das ist das Schlimmste daran, wenn man Künstlerin ist.»

Anna murmelte etwas Zustimmendes. «Hoffentlich komme ich nicht ungelegen. Ich sagte zu Mr. Birch...»

«Zu *wem?*» fragte die liegende Schöne. «Ach, Jimmy», fügte sie dann, mehr zu ihrer als zu Mrs. Leaths Information, leise lachend hinzu.

Letztere fuhr eifrig fort: «Wie ich von Mrs. Farlow höre, war Ihre Schwester bei Ihnen, und ich habe mir erlaubt herzukommen, weil ich Sie fragen wollte, wann ich sie wohl treffen könnte.»

Mrs. McTarvie-Birch warf den Kopf zurück und sah sie groß an. «Soll das heißen, daß der Trottel an der Tür Ihnen nicht gesagt hat, daß Sophy gestern abend abgereist ist?»

«Gestern abend?» wiederholte Anna, und jäher Schreck durchfuhr sie. War es denkbar, daß Sophy sie alle hinters Licht geführt hatte und mit Owen gegangen war? Der Gedanke war unfaßbar, hatte aber derart von ihr Besitz ergriffen, daß ihre zitternden Lippen kaum die nächsten Worte herausbrachten. «Das hat der Portier mir zwar gesagt, aber ich dachte, ich hätte mich verhört. Mrs. Farlow meinte, ich würde sie hier finden.»

«Es ging alles so schnell, daß sie wohl keine Zeit mehr hatte, die Farlows zu verständigen. Sie hat Mrs. Murretts Depesche erst gestern bekommen, dann hat sie einfach ihre Sachen in einen Koffer geworfen und ist holterdiepolter...»

«Mrs. Murrett?»

«Ja doch. Sophy ist mit Mrs. Murrett nach Indien gereist, sie wollten sich in Brindisi treffen», sagte Sophys Schwester und lächelte gleichmütig.

Anna saß regungslos da und sah auf das liederliche Zimmer, das rosa Bett, das banale Gesicht in den Kissen.

Mrs. McTarvie-Birch fuhr fort: «Im Frühling hatten sie sich fürchterlich zerstritten, Sie haben sicher davon gehört, aber ich habe zu Sophy gesagt, sie soll in den sauren Apfel beißen, wenn die Alte sie haben will. Ich als Künstlerin kann sie unmöglich hier aufnehmen...»

«Natürlich nicht», bestätigte Anna.

In der schmerzlichen Wirrnis ihrer Gedanken merkte sie kaum, daß Mrs. Birch mit ihren Erläuterungen noch nicht zu Ende war. «Natürlich war es mir nicht ganz recht, daß sie zu dieser niederträchtigen Person zurückgeht. Ich habe versucht, ihr gut zuzureden, sie solle die gute Stellung bei Ihnen nicht sausen lassen, habe ich gesagt. Aber Sophy ist rastlos, das war schon immer so, und sie hat sich eben in den Kopf gesetzt, daß sie lieber reisen will...»

Anna stand auf und suchte krampfhaft nach einer Floskel, um sich zu entfernen. Das Scharren des Sessels weckte die schwelende Feindseligkeit des weißen Hündchens, und die weiteren Vertraulichkeiten seiner Herrin gingen in einem erneuten hysterischen Ausbruch unter. In dem Getöse blieben Annas Abschiedsworte unhörbar, und Mrs. Birch, der es vorübergehend gelungen war, ihren Liebling zum Schweigen zu bringen, rief ihr zu: «Kommen Sie doch wieder mal vorbei. Ich würde Ihnen gern etwas vorsingen.»

Anna murmelte ein Wort des Dankes, wandte sich zur Tür und war dabei, sie zu öffnen, als ihre Gastgeberin ihr nachrief: «Jimmy! Hörst du mich? Jimmy *Brance!*» Und dann, als der Gerufene sich nicht meldete: «Sagen Sie ihm, er soll Ihnen unbedingt den Aufzug holen.»

NACHWORT

Edith Wharton, geborene Edith Newbold Jones, war drei Jahre alt, als sich Robert E. Lee, General der konföderierten Südstaaten, am 9. April 1865 bei Appomattox Court House dem Oberbefehlshaber der Nordstaaten, Ulysses S. Grant, ergeben mußte. Als Wharton zweiundsiebzig Jahre später, 1937, in St-Brice-sous-Forêt nordwestlich von Paris starb, stand Europa am Vorabend des Zweiten Weltkriegs.

Wharton war bereits zu Lebzeiten eine bekannte, anerkannte und erfolgreiche Autorin und hinterließ ein beachtliches Werk: einige Dutzend Erzählungen, acht Novellen, fünfzehn Romane, drei Gedichtbände, literatur- und kulturkritische Essays, eine Autobiographie, Bücher über Architektur und Gärten, über Inneneinrichtung, Berichte über die Ereignisse an der Frontlinie, insbesondere der Westfront 1914/15, Reisebücher. Für «Zeit der Unschuld» («The Age of Innocence») erhielt sie 1921 den Pulitzerpreis. 1922 widmete ihr Sinclair Lewis seinen Roman «Babbitt». Im darauffolgenden Jahr verlieh ihr die Yale-Universität die Ehrendoktorwürde. 1925 führte F. Scott Fitzgeralds «Der große Gatsby» die amerikanische Bestsellerliste an, im Jahr zuvor stand Whartons Spätwerk «The Mother's Recompense» auf dem ersten Platz. Sie gilt heutzutage als die beste amerikanische Romanautorin.

Als nach dem Bürgerkrieg das Land in eine Wirtschaftskrise geriet, bei der auch die Renditen aus dem im New Yorker Immobilienmarkt investierten Vermögen von Edith Whartons Eltern schrumpften, entschloß sich die Familie kurzerhand zu einem Umzug, um im günstigeren Europa ihren gewohnten Lebensstandard aufrechtzuerhalten. Sie schifften sich im November 1866 ein und verbrachten die nächsten fünfeinhalb Jahre in Rom, Paris und Florenz, bereisten Spanien und besuchten Deutschland. «Sprachen», erinnerte sich Wharton später, «waren mir in meiner Kindheit so selbstverständlich wie das Atmen.» Sie lernte Französisch und Italienisch und erhielt Deutschunterricht. Bücher beflügelten früh ihre kindliche Phantasie, und je mehr sie las, je häufiger erfand sie ihre eigenen Geschichten über Erwachsene, «große Leute», die in ihrer eingebildeten Welt handelten und wandelten.

Kurz vor Ediths zehntem Geburtstag kehrten die Jones' in ihr elegantes dreistöckiges Stadthaus an der West Twenty-third Street in New York zurück. Edith wurde fortan privat zu Hause unterrichtet. Mit elf Jahren begann sie zu schreiben; als Fünfzehnjährige entstand eine Novelle mit dem Titel «Fast and Loose», eine Parodie auf englische Liebesromane. Inzwischen hatte sie auch erste Gedichte verfaßt. Ein Bändchen mit neunundzwanzig Proben ließ die Mutter im Jahr darauf als «Verses» drucken. Auf Umwegen gelangten «Verses» zu William Dean Howells, dem Schriftsteller, Literaturkritiker und Herausgeber des «Atlantic

Monthly», in das er im Frühjahr 1880 ein Gedicht aufnahm. Zwei weitere Gedichte erschienen wenig später in der New Yorker «World». Gefördert wurde diese frühe Neigung keineswegs. Mit achtzehn wurde sie in die Gesellschaft eingeführt, 1885 heiratete sie zweiundzwanzigjährig Edward Wharton, einen Bostoner aus guter Familie, dessen psychische Labilität und später auftretende Geisteskrankheit nach einer schwierigen, unerfüllten Ehe 1913 zur Scheidung führten.

In den neunziger Jahren publizierte Wharton einige Erzählungen in «Scribner's Magazine», von denen acht 1899 gesammelt unter dem Titel «The Greater Inclination» herauskamen. Sie wurden von der Kritik ausnahmslos gelobt. In rascher Folge veröffentlichte sie sodann die Novelle «The Touchstone» (1900) und einen weiteren Band mit Erzählungen. 1902, als Wharton vierzig Jahre alt war, erschien ihr Erstlingsroman «The Valley of Decision», der im Italien des achtzehnten Jahrhunderts spielt. Wharton hatte «The Greater Inclination» Henry James geschickt und ein Jahr darauf die Erzählung «The Line of Least Resistence», ein Porträt der Hautevolee im Nobelküstenort Newport in Rhode Island, dessen Atmosphäre ihr bestens vertraut war, da sie dort ein Sommerhaus besaß. James war von dieser Milieuschilderung besonders angetan, und er schrieb ihr aus England: «Ich bewundere Ihre Schilderung dieses Ihnen so wohlvertrauten amerikanischen Lebensbereichs und möchte Ihnen ans Herz legen: Tauchen Sie darin ein, widmen Sie sich ihm – es ist ein unbehandeltes Thema… setzen Sie Ihr ganzes satirisches Talent, Ihre Ironie ein!» Der Roman «The Valley of Decision» bestätigte ihn in seinem Urteil, und er bekräftigte seinen Rat: «Lassen Sie es nicht an sich vorbeigehen – das Naheliegende, das Wirkliche, was uns, was Sie umgibt, was des Schriftstellers harrt… behandeln Sie New York!» Wharton arbeitete zu jener Zeit tatsächlich bereits an «Haus der Freude» («The House of Mirth»). Dieser Roman über das ihr vertraute alte New York wurde vom Publikum und von der Kritik begeistert aufgenommen. «Haus der Freude» war im Herbst 1905 erschienen. Am 28. Oktober konnte sie in ihrem Tagebuch festhalten, das Buch sei in New York ein großer Verkaufserfolg. Der Durchbruch war ihr gelungen; sie war als amerikanische Autorin in die vorderste Reihe gerückt. «Haus der Freude» führt anhand der klugen schönen Lily Bart exemplarisch den moralischen Zerfall der New Yorker Oberschicht vor. Lily Bart wurde wie alle Mädchen ihrer Kreise dazu erzogen, in einer vornehmen Welt dekorativen Ansprüchen zu genügen. Geburt und Erziehung hatten sie zu einem «hochspezialisierten Produkt» gemacht, «zu einem Organismus, der außerhalb seines engen Verbreitungsgebiets so hilflos war wie die Seeanemone, die man von ihrem Felsen gerissen hat».

Wharton war fünfzig Jahre alt, als «Das Riff», ihr vierter Roman, 1912 erschien. 1910 hatte sie endgültig in Frankreich Wohnsitz genommen, nachdem sie zuvor alljährlich den Atlantik überquert hatte, um sich in Europa, wie sie es nannte, «geistig zu erfrischen». «Das Riff» spielt in Frankreich. Givré (französisch: mit Reif beschlagen), das Schloß, wird als wichtigste Kulisse mit dem ganzen Interesse der Autorin für Architektur, Häuser, Innenräume und Gärten beschrieben. Givré steht auch als Anziehungspunkt, den solche Bauten auf die amerikanische Geldaristokratie ausübten. Anna erzählt Darrow von den romantischen Gefühlen, die sie einst beim Gedanken überkamen, als Schloßherrin in Givré einzuziehen. Nicht anders als Lily Bart in «Haus der Freude» sind George Darrow und Anna Leath Produkte der New Yorker High Society. Wharton hat somit auch bei diesem Roman den ihr vertrauten Boden nicht verlassen. Wenn Anna Leath im zweiten Drittel des Buches endlich eingeführt wird, erfahren wir über ihre Jungmädchenjahre: «In der satten ordentlichen Welt der Summers galt das Ungewöhnliche als entweder unmoralisch oder unerzogen, und bei Leuten, die zu Gefühlsaufwallungen neigten, wurden keine Besuche gemacht.» Anna wußte, hätten Gefühle und Leidenschaften je Einzug gehalten, würde ihre Mutter den Seelsorger der Familie konsultiert und ihr Vater womöglich die Polizei verständigt haben, «und ihr Sinn für Humor nötigte sie zu dem Eingeständnis, daß unter den gegebenen Umständen diese Maßnahmen vielleicht nicht einmal ganz ungerechtfertigt gewesen wären». Solche Lebensart und Konventionen hatten die Umgebung in Whartons eigener Kindheit und Jugend umfangen und erstickt, und sie schrieb rückblickend in ihrer Autobiographie

«A Backward Glance»: «Schönheit, Leidenschaften und das Wagnis wurden aus dem Leben automatisch ausgegrenzt (wobei die Männer beinahe so ausgehungert waren wie die Frauen); und werden dem Durchschnittsmenschen solche Höhenflüge vorenthalten, bringt er höchstwahrscheinlich Wesen hervor, die genauso nach Freiheit lechzen – ebendies war im alten New York geschehen, wo die laue Gleichförmigkeit des sittlichen Lebens das verzögerte Heranreifen des Geistes zur Folge hatte.»

«Das Riff» und seine Heldin sind in «A Backward Glance» nicht erwähnt. Als Wharton nach Erscheinen des Romans ein Exemplar ihrem engsten Freund und Vertrauten, dem Kunstkritiker Bernard Berenson, schickte, beteuerte sie: «Daß Du es weißt, ich bin es nicht, obwohl ich beim Schreiben glaubte, es zu sein...» Von 1907 bis 1909 unterhielt Edith Wharton mit dem amerikanischen Journalisten Morton Fullerton eine Liebesbeziehung, die einzige in ihrem Leben. Doch als sie sah, daß ihr Liebesglück nicht zu einer Verständigung der Seelen führen würde, endete ihr Verhältnis. Ohne den Roman allzueng mit ihrer Biographie verknüpfen zu wollen, hatte Wharton untrüglich viele ihrer eigenen damaligen Gefühle, Skrupel, Fragen und Ungewißheiten in «Das Riff» einfließen lassen und zog den Wert dieses Werks deshalb in Zweifel. Henry James betrachtete es damals als «ihr bisher bestes Buch». Sie habe, fand er, ein psychologisches Drama von racinscher Einheit, Intensität und Einfachheit geschaffen. Der Schriftsteller Charles Du Bos, der «Haus der Freude» ins Französische übersetzt hatte, attestierte Ähnliches: «Bei der Handvoll Figuren und der durch knappe Dialoge gesteigerten Spannung hat sich kein Roman mehr einer racinschen Tragödie genähert.» In Rezensionen der New Yorker Presse hatte «Das Riff» einen schwereren Stand. Man wünschte sich, Wharton würde wieder zu den eleganten Milieuschilderungen New Yorks zurückfinden und sich bejahenderen Seiten des Lebens zuwenden. Anders als damalige Kritiker – ausnahmslos männliche Stimmen, die sich an Darrows wie an Annas tadelnswertem Verhalten stießen und denen Frankreich als Handlungsort vielleicht weniger zusagte – verkennt der heutige Leser kaum Natur und Geschick von Whartons hervorragender Heldin Anna Leath.

In ihren Betrachtungen zu Roman und Short Story «The Writing of Fiction» unterscheidet Wharton grob zwischen dem Situationsroman und dem Charakter- und Sittenroman. «In ersterem entspringen die vom Autor geschaffenen Gestalten beinahe immer der Handlung und sind stets durch sie bedingt... Im freier angelegten Charakter- und Sittenroman hingegen werden vom Autor zuerst die Figuren geboren, die dann ihr eigenes Schicksal heraufbeschwören.» «Das Riff» ist ganz darauf angelegt, das Augenmerk des Lesers vorerst auf Charaktere und Gesellschaft zu richten. Uns interessiert vor allem, was die von Wharton geschaffenen Personen, so wie sie sind, aus ihrer Lage machen; und Anna gilt Whartons vorrangige Aufmerksamkeit, obwohl dies nicht gleich ersichtlich ist, da vorerst George Darrow als Held eingeführt zu werden scheint – wobei er noch keineswegs der Vertuscher ist, als der er sich in Givré entwickelt.

Nach eingehender Lektüre wird uns bewußt, wie sorgfältig die Krise angelegt wird. George Darrow hatte schon recht vielfältige Erfahrungen mit dem weiblichen Geschlecht gemacht, mit Frauen, die «Ladies» waren, und solchen, die «keine Ladies» waren. Beiden Gruppen war er «dankbar für ihre Verdienste um das komplexe Wesen Mann, und in der Annahme, daß sie dazu bestimmt, wenn nicht dazu geschaffen waren, sich um seine Bedürfnisse zu kümmern, hatte er sie gedanklich instinktiv stets getrennt gehalten». Darrows Ansichten sind von männlichem Chauvinismus geprägt und klassenbewußt. In seiner Angst, die Frau zu verlieren, die er liebt, versucht er sich Annas Telegramm zu erklären. Obwohl er bei seinem Rollenverständnis begreift, daß das Leben einer Frau und Mutter zugleich geordnet und anfällig für Störungen war und sich jede kleine Komplikation zu einer «Verhinderung» auswachsen konnte, ist er diesmal doch überzeugt, daß sie ihn nicht gebrauchen konnte und den schnellsten Weg gewählt hatte, ihm dies mitzuteilen. Auf dem stürmischen, wimmelnden Bahnsteig scheint ihm jeder Stoß eines Ellbogens oder Regenschirms zu wiederholen, daß Anna ihn nicht will. Als er sich als Kavalier anerbietet, Sophys verlorenen Koffer zu suchen, kann er sich unter ihrem freimütig bewundernden Blick von seiner Demütigung erholen und sich wieder «als den ansehnlichen jungen Mann» fühlen, der er nun einmal war. Die Seiten, auf denen Wharton ihre Annäherung und flüchtige Beziehung schildert, sind meisterhaft. Niemals wird der Eindruck erweckt, Darrow verführe Sophy oder Sophy mache sich Hoffnungen auf Darrow. Sie begegnen sich, haben ein Liebesabenteuer und gehen getrennte Wege.

Wharton zeigt durch das ganze Buch hindurch, daß Darrow und Anna sich selbst und ihr Gegenüber beobachten, einschätzen und ihre eigene Lage reflektieren. So hatte zum Beispiel Anna als jungverheiratete Frau, die anfänglich das Ironische bei ihrem Gatten als Zeichen für eine seelenverwandte Wesensart wertete, bald eingesehen, daß ihm nichts mehr behagte, als die Konventionen des Unkonventionellen hervorzuheben, und sein ausgewogen strukturiertes Denken der sachlichen Symmetrie von Givré glich. Auch gesteht sie sich ein, daß Darrow sie bereits in ihrer Jugend aufgerüttelt hatte, sie aber bei seinen Gefühlen erschrecken mußte. Nachdem sie sich in London wiedergefunden haben, sind Annas Sinne geschärft, zumal, wie es scheint, sich jener dünne, undurchdringliche Schleier verflüchtigt hatte, der sie, wie sie wohl begriff, seit je vom Leben getrennt hatte.

Darrow überdenkt ebenfalls seine Vergangenheit und Zukunft. Er ist sich seiner Liebe zu Anna sicher, glaubt an einen Zusammenklang und kommt zum Schluß, daß er sich in den anerkannt wichtigen Dingen des Lebens stets strikt innerhalb der Grenzen seiner Skrupel bewegt habe. Dies, fünf Monate nachdem er Sophy aus seinen Gedanken entlassen hatte und kurz bevor sie ihm als Miss Viner, Gouvernante von Annas Töchterchen Effie und heimliche Verlobte ihres Stiefsohnes Owen, vorgestellt wird.

Ein langsames, komplexes Drama nimmt seinen Lauf und spitzt sich in dem Maße zu, wie Darrows und Sophys Beziehung aufgedeckt wird. Je mehr Anna erahnt, je mehr sich ihre Vermutungen bewahrheiten, um so mehr geraten ihre Gefühle in Aufruhr, um so mehr liegen ihr leidenschaftliches Verlangen und ihr Wille, Darrow zu verlassen, im Widerstreit. Sie lernt an sich bisher unbekannte Seiten kennen und wird sich «beschämt und überrascht eines neuen Elements in ihrer Liebe bewußt, einer Art argwöhnischer tyrannischer Zärtlichkeit, die nichts Heiter-Abgeklärtes mehr hatte». Anna möchte Darrow all das bedeuten, was Sophy ihm war. Eifersucht, wie sie sie als junges Mädchen empfand, überkommt sie. Der Gedanke an Sophys und Darrows Zweisamkeit quält sie, und doch weiß sie, daß sie selber und Darrow nach der Liebesnacht unlösbar miteinander verbunden waren. Annas verzweifelter Versuch, Sophy aufzusuchen, um ihr zu sagen, daß sie Darrow aufgibt, schlägt fehl. Aber wir wissen, daß Darrow nach dem Mittagessen zurückkommt, und der Leser ist aufgefordert zu spekulieren, ob ihn Anna in weiteren sechs Wochen als Mrs. Darrow nach Übersee begleitet.

Wird Anna George Darrow heiraten? Die Kritikerin Marilyn French meint, dies sei im Grunde unerheblich, da der Roman den Reifeprozeß einer «Lady» behandle. Wie immer Annas Zukunft aussehen werde, sie liege schmerzlich weit hinter ihrer Erwartung zurück. Darrow habe mit der Gewandtheit des Gentlemans an einer Welt teilgenommen, die Anna verlogen finde. Sie könne ihm nicht mehr vertrauen, und ohne Vertrauen sei eine Heirat nach Annas Verständnis nicht möglich.

Man kann die Problemstellung anders formulieren und fragen: Wird Anna ihn mit zurückgesteckten Ansprüchen und weniger idealisierten Vorstellungen der Ehe heiraten? Angenommen, Anna verläßt Darrow, könnte sie damit ihre Vorstellung von der Ehe retten? Manche glauben, daß Anna die Verbindung löst und loben Annas Zurückweisung des moralischen Doppelkodex, den Darrow so selbstverständlich lügen läßt. Zugleich werden Sophy für ihre Freimütigkeit und Eigenständigkeit gute Noten erteilt.

Solche Auslegungen scheinen eher fraglich, weil Anna und der Leser an Darrows Liebe zu Anna nicht zu zweifeln brauchen. Anna ist sogar bereit, ihm zu vergeben und sich mit dem Sittenkodex abzufinden, vorausgesetzt, sie kann die Gewißheit haben, daß Sophy ein leichtes Mädchen ist. Als Darrow in Abrede stellt, daß er «bereits etwas über sie wußte», ist sie entsprechend ratlos. Er enttäuscht Anna, weil er das alte Vorrecht des Mannes beansprucht und eine bedeutungslose Affäre mit Sophy eingeht. Je mehr er seinen «Moment der Torheit» verharmlost, desto merkwürdiger berührt dies Anna. Trotzdem weist, nachdem sie sich Darrow hingegeben hat, nichts darauf hin, daß Anna ihn verlassen wird.

Sophy, die es für sich einerseits unbedingt wichtig findet, den Nachweis einer gewissen Beständigkeit zu erbringen, macht andererseits keinen Hehl daraus, Gelegenheiten beim Schopf zu packen. Wharton gibt zu verstehen, daß sie mit Owen, einem jungen Mann, den sie nicht besonders liebt, durchbrennen wird. Obwohl Anna diesen Gedanken von sich weist, wie sie auch ihren ersten Argwohn gegenüber Sophy und Darrow von sich gewiesen hatte, gibt ihr ihre Intuition recht. Man erinnere sich, daß es Darrows Augen waren, die ihn verrieten, als ihm Anna ins Gesicht schaute und fragte: «Sie war also *doch* mit dir zusammen?» Wenn Owen Anna mitteilt, daß er mit einem Freund Spanien bereisen will, ist es in seinem Hotelzimmer dunkel. Er beteuert mit einem nervösen Auflachen, er hasse das Licht, und schützt eine Neuralgie vor. Owen, der sich seiner harmonischen Vertrautheit mit seiner Stiefmutter bewußt ist, befürchtet, Anna könnte intuitiv in seinen Augen die Wahrheit erfahren.

Das Gefangensein ist bei Wharton ein zentrales Thema. Anna wächst bewahrt und ferngehalten von jener Erfahrungswelt auf, die Darrow als sein Geburtsrecht hinnimmt. Als ihre Sexualität erwacht, die sie in ihrer Erziehung zu verneinen gelernt hat, ist Anna verstört und hilflos. Es war Edith Whartons eigenes Schicksal, auf diese Weise aufzuwachsen, und sie hat die Gesellschaft, die jungen Frauen einen Platz in falscher Ehrbarkeit und Unwissenheit zuwies, verurteilt – «eine Erziehung», wie sie sagte, «die mehr als irgend etwas anderes dafür verantwortlich war, mein ganzes Leben zu verfälschen und in falsche Bahnen zu lenken». Ihre persönliche Ansicht über Sexualität und Ehe teilte sie in bündigen Worten Charles Du Bos mit: «Ach, die Öde, die trostlose Öde einer Liebe, die nicht ein Zusammenleben, ein Teilen von allem ist!» Wenn der Haltung Whartons der Glaube an eine Gleichheit zugrunde liegt und den Roman über Anna Leath entstehen ließ, ist er nicht offen polemisch. Sie verhängt über keine der Figuren ein Urteil. Sie handeln und verhalten sich so und nicht anders, weil sie Wharton sorgfältig als Produkte ihrer Gesellschaft zeigt. Wharton war keine strikte Deterministin, aber sie bestand darauf, daß Konventionen den Charakter beeinflussen und der Charakter einer Person Schicksal ist. Darrow wird Anna stets als Frau sehen. Wharton aber zeigt ihre Heldin als eine Person; als eine Person mit Skrupeln und dem Traum gelebter Erfüllung. «Das Riff» ist ein realistischer und psychologischer Roman, der uns bis zum offenen Schluß mit der Frage in Spannung hält, ob Anna eines Tages, wie es im dritten Kapitel als Möglichkeit vorgezeichnet ist, die magische Brücke zwischen der West Fifty-fifth Street und dem Leben finden wird.

David Wells

INHALT

Diese Buchausgabe der *Manesse Bibliothek der Weltliteratur*
wurde mit der Berthold Bembo BQ gesetzt, im
Bogenoffset gedruckt und in Fadenheftung gebunden.
Alle verwendeten Materialien entsprechen alterungs-
beständiger Qualität, und die Papiere sind
chlor- und säurefrei.

Die Deutsche Bibliothek – CIP-Einheitsaufnahme

Wharton, Edith:
Das Riff : Roman / Edith Wharton
Aus dem Amerikan. von Renate Orth-Guttmann
Nachw. von David Wells
Zürich : Manesse Verlag, 1997
(Manesse Bibliothek der Weltliteratur)
Einheitssacht.: The reef <dt.>
ISBN 3-7175-1904-2 Gewebe
ISBN 3-7175-1905-0 Ldr.